U0132927

浙江省社科联省级社会科学学术著作出版资金资助出版

政党政治与政治现代性

——基于马克思主义政治哲学视野的研究

赵宬斐○著

全国百佳出版社
中央编译出版社
Central Compilation & Translation Press

图书在版编目(CIP)数据

政党政治与政治现代性:基于马克思主义政治哲学

视野的研究/赵戒斐著.—北京:中央编译出版社,

2010.4

ISBN 978-7-5117-0207-4

I.①政… II.①赵… III.①马克思主义－政治哲学
－研究 IV.①A811.64

中国版本图书馆 CIP 数据核字(2010)第 042410 号

政党政治与政治现代性:基于马克思主义政治哲学视野的研究

出 版 人:和 龚

作 者:赵戒斐

责任编辑:曲建文 林 为

出版发行:中央编译出版社

地 址:北京西单西斜街 36 号(100032)

电 话:010－66509360(总编室) 010－66509353(编辑室)
 010－66509364(发行部) 010－66509618(读者服务部)

网 址:www.cctpbook.com

经 销:全国新华书店

印 刷:北京振兴源印务有限公司

开 本:710 毫米×1000 毫米 1/16

字 数:276 千字

印 张:20

版 次:2010 年 4 月第 1 版第 1 次印刷

定 价:40.00 元

C目 录
ONTENTS

前　言

　　现代性作为西方启蒙运动的"人权宣言"、"独立宣言"，向全球拓展的人类新时代的精神，是人类经历启蒙运动、宗教改革和工业化革命三大运动对以往的认识和思想进行了一次颠覆性活动所取得的最显著的成果。现代性作为社会发展的一种历史状态与历史秩序，在经济上表现为实行市场经济，追求责任契约与平等竞争；在政治上坚持实行民主政治；在文化上倡导自由、平等、博爱；同时，现代性还指涉为人类生存的一种境遇，它尊重人的正当利益，注重人的个性与能力的发挥，确立理性的权威，崇尚人的自主，维护人的权利，倡导人的主体性与解放，追求人的权利与自由；现代性又是一种反思的精神，它包含着对现代化进程中的进步与代价的一种审视、反思和批判。启蒙运动以来，伴随着现代性的演进过程，人类逐渐把现代性看作是一种生活方式和制度模式，表明生活在现代化中的人们不仅渴望追求自由与平等而且渴望获得秩序与价值，为此人类逐渐确立了一种特殊的社会生活方式与制度模式即现代民主制度。政党政治作为人类特殊的政治共同体，不仅是现代民主制度重要的组成部分，更是现代性得以拓展和延伸的一个重要领域，因此把政党政治纳入现代性的视域中，是对 20 世纪以来对现代性理解上的丰富和完善。

　　在现代性的发展过程中，随着人类政治共同体的现代性意识与诉求愈加突显，共同体内部必将因利益而产生分化、差异，因利益谋求妥协与整合，

1

进而诉求政治参与，最终导致政党政治的生成。正是从现代性演进的角度切入本篇论文的主题，论文主要分为三个部分：导论、正文和结语。在导论中，主要探讨论文研究的旨趣、意义及价值，同时指出对政党现代性研究要有自觉意识、开放意识和反思意识，不仅有一个全球的视野，还要有一个共进的共时性眼光，更要具有一个深邃的历史性眼光，即对政党现代性研究应当采取"结构性"、"历时性"和"共时性"三重向度。正文：第一章，对现代性的内涵进行简要的梳理，并指出政治现代性作为现代性构成的主要部分，是现代性演进的一条重要路径，以民主、自由、平等和权利等价值理念作为内在的元素，以民主、自由、平等和权利等构成的现代民主制度作为其外在的支撑。其内在逻辑演进由神权政治共同体走向契约型政治共同体；由代议制民主共同体走向政党政治共同体，可以说是正是政治共同体的这种现代性意识催生了具有现代意义的政党产生；第二章，分析了政党的生成及其现代性运作，指出政党的内涵流变并对政党的基本构成作简要的分类。在前人学术成果的基础上对政党的运作功能进行综合分析研究，并提出：（1）政党的代表性功能：包括利益的表达、整合，政策的制订等；（2）政党的程序性或制度性功能：包括政治领导的录用、议会和政府的组成等，这为考察政党的功能提供了一个具有较强解释力的分析框架；第三章，对政党现代性的内涵及其展现作了系统分析，指出政党的合法性、政党的民主性、政党的法治性、政党的政治参与是政党现代性构成的主要组成部分；第四章，系统地分析了政党现代性嬗变的多重维度，指出以科层制为结构支撑，以寡头式或少数人集权为显著标志，具有相对严明的纪律规范约束，主张自上而下的单向性等级结构的总体性政党、科层制政党等经典现代性政党与坚持反逻咯斯，反中心主义，主张差异性、地方主义、追求解放政治和生活政治，提倡抗议民主、激进民主，谋求权力的边缘化、多元化、平面化的后现代性政党和另类政党在纲领、目标等诸多方面存在重大差异；而作为社会民主党、绿党等反思性政党在治国理念上，既反对经典现代性政党追求的统一和集中，也反对后现代性政党主张的碎片和虚无，更注重从事实中构建规范，主张协商性政治强调自上而下与自下而上的双相结合的民主。可以说政党现代性嬗变的多重维度表明，随着社会的转型，政党的政治功能和自身的合法性也要与时俱进地加以调整。从经典现代性、反思现代性到后现代性的发展变化使政党现代性遭遇了重重危机与困惑。在全球化和存在高度风险的今天，政党如何处置好自身的现代性问题，避免陷入"党派地质学"的震动，这是一个亟待解决的重大现实问题。面对这些危机与困惑，政党一方面改造传统政治功能，坚持由侧重于行政式的外在控制的统治到侧重于法治式的内在参与的治理转变；另一方面提出新的应变策略和价值理念应对变化，放弃"单一中心式"的主体，而强调"多元多中心"的主体，以妥协包容应对多元社会。在治理过程中，无论是左翼政党的左翼替代战略还是绿党的政治生态主张，无疑都是政党为适应时代要求而提出的一种现代性纠错方案，这正是第五章所探讨的主要问题。在前面几个章节的基础上，第六章、第七章转入了对中国政党现代性的生成与建构的思考，并全面反思了中国政党在现代性试错的基础上，是如何从模仿的现代性中自觉的走出，通过实践把现代性与本土性、民族性进行科学、有效地结合起来最终实现政党的中国化开启，进而指出，中国政党新现代性的建构既不同于追求是同一性、普遍性，强调一致和秩序，强调权力统治、中心和等级，偏离价值理性的经典现代性；不同于强调非中心、差异性和不确定性，以随意播撒所获得的零乱性和不确定性来对抗中心和本原的后现代性，也不同于吉登斯的"反思现代性"、哈贝马斯的"重建现代性"以及利奥塔的"重写现代性"。中国政党的新现代性是建立在中国社会新现代性发展基础上的以构建和谐社会为中心的新现代性基础上的政党现代性。结语，则指出全球化正改写着资产阶级启蒙运动以来的现代性，为现代性的多向度发展与创新注入着新鲜的血液。一方面，现代性的培育和发展、现代化的实现从来是全球化中的现代化。不仅表现在物质层面的"文化"容易"趋同"。还表现在，制度和行为层面上的"文化"较难"趋同"。而地方性、民族性、差异性、多元性等后者正是我们探讨现代政治文明时应该关注的重要内容。在全球化和中国化的双重际遇中的中国政党如何自觉地调整以适应全球政治社会结构发生的深刻变迁以及保持自身的先进性，这对中国政党提出了挑战与机遇。世界政党生态的深刻变化，促使政党的现代性在全球化的冲击下正改变和调整着自身的质态与结构，既保留传统政党的一些基质和功能又吸收后现代政党的新质，既孕育着与全球化相互涵容、相互顺适的因子又留存着与之相互反驳、相互矫正的成分，从而使政党现代性与全球化之间充满着张力。这种现实要求中国政党作出"适应性"的变革，尽快获得现代性自觉意识。这场适应性变革，涵盖中国政党内部生活和外部活动的各个方面，贯穿中国政党自身管理、领导和执政活动的整个过程，涉及国家政治和社会生活的各个领域，是一场深层次、全方位的政党文明提升和再造过程。

导　论

现代性既是人类的一种历史状况，又是人类的一种生存境遇和精神状态，它与文艺复兴和启蒙运动的历史背景直接相关。现代性包含着经济富足、政治民主和思想解放在内的，指向人类社会自由、平等、博爱、进步与秩序的理想化状态及贯穿其中的理性精神、价值追求和伦理指涉。伴随着现代性的演进过程，人类逐渐把现代性看作是一种生活方式和制度模式，表明生活在现代化中的人们不仅渴望追求自由与平等而且渴望获得秩序与价值，为此人类逐渐确立了一种特殊的社会生活方式与制度模式即现代民主制度。政党政治作为人类特殊的政治共同体，不仅是现代民主制度重要的组成部分，更是现代性得以拓展和延伸的一个重要领域，因此把政党政治纳入现代性的视域中，是对二十世纪以来在现代性理解上的丰富和完善。

一、现代性的多重维度及其主题流变

现代性虽然是西方工业社会在现代化进程中生成的，与传统农业社会的经验本性和自然本性相对应的一种理性化的社会运行机制和文化精神，但它却代表着渗透到人类现代社会全方位的和本质性的规定性，因而获得了普遍性的意义。现代性以内在机理、深层结构、独特范式、自觉的文化精神等方式渗透到现代社会的各个层面，成为现代社会的血脉。在人类推进现代化过程之中，曾经在很长一段时间把现代性塑造为具有西方模版的一种单一的、

1

线性的人类生存意识与诉求，借此，西方现代的模式为世界提供了现代化进程所追求的一种脉络与目标。另外，非西方世界的现代性追求必然要模仿西方的模式：当非西方世界受到西方现代性的冲击，而开始接受它们的时候，就会步履西方的经验与模版。非西方世界现代化的成功与否，关键在于对西方现代性的模仿与演练。实质上，这是一种"欧洲中心论"意识，是一种为资本主义体系的扩张而设立的意识型态，其中蕴含了以"启蒙思想之理念"为主轴的普遍主义。亦即：强调科学理性与技术可以造就全人类的福祉，以及建立文明开化的政治社会制度。这种意识型态的形成表现出欧洲人对启蒙成就的自满，以及罔顾了启蒙思想本身所蕴含的自我批判与反思、复杂与混沌。"欧洲中心论"与启蒙思想的辩证否定都无法切实地掌握现代性的意义。前者基于欧洲的思维模式在政治、经济与文化层面展现的霸权，将启蒙思想塑造成一种普遍主义的原则，而不顾及启蒙思想的内在矛盾性及其自我批判与自我怀疑的倾向；后者则基于反思法西斯主义与极权主义之现代性的根源，而论称启蒙思想即是全面宰制的极权，而不深究极权主义意识型态中的反启蒙的观念，这无疑会遭到人们的置疑，尤其是 20 世纪西方发达国家的文化危机，以及后发展中国家在现代化进程和全球化进程中所经历的价值争论和文化冲突，在很大程度上都与现代性的本质和命运问题密切相关。人类社会的"破"与"立"的悖论促使诸多思想家反观人类社会的理性进步路线，引发了一场有关现代性议题的论争。许多著名批判性思想家，如韦伯、齐美尔、卢卡奇、葛兰西、阿多诺、哈贝马斯、福柯、利奥塔、德里达、波德里亚、吉登斯、鲍曼和哈维等，都在以不同的研究方式与路径关注现代性问题。他们关于欧洲科技危机、启蒙理性、工具理性、技术理性、意识形态、大众文化、现代国家等问题的思考，实际上都可以概括为现代性的反思与批判。由此我们可以发现对现代性理解的多视角性、差异性和歧义性。例如，哈贝马斯虽然强调现代性是一项尚未完成的设计，但他更倾向于从作为"时代意识"的文化精神方面理解现代性，认为现代性"用来表达一种新的时间意识"；韦伯则不仅从世界"祛魅"的角度分析了现代性的伦理和文化精神内涵，还从经济合理化、管理科层化等角度揭示了现代性作为理性化制度安排的普遍性；利奥塔则从精神层面上界定现代性，他认为，关于理性、自由、解放的允诺等"元叙事"或"宏大叙事",既是现代性的标志又是给予解构的对象;而吉登斯则认为现代性指一种社会生活或组织模式,即为一种制度安排。

现代性同样也是马克思主义关注的焦点。19世纪诞生的马克思主义本身就是现代性理论宝贵而丰富的思想资源。可以说现代性是马克思哲学以一贯之的主题。马克思生活于现代世界的开端,对以资本全球化为主体的现代性分析具有双重维度:一方面,马克思从历史的高度对启蒙运动以来的一切现代性根基、特征和形态作出积极回应;一方面,在实践的基础上,依据否定辩证法提出批判现代性的解构向度,从而为现代性和后现代思想的拓展留下更加想象的空间。尤其在当下,反思和检视马克思的现代性视域无疑具有重大的理论价值和现实意义。当代著名学者任平教授认为要真切理解马克思的现代性视域,必须祛除历史的三重遮蔽。欧阳康教授则指出马克思主义作为时代精神的精华,正是基于对世界现代化历史进程的密切关注中产生的。就此说来,马克思主义本身就是现代性的产物,是现代化进程的一种理论向度。王锐生、许全兴、韩庆祥、丰子仪、陈学明、孙正聿和陈嘉明等学者在对现代性研究过程中,先后从不同的角度重申马克思哲学对于人类历史发展规律的揭示及对资本主义的辩证考察,认为只有充分领悟马克思关于人的存在的矛盾性及其历史向度的思想,人们才能如其所是地理解我们生存于其中的现代境遇,马克思主义首先是从社会生产的角度把握现代性问题。从当时的历史语境出发,马克思对现代性进行了多方位地透视,指出现代性蕴藏于资本的逻辑之中,处于历史的流变之中、行进在社会的矛盾裂变之中、拓展于全球性的视域之中,用资本逻辑的演进、历史分析的观点、矛盾学说以及全球的眼光审视现代性,则构成了马克思分析现代性问题的基本视角。我们要重视马克思哲学中对于现代性的政治制度维度的研究,尤其要重视马克思主义政党学,对于当代中国政党现代性建构具有重要的方法论指导性意义。在新的历史时期马克思主义理论创新必须在现代性的多维视域中展开,要高度重视对于现代性的复杂性的探讨,对现代性问题,无论是从事实判断还是依据价值判断,既不能局限或满足于现代性的某一方面的特征,也不能简单地罗列和堆积现代性的各种特征,而必须整合哲学的、社会学的、政治学的、文学的等多维视角,揭示现代性的多重维度。这里所说的"现代性的维度"不是所谓的多种多样相互无关的现代性或原子式的多元现代性，而是现代性具有本质关联的各个方面，它们形成一个内在的有机整体，并作为文化精神与内在机理无所不在地渗透到现代社会和现代个体生存的所有方面。如果不从现代社会的深层的和内在的机理、结构、图式、活动机制、存在方式、文化精神等方面对现代性做多维度的、深层次的、全方位的透视和统摄性理解，那么，我们就现代性的某一维度、某一方面的分析无论有多深刻，都注定是片面的。更为严重的是，依据关于现代性的单向度的和片面的把握而做出的关于现代性的价值判断，无论是捍卫、重建还是批判和否定，都是无根基的虚无主义，都很容易屈从于某种情绪化或情感化的判断，不可能对社会的进程产生积极的和实质性的助推作用。

二、政党现代性拓展的契因与路径

政党政治作为现代性发展的一个重要维度，不但是现代文明的产物，同时也是现代文明发展的进程物，其自身包含的内容与特征是随着时代的发展而体现出与时俱进的特点。如何定义和正确把握政党现代性的内涵，既要了解现代性一般意义以及政党自身的特殊性，又要在政治实践中把两者结合起来。这的确是政党制度在现代政治场域演进中遭遇的难题，也是马克思主义政党学重大的现实意义所在。基于对现代性与政党制度发展演变的考量，我们认为政党的现代性就是政党基于民众的合法性认同，为充分保障民众的民主与自由等各项权利，实现社会公共性要求，严格依照有关法治程序获取公共权力，引领政治参与的本质属性和状态。政党现代性的内涵具体体现在以下几个方面：一是政党的合法性问题。指由围绕"权力与服从"而产生的价值观念原则、法律规范原则、治理绩效原则和认同机制原则等诸多政治元素构成。二是政党的民主性。指充分保障全体党员的人权与自由，尊重他们为全面实现政党的公共性而在一切问题享有最终决策的权利。三是政党的法治性。指以政党章程和国家宪法作为政党活动的总规范，并依据政党法律和国家法律对政党实行全面规制的政党治理模式。四是政党的参与性。指通过政党来实现的，政党成为了公民与政府保持沟通与联系的桥梁与平台。这是马克思主义政党学的现代性意义所在。

随着政治文明的演进，政党政治在现代民主制度中扮演的角色及其所起的作用越来越重要。法国政治学家莫里斯·迪韦尔热曾指出，作为现代政治共同体的代表与核心的政党是任何现代民主政体所不可缺少的，政党政治是现代民主政治的基本运行方式。迪韦尔热则把政党政治作为现代民主政治的基本运行模式进行架构，可谓开了先河。虽然在此之前，俄国政治评论家奥斯特洛果尔斯基和德裔学者罗伯特·米切尔斯等都对政党做了系统研究，但他们对政党所持的态度总体是批判性的。此后，利普塞特、罗坎、萨托利、爱泼斯坦和阿兰·威尔等人相继出版了各自的研究成果，对政党在现代民主中的作用给予了极高的评价。从政党政治成为西方现代民主政治的一般形式开始，政党主要表现为民众与政府之间的中介和桥梁。民众、政党、政府相互作用，共同构成了现代政党政治的基本框架。综观政党发展的历史，从权贵党、群众性政党、全方位政党到卡特尔政党、绿党以及恋童癖党、光头党等另类政党，不同的政党组织形态都是在特定的时代背景和制度前提下执行着特定的功能。对于政党的功能，英国政治学家欧内斯特·巴克评价说，政党具有双重性格或性质。也就是说，政党是把一端架在社会，另一端架在国家上的桥梁。政党和社会之间实现利益、权利、治理等多重互动。K. 冯·贝米、M. 瓦格伯特、萨托利、罗塞尔·达尔顿、马丁·P. 瓦滕博格以及巴托里尼和彼得·梅尔等学者对政党的功能也做出了深入细致的研究。其中，K. 冯·贝米指出政党的功能主要体现以下四个方面：目标制定、利益表达、动员和社会化、精英形成与录用功能；而 M. 瓦格伯特对政党的功能划分更加细化，他把政党功能分为政治利益表达和集约等十一个方面；萨托利在研究政党功能时指出，政党最重要的两大功能是表达功能和沟通功能；达尔顿和瓦滕博格分别考察了选举中的政党、作为组织的政党和政府中的政党所承担的功能，也对政党在现代民主政治中的功能作了比较全面的概括。从二战后西方政治学研究中兴起的行为主义研究方法，被一些研究政党的学者广泛借鉴和采纳，他们对政党政治的研究主要采用定量分析、实证研究和归纳方法，注重客观性描述，回避对现象的本质分析与价值判断。这种范式是建立在详细占有丰富的实证材料基础之上的，对政党运行功能的这种研究范式的兴起，这并不意味着马克思主义忽视了政党的政治参与功能。马克思主义经典作家运用历史唯物主义学说，固然主要采用定性分析方法，把政党与阶级利益紧密结合起来，科学地抽象出了政党的阶级实质，指出政党是代表一定阶级根本利益的政治集团，是阶级斗争的主要工具。同时，马克思主义政党理论还认为：政党要通过制订行之有效的政治纲领号召群众，争取群众的信任与拥护，通过一定的组织把本阶级成员联系起来，共同行动、实现本阶级的目标。所以，马克思主义的政党理论在对政党进行定性分析和规范研究以揭示出其阶级实质的同时，实际上也注意到了政党的政治参与功能，即政党带领本阶级成员实现其阶级利益的功能。在相当长一段时间内，国内政治学界对这一问题的研究往往只注意到马克思主义对政党阶级本质的揭示，而忽视了马克思主义对政党现代性功能的具体分析。

从现代政党产生以来，民主制度的一些主要政治功能如政治沟通、政治参与和政治社会化等则主要由政党来承担的。伴随着现代性由经典性向反思现代性和后现代性的转变，民主制度的一些传统功能也发生了诸多的变化，这也直接导致了政党的模式以及政治功能也随着政治文明的现代性演进，相应地发生变化与调整。政党制度由最初的封闭型的密室型政党到追求总体性和统一性的总体性政党；由科层制度影响下产生的偏重于工具理性的卡特尔政党和"政党寡头"到主张集权和等级的党国体制型政党，这些政党可谓经典现代性政党；随着社会转型带来的新社会运动、全球化与反全球化运动发展以及转型期间造成的一些动乱与危机导致政党发展与调整发生了诸多变数。政党的运作模式相应地发生了根本性的变革，在卡特尔的管理技巧、效率被引入政党管理体制的同时，多元价值观、多元治理元素也逐渐渗入政党政治之中并成为政党的理念；新型的非主流政党不断涌现，从不同的侧面挑战主流政党的垄断地位。当代政党政治中，不仅出现了提倡"第三条道路"的反思现代性的政党，还出现了关注某些特殊问题的单一问题党。一些主张民族主义、排斥少数民族以及移民的极端派政党也日趋活跃。还有反对人类中心主义，主张生态文明和生态政治的绿党以及主张另类政治，排斥传统政党政治功能的朋克、狂野疯人党、新千禧焗豆党等另类政党，这些都是新时期全球社会发生转型与调整期间涌现的有影响力的后现代性政党。

三、政党现代性视域中三重向度分析

在全球化背景下，作为政治文明重要内容的政治制度，其内容和形式得到了深度拓展和诸多的调整。为此，作为政治制度核心的政党制度，也要与时俱进地进行创造性地转换，加强政党自身的自觉意识建设。政党的自觉不仅有一个全球的视野，还要有一个共进的共时性眼光，更要有一个深邃的历史性眼光。在全球化背景下，原本存在着时空交错、脱域和风险的事物现在一下子汇集在一起，使得种种本来不构成矛盾或最初并非矛盾的问题一下子发生冲突并集中暴露了出来。解决任何一个矛盾往往能激化另一个矛盾，这就使得现代政党治理面临的复杂程度超出了人们的想象。尤其是当人们探索如何在全球化背景下，加强政党的现代性建设的时候，一定要结合当前社会实际状况，采取"结构性"、"历时性"和"共时性"分析，并将三者完整协调地结合思考。如果忽略了"历时性"而偏重"共时性"、"结构性"分析，或者忽略了"结构性"而偏重"历时性"和"共时性"分析等等，不仅会造成政党的结构性混乱，同时也会因为时空的"错乱"，而造成对政党的把握顾此失彼。对政党的研究必须考虑综合性的和历时性的因素，任何"单一"或"纯粹"的理论研究都会遭遇困境，要转向"建设性的综合"。在复杂的现实状况下，既要把握历史脉络又要注意当下的样态，更要在遵循政党发展的普遍性理路下，探索政党的差异性和特殊性。

1956 年，著名政治学家阿尔蒙德在《比较政治系统》一文中开始对各种政治系统加以分类，并使用结构—功能主义方法。从此该研究方法广泛应用于政治学研究。一些学者在研究政党政治的过程中，也曾很好地借鉴结构—功能主义方法。因为任何政党制度的功能，都是以其内在结构为前提和基础的。对于政党制度来说，如果要了解政党如何在运作过程中，发挥工具理性和价值理性，前提条件是要对政党制度进行结构性分析。在政党制度结构中，要了解权力的分配、权力的制约与权力的监督制度关系、权力与权利的制度性关系；要了解制度的整合功能以及政治参与功能。在政党的组织结构中，不仅要了解政党的组织目标及其实现目标的步骤和方法、以及组织成员对于组织目标的认同基础。还要了解作为一个组织的政党所得以正常运转的内部

条件和外部条件、政党组织的规则体系以及这些规则体系有效性的条件；了解政党组织权利的分享机制和组织利益的分配机制、组织结构的分化及其整合问题以及组织个体形象及其对于组织形象的关系等。同时，还要了解自由、民主、人权、正义等人类文明中的普遍价值观对政党结构的渗入与影响。我们注意到，对政党的研究如果从上述这些层面切入，不仅可以拓展我们对于政党研究的视角，而且可以直接对加强中国政党的建设和管理提供有益的启示。因为政党精神这一概念的蕴涵是贯穿于一切政党政治活动过程，外显于政党的制度安排、现实运作、组织行为，内涵于政党的心理结构、价值结构和文化结构之上。政党的精神就是它借助于政党的系统而复杂的结构，一经形成一定的精神核心、精神气质，就反过来更有效地解释这些制度结构存在的根据和价值。这也是对政党制度采取结构性分析的意义所在。

外生性根源论认为政党变革是外部环境变化诱发的，内生性根源论认为政党变革的主要原因是组织内部权力分配的变化。勿容置疑政党的变革是多种复杂因素造成。无论是一党制还是两党制或多党制，在全球化背景下，均遭受各种风险与危机的挑战，如果不能应变于时代的变迁，就可能丧失执政，被民众抛弃。对于任何一个具有现代性意识的执政党来说，政党的结构中构成了一个"政府中的政党"，同时又是"组织中的政党"和"选民中的政党"。结构中民主化、制度化和组织化的程度、政府的经济绩效以及选举战略与策略都是影响选民对政党合法性认同的重要变量，政党结构主要是从这三个层次上共同形塑了选民的政党认同，三者构成一个功能循环的结构体系。政党结构的主要特征是浓缩了一定信息、被公众所普遍接受的、自我维持的一个系统。其"自我维持"特性则强调了结构的合法性要求。如政党结构中的合法性系统的构建、调整与维护，不仅需要从意识形态方面建立一种广泛的认同，在政治现代化、政治民主化浪潮的推动之下，我们知道，还需要国家、政府、政党和政治领袖等不同层次政治主体的合法性基础的构建、调整与维护为前提的，这是一个系统的整体过程。在结构上，政治合法性系统并不是单一无序而是复杂有序的：其内部各个因素并不是孤立地存在着而是相互影响、协同作用，共同构成政治合法性系统的有机整体。政党结构中，每一层次子系统合法性基础又是由意识形态、制度规范以及有效性等因素互相联系的综合的系统过程，而且各因数本身也是一个次一级的子系统，诸如意识形态，一般是由传统习俗、宗教、价值观、宗教、信仰甚而民族主义、领袖魅力等理念互动构成的。西方政党为了生存和发展，通过进一步加强和完善党内竞争性民主制度建设，推进选举制度创新，扩大基层组织的权利，提高上级组织的服务意识来对政党进行结构性调整。例如，美国、英国、德国、法国等发达国家中的政党都加强了这方面的改革。为了应对形势的发展，这些政党主要采取了不断加大党内直接选举力度的方法。德国社民党就提出，由全体党员直接选举而不是由党代会代表间接选举党的总理候选人；法国社会党于1997年就把党的第一书记由执行委员会选举改为全体党员直接选举。以英国保守党新领袖选举制度为例。1965年保守党中央总部公布的"保守统一党领袖选举规章"（1975年修订）中，就党选择领袖的总原则、行为主体、领袖资格的审核、领袖职位竞争的时间、候选人的资格与提名、投票过程、正式认定和就职仪式作了详细明确的规定。为适应政党的现代性发展的要求，有的党提出了建立"网络党"的概念，就是通过建立网站，利用网络使党的领导人与党员群众、党的同情者直接沟通，讨论交流共同关心的问题，宣传党的思想主张，人们甚至可以在网上登记入党；有的政党强调自己是"跨阶级的政党"，以便扩大党的选民基础；有的政党强调建立公开、透明的管理风格，实行权力下放或地方自治，加强基层民主建设等。

在对政党进行学理性研究过程中，有一种分析路径将政党变革解释成政党功能的成长和成熟的过程。这是按照一般所谓的"生命周期"的分析路径进行探索的，其代表人物首推米歇尔斯。就政党的现代性变革是"演进的"还是"发展的"，在这个问题上，米歇尔斯进行深入的探讨与研究。他认为政党变革是由自然趋势决定的，组织从一个阶段发展到另一个阶段，所有政治组织都要经历同样的阶段，因而是演进的。在米歇尔斯研究的基础上，另一位学者帕里比安科则提出政党发展的观点，认为政党的组织变化是组织行为者之间联盟关系变化的结果，而不是组织发展的必然结果。上述这些观点与探讨可归结为对政党的历时性分析。所谓政党的历时性分析，主要从历史和环境变迁的角度分析政党的变化。这些变化主要表现为：一是政党自身包含的法律、规章、合约、良心、习惯、习俗等各种行为规则的变化；政党本身包含的一些理论价值观，要随着时代而发生调整；任何政党政治中都包含着制度的历时关系与制度的替代性。制度在纵向的运动方式与结果就不同制度的相互替代。为了应对外部冲击和内部危机，政党之间竞相进行各种决策试验，以寻求一种有活力的新策略替代旧策略。政党的历时类型，指的是时序上有先后之分，并体现在层级上递进关系的具体形态。例如英美国家的政党制度，最突出地表现出它的历时性。作为英美式的政党制度秉承经验主义的政治传统、权力分割与制衡的制度安排、改良主义的政治行为方式等，都是自身历史相沿而下所形成的。再如欧洲大陆式的民族国家，以德国的政党制度为例，该党重思辨、尚建构的政治思维，重政治运作的政治架构，强调权威与服从的政治心理，也是与它后起发展，政治上具有集权传统互动有关。又如在后发式的民族国家中，民族意识、文化传统观念更坚定、集权取向更明显、政党难于从人治困境中走出，这与后发外生的现代化进程、人治的历史背景、集权的政治传统等历史因素、较封闭的地理环境等外在原因相互作用有关。在这种环境中形成的政党一般比较集权、保守和封闭。政党不仅在历史中形成的，更要随着历史的发展，不断进行调整和完善。例如，苏东剧变之后，左翼政党依据本国实际和国际形势普遍调整了策略。以西方最强大的法国共产党为例，面对新的形势他们提出"新共产主义"的目标，认为共产主义与人道主义是一致的，共产主义不是拉平的"集体主义"、简单的"平均主义"，而是政治上民主、意味着人的解放的社会，是一个"男女自由、联合和平等"的社会和世界。左翼政党还发起对马克思主义价值进行重新评估运动，抛弃教条主义的马克思主义，实施"左翼替代战略"，要"重返马克思"，就是要运用马克思的批判方法超越马克思。再如，德国社会民主党，根据时代发展要求，于1959年在哥德斯堡通过了一个新的社会民主党原则纲领。通过《哥德斯堡纲领》，德国社会民主党最终实现了"非意识形态化"和从工人党向人民党的转型。

对政党的共时的分析是指从横向对比的角度考察政党制度的变迁与调整以及对环境变化趋势做出的一些适应性反应。政党实际上是生存于社会领域之中的。事实上，社会交换域、交易域、组织、组织场以及政治域等组成了实际的社会生活领域，并且各领域之间是相互联系的、相互影响、相互渗透。

因而各个领域中发展出来的制度相互也是关联在一起的，并且在博弈均衡的状态下，各个制度之间是相互支持、相互加强的。政党制度的共时性特点就是通过这样的制度之间的复杂关系体现出来的。共时性是对现存的现象分析的一种思维模式。当代法国后现代主义学者让·迪布瓦曾在一次访谈中表明了自己的看法："我拒绝历史。从你开始处理共时性结构的那一刻起，共时性结构就处于统治地位。"① 在此，我们看到了"共时性结构"概念的鲜明提出。它主要是指一种对于横向的历时性的发展轨迹进行纵向的共时性处理的不同于传统的新的结构性思维模式，它是结构方法与历史演进的有机结合。这种思维模式所力求表明的是，任何横向的历时性的发展轨迹都有进行纵向的共时性处理的可能。从本质上说，这种思维模式最终呈现出的共时性结构，一方面是思想史的时间上的非连续性断裂关系的再现，但另一方面也是思想史的层级架构的再现，也就是说，它可以将历史上曾经先后出现过的东西以层级关系的形式一并推向世人。当然，也正因为共时性结构思维模式具有上述特点，所以，具体针对具有横向的历时性的关于政治的三种基本理解来说，我们也可将它们做纵向的共时性处理，从而更客观地把握它们所构成的共时性结构。政党政治就是分别围绕国家、社会以权力为中轴值而展开的政治活动，不仅组成了一种"共时性"的层级架构，具体各种界限和时间之间也发生了密切的关系。政党与国家和社会以及不同政党之间都发生了共时性关系。法国学者福柯也肯定了共时性分析的意义。他认为："这些界限在时间上的分配、它们的连续、间距、可能的巧合，它们能够用来相互支配或者彼此包蕴的方式，它们轮番建立的条件，构成考古学开发的重要领域之一。"② 在全球化背景下，多元、差异的发展已经成为时代发展的特点，如何基于此基础，达到"在地球上共谋生存"的一体化格局，已成为当今人类政治生活日渐需要认真对待的重大政治课题。这种局面势必要求我们既要寻求全球一体化的合理格局，对联合国一类的世界政治组织倾注更多的精力；同时还要对一体

---

① （法）弗朗索瓦·多斯：《从结构到解构——法国 20 世纪思想主潮》下卷，中央编译出版社 2004 年版，第 566 页。

② （法）福柯：《知识考古学》，谢强、马月译，三联书店 2003 年版，第 208 页。

化的具体成分——各国政党政治有更多的了解，尤其是要对现代国家各具特色的政党制度模式、政党政治行为和基本价值加以了解，才可能使全球一体化具备坚实的基础：相互了解、相互尊重、相互合作。各个国家的政党政治在共同或相异的历史源头上，分别汲取有利于本党发展的养料，并相应形成了政党制度的共时类型，指在历史中形成的各类型政党在基本结构上的一致性、在诉诸于民主政治、法治理念和公平正义观的一致性和应对共同面临的风险与挑战的一致性。随着电视－技术－传媒新的公共空间的出现以及随之而来的各种民主体制、政治体制的新模式的形成，传统的国家概念与职能、政党和工会的概念与功能正在自行解构，各国政党面临的共时性特征日趋显现。在共时性的维度中，一个政党的政治活动总是在全方位地开展着。以主体而言，从最高政治领袖、到官僚机构成员、再到下层一般平民，都被纳入这一时代的政治机器中"加工"。从政党的各种活动的组织、到官吏的任用裁夺和公共活动的筹划、再到决策效能的估量与政策修正，都成为政党活动的有机组成部分。历史上的每一个"今天"，都在提供这样的政治事件：当下的每一个事情，都蕴涵着复杂的共时性交错的线索。当下的"世界结构"以及由此结构生成的"现代性思维范式"对中国的政党发展有着很强的影响作用。尤其在"世界结构"支配关系中进行逻辑转换而形成的毋需讨论或不容质疑的西方文明的单一性和终极性的标准——其发展的结果，便是根据西方现代性而确立的政党制度标准和价值理念等评判和界定其他民族国家政党。诚然，这种"支配"与"被支配"、"支配者"与"被支配者"很难形成共谋，亦即中国政党对西方政党所表现出的"现代性范式"不会无批判和无反思性的地接受。为此，中国政党也不会抛弃吸收民主、自由、法治、人权与正义等元素构成的现代政党制度的一些具有普适性的游戏规则，也承认这种游戏规则对中国政党民主化进程的重要性和积极意义。

在当下的中国已然聚合成了一个世界，这个世界正面临着的"共时性问题"。中国政党与西方发达国家政党应当在政治场域中保持"共时性"特点——亦即必须采取的一种"重叠性思维方式"，如果一味地强调"世界结构"的宏大叙事的普遍性，可能导致单边主义；如果彻底接受"世界结构"，可能导致虚无主义；如果无视或排除"世界结构"，可能导致守旧主义。中国政党应当采取这样一种态度，即在建构和采用共时性分析的同时，还必须对这种视角本身保有一种"共时性"的反思和批判，根据政党的共时性特点，借鉴其他政党的先进经验，谋求更好更快地发展。中国政党如何超越第一现代性和第二现代性，构建新现代性，并承担科学发展的重大职责，不仅仅要从中国过去所形成的历史性经验汲取教训，而且还将从"世界结构"中，保持价值多元与价值普遍之间的协调与统一，反对新保守主义所主张的那种"独白的普遍主义"或者哈贝马斯所批判的那种"老牌帝国的'普遍主义'"。中国政党在当下的"世界结构"中究竟需要扮演一种什么性质的政党，是集权性政党、分权性政党，还是代表型政党、整合型政党？在中国进行社会转型和制度变革的过程中，如何认识和处理好中国社会变迁和政党制度转型，既要为提供社会秩序保障又要推动社会和谐发展？以及中国政党在参与当下"世界结构"的过程中如何把那些抽象空洞的正义、自由、民主、人权、平等的概念，与中国具体发展实际情况进行创造性地组合，保障国人能够共享一种更有德性、品性和正义性的令人满意的典型中国气派的民主政治生活？立基于上述的问题意识，我们认为，在全球化时代的今天，对政党的把握不仅要重视政党的结构性特点，更要重视政党的历时性和共时性特征。要从结构性分析、历时性分析和共时性分析的视角去建构和重新定义中国政党，这是加强中国政党的自觉性建设，实现政党现代性的意蕴所在。

第一章 现代性的演进及发展向度

现代性，作为一种具有强烈时代感的人类意识，既是对历史进程的一种陈述，也是对历史事件的反思，是伴随着启蒙时代、宗教改革和工业革命时代的到来而产生的人类一种自觉自为的精神状况和价值诉求。现代性作为人类的一种命题，在政治、经济、文化和社会等诸多领域得以展开，尤其是在政治领域中的演进，对人类政治文明的发展产生了深远的影响。

一、现代性的演进

现代性是以市场经济、民主政治和个性文化为特征，以西方资本主义兴起为契机，伴随着西方启蒙运动的"人权宣言"、"独立宣言"，向全球拓展的人类新时代的精神。现代性作为社会发展的一种历史状态与历史秩序，不仅表现为：在经济上实行市场经济，追求责任契约与平等竞争；在政治上实行民主政治，在文化上倡导自由、平等、博爱；同时，现代性还指涉为人类生存的一种境遇，它尊重人的正当利益，注重人的个性与能力的发挥，确立理性的权威，崇尚人的自主，维护人的权利；现代性还体现为一种理念和价值取向，即在传统和现代的关系中，它是一种现代取向，它倡导解放人，倡导人的主体性与个人价值，倡导人的权利与自由；再者，现代性还表现为一种反思的精神，它包含着对现代化进程中的进步与代价的一种审视、反思和批判。伴随着历史的发展，现代性在社会的各个领域拓展，获得了政治现代性、经济现代性和文化现代性等多重内涵和显现的差异性，但这种内涵和差异性都是围绕现代性的两大根基——主体性和理性展开的。现代性的这种多重内涵的差别是人们在不同范畴中关注和探索的旨趣的差异而不同。可以说现代性是人类经过启蒙运动、宗教改革和工业化革命三大运动对以往的认识和思想进行了一次颠覆性活动所取得的最显著的成果。人类最终依靠和运用现代性摆脱了神权、王权和专制统治，走出自然状态，走向世俗，走向自身；使人自身成为主宰自己的神，使人类由对"神的崇拜"、"王权的崇拜"走向对"自身的崇拜"和"世俗权力的崇拜"。

（一）现代性的梳义及流变

"现代性"来源于"现代"（modern）。"现代"一词出现的较早，大约在公元5世纪就有人使用了。汉斯·罗伯特·尧斯，曾对"现代"一词做过广泛考证。他认为，这个词源于拉丁语单词"modernus"，其本意是"目前"（the present）、"现在"（right now）或"当今"（today）等等。现代的旨意就是区别于过去的自己生活的当下时代。"modernus"之词出现不久，像"modernitas"（现时代）、"moderni"（现代人）等拉丁语汇也紧随其后很快流行和铺展开来。但是仅仅从现代的语义角度对其展开分析来看，"现代"总是与"往古"相对，两者构成了一种生存性的联结、张力和矛盾。但是如果从历史进程或年代学的意义来把握"现代"和定位"现代"，它只是在断代史意义使用，仅仅表示为编年史意义上的"现代"理念，并没有揭示出现代性特有的精神文化内涵和现时代人们的态度。[①] 因为，人类历史上的任何一个时间区域都曾经属于"现代"，而任何一个曾经被称为"现代"的时间区域都将成为"往古"或"过去"。显然，要解析"现代"现象的结构与机理，就必须超越

---

① 汪行福：《走出时代的困境——哈贝马斯对现代性的反思》，上海社会科学出版2000年版，第29—30页。

单纯的时间规定。尤其是从人类生存哲学角度探究"现代性"这一概念，便显得越发至关重要。

相对于"现代"而言的"现代性"一词，起源于中世纪，最初使用于文学艺术，表示一种新潮性，主要用来对抗旧的思想，对它没有认可的东西所表示的一种轻蔑和嘲弄。据考证，最早使用"现代性"一词的是法国启蒙时代的文学家波德莱尔。1863年，他在《费加罗报》上发表题为《现代生活的画家》的系列评论，其中第四篇的小标题就是"现代性"。它所表述的就是要寻觅一种"我们可以称为现代性的东西"，认为现代性就是那种短暂的、易逝的、偶然的东西，是艺术的一半。波德莱尔对现代性的认识和看法，可以说接触到现代性的一些本质性的东西。"现代性"一词是以"现代"一词为词根加上表示"性质"、"状态"、"程度"等意义的后缀"－ity"构成的。随着人类现代文明的推进，现代性，不仅仅表示为一个时间分段的概念，更多的是一个表达现代时期的社会生活所具有的态度、品质、自醒、秩序或反思之类的涵义。现代性不仅仅是指一个历史断代术语，一个特定的历史时期，而且是一种叙述和制度。法国后现代主义学者利奥塔曾认为现代性就是"元叙事或大叙事，确切地说是指具有合法化功能的叙事"①。他认为在西方现代性事业中人们总是把某种语词、中心、基本原则，看作是本源的、终极性的东西并作为判定事物真实性的根据。其本质上就是柏拉图的"理念论"，把某种普遍的、唯一不变的理念作为事物的本质，作为普遍真理的标准或者元叙事。随着启蒙运动以来，现代性颠覆了传统性，确立了现代民主制度。现代性意味着是一种特殊的社会生活方式与制度模式。英国学者吉登斯就把现代性看作是："在后封建社会的欧洲所建立而在20世纪日益成为具有世界历史性影响的行为制度与模式。"②把现代性看作是一种生活方式和制度模式，表明生活在现代化中的人们不仅渴望追求平等、自由等权利，同时也希望获得一种

---

① （法）利奥塔：《后现代性与公正游戏——利奥塔访谈录》，谈瀛州译，上海人民出版社1997版，第169页。

② （英）安东尼·吉登斯：《现代性与自我认同》，赵旭日等译，三联书店1998年版，第1页。

安全的秩序保障。而德国学者哈贝马斯却把其看作是一项"未完成的设计"①；英国学者齐格蒙特·鲍曼认为现代性是一个由差异性诞生新的差异性的发展过程，这个过程不仅直观形象地反映了当今的社会现实，而且暗示了时空关系的重大转变，从而推动了现代性从沉重的、固态（solid）的现代性到轻快的、液态的现代性的转变。他认为既然现代性是流动的，那么整个社会结构不可能是铁板一块的，而是发生了决定性的转变，这种转变是向着个人自信和自主的方向发展。"这种重大的分离，已经体现在对源于'正义社会'、人的权利构架的道德、政治话题位置的重新确定，这使得个人有权保持不同，并有权按他们自己的幸福模式和合适的生活风格来任意作出选择和取舍的话题重新成了人们关注的焦点。"②

依据以上方面的研究与分析，人们对现代性的感悟与追求，正如哈贝马斯所言："仅当我们不再如往常那样集中于艺术时，才成为核心之点。"③ 现代性本身历史性的变化，也进一步拓宽了人们沿着哲学、经济、政治、法律、社会、文化以及日常生活等各个维度突入现代性论域，并用各自的棱镜作观察的视角。对现代性的诸多定义和思考表明，现代性在西方社会的呈现，虽含有历史发展向度，但某种类型的结构模式则是其实质性的方面，其本身始终贯彻着某种精神和批判的反思。事实上，现代性问题本身至为复杂，它既是一个量度的时间范畴，一个可以界划的时段，又是一个质的概念，亦即根据某种变化的特质来标识这一时段，同时也表达出人们对某种理想制度的希望和建构，甚至是一种精神和反思。福柯把对现代性的这样概括则称呼为一种总的态度："与当代现实相联系的模式；一种由特定的人民所作出志愿的选择；最后，一种思想和感觉的方式，也就是一种行为和举止的方式，在一个

---

① （德）哈贝马斯：《现代性的哲学话语》，曹卫东等译，译林出版社 2004 年版，第 1 页。

② （英）齐格蒙特·鲍曼：《流动的现代性》，欧阳景根译，上海三联书店 2002 年版，第 44—45 页。

③ （德）哈贝马斯：《论现代性》，载《后现代主义文化和美学》，北京大学出版社 1992 年版，第 16 页。

和相同的时刻，这种方式标志着一种归属的关系并把它表述为一种任务。"①

启蒙运动以来，现代性也可以被认为是一种人间世俗自我救赎的方案，主要是解决人类在近现代所遭遇到的各种问题，尤其是人的自我救赎和人的自我成熟所面临的本体论难题，即在抛弃了传统的宗教依据和神权理念，人的存在和追求又何以可能？人类拿起现代性的武器，根据现代性的两大根基：主体性和理性来实现自我救赎。这样以来关于自主的和理性的人及其在时间之流中的地位观念必然发生某种独特的变化，同时未来的无限开放程度也给刚刚摆脱神学羁绊的人类造成了一种可怕的后果：人们面对无限的自由和自主而变得不知所措，于是在观念空白的状态下毫无节制地挥洒着刚刚释放出来的巨大能量，带着欣喜与狂放，对他者进行规划和蹂躏，肆无忌惮地开发着思维的潜能和自然的潜能。结果，人们却发现过度地追求伟大而神圣的主体性和理性，最终会因为背离生存的根基而走向自我毁灭。在这种进程中，现代性就具有两层含义，一是人的主体地位的自我确证和理性的自我膨胀；二是反思这种自我确证和理性的自我膨胀所导致的各种危机。前者是肯定性的，后者是否定性的，但它们的理论指向却是完全一致的，那就是：人在现代社会的最终定位和命运是什么，现代性从一种本身多义的理论发展成为一个值得探究和反思的问题，即现代性问题。其实质在于它对西方所建立的那套政治、法律、社会制度从哲学、文学以及社会学层面进行了批判与否定，起到了一个整体性颠覆的作用。现代性是在现代化的物质基础上产生的一种精神成果，回过头来又对现代化的物质成果本身进行了批判。这也是现代性的迷人之处。

（二）政治现代性的内在逻辑展现

政治现代性作为现代性构成的重要内涵，是现代性演进的一条主要路径和维度。政治现代性就是以民主、自由、平等和权利等价值理念作为内在的元素，以民主、自由、平等和权利等构成的现代民主制度作为其外在支撑的政治演进。政治现代性最初起源于欧洲中世纪，人类历史进程中的一段最黑

---

① （法）福柯：《何为启蒙》，汪晖、陈燕谷主编：《文化与公共性》，三联书店1998年版，第430页。

暗的时期。欧洲中世纪的政治生态表现为融教会与国家、教权与王权于一体的神权政治，与这种神权政治相适应的意识形态是以奥古斯丁和阿奎那为代表的神权政治论，整个社会都拘伏于神学政治的囚笼中。恩格斯曾经这样评价过当时的状况，他曾说过，中世纪只知道一种意识形态，即宗教和神学。在这种极其独裁与专制的政治环境下，广大民众不仅被排除在政治体系之外，而且被驯服为一种政治动物。对中世纪政治权力的合法性解释则归于上帝与人的生活无涉，形成了"君权神授"的学说，上帝的认可就成了政治权力进行合法统治的正当性的证明，世俗政权就是得到上帝的恩准并通过"君权神授"获得了统治的权利。由于神权统治压抑人否定人，在政治上"超越神圣的合法性一种独大"而排斥"人心民意的合法性"，使政治中出现了许多残暴荒唐的不人道现象与非理性现象，神权政治最终因为不能综合多重合法性而一种合法性的独大导致了自己的灭亡。在神性的秩序观之下，政治正当性是无须常人追问的天道如何，正当性的基础是信仰，是"使民同意"或者"代替民意"；而在世俗秩序观中，常人的身影出现了，对正当性的追问开始了，正当性的基础是同意，是人民同意或者"公意"。

中世纪后期，随着资本主义生产关系的形成与发展，神权政治越来越成为经济和社会发展的桎梏。在这种情况下，进步的思想家们在意识形态中开始向神权政治发出挑战，这种挑战从而启动了人类近代的政治发生了重大转型：从政治神圣化转向政治世俗化。这个进程，先是发端于意大利进而波及整个欧洲的文艺复兴运动，继之而起的思想启蒙运动形成了对神权政治的强烈的冲击波。荷兰的格老秀斯、斯宾诺莎，英国的洛克，法国的伏尔泰、孟德斯鸠、卢梭，美国的杰斐逊、潘恩等启蒙思想家运用自然法和社会契约论，不仅抨击了神权政治，抹掉了笼罩在封建专制制度上面的宗教蒙昧主义，而且论述了国家、政治社会、政府和法的起源与形式，使国家、政治、权力、法律等问题从宗教神学的束缚中解脱出来，回归人性本来的面目。因为国家、政治、权力、法律等问题都因为人而起的，其目的是解决人自身的发展遇到的矛盾与困惑。由于中世纪神权政治下，神圣合法性一种独尊出现了问题，西方社会在政治上出现了对中世纪神圣合法性的神权政治的反抗。这一反抗旨在尊重人，承认人的当前生存和现世价值，享有不言而喻的合理性。以

"神"为中心的合法性解决过渡到以"人"为中心的合法性解决。这一转变和成就集中体现在西方民主政治的合法性理论——社会契约说与主权说中。"要寻找出一种结合的形式，使它能以全部共同的力量来卫护和保障每个结合者的人身和财富，并且由于这一结合而使得每一个与全体相联合的个人又只不过是在服从其本人，并且仍然像以往一样地自由.'这就是社会契约所要解决的根本问题。"① 社会契约说把合法性从"神"向下转移到"人"，并成为近代以来的民主政治所有解释的根源。

社会契约说很复杂，有霍布斯的社会契约说、洛克的社会契约说和卢梭的社会契约说，但所有的社会契约说都有一个共同点，即都强调人之所以要服从政治权力（国家或政府）的理由，是人把自己的权利让渡并认同给了一个主权者（国家、政府、君主或人民），主权者就获得了统治的权利，服从就成了社会共同体内所有参加社会契约的人必须履行的义务。因为人们选择让渡自己的权利不是外力强迫的结果，而是具有精明理性的个体通过理性权衡利害自愿选择的结果，所以人会自觉履行服从主权者的义务。这样，政治权力的合法性就不是来源于"神授"，而是来源于"人让"，人们让渡自己的权利就使政治权力获得了统治的合法性，即统治的权利。自从社会契约说在西方流行开后，"神"就逐渐隐退出政治权力合法性的领域，"人"就渐渐上升为政治权力合法性的中心，取代了"神"成为政治权力合法性的唯一渊源。扛起"从身份到契约"运动大旗的首推霍布斯、洛克和卢梭。他们透过对自然状态的假说，明确主张天赋人权，以社会契约论的经典，演绎着人作为人的主体性的觉醒与张扬。个体普遍意义上真正地拥有能够支配自己行为的自主权力，不再像奴隶社会或封建社会那样，只是奴隶主或土地的奴隶；每个人在法律面前是自由平等的，都具有向特权阶层挑战的可能性。我们可以以洛克为例，来说明政治权力合法性的渊源如何从"神"变成了"人"。洛克在《政府论》中，反复强调政治权力的合法性不是建立在教会的认可上，即不是建立在"君权神授"上。《政府论·上篇》通篇都是对当时还在流行的"君权神授说"进行批判。在《政府论·下篇》，洛克才真正具体地解释统治的合法

---

① （法）卢梭：《社会契约论》，何兆武译，商务印书馆2003年修订版，第9页。

性是建立在人的理性选择与意志同意上，即建立在人们共同同意的社会契约上。洛克提出了一些问题：人为什么会服从国家？为什么会服从政府？为什么会服从统治权威？人的这种服从就像服从自己与他人订立的民事契约一样，是自己自愿选择了对自己进行约束的义务，是"人"赋予了政治权力合法性，服从政治权力就是服从自己。所以，洛克的《政府论》就是继《利维坦》之后把"神"从合法性的宝座上赶走，把"人"拥戴上了合法性的宝座。"任何人不能指望把我置于他的绝对权力之下，除非是以武力迫使我接受违背我的自由权利的处境，也就是使我成为奴隶。"① 从此以后，以"人"为中心的合法性解释就成了西方两百多年来民主政治的唯一法理渊源，从根本上颠覆了专制统治的基础，成为现代民主制度中最为核心的元素。"人"变成了世俗政治中的上帝，具有唯一、至高、绝对、排它的合法性，落实到政治上就只以"人"为中心来解决政治权力的合法性问题而排斥其它合法性。这种以"神"为中心的合法性解决过渡到以"人"为中心的合法性解决，主要体现在西方民主政治的合法性理论——社会契约说与主权说之中。人们在让渡自己的权利的时候同时也就使政治权力获得了统治的合法性，即统治的权利。

社会契约说在西方流行开后，"神"就退出了政治权力合法性的领域，"人"就上升为政治权力合法性的中心，取代了"神"成为政治权力合法性的唯一渊源。当"人"变成了世俗政治中的上帝，具有唯一、至高、绝对、排它的合法性，当人成为一切的中心的时候，西方政治在合法性问题上却从一个极端又走到了另一个极端，一种合理的反抗最后带来了不合理的结果。西方民主政治的诸多弊端都可以在这里找到其根源。如何为这种合法性提供比较可靠的基础和论证呢，卢梭提供的解决方案是社会公约，即"我们每个人都以自身及其全部的力量共同置于公意的最高指导原则之下，并且我们在共同体中接纳每一个成员作为全体之下不可分割的一部分"②。既然是个体促成共同才生成公意，那么公意还应当包含秩序与规则等原则。人们需要自由、权

① （英）约翰·洛克：《政府论》（下篇），赵伯英译，陕西人民出版社2004年版，第139页。

② （法）卢梭：《社会契约论》，何兆武译，商务印书馆2000年版，第24—25页。

利和民主，当然前提就是自由、权利和民主的活动边界问题，不能侵犯他人的自由、权利与民主，这就需要政治制度来提供秩序与规则对其进行规约。因为，"处于政府之下的人们的自由，应有长期有效的规则作为生活，那种规则为社会里的所有成员共同遵守，并由社会里建立的立法机关所制定"①。随着现代政治文明的进展，秩序的意义越发明显，"在现代性为自己设定的并且使得现代性成其为是的诸多不可能的任务中，秩序的任务——作为不可能之最，作为必然之最，作为其他一切任务的原型（将其他所有的任务仅仅当作自身的隐喻）——凸现出来"②。秩序在现代性展现过程中，不只表现为一项任务，一种政治实践，同时也是一种对生活状态的反省、维持和培育，这种理念是现代性所内在固有的。因为，混乱是一切恐惧的源泉和原型。混乱曾经给人类带来诸多灾难，为了避开混乱人类需要合作、共处结集成为共同体，形成公意，制定法律，保障权力的运作。"当任何数量的人基于每个人的同意而组成一个共同体时，他们因此而使这个共同体成为一个整体，拥有作为一个整体而采取行动的权力，而这只有依据大多数人的同意和决定才能做到。"③"我们无须再问应该由谁来制定法律，因为法律乃是公意的行为；我们既无须问君主是否超乎法律之上，因为君主也是国家的成员；也无须问法律是否会不公正，因为没有人会对自己本人不公正；更无须问何以人们既是自由的而又要服从法律，因为法律只不过是我们自己意志的记录。"④ 这样，公意就成为政治共同体的现代性追求目标。公意是政治共同体成员全体一致的同意的结果，是永远正确的，而使意志得以公意化的基础是把人们结合在一起的共同利益。服从公意即服从自由、服从自己。主权是公意的运用，法律是公意的行为。因此，使生活处于主权者合法压制之下的理由只能从公意那儿寻找。一个国家或者共同体，只有在结合了意志的普遍性与对象的普遍性的法律的

---

① （英）约翰·洛克：《政府论》（下篇），赵伯英译，陕西人民出版社 2004 年版，第 142 页。

② （英）鲍曼：《对秩序的追求》，《南京大学学报》，1999 年第 3 期第 37 页。

③ （英）约翰·洛克：《政府论》（下篇），赵伯英译，陕西人民出版社 2004 年版，第 185 页。

④ （法）卢梭：《社会契约论》，何兆武译，商务印书馆 2003 年修订版，第 47 页。

统治之下，也就是说只有实行法治（卢梭称之为共和国），才是公共利益在统治着，因此，"一切合法的政府都是共和制的"①。在卢梭这里，现代政治正当性得到了"完美"表述——公意，即全体人民一致的同意，是政治正当性的惟一基石。近百年来西方政治民主化的实践过程中，逐渐实现了这种政治转换。

（三）政治共同体的现代性意识与政党的生成

共同体是人类在不同历史时期共同生活或为实现一定共同目标，共同进行一定活动而形成的组织体。共同体是个宽泛的概念，它首先是人的集合，由相关成员个体按照地域、文化和政治等因素而组合成不同层次、不同性质的共同体。家族、社区、公司、民族、国家甚或是整个人类社会都是个体的不同组织形式，也是共同体的不同表现。从政治学的现代性视野中来看，历史上的城邦、城市、王国、民族国家等都是独立的个人在一定地域内基于共享的观念和文化而通过参与形成的政治共同体。政治共同体，又称政治社区，是指具有共同的政治利益、公认的政治机构和特定的居住区域的人们所构成的社会集合体。人类的政治共同体是伴随着人类政治文明的逐渐演进而发展的，在人类早期的社会里，单个的人无法抵御野兽和洪水等自然的威胁，他们必须团结并组织起来共同抵御来自外界的"恶行"，同时也必须实行"扶老携幼"的具体措施以调节内部成员的实物分配，于是以自然共同体内部的公共事务为对象产生了原初的、小规模的政治共同体；随着时间的推移和社会的发展，民族、宗教、地域、经济或社会身份等社会力量猛增并呈现多元化趋势，为了维持秩序、解决争论、遴选权威领导人而作出政治组织或程序的安排逐渐成为构成政治共同体的必要元素。

政治共同体与一般政治团体的区别主要在于它以共同体成员的政治利益共识为基础，并且拥有共同的政治机构，而且政治共同体的成员通常拥有特定的居住区域。在任何民族国家内部，必然存在着各种具有共同政治利益和政治权威机构的社会集合体，这些政治共同体构成了国家政治生活有序性的结构基础。当代有影响的西方政治学家一般都很重视政治共同体这一概念，

---

① （法）卢梭：《社会契约论》，何兆武译，商务印书馆 2000 年版，第 51 页。

但他们的理解则不尽相同。如 S. P. 亨廷顿认为，政治共同体以种族、宗教、职业和共同的政治机构为基础，它有 3 个要素：（1）对政治和道德规范的某种共识；（2）共同的利益；（3）体现道德一致性和共同利益的政治机构及政治制度。他说，一个社会所达到的政治共同体的水平，反映了构成该社会的各种社会势力与政治制度之间的关系。K. W. 多伊奇把政治共同体看作是类似于政治系统的东西。他说，政治共同体是"辅之以强制和服从的社会互动者"，它由形形色色的政治行为者构成。E. B. 哈斯则把政治共同体当作是一个理想的、典型的政治单元，认为政治共同体最主要的要素不是地理区域而是政治关系，尤其是公共的政治权利以及公民对核心政治机构的忠诚。D. 伊斯顿认为政治共同体是联结政治系统成员的一种纽带，最基本的要素是情感的联结。他对政治共同体所下的定义是，"政治共同体这个概念，指的是政治系统的一个方面，它是由政治分工联合在一起的人群团体"。如果人们处在没有任何制约的完全自由状态，那么人们相互之间实际上就处在一种如同霍布斯所说的"战争状态"，人类社会中充满了弱肉强食的激烈争夺，任何人都没有基本的完全保障，没有基本的利益保障，人们的每一个行为都必须付出极大的成本，而且具有极高的风险，并且没有能够获利的任何保障。因此，人们的各种利益都必须在一定的社会制约条件才能实现，随着制约条件的不同，人们实现其利益的方式、程度及付出的成本和承担的风险也有很大差异，而提供社会制约条件却是政治共同体的基本功能。当政治共同体的规模比较小的情况下，人们很难在广阔的社会空间进行有效合作，而人们从社会制约中获得的利益及安全保障也比较少，一个势力比较弱小的政治共同体不可能为实现人们最广泛的利益而提供优良的社会制约系统。如果社会利益紧密相关的人们被分割在不同的政治共同体中，那么，他们之间进行合作的深度和广度就会受到影响，而政治共同体之间的矛盾协调将增加人们合作的社会成本和社会风险，从而有损于人们的根本利益和长远利益。

人们组织政治共同体的根本原因和基本动机，不是为了实现某个抽象的原则或法则，也不是为了虚荣的当家作主的自尊，而是希望通过政治共同体提供的公共平台保障和发展自己的最大利益。一切抽象的政治原则或法则所以受到人们的普遍推崇和认真执著的追求，根本原因是政治原则和政治法则有利于民众实现和维护他们的根本利益。如果没有了利益方面的具体体现，不能给民众带来具体的利益实惠，那么，所谓公平、公正、自由、理性和正义等，都是有悖于政治共同体价值诉求的哗众取宠之举，并无实际政治意义。政治共同体的正义和公平等主要取决于它能否给民众普遍带来低成本、低风险的利益收获，而不是民主形式上的普遍参与和虚假自主。为了追求政治民主的形式而牺牲民众具体利益收获的民主追求是虚假的政治民主，单纯为了追求当家作主而进行的为当家作主而当家作主的政治民主同样也是虚假的政治民主，判断政治共同体及政治活动是否民主的标准不仅是政治民主的形式机制是否健全，而且还要看政治共同体及政治活动的结果是否促进了社会对政治权力的有效参与，是否有利于增加人们的整体收益，是否能够保证整体收益能够公平、公开、公正的分配。总之，政治共同体存在的基本目的并不是为了抽象的原则或法则，而是为了实现维护人们的根本利益、长远利益和具体利益，既要减少社会合作和社会行为的社会成本，降低社会合作和社会行为的社会风险，提高整个社会的共同或整体收益，还要保证社会利益能够公平、公正、公开分配，最终是为了实现社会整体的共同发展。人们所以追求政治民主，乃是因为政治民主能够集中社会的智力资源进行科学决策和公平决策，从而能够最大限度地发挥政治共同体促进社会发展的积极作用。因此，人们组织政治共同体的基本原则就不应该是抽象的政治哲学原则，而是政治共同体的社会效率，以政治共同体的社会效率来决定发展什么样的政治共同体，发展多大规模的政治共同体。特别是如何处理权利与权力的关系应当成为政治共同体生存发展的根本依据。随着17世纪的英国资产阶级革命、18世纪的美国独立战争和法国大革命决定性地把政治从抽象的神圣时代推入向了普遍化的世俗化时代，人类的政治共同体也获得了现代性意义。在资产阶级文明时代所制定的宪法及宪法性文件中都明确规定，国家主权属于人民，任何权力都来源于人民，人民拥有言论、结社、集会、选举和监督等权利；在政治结构与制度方面，经由普选产生的议会拥有较高的权威，包括总统在内的各种重要官职均需其选举或认可方能产生，而且立法、行政、司法机构互相制约。所有这些，都标志着政治的平民主义时代的到来，人民不再是专制体制下的被奴役对象，而是真正成为国家和社会的主人。

作为政治现代性的产物——现代民主，是伴随着国家（政治共同体）与公民（市民社会）之间关于权力和权利的交换关系深入发展而逐渐生成的。"当人们最初联合成为社会时，大多数人自然拥有属于共同体的全部权力，可以随时运用全部权力为社会制定法律，并通过他们自己委派的官吏来执行那些法律，因此这种政府形式就是完善的民主政体。"① 在前现代性社会中，权利与权力是相互勾连成一个整体，两者之间难以分离整个地被专制者所僭越。随着现代性社会的到来，人们获得了自主的人权，成为政治共同体中的政治主体的时候，为保障自主的人权，人们之间坚持平等原则，需要用"平权"意识，反对特权意识。政治主体之间的权利平等，需要社会提供统一的秩序、制度为其提供保障，这种秩序和制度就是现代民主。这样以来权利与权力就伴随着现代性的演进，逐渐发生了分离，这就使现代民主的产生成为现实，而且现代民主也将随着国家（政治共同体）与公民（市民社会）间权力和权利交换关系的发展而存续下去。所谓权利其实就是资格，"说你对某物享有权利，是说你有资格享有它，如享有投票、接受养老金、持有个人见解、以及享有家庭隐私的权利"②。当公民已经把自己最重要的权力即自然权力让渡给国家这个政治共同体的时候，国家就应该兑现给自己享受平等的权利、自由的权利、政治参与的权利。这样以来，公民以契约的形式将权力让渡，保留权利为自己管理与支配，而作为"公共权力"机构的国家又能进一步通过民主方式的运作，确保公民能够从自己那里收回"主权在民"这种民主结果。这样以来，正如达尔所说："民主不仅仅是一个统治过程。权利是民主政治制度不可缺少的组成部分，因此，民主体制内在地就是一种权利体制。权利是内在统治过程最为关键的一种建筑材料。"③ 正是权利的凸现，才确保了在国家和公民社会之间权力的双向存在和运作，使国家和公民社会互相依赖、互相牵制，从而构成现代民主的核心。现代民主是在力图解决现代国家里公民

---

① （英）约翰·洛克：《政府论》（下篇），赵伯英译，陕西人民出版社2004年版第204页。

② （英）米而恩：《人的权利与人的多样性》，中国大百科全书出版社1993年版，第111页。

③ （美）罗伯特·达尔：《论民主》，商务印书馆1999年版。

社会与国家之间所展开的权利与权力交换关系过程中产生的。它力求深入发展国家与公民社会之间的权利与权力的交换关系，从而实现和确保"主权在民"这种民主的根本形式。也就是说，"当公民通过权利让渡的方式使国家权力成为被授权的公共权力的同时，国家应当将原生态的国家与公民间权利与权力交换关系中所得到的权力以'主权在民'的形式反还到公民手中，只有这样，公民与国家之间所展开的权利与权力交换关系才算完成一个完整的循环"①。正是公民与国家之间权利与权力的反复交换，使政治现代性获得了物化的外在形式——现代政治制度。这种政治共同体，以科层制度、技术制度和官僚体制的表现形式，确立了"人民的统治"或者更准确地表述为"人民的权力"② 即"主权在民"，实现了现代政治共同体制度的合法性。和过去的君主统治、贵族统治、寡头统治和专制统治不同，是一种"法理型"统治。这种"法理型"统治的权力合法性来源于人民，是以人民的同意来取代上帝或神的旨意，和过去的统治合法性建立于世袭地位上，以君权神授是其合法性的理论基础截然不同。

随着神权政治的合法性基础的位移，以及各种形式的社会契约论的建构，国家政权合法性基础从上帝手中位移到人民手中的历程得以实现。政治的合法性建立在自由个体的认可与服从之上。这在客观上导致了以下几个现代民主重要理念的产生：（1）任何权力的合法性获得都将成为政治的基础；（2）个体的各种权利保护成为国家权力行使的价值标准；（3）有限政府的理念逐渐得以确立；（4）权力的有限性和制约性；（5）政治民主选举成为必要；（6）权力的运作需要严密的法律程序给予规范与制约。随着资产阶级革命的不断胜利和宪政制度的确立，宪法、人权、自由、平等、分权制衡、政党政治、代议制等等，都成为现代政治共同体文明中的重要元素与符号。这些元素与符号之间的互相变换、组合与实践，则构成了现代政治共同体文明的重要特质，并具体表现为以选举体现民主、以权力制约权力、以法治制约权力和以法治保护权利等内容。而这些内容又构成了现代宪政文明的基本内涵与基本

---

① 欧阳英：《走进西方政治哲学》，中央编译出版社 2006 版，第 655 页。
② （美）乔·萨托利：《民主新论》，东方出版社 1993 年版，第 22 页。

要求。作为政治文明成熟的最高阶段宪政，体现了当代政治的基本价值内涵，决定了政治文明的发展方向，已经成为绝大多数国家政治改革的典范。宪政蕴涵的现代性政治话语中的"主权"、"分权"、"人权"三个关键问题，也通过政治文明演进中的政治学家和法学家的阐发有效地转化成"国体"、"政体"、"公民基本权利"的三个重要的宪法命题。从而为政治文明的发展转换为代议制政治共同体的建设奠定了最为坚实的基础。从此人类的政治行为与政治活动在代议制这种政治共同体制度的框架下实现了常规化与法制化。

论及代议制政治共同体制度，无论如何是绕不过直接民主这个话题，可以说直接民主和间接民主的发展是代议制获得丰富和完善的不可缺失的重要组成部分。甚至在人类政治以"神"为中心的合法性解决过渡到以"人"为中心的合法性解决之前，人们就开始对政治共同体的制度模式进行漫长的探索和实验。在长期的历练过程中，人们首先遭遇到的是直接民主。古希腊的民主可以被称为直接民主的样板，并被人们称为一种"极端的民主"，是因为这种民主模式把直接民主运用和发挥到了极致。在当时雅典的社会中，不仅用直接民主产生政府的行政官员，还用此方法来决定军队的首领和法官的人选，甚至用同样的方法来决定一个人的生死命运。雅典民主的极端化不仅使民主在操作、效率和规范方面陷入困境①，而且使民主因缺乏慎思和理性，此后的两千多年中一直被视为"暴民政治"或"愚民政治"而大遭污垢和贬斥。古希腊民主实践以及后来的某些极权政治模仿，为现代人提供的深刻教训在于：要防止民主异化为暴政，仅靠公民在广泛的范围内享有参与集体活动的自由即"积极自由"是不够的，还必须使其享有充分的、不可干涉的个人生活的自由，即"公民自由"或"消极自由"。基于上述认识，西方民主先驱们，在对民主、自由和人权等探讨的过程中，将"公民自由"的概念引入民主政治的范畴之中，阐明了一种有限的或自由的民主理论，使民主的观念得到了根本的改造。依据自由的民主观念，民主制度是迄今为止可供选择的最为优良的、但并不是十全十美的制度；在实行民主制度的同时，还必须为它设置必要的防范措施；民主的最大危险来自于公

---

① 有关详细介绍参见（美）罗伯特·达尔：《论民主》，商务印书馆1999年版，第115—116页。

共权力的无限性。① 除了地域、人口和社会事务的复杂性这几个方面的原因外，导致民主观念由"直接民主"转变为"间接民主"的重要原因还在于人们对传统民主观念的激烈批评，认为"公意虚无"和"多数无知"。人们不仅领教了个人独裁和少部分人专权的恶果，也尝到了"群氓政治"、"暴民政治"的灾难性后果，期望在二者之间找到一种折衷的解决方案，而"代议制民主"这种政治共同体模式就是比较理性的答案。为了克服个人独裁和少数人专权，自由主义选择了民主；为了防止"群氓"专政，自由主义为民主设防安装篱笆，不仅从范围上限定民主的边界，而且从制度上做出弥补。民主就是在直接民主逐渐消亡的过程中经过蜕变并获得了新生——间接民主的产生。间接民主使人的权利有了可伸缩回旋的余地。譬如 10000 个人决策，从中选择 50 个代表，50 个代表经过协商，很多问题就能够迅速解决。这样使民主的形式变的十分好操作，这叫做间接民主也叫做代表制民主，也可以翻译成代议制民主。它的产生是人类文明的共同优秀成果。

代议制民主，既不同于雅典的城邦式民主、卢梭的"小国寡民"式的直接民主，也不同于享有美国"宪法之父"美誉的麦迪逊式的"纯粹民主制"。代议制民主代表了政治共同体发展的新模式，滥觞于英美等早期现代化国家，并被西方以外的政治体系广泛采用。所谓"代议制"或"代表制"的基本要义是：首先，承认人民主权的基本原则，即人民是国家权力的来源；其次，由人民通过一定可操作的规则和程序，选举产生一定数量的"代表"组成代议机构或其他权力机构；再次，这些机构根据既定的规则和程序行使国家的立法及行政之权力；最后，行使国家权力的机构对人民负政治责任，即人民保持有通过一定的规则和程序收回其权力以重建委托关系的权利。代议制代替直接民主制是当前民主政治普遍的制度选择，但是，代议民主制这种政治共同体潜藏着现代民主政治的一个困境：主权与治权的分离。代议制本身存在一种无法避免的危险：一是人民和代表之间的矛盾；二是多数决定与少数权利保障的矛盾。这种矛盾的危险性在通常情况下往往以人民的名义来掩饰，所以具有极大的欺骗性与隐蔽性，它的后果往往会导致政治共同体的失范或

---

① （法）托克维尔：《论美国的民主》，商务印书馆 1988 年版，第 282—298 页。

变异。因此，为解决民主代议制中主权与治权在政治理论中的悖论，在宪政秩序下一个能够保障和平衡各方面利益诉求的政治共同体无疑是最为可取的方案。它在价值层面易于实现民主与自由的平衡、权力与权利的平衡，能够有效规范政治民主的运作，真正实现民主政治的制度化和法制化，落实如多数原则、确认和保护公民权利原则、代议制原则、有限权力原则、法律面前人人平等原则等。这种特殊的政治共同体就是政党。因为人类社会中，人们产生的分歧和冲突是由利益矛盾引起的，而利益矛盾是由利益的有限性与追求利益的无限性的矛盾运动的必然结果；面对这些冲突和分歧可以通过政党这种政治共同体，综合和协调各种的不同利益，并将利益分歧和冲突限制在一定范围之内并使之秩序化，使追求利益的积极行为得以持续进行。政党是政治共同体的利益分化、利益谋取和利益代表的产物，是现代性政治特有的制度组织形式。如果民众生活在政党这种政治共同体中，由于处在政党的公共权威治理之下，民众各种行为的可预期性非常明显，从而为各种各样的社会合作提供了便捷条件，降低了社会合作的风险。另外，在政党这种政治共同体中生活的民众在解决纠纷时所花费的时间的社会成本要远远小于不存在共同公共权威情况下纠纷解决所必须的时间和社会成本。由于政党公共权威的形成已经预设了被治理者的同意，因此，当人们的利益诉求、利益表达出现了纠纷的时候，政党的权威具有完全代表当事人做主的当然合法资格，并能够提供充分的沟通与表达的渠道，相对于缺乏政党的社会合作来说，它具有明显的社会优越性，从而成为人们进行社会合作的第一选择。一方面，由于政党的权威为每个人都设定了一定的行为规范，使得人们之间的社会合作具有比较高的可预期性，从而提高了人们进行社会合作的可能性和合作效率，另一方面，政党权威的有效性又进一步降低了社会合作的各种风险和解决纠纷的社会成本。

这样以来就可以给政党共同体一个合理的定位：政党是连接民众和公共权力的桥梁，政党是民众控制公共权力之手的延伸。如果政党获取执政地位，那么它的定位：它一边连着社会民众，另一边连着公共权力。这就产生了一系列的关系：政党和民众的关系，政党和政权的关系，政党和其他政党的关系，政党和其他组织的关系等等。在政党共同体中，每个人都有权就公共事务发表并坚持自己独立的见解，但又不具备强迫他人服从己见的权利；在彼此独立的见解中，尽可能地寻求一致，保持最大限度的宽容；在按照多数人的意见处理公共事务的同时，给少数人提供一个变成多数的机会。这种观念在政治实践中的体现就是由执政党与在野党构成的现代政党制度。政党共同体本身不是公共权力，但是它的目标就是直奔公共权力，力求控制公共权力。在当代世界，政党共同体在政治制度中处于核心地位。政党的政治功能一般包括处理政党的内部事务和政党的外部事务两个方面。内部事务，包括执政党内部的选举、决策、党员的发展和管理、规章制度的制定等内容，这部分内容通常属于政党自治的范畴。政党的外部事务活动，是指政党为实现公民的政治意愿，所实施的各种政治行为，包括政治录用、利益表达、利益综合和资源配置内容。现代政治基本上就是政党政治，因为所有的政治事务几乎都是围绕政党展开的。政党在国家与市民社会之间，围绕权利与权力，进行讨价还价，协商沟通，通过竞争性选举，进行轮流执政，使整个现代政治制度的合法性与民主性得以巩固和扩大。

　　前文具体地分析了围绕政治现代性而展现的现代民主、政治制度和政党政治三个层级的具体内容。这三个层级的内容是依次出现的，它们不仅获得了"连续性"的延伸，同时又具有"共时性"的存在。这种层级架构，呈现出的是递进性、延伸性和现实性。三个层级围绕着权利与权力的关系，使民主不仅获得了历史的存在，而且具有强烈的现实意义。在第一个层级中，伴随着国家（政治共同体）与公民（市民社会或社会共同体）关于权力和权利之间的交换关系深入发展而逐渐生成的政治现代性的产物——现代民主，不仅使权利与权力在现代社会中，相互分离成为可能而且成为现实。现代民主不仅确立了"主权在民"的思想，即"政权的一切和平的起源都是等于人民的同意"，而且真正实现了权力在国家和公民社会中的双向性运作和存在。现代民主的一些基本内容如平等、自由、权利、主权在民等思想也将随着国家（政治共同体）与公民（市民社会或社会共同体）之间权力和权利交换关系的深入发展而获得更加丰富的内涵和显现的意义。在第二个层级中，正是公民与国家之间权利与权力的反复交换，使政治现代性获得了物化的外在形式——现在政治制度。这种政治共同体，以科层制度、技术制度和官僚体制等外在表现形式,实现"人民的统治",即"政权的一切和平的起源都是等于人民的同意"①,从而确立了自身的合法性,获得"法理型"政治统治,以不同类型的国体、政体和国家结构形式,为公民的民主、自由、人权、平等、权利和博爱等提供政治制度保障。在第三个层级中,作为政治共同体中的核心和范式——政党共同体,主要通过政党内部的选举、决策、党员的发展和管理、规章制度的制定等内容,实施其政治录用、利益表达、利益综合和资源配置等政治行为而推进政党共同体的现代性发展。现代政治制度正是通过政党这个政治工具,在国家(公共权力)和公民(市民社会)之间起着桥梁的作用,使两者避免直接发生冲突,过滤一些不和谐的因素,确保社会的稳定。政治体系的合法性与民主性通过政党组织公民参政、议政,经由理性、合法性的渠道,进行利益表达和沟通,从根本上完成了民主形式的转化,体现了"主权在民"的思想。通过对现代民主、现代政治制度与政党政治三个层级架构的把握,可以对什么是政治现代性,获得一个完整的政治理解。在这三个层级中,每一个上层都是对下层实现了某种程度的超越。现代政治制度,就是以制度的形式,获得"法理型"统治,对现代民主的精髓提供制度和法律保障;政党政治,通过发挥自身的强大的政治功能,组织公民参政、执政,不仅使现代政治制度保持新鲜的生命力,而且使其内在的合法性与民主性得以巩固。这种层级跃迁意味着对政治现代性的认识和把握上了一个新台阶,政治现代性的内容也在不断的层级跃迁中获得丰富的延伸和扩展。

二、政治现代性的展开

政治现代性的内涵丰富,无论是政治平等、政治自由、政治价值等政治理念,还是民主选举制度、权力监督与制约制度、政党体制等政治制度,仍

---

① (英)约翰·洛克:《政府论》(下篇),赵伯英译,陕西人民出版社 2004 年版,第70 页。

然是围绕政治主体性和理性展开的。

（一）政治现代性中的主体性

主体性是人作为社会生活主体的根本属性，随着现代性的深入推进，逐渐摆脱奴役与压迫，获得了自主与自觉。纵观现代性的推进过程，实际上也就是人的主体性涌动与扩张的过程。主体性作为人类的一种自觉意识，无论作为哲学理念还是在社会各个领域的实践中都得到了最为充分的体现。因此，主体性就构成了人类现代生活的主导因素以及现代主义的最深层次的理念。在历史进程中，一些先哲们很早就对人类的主体性进行过探索。对于什么是主体性，亚里士多德曾给予精辟的评价，他认为主体性就是个体的独立自主品格，因为人并不是孤独的单个的身体，而是拥有结构（对人的拥有和对物的拥有），所以，对理想世界的设计，在落到实处时便是设计人的拥有结构（个体的和总体的），其中最为关键的是设计出能够使个体的主体性（自为、自由、平等和尊严）获得普遍、彻底、持久实现的自我拥有。如果说是亚里士多德开启了对主体的认识之先河，那么，主体性概念成为哲学领域中重要的理念并得以彰显，则肇始于英国哲学大师笛卡尔。笛卡尔提出了"我思故我在"这一二元论的重要哲学命题。这一哲学命题，不仅在哲学领域中，而且在人类政治文明的进程中影响深远。因此笛卡儿被人们认为找到了这一阿基米德支点而尊称为现代西方哲学的鼻祖，这个点就是在"我思故我在"中的"我"——主体性。"我思故我在"作为一种真理性认识，表示当我观察到这一真理即我思故我在，是如此地坚实和可靠，以至于怀疑派所有最极端的质疑都不能推翻它，那么我认为我应当毫不犹豫地就把它接纳为我所一直追求的第一哲学原理。"我思"的命题，标志着近代理性主体哲学的开端，也是政治现代性的主体逻辑所在。这个命题认为事物的存在和确定不是取决于外在于人的客体，而是取决于作为"思"（理性）的"我"（主体）。此后，笛卡尔式的"我思"在哲学史上以不同形式出现并深化，诸如洛克的"心灵白板"、莱布尼茨的"单子"、康德的"先验主体"、黑格尔的"自我意识"等等都是围绕主体性哲学的多样表达方式。自笛卡尔以来，西方哲学就把人作为普遍与特殊相统一的理性化的主体。凭借理性力量，人最终会走向自由的王国，这是启蒙运动的主导思想。

当主体性进入政治领域中，主体性就展开表示为人的政治理念、政治价值、政治诉求和政治行为等。具体来说，就是政治主体在政治生活中形成的掌握和借助公共权力、承载和传播政治思想文化、创建和铺设政治制度设施、发动和规范政治行为的自觉性、自主性和创造性。政治现代性的主体逻辑所在：人不仅为自然立法，而且也为自身立法。也即表现为，纯粹理性的先天范畴为自然立法，并以实践理性为自身的行为活动提供依据。在政治现代性的感召之下，人类真正实现了主体与客体的理性分离，完成了主体性建构，获得了理性的个体的张扬和扩张。与此同时，也导致了个体性与整体性的分离，这种分离已成为近现代思维模式史上最为深刻的一次变动。主体性的建构，不仅巩固了主体与客体的理性分离成果，而且使人类张扬个体、个性成为可能。人类终于可以依靠理性、理智的力量来理解、实践和支配自己的政治生活了，即主体通过围绕自由、民主、权利与权力等所展开的政治现代性的诉求与谋划。这种诉求与谋划可以通过主体间的交往、讨论和协商达成理性的政治。人类在处理政治和社会事务时，有能力依靠理性和逻辑推理，借助技术和工具，建构科层制度、技术制度和官僚政治制度，来认识政治实践并指导自己的政治行为，并通过理性指导下的行动来影响政治生活的运行与发展。可以说人类依靠政治制度来规约主体性的行为的创造，是近现代思维模式史上发生的另一次最为深刻的变动。例如，卢梭在《社会契约论》就称，当一个人达到有理智的年龄，可以自行判断维护自己生存的适当方法时，他就从这时起成为自己的主人。也即，当个人服从公意时，不过是在服从自己本人，并且仍然像以往一样自由。

随着现代性的进程和主体性的高扬以及人类自我的过度膨胀，主体性逐渐演变成为人类所引以自豪的、独一无二的征服一切的工具，成为人凭借权力控制一切的基础。所谓的"绝对的基础"、"唯一的中心"、"单一的视角"、"人类中心主义"等极端和偏执的冠名纷纷在政治场域中展现，这是理性中心主义在现代社会中的滥觞，使人类主体性这柄威力无穷的双刃剑，既拓展了人类前进的道路，也开掘出人类所面临的陷阱。面对这种两难境况，以反思、批判、终结现代性为己任的后现代主义开始进入政治思想领域，并对这种经典的主体性进行颠覆。在现代化的进程中，学术上对主体性的论争和批判一直此起彼伏。从 19 世纪末，尼采喊出"上帝死了"的时候，人们开始全面审视主体性。首先，承认主体自决性的存在，认为人具有明显的自由与权利，人的内在价值要高于其他物种；其次，认为人的存在虽具有独特性，但人的主体价值有着正、负双重效应；再次，认为人可以进行主体正当价值的发挥，但人不应当是万物的中心和主宰，要从政治生态的角度考虑人与世界、人与人的关系。主体性的创造性应当是建设性的创造性，这是后现代主义在对现代性的扑朔迷离的反思、交锋与批判过程中加以提炼的观点。后现代主义认为，人不单是作为社会产品的社会存在物，而且是能在一定程度上对人所处的环境作出自由反应的具有真正创造性的存在物。创造性是人的本性的一个方面。后现代主义所倡导的创造性与现代主义所理解的创造性有着本质的区别。首先，现代性也追求主体自我的"创造"，但这种创造是在机械论影响下的随心所欲的活动，是对秩序的破坏。而后现代主义认为，真正的创造既尊重无序又尊重有序，过度的有序和过度的无序都是与真正的创造格格不入的。后现代主义所理解的主体创造性，不是仅仅表现在对自然的改造上，更表现在对自然的主动、自觉的适应上。人并不是自然的主人，人是自然的"托管人"，就如同原初意义上的农夫的"技能"并不是对土地的一种"挑衅"，而是一种捐献，一种接受，一种年复一年的保管员的职责一样。① "虽然后现代精神承认人类本性不是无限可塑的，但是它认为与其他动物相比，人类本性具有更良好的适应性。……对后现代精神来说，最重要的挑战是如何学会更好地把创造性的新事物同破坏性的新事物区分开来。"② 在这里，主体创造性表现为对环境的积极适应性。其次，现代性进程中的主体观，把创造视作精英的特权，而后现代主义则试图还创造性于民，通过阐发创造乃人的"天性"来激励着普通民众的创造热情。再次，现代性坚持简单的二元论观点，无视"他者"的存在。后现代主义对主体积极创造性理解的根本意义还在于：对于

---

① （美）乔治·斯坦纳：《海德格尔》，李河、刘继译，中国社会科学出版社，1989 年版，第 187 页。

② （美）大卫·格里芬：《导言：后现代精神和社会》，载《后现代精神》，中央编译出版社 1998 年版，第 24—25 页。

现代社会所引发的一切矛盾和负面效果，用现代的手段和方法都不能根本解决。在现代社会向后现代社会的过渡中，用后现代的方式和方法为人类的选择提供另一种思路，这正是主体创造性的根本表现。① 缘于主体性的过度张扬，导致人类对理性的认识产生了偏差，使理性自身所蕴含的工具与价值双重意义产生了分歧与疏离，使人们的政治理性发展到理性主义政治的蜕变，使现代性政治暴露出强烈的实用性、功利性色彩和人自身在政治生活中的意义的丧失。为此，必须从社会生活世界的视角，着眼于人自身价值的实现来追寻政治价值理性，以建构合理性的政治理念。人是政治主体，人的主体性在政治活动中展开和具体化，构成人的政治主体性，即人必须发挥其主动性和创造性，积极参与政治，运用民主权利实现对正义和自由的追求。而在现实的政治场域中，一般由少数政治精英主导而大众多数缺场。人的政治主体性实际上遭遇不断衰落，这与人的主体性在政治领域里的空场与在经济领域的爆满形成了鲜明对比。为了唤醒政治主体性，必须建构合理政治主体性，完善民主制度并使其伦理化。民主也和自由一样，是一种制度程序秩序，是一种价值观念信仰，是一种民主制度理性和民主思想理性。也就是说，它是由一组民主制度、民主价值、民主秩序、民主思想、民主文化、民主理念共同建构起来的社会价值综合体系，是一种由不同的个体形成的、秩序机制下的群体意志，而不是无边界自由联合体建设开放的政治文化。政治实践必须在政治理性的硬度与柔韧性之间寻找到适当的平衡点，使非理性主义的政治神话归约到理性的引导之下，这样，既发挥了人类理性必要和必然的引导作用，又避免了各种政治神话的产生和横行，更增添了政治现实日常生活的意蕴。政治主体性的觉醒可以推动民主政治和社会主义政治文明建设，有利于实现人的自由、解放和全面的主体性的建构。马克思认为，"每个人的自由发展是所有人自由发展的条件"。也只有在这基础上方才能形成真正的"自由个性"。② 人要成为自由而全面发展的人，一定是"个人向完整的个人的发展"③。

---

① （美）弗·多尔迈：《主体性的黄昏》，上海人民出版社1992年版，第1页。
② 《马克思恩格斯全集》，第46卷上，人民出版社1979年版，第104页。
③ 马克思、恩格斯：《德意志意识形态》，人民出版社1961年版，第67页。

个人的自由发展，就是能将在时代与环境的制约中自行作出选择；个人的全面发展，就是人的感性、知性、理性，人的知识、感情、意志，人的创造能力，都能得到恰当的展示与发挥，人的政治主体性就能得到全面的实现。

（二）政治现代性中的理性

理性作为现代性的第二个根基，主要是表示人类运用自己的理性对事物或状态作出判断的能力，这是政治现代性的基本标志。在传统的观念中，"理性"主要指人的一种认识能力。古希腊语中相应的词汇为 nous（该词来自动词 noein，意为"思维"、'"思想"）和 logos（该词出自动词 legein，意为"计算"、"思想"和"理性"），都有"认识"的蕴涵。nous 表示为无处不在而又不与万物混存的精神性的东西。Logos 则是决定一切生亡存灭，协调一切人和事物的共同的法则。后来的拉丁语以及由此生发下去的 ratio，则直接表达为一种理性的"认识"。理性这一权利的真正确立则始于启蒙运动，一直是近现代哲学基本主题。笛卡尔的哲学命题"我思故我在"的"思"就是一种"理性的认识"。如果说，这种"我思"、"我在"，是指在人类最基本的生存条件中，自我的内在一致和由此而来的"自我理解"、"自我对话"是最为基础的和最为核心的，而这种自我理解就是理性的结果，尤其是理性作为一种统一性认识的结果。那么，洛克在"论自然状态"时，对理性的认识就超出了这种理解，理性不仅指涉自我反思，更重要表示对自我生存境域相关慎思。他这样描述理性："理性，也就是自然法教育求助于理性的全人类，所有人都是平等的、独立的，任何人都不能侵犯别人的生命、健康、自由和财产。"[①]当人类对自然和对自我的认识不断翻新的时候，对理性的认识，就逐渐开展到科学、艺术、哲学以及实践活动等视域中，随之理性的内涵也作了大幅度修改和提炼，其功能性定位也有巨大变化。人类开始把理性作为思想和行动的基础，正如恩格斯所说："他们不承认任何外界的权威，不管这种权威是什么样的。宗教、自然观、社会、国家制度，一切都受到了最无情的批判；一切都必须在理性的法庭面前为自己的存在作辩护或者放弃存在的权利。思维

---

① （英）约翰·洛克：《政府论》，赵伯英译，陕西人民出版社 2004 年版，第 133 页。

着的知性成了衡量一切的唯一尺度。那时，如黑格尔所说的，是世界用头立地的时代。最初，这句话的意思是：人的头脑以及通过头脑的思维发现的原理，要求成为人类的一切活动和社会结合的基础；后来这句话又有了更广泛的含义：同这些原理相矛盾的现实，实际上从上到下都被颠倒了。以往的一切社会形式和国家形式、一切传统观念，都被当作不合理性的东西扔到垃圾堆里去了；到现在为止，世界所遵循的只是一些成见；过去的一切只值得怜悯和鄙视。只是现在阳光才照射出来，理性的王国才开始出现。"① 理性的资源被挖掘以及流变是整个资本主义文明进程中一个关键，是理性给人类社会带进了历史的新纪元。

政治生活领域更是理性乐于施展的场所，理性在政治场域中的逐步扩张并得以实现是现代政治的典型特征。当"政治生活被消解为一连串危机，每一个危机都得到运用'理性'来克服。实际上，每一代人，每一行政机关，都应该看到在其前面展开着的无限可能性的白板。如果这白板偶尔被受传统支配的祖先们非理性的涂鸦损坏了，那么理性主义者的首要任务就一定是把它擦干净"②。当用理性引导和规约政治的时候，政治不仅仅由神权政治转化到人权政治，同时，政治也被过滤掉了诸多的感性、神秘和经验的东西。首先，在现代性的进程中是理性导致并完成了政治话语的切换。由政治神话到政治理性。西方近代理性的突出贡献在于使理性从属于宇宙、神、上帝到归依于人，人成为了自然和历史的主人。"思维着的知性成了衡量一切的唯一尺度"，"世界用头立地的时代"，"人的头脑以及通过头脑的思维发现的原理，要求成为人类的一切活动和社会结合的基础"③。理性政治的两个最主要的特征，"它们是完美的政治和一式的政治"，"理性主义的本质就是它们的结合。让不完美消失可以说是理性主义者的第一信条"。④ 在历史进程中，由于政治

---

① 《马克思恩格斯选集》第 3 卷，人民出版社 1995 年版，第 719—720 页。

② （英）迈克尔·欧克肖特：《政治中的理性主义》，张汝伦译，上海译文出版社 2004 年版，第 5 页。·

③ 《马克思恩格斯选集》第 3 卷，人民出版社 1995 年版，第 719—720 页。

④ （英）迈克尔·欧克肖特：《政治中的理性主义》，张汝伦译，上海译文出版社，2004 年版，第 5 页。

与人们的生活息息相关，人们一直渴望通过理性对政治一些天生的缺陷和不足进行修缮和补救，可见理性主义对政治的影响比对生活其他方面的影响更重要。当"所有当代政治都深深感染了理性主义……理性主义不再只是政治上的一种风格，它已经成了一切应受尊重的政治的风格标准"[①]。其次，理性逐渐成为人们政治生活的指南。人通过在自己的活动中产生的理性使自己的活动逐渐摆脱个别本能的、自然的冲动，而越来越具有目的性、计划性、规范性、反思性……人对自己和身处的世界也就逐渐摆脱了蒙昧、神秘的方式。可以说人类理性的活动就是"世界祛魔"的过程。早在康德—费希特时代，甚至更早的时代，认识就已经不是单纯的思辨，而是先在地包含了行动的意义在内。摆在我们面前的理性主义是开放的，同时并不单纯是一种智力上的事，它更多地是一种行动与伦理上的事，都会深刻地影响我们对其他人或者对社会生活的诸多问题所持的总体态度。波普尔认为，没有哪种情感，甚至没有哪种爱能够替代由理性所控制的制度的统治。在实际生活中，我们应该把最后的决定交付给理性，而不是交给某种爱、信念和感情去处理。这些方面虽然丰富多彩，毕竟是靠不住的。因此，才有各种政治制度的产生和存在。再次，人类历史进程表现为一个从无序到有序的过程。人们的社会生活越来越系统化、常规化、组织化和制度化。霍布斯、洛克等曾对人类生活在自然状态下的无序状态作过经典论述。就是因为无序给人们造成了诸多不便，才有卢梭强调公意的重要现实意义。人们依靠逐渐形成的理性的导引，自觉地以社会结构化来解决危机，形成了家庭、阶级、国家、政党等社会政治和制度，这些不断完善的社会结构和各种制度，保障人们的活动变得可预期、有效率和稳定化等。第四，政治理性是一种批判和反思的能力。理性这种认识不是一般的随随便便的认识，它不是仅仅为确证事物的存在样态而进行的被动的理智游戏，而是处处体现着人类自主特性的一种反思和超越的能力，理性从根本上说就是康德意义上的"批判"。哈贝马斯把批判看成是认识和兴趣的统一，理性的认识不是单纯的和被动的认识，而是一种解放性、扬弃性的

---

① （英）迈克尔·欧克肖特：《政治中的理性主义》，张汝伦译，上海译文出版社，2004年版，第20—21页。

认识，也就是我们所理解的批判。简言之，理性就等于一种批判性的审查。理性的这种无私无畏的自我批判本质早已经为康德所揭示了，理性的根本意义就意味着"限制"，既限制感性的盲目，也限制自身的泛滥。理性终归是存在的根据，而理性哲学也终归是问题意识的源泉和解决问题的场所，虽然任何一种解决都不能被视为最后的解决。人通过在自己的活动中产生的理性使自己的活动逐渐摆脱个别本能的、自然的冲动，而越来越具有目的性、计划性、规范性、反思性，这样以来人对自己和身处的世界也就逐渐摆脱了蒙昧、神秘的方式。即"世界祛魅"的过程。

政治理性在某一维度发展的过度与极端，就是革命和完美的政治。因为这种理性主义相信人对社会秩序的完美设计，认为人的理性能够带来人自身的幸福，人能够设计出一套完美的政治经济社会秩序来规划人生存和生活的环境。所以这种理性主义带有古典柏拉图似的乌托邦情节，最为典型的就是卢梭的社会契约论和其他各种大同世界的乌托邦想象。而法国大革命和俄国革命就是这种理性主义的实践产物。理性主义还表现为科层制与法治，这种表现形式代表了现代意义上的秩序观。科层制（或官僚制）是历史上技术发展最为完善的一种组织形态，其专业化与客观化的外表使得整个系统的"可计算性"达到最高程度，是代表了一切在完美的法律设计之下安排人们的生活，或者哈耶克语境中的建构理性主义来设计行为模式、交往方式、组织形式的人间秩序。理性主义的现代社会成为人类自由的加速器。但是从第一次世界大战以来，政治，尤其是科层制与政治机器的机密联系以及给人类造成的巨大的灾难，使得韦伯等一些具有经典现代性思想的大师们的思想发生了很大的转变，似乎开始对理性产生了强烈的悲观情绪，并对理性主义与社会的理性化产生了困惑与失望。这种困惑与失望使他们看到，理性主义导致的整个社会官僚化、等级化、程式化、法律化，反而使人丧失了主体性，人对理性追求也陷入歧途迷惘之中。针对上述境域，现代主义大师们继续加强探索，马尔库塞反其道而行之，认为由政治理性导致的现代社会是"最不理性"的社会形态，极大地威胁了人类本来就不多的自由。理性主义的发展，使得为了追求自身解放自身自由的人反而在这种追求自身解放自身自由的过程中成为了理性的奴隶。这种趋势无法改变，成为了现代人的宿命，于是就产生了韦伯社会理论的著名隐喻"理性之铁笼"。韦伯的"理性铁笼"隐喻是西方韦伯学的一个基本概念，如同马克思的"异化"、卢卡奇的"物化"或者哈贝马斯语境中的"生活世界殖民化"一样，也是社会理论尤其是现代性问题研究的著名隐喻。理性铁笼预示着现代人的命运，从"宗教—神本位"的理性主义解脱出来的现代人，因为失去了灵魂与心灵的依托，使得整个生活状态处于没有根的"漂浮状态"，不仅受到经济秩序的奴役，同时还受到了科层制普遍化的奴役，人不仅成为只顾赚钱的行尸走肉，也成为组织机器中的无生命的螺丝钉。由此，引发人们对理性的重新思考，现代人对理性的态度发生了巨大的转变，开始了我们称作"理性的复兴"或者"思想的复兴"的历程。卡西尔、雅斯贝斯、伽达默尔以及哈贝马斯、波普尔等人掀起了重新认识理性并恢复理性名誉的运动，到今天，已经取得了具有转变世风的初步成效。卡西尔深刻地认识到，"理性"已经不是一个仅仅标识近代认识历程的特殊概念，而是已经演变成（或者本来就是）包括 18 世纪在内的整个传统思想的汇聚点和中心，它表达了人类几千年所追求并为之奋斗的一切，表达了人类所能取得的一切成就。那种技术理性、工具理性、经济理性、法律理性等等，只不过是整体理性的一个个侧面，其中某些部分的改变，不能代表理性的遗弃，更不应该被理解成理性整体的崩溃。理性不仅是人类的一种能力，更是人类存在的一种气质，它代表着人类一种勇往直前的精神，它体现着人类不盲从不迷信，敢于"公开运用自己理智"（康德语），不向定论和权威低头。正是理性使现代性得以可能，也是现代性的转型得以可能，更使现代性持续发展得以可能。理性是使一切起源可能的东西，由于它，它们才发展，它们才敞开，它们才纯化，它们才发言，它们才运动。它使各种样态的现代性呈现之间同时却又构成新的统一的经验的那些冲突和斗争，可能成为真正的冲突和斗争。可以说理性的"敞开"、"纯化"以及"运动"就是它复兴的源泉。哈贝马斯认识到现代性是一个没有完成的计划，颠覆它显然是不合时宜的。哈贝马斯重新解读了韦伯的理性主义命题，并对后韦伯时代的反理性主义、非理性主义、后理性主义与新理性主义作出回应，以"交往理性"这一概念来取代韦伯意义上的"目的理性"与"价值理性"、"形式理性"与"实质理性"两对范畴的二元对立，重建理性主义，尝试来摆脱"理性铁笼"与"生活世界的殖民化"。理性就是一种维持交往和行动得以能够继续的能力。哈贝马斯的"合理性"观念是把理性从其高高在上的规范性的地位复位到生活世界的津梁，他对内在于理性之中的交互性的认识顺应了思想由理论领域向生活领域复归的潮流。历史上不绝如缕的理性探索者，总结出了理性的能力的面貌与意义：认为理性不仅具备有效地选择手段的能力，还能够协调个人和社会生活；同时又是具有社会意义的主体的独立的道德源泉。总之，理性的含义是丰富的，随着理性的不断复兴，新的内容必定会不断增加到理性之中去，或者反过来说，我们对理性性质的揭示和体会必将逐渐深入，正如波普尔说言，这个"世界"不是理性的，但将它理性化却是科学的任务。"社会"不是理性的，但将它理性化却是社会工程师的任务。日常语言不是理性的，但将它理性化，或至少保持它的清晰标准却是我们的任务。因此如下公式就不可谓不简洁而且重要：理性从自身出发赋予存有者的世界以意义；反过来，世界通过理性而成为存有者的世界。理性，开始了平实、宽厚与祥和的建设历程，21世纪因此才有了一个可喜的开端，人类才有了更实在的希望。

三、政治现代性的多重维度：
由经典现代性的建构到后现代性的生成

政治现代性作为现代性的一个重要方面，是人类在政治文明视域中所取得的最显著的成果：即人类经过启蒙，使政治脱离神圣得以世俗化，政治在失去了神性的同时获得了人性。政治现代性所涉及的主体是符合理性化的主体，是理性化过程中的人；政治现代性所追求的理性是由人自我主宰的理性，是人为自身立法的理性。"当理性以自身为尺度在社会的各个领域展开全面的清除与重建时，我们说，一个理性殖民的时代就到来了。在其中，一切不合乎理性的东西都将丧失自身存在的合法性。"① 即人终于可以依靠理性、理智的力量来理解、实践和支配自己的政治生活。理性在政治领域的逐步扩张得以实现。从现代性观念来看，政治现代性的根基是建立在政治主体性（大写的人）和大写的理性两大基石之上的。政治现代性在现代性社会的展现过程中主要的指涉，表现为以下几个方面：（1）政治现代性一种普世政治，这种政治追求的是同一性、普遍性，强调一致和秩序，具有一种宏大的普世精神和理想的终极目标；（2）政治现代性一种理性政治，这种政治强调理性思维、理性权威和"我思"的能力先验性、自然性和超凡性，人们似乎可以根据理性政治解决发展过程遇到的一切难题；（3）政治现代性一种契约政治，这种政治诉求的是规则、约定和严格的"格式化"式的立约，进行平等的竞争与参与；（4）政治现代性一种"逻格斯"的中心政治，这种政治划定中心的逻格斯，强调权力统治、中心和等级。但是，随着现代社会的进程，人类发现"他们非但没有成为自己命运的主宰，相反，他们被现代性释放出来的各种力量所奴役压迫。人类陷入了界定现代世界的各种铁笼子当中：官僚主义、科技以及全球市场。"由于这些铁笼子的束缚，大大缩小了社会组织和人类繁荣的其他可能的选择形式。"② 特别是后现代政治多元主义思潮的涌现，这些思潮认为政治现代性是在启蒙运动的宏大叙事中得以展现的，其本身充满了自我否定的发展和革命性的逻辑。在启蒙精神孕育下的坚持普遍理性、单一主体性，追求宏大叙事和先验"元"规则的政治观念，背后必然隐藏着差异政治的多元性，后理性政治的实然性，游戏政治的随机性以及边缘政治的碎片化，这是对追求整体政治的现代性的一种颠覆、否定与挑战。政治现代性的一些观念，在现代性社会进展过程中，在人们的实践生活中，必将遭遇悬搁，也必将在悬搁和冲突中更新和丰富。政治现代性本身就是一个充满活力和矛盾的理论境域，随着人类的实践能力和认识能力的进一步提高，必将引起绵密起伏的争论，这是当代政治哲学的真实状况。

---

① 宋全成，张志平，傅永军：《现代性的踪迹：启蒙时期的社会政治哲学》，泰山出版社 1998 年版，第 22 页。

② （英）安德鲁·甘布尔：《政治和命运》，江苏人民出版社 2003 年版，第 15 页。

（一）普世政治的同一性与差异政治的多元性

以启蒙理性主导的政治现代性，无疑是以人权、自由、民主、平等、博爱、正义、国家法理等构成了自身存在的意义；而人权、自由、民主、平等、正义等自然也变成了神权权威旁落后出现的一个新的合法性的话语群，用这些合法性话语构筑的政治，也就获得了普世的意义。似乎人权、平等、自由等本身具有普遍性、同一性，是无容质疑的，这样以来，它们就演变成了对付一切反动势力的意识形态和衡量是非的标准，具体化为一系列的"理性化"的秩序。此时，整个基督教文明观念，以及整个政治学的思考方式和观视方式都源于这种普世政治观。这种政治观认为政治是一种"完美的政治和一式的政治"，"在理性主义任何问题的'理性'的解决，在其本质上都是完美的解决。在理性主义者的计划中没有'在这些环境下最好'的位置；只有'最好'的位置"①。这种普世政治是以抽象理性主义基础观、抽象普适性方法论观念和具有严格逻辑与大一统的等级秩序理论叙事话语构建的，却遭到了后现代政治思潮的强烈冲击。因为，这种观念"是仅仅通过人们达成共识的关于政治的基本假定来实现的，正是这些共识使他们成为政治体制驯服的主体"②。鉴于这种状况，后现代多元主义提出"差异政治"观。他们认为政治价值根本不可能是假定的、单一的和统一的，而是现实的、多元的和异质的。"差异"的概念是随着菲迪南·索绪尔的语言学的建立而发展起来的，在后现代主义大师德里达那里，"差异"被赋予了新的内涵，他常用"延异"加以替代和拓展。"延异"（differance）是德里达自撰的一个重要术语，是其解构主义理论的奠基性概念。"延异"是个策略用语，具有多元性、不确定性、相异性、非意义性和非真理性等内涵。所谓"差异政治"，当代著名学者任平教授曾给予经典的表述："在后现代思潮中，用'差异性原则'或策略，对当代政治哲学或政治学理论的一种理解方式。它的基本内容是：以德里达的'差异'

---

① （英）迈克尔·欧克肖特：《政治中的理性主义》，张汝伦译，上海译文出版社2003年版，第5—6页。
② （澳）约翰·S. 得雷泽克：《协商民主及其超越：自由与批评的视角》，丁开杰等译，中央编译出版社2006年版，第55页。

或'延异'、利奥塔德的反对'宏大叙事'观为哲学基础，以多元政治观和差异政治观为基线，反对建构任何类似于'启蒙理性'那样的大一统政治哲学，反对'宏大叙事'，强调多元的'小叙事'及政治价值向度的多元化多维化倾向，主张多元政治、差异政治等。"①霍伊则系统地借鉴和发挥了福柯的系谱学解释学，并作为一种内在的批判的方法，致力于从内部阐释和批判偶然的社会形态，人们可以喜欢自我理解，但无权将这种理解强加给别人，更不应该自动断定：其他人也应该用同样的方式理解他们自己。正是从这个意义上，系谱学解释学让人们尊重差异，尊重多样性，"学会与偶然一起生活"②。差异政治观的影响很大，涉及西方政治文化研究、政治哲学研究、政治方法论研究等广泛的领域。西方启蒙运动以来建立的各种抽象的概念，例如，人权、自由、民主、平等、博爱、正义、国家法理等不过是以一种语言掩盖了同一实体中的差异，而且这些抽象的概念的建立本身就意味着等级制度的存在。这就要求人们对理性政治的研究，"应该是对一个行为传统的生态学研究，而不是对一个机械装置的解剖学研究，或对一个意识形态的研究"③。要充分考虑浸润在人类丰富多彩的现实生活中的政治的具体性和差异性。例如，L. 帕依的"多元政治文化分析"、亨廷顿的"文明冲突论"、罗尔斯的"交叉共识"、后现代女权主义、黑人政治、族性政治等，都是对同一政治的冲击，具有浓厚的多元性和差异性政治色彩。差异政治是后现代主义政治学的一种典型现象或典型形态，其内核是强调政治范式、政治价值观和政治话语的异质存在性和差异性。如果以预设的普世式政治，将之统摄到一个大而统的范式之中，政治现代性必将遭遇后现代政治的阻隔与挑战。

（二）理性政治的先验性与后理性政治的具体性

作为一种精神气质和行为方式，理性主义的源头虽然可以一直上溯到古

---

① 任平：《当代视野中的马克思》，江苏人民出版社 2003 年版，第 435 页。

② David Hoy and Thomas Mc. Carthy, *Critical Theory* (Blackwell Publishers, 1994), P. 207.

③ （英）迈克尔·欧克肖特：《政治中的理性主义》，张汝伦译，上海译文出版社 2003 年版，第 56 页。

希腊，但它被提升为一种主导性的价值规范，其重要界碑则首推启蒙运动。康德曾就理性在启蒙运动中扮演的角色给予一个精当的评论。他说："启蒙运动就是人类脱离自己所加之于自己的不成熟状态。"① 因此，人类可以大胆运用自己的理智，在理智的导引下，破除迷信，摆脱外在权威，自主行使道德判断，即为成熟的标志。康德认为："自然界的最高立法必须是在我们心中，即在我们的理智中"，"理智的（先天）法则不是理智从自然界得来的，而是理智给自然界规定的"。② 理性具有先天知识的能力，能够为认识立法，这是康德的先验思维方式，这种先验思维方式的意义非同寻常，被世人称为哲学上的"哥白尼式的革命"。康德认为人类应当把获取知识的根据从外部客体转变到认识主体上来，而且这种判断一种认识的客观标准，这个客观标准并不在于以往知识论所主张的与外部对象的符合，而是在于它是否根据先天的范畴所建构，是否符合有关经验的先天原理，即先验性。对于理性的认识，黑格尔也认为："理性自身是一切事物性，甚至于是纯粹客观的事物性"③，"理性是世界的灵魂，寓于世界之中，是世界的内在东西，是世界最固有、最深邃的本性，是世界的普遍东西"④。这意味着理性是世界存在的根据，是构成世界的罗各斯，是世界的本质和规律。因为，理性是先验的、绝对的、与生俱来的，是一切政治文化、政治制度、政治思潮的源头，由理性导致的现代主义政治也必将是理性政治。但是，理性的先验性总是一相情愿，无法对现实的多样性的发展作出理性的说明。因为"理性主义的历史不仅是这种新的理智特征逐渐出现和界定的历史；它也是理智活动的每一部门被技术霸权的教条侵入的历史"⑤。理性政治在展现过程中，往往以工具性代替了内在的价

---

① （德）康德：《历史理性批判文集》，商务印书馆1991年版，第22页。

② （德）康德：《未来形而上学导轮》，庞景仁译，商务印书馆1978年版，第92—93页。

③ （德）黑格尔：《精神现象学》，贺麟等译，商务印书馆1979年版，第231页。

④ （德）黑格尔：《逻辑学》，（哲学全书·第一部分），梁志学译，人民出版社2002年版，第69页。

⑤ MichaelOakeshott, *Rationalism in Politics and Other Essay* (Indianapolis, 1991) p. 22.

值性，即以手段代替目的；理性变成理性工具主义，已不再是理性本身，而是理性的特殊应用，即技术。这样看来理性的先验性、应然性和不变性必将遭到质疑。哲学大师尼采比较有代表性地批判了理性的先验性和抽象性，他认为人类更重要的是需要"酒神精神"而不是"理性精神"，人类出于生存的需要，必须对遇到的情况作出针对性地判断和调整，以便采取行动。理性只是人类具体经验的积累。如果一切诉求于理性，理性可能对人类会造成危害，在尼采看来，理性还在于它反对本能，是"一种危险的、破坏生命基础的势力"[①]。必须摧毁理性，归还人的生活中具有的真正价值。恢复人的自然本性，解放人的生命力，或者说，恢复一种"酒神精神"。理性主义政治认为人类可以用理性来控制、设计、监视社会和政治生活的一切方面。这似乎可以保证人类可以在自己的生活中达到完美的境地，但这种政治的理性化越来越对个人的自由意志和尊严构成了严重的威胁。韦伯对理性的扩张表示出深深的担忧，他认为理性政治的肆意扩张，使现代生活转变成一种可预计性、格式化的科层制，是"铁笼"政治，必将导致意义的丧失和自由的丧失。安东尼·阿巴拉斯特认为："理性至少有两个一般性的意思非常突出。其中较为狭义也更准确的意思是将理性与合乎逻辑地思考，计算和演绎能力等同起来。较为广义的含义未必与此相反，而是在主张上更加宽泛和更富积极性。严格地讲，第一个含义不适用于目的，仅适用于手段。"[②]"因此，理性主义者在控制事务时会有一种危险挥霍的性格，他造成的大部分损害，不是在他没有掌握情况时（当然，他的政治总是表现在掌握情况和克服危机上），而是当他显得是成功时；我们为他每一个表面成功所付出的代价是理性主义的思想样式更牢固地控制整个社会生活。"[③] 对人与理性以及人类如何看待理性，奥克肖特曾提出："在霍布斯看来，人类主要不是一个善于推理的生物，虽然通常的假设式的推理的能力将人类与动物区分开来，但是人类基本上是一种感情的生物，

① 《尼采文集》，楚国南译，改革出版社 1995 年版，第 51 页。

② （英）安东尼·阿巴拉斯特：《西方自由主义的兴衰》，曹海军等译，吉林人民出版社 2004 年版，第 99 页。

③ （英）迈克尔·欧克肖特：《政治中的理性主义》，张汝伦译，上海译文出版社 2004 年版，第 30 页。

通过情感和不是很好的推理，得以实现了自身的拯救。"① 在此，奥克肖特清晰地表达了他的观点：人类生活既具有理性的因素也具有情感的因素，而且情感的因素所占的比重更大。"在所有的世界中，政治世界可能似乎是最经不起理性主义的检验的——政治总是深深布满了传统、偶然和短暂的东西。"② 奥克肖特不仅认为理性的人设定规则的过程是以情感等因素为起点的，而且认为理性政治也是具体的、偶然的和有限的。人们是在实践生活超出理性政治的认知范围，同时也是靠实践生活来丰富理性政治。这说明，理性仅仅是人类历史过程中积累的一种经验，那么理性政治不可能是先验的、应然的，而是有限的、实然的和具体的，理性可以表现为小理性、或差异理性或多元理性。如果以全能理性来统摄政治，相信人类可以用理性来控制、设计、监视社会和政治生活的一切方面。这似乎保证了人类可以在自己的生活中达到完美的境地，这也必将导致政治和社会的乌托邦。因为任何事物在发展过程都"包含一个可辨认的错误，一个关于人类知识本质的误解，它等于是心灵的堕落。结果它无力纠正它自己的缺点；它没有顺势疗法的品质；你不能通过变得更真诚、更深刻地理解理性主义来避免它的错误"③。这也为多元政治、基层民主、社区民主和城镇民主的发展等提供了思想的支持。

（三）契约政治的约束性与游戏政治的随机性

契约，首先是一个法律术语，简而言之就是指能够用法律约束的立约人的合意。从西方启蒙运动以来，契约的内涵被极大地拓展开来，获得了浓厚的宗教、社会、道德和文化意义。尤其重要的是，随着契约被引入政治领域，资本主义社会就构建一整套的政治理念用于证明政治权威的合法性和规范性。这样以来，"在政治生活中引入'契约'，将统治视为一种合意，那么把政治

---

① Michael Oakeshott. *Hobbeson Civil Association*. *Oxford*：BasilBlackwell，1975．p．27.

② （英）迈克尔·欧克肖特：《政治中的理性主义》，张汝伦译，上海译文出版社2003年版，第3页。

③ 同上，第31页。

义务就理解为契约性义务"①。现代政治观源于启蒙政治学的契约论，是通过立约的方式对政治权威进行建构和维护。契约政治所表述的主要观点就是所有人都应放弃自己的自然权利，将它们让渡给一个公共机构。这种每个人自然权利的放弃就是人们之间权利的相互交换与转让，而"权利的互相转让就是契约"②。很显然，当孟德斯鸿、卢梭、霍布斯等人作如此阐释时，一个立论的基点便是从交往共同体相互的立约来寻找政治的发生学秘密，并将之作为政治规则—自然法的先验基础。这样以来，表面上看人们的交往是靠交往主体间随机交往而产生的契约，实际上被看作是由交往主体共同具有的理性通过交往而外在化实现的方式。

与契约政治观相对应的后理性政治主义的游戏政治观，则发轫于游戏的概念，因游戏的范畴的推广而获得政治意义。在维特根斯坦看来，人们的语言活动就好比是一种游戏，在人们的游戏活动中，字词是游戏的工具，语法则是游戏的规则。在游戏中，逻辑的规则是完整的、严密的，并且常常是惟一的和确定的。"而字词的应用并不是每次都由规则限定的。"③在玩游戏时，"我们一边玩，一边制订规则，而且也有我们一边玩，一边修改规则的情况"④。随着后现代思想的进一步发展，这种语言游戏观被扩展到其他一切活动中，包括政治活动中。在后现代者看来，既然政治也是一种游戏，那么政治活动中的规则也同语言游戏中的字词和语法一样，并不存在着所谓能反映人类政治理性活动的原则、规律。而政治也是一种游戏，一种人类交往的游戏。"在交往的游戏政治中，不再追求整体性、完满性、必然性、真理性，而是成为一种随机性、碎片性、游戏性的无终极目标活动。"⑤在后现代主义政治领域中惟一通行的原则就是"大度和宽容"，惟一的目标也就是有一个"保

---

① 张朝阳等著：《政治哲学关键词》，江苏人民出版社 2006 年版，第 216 页。

② （英）霍布斯：《利维坦》，黎思复、黎廷弼译，商务印书馆 1986 年版，第 100 页。

③ Wittgenstein, *Philosophical Investigations*, ed. G. E. M. Anscomb and R. Rhees, Basil Blackweel, oxford, 1953, p82.

④ 同上，第 83 页。

⑤ 任平、王建明、王俊华：《游戏政治观——后现代政治哲学分析》，《江海学刊》，2001（5），第 87 页。

留所有者声音"的多元化世界①。如果人类政治活动的原则和规律等都是确定无疑的东西，那么"所有当代政治都深深感染了理性主义……理性主义不再只是政治上的一种风格，它包含了一切应受尊重的政治的风格标准"②。但是在后现代主义者看来，人类的理性并非可靠，政治也只是一种游戏（交往的游戏），不同的游戏产生了不同的共同体。"不同的共同体有不同的游戏目的和游戏价参考文本，以对付未来不可预测的挑战。"③ "在这种游戏的共同体中，所有成员都肯定了它所包括的所有其他人的内在性或个体性，并且每个人都面向他人的影响。"④ 人们的政治交往活动不可能有整体性、完满性、必然性、真理性的追求，而只是一种零乱性、碎片性、随机性和无目标的活动，这是游戏政治的基本观念。因为，"这样一种观念必须容许有多元的学说，广泛的冲突，甚至由现存民主社会的不同成员所肯定的各种不可通约的善的观念"⑤。所以，在后现代政治观念中，人类的政治生活没有了先验的普遍的类本性为基础，政治的本质和普适的权威规范被消解，实证研究也没有了理论意义。一旦失去权威性，"制度就是一个社会的游戏规则"⑥。

（四）中心政治的逻格斯与边缘政治的碎片化

从启蒙运动以来，国家在现代政治中一直处于显现的地位。国家是现代政治理解的逻辑的起点。在契约论中，关于国家的学说被详细地建构起来，契约论的方式将国家起源同等于社会的起源，国家是整个社会的政治轴心，国家拥有辐射社会的权力；社会受到国家的控制，被高度政治化、国家化。

---

① 张铭、侯焕春：《合法性证明与后现代政治哲学》，《学海》，2000（3），第4页。

② （英）迈克尔·欧克肖特：《政治中的理性主义》，张汝伦译，上海译文出版社2003年版，第29页。

③ （美）小约翰·B.科布：《后现代的公共政策》，李际、张晨译，2003年版，第178页。

④ 同上，第179页。

⑤ （美）罗尔斯：《作为公平的正义：政治的而非形而上学的》，载《哲学和公共事务》第14卷，1985年英文版，第225页。

⑥ Douglas NOrth, Institutions, *Institutional Change and Economic Performance*, Cambridge University press, 1990, p3.

黑格尔把国家的地位推崇到极端，国家就是政治存在的基础，是中心政治，是逻各斯，是超凡的神物——"利维坦"。他认为："国家应是一种合理性的表现，国家是精神为自己所创造的世界"，"因此，人们必须崇敬国家，把它看作地上的神物"。① 这样以来，以人和自由理性作为其政治基础，依此建立的国家政治就成为现代政治的核心。作为中心政治的逻各斯的国家，就成为单一主体中心性、抽象理性主义基础观、抽象的普适性方法论观念和具有严格逻辑和大一统的等级秩序叙事话语。正如利奥塔所言："决策者力图采用一种输入输出模式。按照这样一种包含元素可通约性和整体确定性的逻辑来管理这些社会云团。他们为了权力的增长而献出了我们的生活。"②

这种中心权力体系，充满了强制和暴力，无疑要遭到边缘政治的激烈反对。边缘政治观强调，历史进入现代社会以来，政治权力正从国家权力中心消失、弥漫到社会各个层面；政治权力不再由国家单独控制，而由国家、社会和市民社会的多方控制。政治现代性发生了如下的一些变化：政治具有平面感、深度式的削平；政治的历史断裂感消失；政治主体中心地位走向零散化以及距离的消失。政治本身以社会为本位，而不是以国家为本位，国家不再是个"牧羊人"，最多担当个"守夜人"。马克思很敏锐地观察到把国家当作"利维坦"的危险性，为此，马克思消除了笼罩在国家中心论上的神秘光圈，将国家还原到被"市民社会"和经济基础决定的从属地位来加以考察。他说："法的关系正像国家的形式一样，既不能就从它们本身来理解，相反，它们根源于物质的生活关系，这种物质的生活关系的总和，黑格尔按照十八世纪的英国人和法国人的先例，称之为'市民社会'，而对市民社会的解剖应该到政治经济学中去寻找。"③ 当国家还原到本来的面貌时候，"国家、政治、法不但失去了终极价值和源泉的地位，而且也失去了自足性、圆满性的地位，下降为经济生活的派生物。反之，一向被人忽视的经济领域、日常生活世界

---

① （德）黑格尔：《法哲学原理》，范扬、张企泰译，商务印书馆1992年版，第285页。

② （法）利奥塔：《后现代状况》，岛子译，湖南美术出版社1996年版，第3页。

③ 《马克思恩格斯选集》第2卷，第82页。

却成为政治发生的真正源泉，具有了政治发生学的基础性地位"①。后现代政治登上历史舞台，拥有在自己的话语权，"人类在历史上的第一次作为一个整体开始经历一种特殊的冲突即普遍的全世界范围的冲突；一些远离权力中心的地方的显然很小的事件都以它们对全球利益平衡的可能的影响来解释"②。边缘政治强调社会的边缘、离散和分裂，认为不存在中心和普遍意志的，坚持"公共善本身是各种构成国家的'科学'，集合体，或团体的利益在实践中调和的过程；这并不是某些外在的和无形的精神黏合剂，或某些自称客观的'公意'或'公共利益'"③。社会不可能是完整的铁板一块，是由不同阶层、不同政治共同体和文化群体构成的，整个社会中充满了纷繁复杂的差异性元素，"在社会中，他们制造到处是游移的分裂点，这些分裂点打破一个个整体并对它们进行重新组合"④。然后，形成一些新的汇合点，以诉求政治、参与政治，这样以来，社会时刻处于各层界限面临崩溃和重建的过程，以确保政治的生长点遍布于社会各个角落。

在现代政治这一场域中，政治的现代性与后现代性互相对峙、交融与激励，显现出政治现代性的多重维度，使现代政治发展充满着不可琢磨的魅力与诱惑，也正是现代性与后现代性的这一张力与冲突，才使得现代政治永远无法清除"等级"、"秩序"、"差异"和"多元"的成份。现代政治在追求统一、等级和秩序的过程中，却又散发着"异质性"、"弥散性"和"不可通约性"的政治旨趣与活力。如果要廓清政治现代性的内涵，则比单单划定界线更为复杂和艰难。政治现代性发展的指涉，以及在展现过程中遭遇以上种种悬搁，并不能说明是后现代政治对政治现代性的简单拒绝和否定，更不能说是一种全新的替代和绝对的胜利。这只是在现代政治发展的视域中对政治现代性主题及其范畴做出的各种变动与调整。在政治现代性的各种变动与调整

---

① 任平：《交往实践与主体际》，苏州大学出版社 1999 年版，第 450 页。

② 威廉·莱斯：《自然的控制》，重庆出版社 1993 年版，第 140 页。

③ Bernard Crick：*In Defence of Politics*（Weidenfield and Nicolson，1962）Penguin edn1982，P. 24.

④ 常士誾：《政治现代性的解构——后现代多元主义政治思想分析》，天津人民出版社 2001 年版，第 95 页。

中，政党政治该如何发展，如何展示自身的创造性和开放性，使政党政治永远散发如此的魅力和灿烂。那么怎样才能作一个满意的回答？海德歌尔说得好："这个答案的积极的东西在于这个答案足够古老，这样才使我们能学着去理解古人已经准备好了的种种可能性。"①

———————

① Martin Heideggar, *BeingandTime*, trans. Linda Russe (Oxford University Press), 1985, P. 40.

第二章 政党的生成及现代性功能

政党一词虽然在中西方文化中早有出现，但其内容与表述与作为现代文明制度框架中的政治共同体的政党基本无涉。随着西方资产阶级启蒙运动的发展，政党共同体获得了现代性内涵与价值，才真正成为我们今天理解的具有现代意义的政党制度。政党的现代性运作，不但体现了利益的表达功能、整合功能和政策的制订与实施等代表性功能，还体现在政党的政治录用、议会控制和政府的组成等程序性或制度性功能。

一、政党的发展演变

（一）政党的内涵及梳义

人们对政党的认识是伴随着政党共同体自身发展的一个层层加深的过程。政党一词不仅仅是政治学上的一个术语，同时也是一个历史范畴，在不同的国家具有不同的表现形式，甚至在相同国家的不同历史时期其表述与内涵也有所差异。在中国，古代史籍曾对"党"的涵义作过一些解释：一是指地方政权组织，如《周礼·官记·大司徒》中称"五族为党"；二是指亲朋友好，如《礼记·场记》中称"睦于父母之党";三是指有首领的群体或专指某些官僚结成的帮派,如东汉时的钩党,唐代的牛党、李党,宋代时期的元佑党、元符党,明末的东林党等。这些解释,虽然使用了"党"的概念,但根本不是现代政治文明视域中代议制度架构中的政党共同体所涉。西方政治学者们曾经从政党共同体的产生、特点、主体、行为、活动领域、结果、目的等不同角度,在不同时期给出过政党的不同定义。其中比较有代表性的观点:

一是认为政党是实现某种主义与纲领的政治团体。例如,保守主义政治家埃德蒙·伯克认为:"政党是一群人以共同的努力实现一致同意的特定主义,增进国家利益而联合的团体。"(《埃德蒙·伯克著作》);二是认为政党是民众参加选举的工具。当代政治学家哈罗德·拉斯韦尔就认为:"最好是把党定义为:在选举时以自己的名义提出候选人和问题的特殊化组织。"(V. B. 布欣:《政党》);三是认为政党是为谋求官职而建立的政治组织。所有这些定义都只是从"政党"(party)这一政治概念的形成来考量,与它从拉丁文词源"pars"进入英语世界和政治语言世界前后的演变有很大关联。拉丁文 pars 的基本含义有二:一为"部分",一为"分开、分歧,歧异"。有关政党概念的一系列问题,正是围绕着这个词的两个基本含义,沿着两个不同的思路演化和展开的。它留下的问题,至今仍是人们思考政党理论问题的重要切入点。人们从政治学角度来认识和界定政党共同体,基本存在四种看法:阶级组织说、权力目的说、党派团体说、中间媒介说。这四种认识在一定程度上指出了政党的本质。准确地讲,政党是由社会中一部分人组成的,以夺取或控制政权为目的的,联结政府与个人的有组织的集团;政党具有部分性、目的性、组织性和中介性四个特征。正如我们所了解到的,政党本身是一个历史范畴。

1. **政党的阶级性。** 目前,大陆政治学界主流派关于政党概念的定义基本上采取马克思主义关于政党的定义。高放先生为其中主要代表。其政党学的观点主要是强调政党的阶级性,并认为阶级性是政党的根本属性。如高放先生 1992 年为《中国大百科全书·政治学》撰写的条目:"政党是代表一定阶级、阶层或集团的利益,旨在执掌或参与国家政权以实现其政纲的政治组织。"① 政党在"本质上是特定阶级利益的集中代表者，是特定阶级政治力量中的领导力量，是由各阶级的政治中坚分子为夺取或巩固国家政治权力而组成的政治组织"②。这类定义在强调政党的阶级性上与马克思主义的政党定义基本保持一致。例如，《共产党宣言》对政党的表述为："共产党人最近的目的是和其他一切无产阶级政党的最近目的是一样的：使无产阶级成为阶级，推翻资产阶级的统治，由无产阶级夺取政权。"③

2. **政党的工具性**。代议制民主制度发展到一定阶段，政党的工具理性特征得到了进一步显现。如戴维·杜鲁门曾认为："美国政党在通常情况下是一种动员投票的工具。"④ 萨托利也认为："政党是被官方认定在选举中提出候选人、并能够通过选举把候选人安置到公共职位上去的政治集团。"⑤ 希尔斯曼则进一步表述为："与其说政党是一种权力工具或获得权力的组织，不如说它是争取民众支持的舞台或通向选举担任公职的台阶。"⑥ 可见政党"是以通过赢得大选的方式来影响政府为目标的组织"⑦。或者说，"政党是组织松散的、以特定的标签（政党名称）寻求选举政府官员为目标的组织"⑧。从上述的概念分析，政党的工具性功能主要体现在选举上，不仅是指政党内部的选举，更重要的是通过选举获取执政地位。如《国际社会科学百科全书》说："它指的是以在竞选中赢得公职为目标的组织。后来'政党'的意义逐渐引申，亦包括并非从事竞争选举的政治组织，诸如无法通过选举而取得公职的小党，

---

① 高放：《政治学与政治体制改革》，中国书籍出版社 2002 版，第 351 页。

② 王浦劬：《政治学基础》，北京大学出版 2003 年版，第 265 页。

③ 《马克思恩格斯选集》第 1 卷，人民出版社 1995 版，第 285 页。

④ （美）戴维·杜鲁门：《政治过程天津》，天津人民出版社 2005 版，第 294-295。

⑤ Giovanni Sartori：*Parties and party Systems*，NewYork，Vail — Ballou Press，Inc. 1976. P63.

⑥ （美）希尔斯曼：《美国是如何治理的》，商务印书馆 1986 年版，第 359 页。

⑦ （美）迈克尔·罗斯金：《政治科学》，华夏出版社 2006 年版，第 227 页。

⑧ Leon D. Epstein，*Political Parties in Western Democracies*，New York，Praeger，1967. P9.

寻求废止选举竞争的革命组织，以及集权国家的统治集团。"[①]

3. **政党的政治功能。**在今天看来，政党不再代表某一单个的阶级、阶层或集团的特殊利益而是试图代表大多数的利益并强调利益聚合与协调，这是政党政治的一个重要的进展。对于政党这方面功能典型性表述的代表是美国学者熊彼特，他认为："一个政党并不是如古典学说（或埃德蒙·柏克）要我们相信的那样，是旨在'按照他们全体同意的某个原则'来推进公众福利的一群人。"因为"任何政党在任何特定时间里当然要为自己准备一套原则或者政纲，这些原则或政纲可能是采取它们政党的特征，对它的成功极为重要。一个政党是其成员打算一致行动以便在竞选斗争中取得政权的团体"。[②] 熊彼特的这个定义无疑反映了政党的功能是获得政治权力，促进公共福利或追求社会正义。因为是不是促进公共福利或追求正义等不是由哪个党宣称就可以一定做到的，换句话说，一个政党不可能靠它宣称的原则来确定它的性质，要靠政党在实际运转过程体现出来的。柏克认为："政党是一些人基于一些一致同意的原则组织起来，并用他们的共同努力促进国家利益的团体。"[③] 国内一些学者也认为政党："是一部分政治主张相同的人所结合的，以争取民众或控制政府的活动为手段，以谋促进国家利益实现共同理想的有目标有纪律的政治团体。"[④] 从民众参与政治的功能角度分析：可以说，政党是民众参与政治的工具，是沟通民众与政府联系的桥梁，是人民控制政府之手的延伸。[⑤]

4. **政党的价值性。**一个政党不仅拥有独具的纲领、理念等，还应保持对平等、自由、正义等人类终极的价值的认同，并且能够通过追求这种价值提升自身的政治文明程度，从而获得选民的合法性的支持。政治的应然目的，

---

① David L. Sills eds: *International Encyclopedia of the Social Sciences*, London, CollierMacmillan Publishers, V. 11. P428.

② （美）熊彼特：《资本主义、社会主义与民主》，商务印书馆 2002 年版，第 413 页。

③ AlanWare: *Political Parties and Party system*, Oxford, Oxford University Press, 1996. P5.

④ 周淑真：《政党和政党制度比较研究》，人民出版社 2004 年版，第 6 页。

⑤ 王长江：《现代政党执政规律研究》，上海人民出版社 2002 年版，第 30—44 页。

从亚里士多德开始，就是为了诉求正义。"正义是社会的幸福。"① 而政党，作为政治的一个重要载体，如果不能自觉地去追求正义，那是政党的不幸。因此，在定义政党时，有关价值的指引也应该加到政党的定义之中。政党如果宣称促进公共福利或追求正义，不仅可以获得合法性的支持，同时还可以占据"道德的制高点"。对"道德制高点"的占据，不论是对外树立政党的形象增强合法性的认同，还是对内规制政党本身以获得选民支持都有益处。

5. **政党的政治合法性**。政党作为一种组织，以谋取国家公共权力为目的的组织。公共权力的来源是什么？或者说，政权的合法性来自哪里？从亚里士多德、孔子、韦伯到阿尔蒙德、李普塞特，他们都论证了合法性指的是民众对政治秩序、政治统治的认同、支持与拥护，是社会成员对于政治统治的承认和对于政治统治正当性的普遍认可。而政党一般被认为是为了在国家内行使权力而组织起来的人们的机构，"政党是寻求使用合法的手段去追求它们的目标的组织"，"能够用竞选手段在政府中寻求职位的时候就这样做的那些组织就是政党"。② 这样，我们就可以理解，一个政党，在执政之前，它追求的是努力获得民众对它的支持以取得政权；而取得政权成为执政党以后，它要追求的目标是不断增强和扩大自己执政的合法性。换句话说，政党获得公共权力的来源只能是公民的授权。"政党就是人们为了通过选举或其他手段赢得政府权力而组织的政治团体。"③ 通常情况下，政党是通过选举赢得政府权力。选举，意味着国家权力的终极来源是人民，意味着国家乃至整个政治权力都必须归属于选民。但它厘清了政党与人民之间的关系问题，是向"一切权力属于人民"这一宪法原则的回归。

当我们将政党的产生放到现代化过程的大视野中去考察，我们发现西方的政党产生于现代化的进程之中，并获得了现代性。西方的民主政治是资本主义经济发展到一定阶段的必然产物，而政党又是民主政治的产物。换言之，

---

① （奥）凯尔森：《法与国家的一般理论》，中国大百科全书出版社 1996 年版，第 6 页。

② AlanWare：*Political Parties and Party system*，Oxford，Oxford University Press，1996. P2.

③ 燕继荣：《现代政治分析原理》，高等教育出版社 2005 年版，第 210 页。

是资本主义生产方式产生了阶级、阶层的分化，进而产生了不同的利益集团、不同的阶级、阶层和各利益集团的代表并代表他们的不同的利益诉求，并在此基础上形成政党。政党是社会中的一部分人建立起来的组织，表达的是一部分人的意愿。正是在现代化的过程中，由神权政治向现代民主政治转变过程中，现代性在政治领域扩张的结果产生了政治共同体，从中产生了政党政治。在资产阶级和封建贵族势力的斗争中，两个阶级都先后找到了政党这种政治斗争的有效手段。并且由于资本主义是建立在"民主"、"自由"、"平等"的基本原则的基础上，强调天赋人权，因此社会各集团之间的利益分配既不是通过奴隶主式的强制与镇压来实现，也不是通过专制国王的等级分封来实现，而是通过"平等"、"自由"的竞争来实现的。在资本主义制度下的这条基本的经济原则，也是它们的政治活动的基本原则。或者说，离开了资本主义条件下形成的自由、平等、竞争这些启蒙时代产生的基本价值的指引，上述意义上的政党是不会产生的。而在诸如一些具有民族性质的外源性的国家中，一般是先产生了政党，然后由政党担负起发动和推进现代化的任务。在这种情况下产生的政党通常有两大任务：第一是获得民族独立与民族解放，建立一个民主政权和民主制度，为现代化准备条件。第二是领导这个国家的现代化进程。在建立民主政权和民主制度的过程中，或者采取和平过渡的方式，政党并在这种民主制度的形成中学会民主；或者采取暴力的形式，政党并在暴力夺权之后，逐步发展自身的和社会的民主。由于政党产生的背景、原因不一样，也就决定了政党的定义以及相应的作用、功能不一样。同样的原因，政党的定义以及相应的作用或者功能，甚至在获取政权前后也就不一样。因此，政党的定义在不同的国家，甚至在相同的国家的不同历史时期也就应该有不同的内涵外延。政党共同体作为社会政治上层建筑的组成部分之一，有别于国家机关和一般带有政治性的社会共同体，具有以下几个显著的特征：第一，政党具有自己的政治纲领和政治目标。政党的政治纲领，可以是比较广泛的、长远的、战略性的，也可以是局部的、暂时的、策略性的。政党的政治目标，是争取和实现对国家政治生活的统治权，最低限度是干预和影响国家政治生活，以便维护自己所代表的阶级、阶层或社会集团的利益。第二，政党具有自己的组织和纪律。这种组织和纪律的严格程度虽有不同，但它总是政党聚集与发挥其政治力量所必需的。第三，政党具有自己的党员和所联系的群众。从以上政党的几个调整来看，政党，是一部分政治主张相同的人所结合的，以争取民众或控制政府的活动为手段，以促进国家利益实现共同理想的有目标、有纪律的政治团体。这一定义包括以下四个方面的内容：政党是部分政治主张相同的人所结合的团体；政党是基于人民的意愿和国家需要而结合的团体；政党是以取得政权实现政纲为目的所结合的团体；政党是较具有永久性的有组织、有目标、有纪律的团体。

（二）政党构成的基本分类

目前世界上将近 200 个主权国家拥有的政党数量达两千多。绝大多数国家和地区都建立了政党，只有不到 20 个国家和地区由于文化、民族特性和宗教信仰等原因而没有设立政党制度。世界上最早产生的政党是资产阶级政党，英国的保守党可谓是其中的典型。"二战"期间和战后，随着反法西斯战争的胜利和一系列追求现代性的民族国家的独立，各种类型的政党如雨后春笋一样涌现出来。对世界各国形形色色的政党，人们根据一定标准而划分出各种各样的政党类型。例如，根据阶级属性可将政党分为资产阶级政党和无产阶级政党，还可进一步细分为官僚资产阶级政党、无产阶级联盟政党、小资产阶级政党等。从法律的角度可将政党分为合法政党和非法政党。合法政党认同现行制度，并被政党所在国家的法律所认可，能进行公开活动。非法的政党往往以推翻现行制度为目标，因而不被现行法律所认可，只能开展秘密活动。从政治运作和政治行为来看，可将政党划为体制内政党和体制外政党。体制内政党是指那些在一个国家的政治运作中长期起主导作用或有重要影响的政党，如德国的基督教民主联盟、日本的自民党等。体制外政党是指在政党竞争和国家政治生活中作用很小，被排除在政党竞争和政府体制以外的政党，如两党制国家中的其他一些小党。还有学者根据政党的组织和活动范围来划分政党的类型。在政党类型划分中，意识形态是人们使用得最多的一种划分标准。传统的做法是根据意识形态倾向的不同，将各类政党分为左、中、右三派，即左翼激进型政党、中间改良型政党和右翼保守型政党。也有人按照这个标准并结合其他相关因素，将其进一步细分为共产主义政党、民主社会主义政党、保守主义政党、民族主义政党、法西斯主义政党、生态主义政党和地区主义政党等。

在现代性的进程中，政党根据现代性的不同特点，对自身的组织结构和组织主体进行适当的调整以适应现代性的发展要求。在此过程中，政党又可划分为干部型政党、群众型政党、兼容型政党、精英型政党和信徒型政党等。干部型政党（又称干部党或骨干党），其内部组织关系松散，不强调党内成员之间的一致性和整体性，政党组织在平时活动较少，到了选举期间则非常活跃。党务活动的重心放在议会，政党领袖和少数骨干在政党机器运转特别是竞选中发挥着主要作用。早期的一些政党和当今美国的民主党和共和党等基本就是这样的政党。群众型政党（又称群众党），一般情况下为了赢得选举，尽可能地扩大党员数量，获得多数的认同与支持。在强调保持党员对党的忠诚和纪律约束的同时，为党员和基层组织参与党的干部选举和党纲的制定等党内民主提供了必要的程序性保证。欧洲的社会党一般属于这种类型的政党。而对于精英型政党来说，一般强调精英在政党政治的重要作用，对党员资格有着严格的要求，注重从社会精英人物或优秀分子中吸收党员，党内实行严格的组织纪律和自上而下的层级节制。决策权集中在党内高层精英手中，普通党员在党内的发言权十分有限。印度的国大党就属于这种类型的政党。信徒型政党则是围绕领袖——信徒关系来组织政党的，领袖处于政党的核心，信徒只有追随领袖的义务。希特勒的纳粹党就是这种政党的典型。随着普选权的实行和社会党在选举中的成功，群众型政党的模式也逐渐被"资产阶级"政党所采用，出现了群众型政党"自左向右的蔓延"，群众型政党成为一种比较流行的政党模式。在二战后，欧洲出现了新的政党类型。这就是美籍德国政治学家奥托·基希海默所创造的新词，"兼容型政党"（又被译为"全方位政党"），它是指为了争取尽可能多的选民支持，政党寻求代表各类选民的利益和包容各种"世界观"，党内各种派别、各种观点应有尽有。德国的基督教民主联盟、英国的保守党、日本的自民党等都属于这种类型政党。二战以后，要想获得大选胜利就必须成为"兼容型政党"几乎成为竞争性政党政治中的一条公理。现在，无论是干部型政党还是群众型政党都出现了向兼容型政党转型的明显趋势。其具体表现是：政党的意识形态色彩大大减弱；上层领导集团的地位加强；单个党员的作用下降；减少对某一个具体社会阶层的重视以利于在全体社会成员中更广泛地吸收支持者；保持和各种利益集团接近的渠道等。

根据以上分析，我们了解到目前在国际政治中发挥重要作用的比较有代表性的政党主要有以下几类：（1）马克思主义政党。这类政党主要是以马克思主义或科学社会主义为指导思想的无产阶级政党，一般称为共产党或劳动党，在社会主义国家中通常处于执政的地位。这类政党以马克思主义为指导思想，代表劳动人民利益的工人阶级政党，是工人阶级的最高组织形式。1847年共产主义者同盟创立，马克思、恩格斯在《共产党宣言》中，正式把接受科学社会主义为指导的工人阶级政党称为共产党。19世纪下半叶，各国相继成立无产阶级政党，最初命名为社会民主党。后来第二国际分裂，列宁为了同第二国际中各国社会民主党的机会主义相区别，1914年提出要改变党的名称。1918年3月，俄国社会民主工党（布）举行第七次代表大会，正式改党名为俄国共产党（布）。此后世界各国凡以马克思、恩格斯、列宁的建党学说为指导建立的工人阶级政党，不管名为工人党、劳动党或共产主义联盟，通称为共产党。（2）民族主义政党。主要是指在发展中国家中以争取和维护民族独立、发展和壮大民族经济为目标，具有鲜明的反帝、反殖和反封建性质的政党。这些政党代表本国主张维护民族独立的各阶层的利益，虽名称各异，思想纲领不同，但在绝大多数发展中国家中属于爱国和进步的政党，为争取和维护民族独立、发展民族经济和文化发挥了积极作用，有些政党长期执政并取得了显著成就。在当今国际舞台上，民族民主政党是反对帝国主义、殖民主义和霸权主义，维护世界和平、促进共同发展，主张和推动建立国际政治经济新秩序的一支重要力量。这是亚、非、拉地区发展中国家的民族资产阶级政党，如印度的国民大会党、人民党等。（3）民主社会主义政党。主要是指西欧、拉美地区等发达资本主义国家代表中产阶级和普通人民利益的政党，如德国和瑞典的社会民主党、法国的社会党、英国的工党等等。社会民主党：这一名称最早出现于19世纪40年代，"民主党"当时在法国指无产阶级社会主义者，"社会党"指具有社会主义色彩的民主共和主义者，两者联盟，合称社会民主党或民主社会党。1869年德国建立了社会民主工党，后来各国建立的无产阶级政党大都用社会民主党这一名称，并于 1889 年共同组成了第二国际。第一次世界大战爆发后，各国社会民主党纷纷支持本国政府进行战争，第二国际破产。一些社会民主党内的左派另建新党，取名为共产党。此后，在工人运动中，共产党和社会民主党成为两类不同性质的政党。在当代，社会民主党通常是对以民主社会主义或社会民主主义为指导思想的政党的泛称，其中包括社会民主党、社会党、工党、独立社会党、社会劳动人民党等。社会党国际为这些政党和组织的国际联合体，现有成员党及组织大约 143 个。（4）基督教民主党。这类政党主要活跃在大部分西欧国家和一些拉美国家中，是这些国家政治中的一股重要的政治力量。基督教民主党创始于 19 世纪，它把基督教关于社会和经济公正的观点同关于政治民主的自由主义观点结合起来，主张维护有关教会和家庭的传统价值观。但各国的基督教民主党的思想主张和政治取向差别较大，西欧地区的基民党大多数奉行保守主义政策，有的则相对温和。拉美地区的一些基民党更注重政治民主和社会正义，具有改良主义倾向。（5）保守党。保守党一词最早出现于 1817 年英国《保守党人》杂志上，主要指维护君主制、君主制原则或正统主义原则的政治力量。英国的保守党可谓是老牌子的保守党。当代保守党主要指奉行传统资产阶级意识形态，坚持自由资本主义制度的具有保守倾向的政党。这些党大多强调要实现民主、有限政府、社会正义、个人自由和公民自由，建设"自由、正义、开放和民主的社会"，反对"第三条道路"。经济上主张实行"有竞争的市场经济"，支持经济全球化进程。1983 年 6 月，以英国保守党为首的 17 个国家的 19 个保守党共同成立了"国际民主联盟"（俗称保守党国际）。该联盟现有 87 个成员党和 5 个地区性组织。（6）自由党。自由党最早出现在 19 世纪的欧洲，政治上与支持君主或贵族政府的保守派相对立。自由党具有反对保守党的历史传统，在现代政治中则多倾向于中间立场。自由党以强调政治自由、人权和立宪问题为特征，主张建立以个人自由和社会公正为基础的自由社会；经济上主张实行混合经济体制，支持公共福利开支。1947 年，比利时、英国、挪威三国自由党发起成立自由党国际，并发表《自由宣言》。目前，该国际有成员党 54 个、观察员党 27 个。由于自由党在西欧政党体系中主要处于中间地位，因为其主张不左不右的政策，经常成为联盟的伙伴。自由党在西班牙语和英语国家有很大的影响。(7)绿党。绿党是 20 世纪后半叶随着西方生态运动的发展而出现的政党组织。20 世纪 60 年代新西兰出现的"价值党"可谓是绿党的雏形。1981 年,西德绿党成立,随后欧洲许多国家也相继建立了绿党。绿党主张维护生态平衡,反对经济无限增长;主张社会正义,实行基层民主;强调非暴力原则;尊重妇女权利等。(8)另类政党。在现代性演进与流变中,一些传统型政党在新的时期面临着转型与调整,期间涌现出一些主张另类政治排斥传统政党政治功能的朋克、金发美女党、狂野疯人党、新千禧焗豆党等政党,称为另类政党。

二、政党的现代性制度功能

法国政治学家莫里斯·迪韦尔热(Maurice Duverge)曾在《政党概论:现代民主国家中的政党及其活动》一书中指出,作为现代政治共同体的代表与核心的政党是任何现代民主政体所不可缺少的,政党政治是现代民主政治的基本运行方式。迪韦尔热把政党政治作为现代民主政治的基本运行模式进行架构,可谓开了先河,虽然在此之前,俄国政治评论家奥斯特洛果尔斯基(Ostrogoski)和德裔学者罗伯特·米切尔斯(Robert Michels)等都对政党做了系统研究,但他们对政党所持的态度总体是批判性的。此后,利普塞特(Lipset)、罗坎(Rokkan)、萨托利(Sartori)、爱泼斯坦(Epstein)和阿兰·威尔(Alan Ware)等人相继出版了各自的研究成果,对政党在现代民主中的作用给予了极高的评价。其中代表性的观点:

(1)政党是政治体制发展到一定阶段的产物,它要解决的问题是如何把公众的意志通过合法性程序带到政府系统中去;(2)政党把人民同政府联结起来,起着桥梁和纽带作用,并保持着两者的双向互动;(3)政党作为民众的特殊政治共同体,同时也是利益表达和利益聚合的组织;(4)通过政党政治可以把公众偏好变成公共政策的基本制度形式;(5)政党是民主政治的重要制度机制,作为公众与政府之间的联系中介,它提供了一种能将公众的利益要求与偏好信息传递给公共政策制订者，从而影响公共政策的稳定的组织机制。对个人而言，政党通过发挥政治参与中介作用，有助于使政府被理解，使公众参与富有实际意义。对政党运行的研究范式主要采用了二战后西方政治学研究中兴起的行为主义研究方法，即主要采用定量分析、实证研究和归纳方法，注重客观性描述，回避对现象的本质分析与价值判断，是一种经验研究。这种范式是建立在详细占有丰富的实证材料基础之上的，对政党运行功能的这种研究范式的兴起，这并不意味着马克思主义忽视了政党的政治参与功能。马克思主义经典作家运用历史唯物主义学说，固然主要采用定性分析方法，把政党与阶级利益紧密结合起来，科学地抽象出了政党的阶级实质，指出政党是代表一定阶级根本利益的政治集团，是阶级斗争的主要工具。对西方资产阶级政党，他们透过纷繁复杂的表面现象，指出：在资本主义社会中，资产阶级的不同阶层、集团和派别之间的矛盾与斗争集中表现为资产阶级各个不同政党之间的斗争，是资产阶级内部不同阶层、集团和派别之间的经济利益矛盾在政治上的反映；在深刻揭示政党阶级本质的同时，马克思主义政党理论认为：政党通常代表一个阶级的根本利益、长远利益和全局利益，是本阶级利益的最高代表。而且，马克思主义政党理论还认为：政党要通过制订行之有效的政治纲领号召群众，争取群众的信任与拥护，通过一定的组织把本阶级成员联系起来，共同行动、实现本阶级的目标。所以，马克思主义的政党理论在对政党进行定性分析和规范研究以揭示出其阶级实质的同时，实际上也注意到了政党的政治参与功能，即政党带领本阶级成员实现其阶级利益的功能。而当代社会主义国家在总结经验教训，加强与改善无产阶级政党的领导时，总是强调要密切党同人民的联系，强调要走群众路线，"从群众中来，到群众中去"。这实际上从实践中证明了发挥无产阶级政党的政治参与功能的重要性。在相当长一段时间内，国内政治学界对这一问题的研究往往只注意到马克思主义对政党阶级本质的揭示，而忽视了马克思主义对政党功能的具体分析。

从政党政治成为西方民主政治的一般形式开始，政党共同体就作为民众与政府之间的中介和桥梁，民众、政党、政府相互作用，共同构成了现代西方政党政治的基本框架。综观政党共同体发展的历史，从权贵党、群众性政党、全方位政党到卡特尔政党、绿党等，不同的政党组织形态都是在特定的时代背景和制度前提下执行着特定的功能。什么是政党的最根本的功能？英国政治学家欧内斯特·巴克（E. Buck）评价说，政党具有双重性格或性质。也就是说，政党是把一端架在社会，另一端架在国家上的桥梁。政党和社会之间实现利益、权利、治理等多重互动。对于政党功能的具体表述有很多种，比较有代表性的研究成果来自 K. 冯·贝米、M. 瓦格伯特、萨托利、罗塞尔·达尔顿（Russell Dalton）、马丁·P. 瓦滕博格（Matin P. Wattenberg）以及巴托里尼（Bartolini）和彼得·梅尔（Peter Mair）等人。其中，K. 冯·贝米指出政党的功能主要体现以下四个方面：目标制定、利益表达、动员和社会化、精英形成与录用功能；而 M. 瓦格伯特对政党的功能的划分更加细化，他把政党功能分为政治利益表达和集约等 11 个方面；萨托利在研究政党功能时指出，政党最重要的两大功能是表达功能和沟通功能；达尔顿和瓦滕博格分别考察了选举中的政党、作为组织的政党和政府中的政党所承担的功能，也对政党在现代民主政治中的功能作了比较全面的概括。国内一些学者对政党功能也作了深入的研究，比较有代表性的是王长江。他把政党的功能概括为：利益表达、利益综合、政治录用和政治社会化功能四个方面。[①] 在对以上学术成果的研究分析、综合的基础上，可以创造性地将政党的上述功能分为两组：（1）政党的代表性功能：包括利益的表达、整合，政策的制订等等。（2）政党的程序性或制度性功能：包括政治录用、议会控制和政府的组建等等。这为考察政党的功能提供了一个具有较强解释力的分析框架。[②]

（一）政党的代表性功能

现代政治民主犹如一个巨大的蓄水池，而政党就是保持池水流动与更新的渠道。政党的政治功能就是利益表达、利益综合、政治录用等保证民众与公共权力的密切联系，并充分享有各种权利。

1. **利益表达功能。**各个利益主体为了维护和增进自身的利益，必然要寻

---

① 王长江：《现代政党执政规律研究》，上海人民出版社 2002 年版，第 51—52 页。
② 《布来克维尔政治学百科全书》，中国政法大学出版社 1993 年版，第 563 页。

求政治上的认同和庇护，希望经济上的权益能得到政策上的支持或法律上的认可。而要使这些带有个性化的利益诉求能够进入政治议程，这些利益主体的通常做法是在各种场合进行政治参与和从事利益表达活动，以期引起政治决策中心的关注。"利益表达可以通过许多渠道来实现，例如工人、利益团体、政府机关等。政党是其中很重要的渠道之一，利益表达功能是政党一项很重要的功能。"① 政党就是通过一定的合法性程序，将利益主体的利益诉求输入到决策中枢。在这个过程中，政党发挥了非常重要的作用。萨托利指出，政党是表达要求的管道。这就是说政党首要而且最重要的是作为一种代表手段，它们是代表人民表达要求的工具或机构。由于政党是国家和社会的中介，它一端连着民众，因为只有得到相当一部分民众的支持，政党才能生存和发展；另外一端连着国家、政府、权力，因为只有掌握权力，或对政府的运作施加影响，政党才有存在的价值。所以，执政党可以凭借其组织优势和所握有的政治资源，来组织和动员民众，沿着国家设定的制度化渠道进行有效的利益表达，也就是支持和引导民众借助国家制度设施来表达自己的观点、维护自身的利益。在这里，执政党对国家机器的影响是间接的，在民众和国家机构之间发挥了桥梁、纽带作用。另外，无论是直接的政治参与还是间接的政治参与，对执政党的决策来说，都是利益的"外输入"；对政党来说，其政策、方针和路线的提出有的是基于政党精英或政党组织自身对社会发展问题的一种认识，或是对社会利益一种体认，这就是所谓的利益"内输入"。执政党在社会利益的内外输入的过程中体现了自身的价值，也发挥了自身权威性的功能。

2. **利益综合功能。**集中代表一定阶级或阶层的利益，是政党的本质属性。同时政党还可以对所代表的利益进行综合与协调，尽量满足各方面的要求。当前，整个社会利益格局发生了新的分化组合，在总体上呈现出利益主体多元化、利益矛盾复杂化和经济利益矛盾显性化的发展态势。利益格局的变动趋势，表达特殊阶层和群体的利益和要求将成为参政党的主要职能，并要求参政党发挥整体功能；政党与其他组织的合作制度将成为表达和协调多元利

---

① 王长江：《现代政党执政规律研究》，上海人民出版社 2002 年版，第 51 页。

益关系的重要的制度化机制。利益综合能力是将民众的意愿、利益群体的利益诉求转化为路线、方针和政策的能力。"政党就必须把他所代表的那部分民众的意见和要求加以综合，变成党的政策主张。"① 利益综合的能力是政党执政能力的重要体现。从利益综合的过程来讲，执政党的利益综合能力至少是与回应能力、自主能力以及程序化的能力是紧密相连的。首先是回应能力，它不仅要求信息输入的渠道要通畅（这在利益表达部分已经展开过），而且它要求对国际、国内发生的重大事项和问题要有一套回应机制，对事件的发生的原因、性质、影响和策略等方面作出分析和解答，为政策的科学化打下基础。这一套回应机制不仅包括政治系统内部，而且还包括一些社会咨询机构。另外，增强执政党的回应性还要求有一套预警机制来应对突发的事件和问题等等。即信息的输入和输出主要集中在党政系统内部，已经发生了改变；现在基本建立起了以党政机关为主体的，包括学术组织、思想信息库、民间思想库、网络、新闻信息系统等在内的混合型信息传输体制，这提高了执政党回应社会的能力。其次，在自主能力上。执政党在利益综合的过程中，面对着多样化的利益诉求，社会整合的基本要求就是要将这些多样的利益诉求转化为社会的一般需求。由于这种转化不是在真空的环境中完成的，执政党不可避免的要受到外在的干扰，包括威胁恐吓、利益诱导等等。执政党如果没有自主能力，就很可能在公共政策制定过程中出现偏差，忽略甚至无视公共利益，从而降低了政党的合法性。对于执政党来说，通过价值观念的导引和监督机制的完善，能在利益综合的过程中保持清醒的价值判断，不会被一些利益团体所左右，将一些带有个性化的利益诉求引入公共政策领域。最后，表现在程序化的能力上。利益综合涉及到信息系统、智囊系统和决策中枢这三大系统，要得到高质量的利益综合成果。须将利益综合的过程给程序化和规范化。程序化的利益综合要求执政党在进行利益综合时，对议程的确立、方案的表决等方面都有明确的程序化规定。如果，社会中一些团体、组织为了自己的利益而与其它团体和组织斗争，并试图沿着自己的偏好改变政府的方向，而整个社会将几乎没有共同的价值、目标或意识形态，这种努力无法

---

① 王长江：《现代政党执政规律研究》，上海人民出版社 2002 年版，第 51 页。

获得全国性的支持。这就需要政党出面，政党可以通过将利益团体各自的利益聚合到一个更高的组织从而有助于消除与缓和利益团体间的冲突。利益团体会发现它们必须缓和其要求，为了政党的目标而工作与合作。作为回报，政党至少可以部分实现其要求。这方面的一个例证是富兰克林·罗斯福在20世纪30年代建立的包括工会工人、农场主、基督教徒、犹太教徒和黑人等的民主党联盟。这一联盟保住了他4次连任总统，而工会与民主党合作成功地通过了它自己永远不会实现的劳工立法。

3. **政治资源聚合功能。** 任何政治系统要维持、发展或有序化，必须有一定的政治资源供给。政治资源的流失或不正当移动会造成系统政治资源短缺，轻者影响政治系统功能的发挥，重者导致政治系统瘫痪。从资源流动的角度，分析政治资源移动的方向、过程和后果。一般而言，任何具有政治交换价值的东西，都可称为政治资源，包括财富（金钱）、社会及政治地位、声誉、友谊、职业、知识、信息、能力、投票、立法权、对传播媒体的控制力、对警察和军队的支配、武装威胁、时间等等。一般地说，可资政党获取执政或参与政权以维持政治稳定，或推动政治社会变迁、政治发展的任何物质或非物质因素，或提升政党的形象、公信力和影响力等资源都可称为政党的政治资源。政党的政治资源的聚合功能就是对各种政治诉求的系统整合与协调，具有很强的包容性和妥协性。主要表现在：首先是广泛包容各种政治要求。政党要最大限度地包容各种社会力量的不同政治要求，求同存异。其次是充分反映各种政治要求。不同的角度、不同的层次，多种的形式、多种的渠道反映各种社会力量的政治要求。政党要具有吸纳动员社会各方面力量广泛参与政治的能力，为社会政治参与提供制度化的组织、程序和途径，保证了各阶层、群体和政党参与政治的制度化、规范化和程序化，实现了现代政治体系政策选择的互动优势，使政策输出反映社会的要求。例如对意识形态的整合，一个政党无论在决策、吸纳、表达、规范、控制机制都有自己的意识形态。意识形态是政党存在的根本基础和基本依据，是最基本的政治资源。处于巨变的时代，各国政党、各种政党的生存状态都经历着前所未有的深刻变化，都在革新或重建自己的意识形态。一个社会团体的权力不仅依赖于其组成的人员数量，而且也依赖于它的信仰；不仅在于它的组织控制手段，而且在于它拥有思想和价值理念的力量。政党通过意识形态教育和传播，进行广泛的政治动员，获取人们的认同和支持，达到号召群众、集合队伍、凝聚党心、鼓舞士气之目的。随着新的社会阶层的出现，执政党要不断扩大社会基础，实现政治整合，从而实现社会的长治久安，确保执政党的领导地位。主流意识形态要具有一定的包容性，要以一种宽容的胸怀实事求是地对待一切新思想、新观念和新理论。政党要改善以"灌输"为主的意识形态整合方式，政党权威的形成、散布与社会整合的展开是依据一定的体制框架和路径依赖。应该说，意识形态对政治体系的解释和合法化功能勿庸置疑。因为，任何一种政治力量都不可能仅靠外在的强制力和功利性的诱导来达到其目标，对政党尤其如此。政党如果不发挥其政治社会化功能，将其价值理念散布到更广泛的社会群体中去，政党就不可能形成权威性的政治力量。意识形态散布中的"制度"作用就被置换为"政策"的作用；同时，意识形态发挥作用的利益机制，主要体现为受意识形态影响的政治体系对民主利益诉求的满足上。由于社会结构的复杂性，在一个社会里除主流的意识形态之外，非主流意识形态也是普遍存在的。它们既可以与主流意识形态相抗衡，也可以与主流意识形态互补。为了达到互补，减少冲突等不协调现象，任何想获取执政的政党必须对非主流意识形态进行整合。主流意识形态凭借其统治地位的特殊优势，能够把分散的、单个的社会意识形态统一起来，把对立的意识形态形式分化或销蚀为符合主流意识形态的观念形式，把未建立或未完善的观念形式体系化或逐步意识形态化，从而使意识形态体系成为高效率的、有统摄力的社会统治观念形态。

（二）制度性功能

政党的现代性鲜明特色莫过于政党的制度性功能。政党政治作用的发挥主要为民众与公共权力之间实现双向互动，提供政治参与、政治录用和政治社会化等功能。

1. **政党的参与功能。** 在现代民主政治发展过程中，随着公民普选权的逐渐获得和社会经济的发展，越来越多的公民要求参与政治过程，相应地就必须有一种组织和协调公民参与政治的政治共同体，而"政党就是随着公民选举权的扩大，以及各种集团试图通过动员选民去支持那些对不同利益都有吸引力的政策以谋求公职而得到发展的"①。从政治过程上看，投票是普通公民控制政府的制度化了的最为有效的手段。政党政治共同体兴起以后，民众的活动就可以通过政党的有组织的活动，把散落的、繁杂的个人意志聚合起来形成"公意"，并以此为基础建构国家的上层建筑而治理国家与社会，实现国家与社会双赢发展。政党可以根据作为政治共同体的特殊性，系统、规范地组织公民选举和综合公民利益表达而形成其政纲，使选举制度得以顺利实施。在选举竞争中获胜的政党得以负责组织政府，在其政纲的指导下推行公共政策，从而把公民的政治参与政府的公共产品生产联系起来，把选举制度与代议制度连接在一起，从而确立了代议制民主的现代性诉求。政党在公民参政中的作用主要体现在，政党简化了公民参政的程序，降低了参政的成本。政党作为一种解决"民众参政危机的制度机制"②，之所以能吸纳为数众多的公民参政，就是因为政党组织本身有着良好的政治参与成本——收益结构。政党这一政治共同体的存在，使得公民在推举公职候选人、收集有关公共事务和候选人的信息乃至作出最终选择等方面的基本程序都大大简化了。在西方国家，众多的政府官员都由选举产生，如果没有政党组织的活动，选民将面对无以数计的以自我提名形式产生的候选人，而且每个候选人都力图基于私人友谊、血缘亲属关系以及地位和名声等取得选举中的优势，最终结果的产生也只能在这些候选人中进行旷日持久的博弈，这使普通选民很难在短期内作出理性的选择。而政党组织的活动，可以使选民通常依据自己的党派认同感或公共政策取向直接作出判断和选择，所以说政党组织的活动，"使问题两极化，把复杂的问题简单化，从而使选民可能作出理性的选择"③。另外，政党通过简化公民参政的程序，降低了公民参政的成本。政党组织的存在，一方面可以通过其组织机制集中个人的人力、物力去获取尽可能多的相关信息，

---

① （美）阿尔蒙德：《比较政治学》，上海译文出版社 1987 年版，第 242 页。

② （美）安东尼·奥罗姆：《政治社会学》，上海人民出版社 1989 年版，第 239 页。

③ Hugh A. Bone, *American Politics and Party System* （Mcgraw—Hiokll Bo Company, 1974）. p22.

而公民个人则由于政党组织中的信息共享机制节约了获取相关信息的成本；另一方面，政党组织通过组织选举，降低了个人作出选择的所需成本。总之，政党组织为选民所提供的服务，"大大降低了选民作出政治选择的时间和能量耗费"①。再者，政党的存在可以使公民参政秩序化，增强了公民参政的效能感。在政治过程中，公民的利益表达千差万别。政党通过利益聚合，使为数众多的利益要求被吸纳进入政纲，从而"以一种制度化的公共利益取代了四分五裂的个人利益"②，使公民参政进入秩序化轨道。总之，由于政党的竞选纲领是在吸收民意的基础上形成的，而竞选纲领往往是政党在政府运作中的行动指南，因此公民对政策的选择可以通过政党直接输入政府系统。政党在公民与公共政策制订者之间建立了沟通联系的渠道，使政策制订者能够及时吸纳公众的意愿而适时调整政策，而通过定期的选举又确保了公民感到能够通过政党影响公共政策。可以说，"随着参与的扩大，政党出来组织参与，随着政党的发展，它又促进了参与的扩大"③。政党作为沟通公民与政府间联系的链环，为公民参政提供了制度化渠道而保证了政治体系的合法性与民主性，这也正是政治过程中政党存在之必要性的基本原因。而更重要的是，政党通过组织公民参政，就在公民参政与政府实际运作之间设置了一个"过滤层"，把公民参政限制在政治体系所能容纳和调控的范围之内，从而保证了政治体系的合理性与稳定性。对此，利普塞特指出："在每一个民主政体下，社会集团的冲突都是通过政党制度表现出来的，政党制度在根本上表明了阶级斗争向民主形式的转化。"④

2. **政党的政治录用功能。**所谓政治录用能力，即把社会精英接纳到党内来，使党成为社会各阶层、集团中最优秀分子的代表，成为给社会公共治理

---

① FredI. Greestein, *theAmericanPartySystemandtheAmericanPeople*（Prentice—HallInc,1963）.p35.

② （美）塞缪尔·亨廷顿：《变化社会中的政治秩序》，三联书店 1989 年版，第 374 页。

③ （美）波尔斯比等：《政治学手册精选》（下册），商务印书馆 1995 年版，第 210 页。

④ 《布来克维尔政治学百科全书》，中国政法大学出版社 1993 年版，第 573 页。

提供人才的可靠资源库的能力。政党这方面的功能主要体现在"储备"与"输送"上：一是将社会精英吸纳到党的系统并储备起来。因而任何一个政党要实现其纲领和目标，除了需要大批的支持者和追随者之外，还离不开社会精英的加盟和支持，有作为的具有感召力的政党必然有一套感召、吸引社会精英的价值理念；二是通过一定的法治程序和方式将党内的精英输送到国家机关和其他组织团体中去。政党同利益集团的最大的不同就是谋求执掌政权，在西方，要成为执政党就必须有本党的党魁成为政府的首脑，通过首脑践行着政党的政策和价值理念。将社会上精英吸纳或输送到国家的政权机关，一方面了保证了执政党执政的有效性，另一方面也能将社会精英纳入到政治体系的框架内，为社会整合打下了基础。扩大政治录用关键在于党内的民主性。反映在政治录用上，民意表达的渠道狭窄，授权方式民主性的缺失直接制约了政党制度的民主化功能发挥。要创设竞争机制，打破党内一些不必要的封闭性规则限制。首先，加强通过民主选举决定党内重要人事安排。例如，英国工党就随着社会发展变化，与时俱进地拓展了党内政治录用功能，英国工党扩大党员的直接参与，在党的领袖的产生、重大问题的决策等方面，都为广大党员提供充分的参与机会，党的基层组织和党员越来越多地参与决定党内重要政策，确保政党在输入和政治输出之间保持平衡和理性。其次，加强党内民主法定化制度化建设。当代西方政党的内部运作基本上是在民主的运行环境中进行的，比较注重党员的民主权利保障，内部运作呈现出法定化、制度化、规范化的特点。西方大多数国家的宪法和法律都充分肯定了政党的地位，赋予它们相当广泛的权利，也加强了对政党的监督和制约，使之按照民主的原则运行。1949 年 5 月制定的德国《基本法》第 21 条规定："各政党应相互协作以实现国民的政治意愿。它们的建立是自由的。它们的内部组织必须与民主原则相符合。"1958 年法国宪法第四条规定："一切政党和政治团体都必须遵守国家主权原则和民主原则。"主要确立了两大根本原则：（1）党内自由原则。包括入党与退党自由，党内言论自由，及政党内部的结社自由等。（2）党内人权原则。

　　3. **政党的政治社会化功能。**如果说政党制度是"一个国家通过政党进行政治活动或进行政治游戏的方式或状态"，那么政党制度的基本功能则是指这一政治活动的方式或状态所追求的社会效果或者更准确地表述为治理社会的效果。政治社会化就是通过社会政治组织与社会个体之间的交流与互动，传播社会的政治文化，培养政治人格的过程。政党的政治社会化，是指政党凭借一定的方式和途径向社会传播本党的政治纲领、主张以及一定的政治意识形态，以提高人们的政治素养、培养具有一定政治立场的政治人，从而推动社会的政治发展。在社会化的方式和途径上，政党可以依赖专门的政治机构，或控制政治社会化主体，宣传一定的政治思想和政治理论、政党的政治纲领和政治主张，以改变整个社会的政治文化结构，使整个社会的舆论氛围有利于本党的价值主张。对于执政党来说，为了推动社会的政治发展，它不仅要综合和表达民众的利益，而且还要推动政治人的成长、政治文化的更新和政治人格的转换。执政党通过政治社会化，不仅使民众了解到社会的意识形态，认同执政党的政策和方针，甚至是熟悉和掌握政治参与的技巧，为当前的政治体系提供合法性依据，为执政党政策的有效推行打下牢固的思想基础。

如果政治社会化仅仅指"要使民众参与政治，就必须在民众中广泛传播民主的意识；要使民众对选举负责，就必须使他们对选举产生的结果与自己利益的关系有一个明确的认识；要使民众选择政党，就必须想法设法使民众知道政党的好处；等等"①。政党则远远适应不了时代主题的变化和社会结构的日益多元化、复杂化。因为政党的社会政治基础面临严峻挑战，一些国家政党作用弱化，政党政治功能开始泛化。首先是阶级、阶层和利益群体重新分化组合，传统政党据以划分的阶级界限和依靠的社会力量被打乱，政党赖以存在的社会基础也随之发生变化，由此导致一些国家政党作为政治共同体的作用弱化，有的国家政党名存实亡。在传统产业工人大幅减少，社会中间阶层迅速崛起的情况下，多数国家的共产党、社会党、右翼保守党等主流政党为了自身存在和发展，不得不以争取中间阶层这一多数群体作为奋斗目标，并把中间阶层的利益要求作为调整政策的出发点。其次人们对传统政党认同感下降、忠诚度降低，政党凝聚力降低，尤其是信息网络技术的迅猛发展，加强了这一趋势。在现代性社会进程中，不但许多人对政党产生厌恶情绪，

---

① 王长江：《现代政党执政规律研究》，上海人民出版社 2002 年版，第 53 页。

政党的民众参与率较低，同时，人们的自我意识和民主意识在增强，各种利益群体要求权力分散化和民主参与的呼声越来越高。共同参与意味着政治权力由单一主体向多主体过渡，以政党为基础的代议民主制的主导地位开始动摇。民众的这种参政意识和参政模式的变化，要求各国政党改变不合时宜的运作方式。民众文化的多重性、社会结构和社会意识的多元化，既给政党提供了丰富的生长土壤，也对各国政党调整组织方式提出了新要求。在西方国家，民众投票率的下降是一种普遍现象，这表明西方政党传统的组织方式已经不合时宜，政党的运作模式面临着深刻危机。为了提高政党的组织运行效率，增强竞争力，各国政党积极探索新的运作模式，改善公众形象，力求在激烈的竞争中处于优胜地位。新兴社会运动和各种利益群体的崛起，迫使政党政治共同体不断调整政策、扩大民主参与。当前，迅速发展的新社会运动、各种利益集团及非政府组织，对政党组织造成了严重冲击。大量涌现的"非政治党派"和非政府组织部分替代了传统政党作用。形形色色的自助型社会共同体的斗争目标不是为了执政或参政，主要关注诸如女权、环境保护、地方和公民权利、反全球化、反结盟等事务。非政府组织、"非政治党派"这些社会共同体和政党共同体相比较虽然松散，但活动能力强、影响面广，其作用逐渐渗透到政党共同体活动的各个领域之中。以绿色生态运动、和平运动为代表的新社会运动，倡导去阶级化的"中性政治"，强烈冲击了传统政党政治；欲借公共和外交政策求得自我实现的利益集团在数量、种类上大幅增加，独立性大为增强，与政党形成了竞争；大量涌现的"非政治党派"和非政府组织成为公民和政治体制之间的中间人，在一定程度上替代了政党共同体的功能。此外，由于跨国公司、跨国集团、跨国机构这些共同体对国际和地区性重大事务的影响急剧上升，以民族国家为基础的传统的政党政治共同体的政治影响力也受到严重冲击。面对各种利益群体、非政府组织等政治行为对政党共同体提出的严峻挑战，各国政党越来越意识到不能像原来那样绝对垄断公共行政资源，应当放弃权力垄断，进行组织改革，扩大民主参与，实现政治权力由单一主体向多元主体过渡，更好地满足多元化的社会利益诉求。现代信息技术的发展和网络媒体作用的增强，促使政党转变传统的宣传交流方式。现代网民更注重平等讨论和直接对话，而对政党共同体传统的层级管理体制和指令式领导风格比较抵触。现代媒体正在改变传统政党共同体的运作方式和组织方式，党组织日趋松散，基层组织、党员个人作用不断弱化，而政党领袖和少数精英借助媒体作用突出自己的个人魅力和个人形象，党组织日益变成选举机器。随着政党的媒体化趋势的日益明显，党的基层组织和普通党员发动群众、组织社会斗争的职能正在逐渐弱化，陈旧的宣传方式越来越难以对其传统"社会群体"施加影响，政党的施政纲领对公众的感召力和影响力急速下降，对政党的生存方式与政治运作模式产生巨大的冲击。为了不断适应时代进步要求，各国政党只有改变传统、封闭的宣传交流方式，加强与媒体的联系，扩大政党与民众的沟通渠道，才能丰富党内民主形式，实现党员对党内事务的广泛参与和有效监督。对于政党如何在新的变化发展条件下，加强政治社会化功能，培养理性的政治人，提升公民政治素养等是一个急待解决的课题。

第三章　政党现代性的内涵

　　政党制度与现代性不但是现代文明的产物，同时也是现代文明发展的进程物，其自身包含的内容与特征是随着时代的发展而体现出与时俱进的特点。如何定义和正确把握政党现代性的内涵，既要了解现代性一般意义以及政党自身的特殊性，又要在政治实践中把两者结合起来。这的确是政党制度在现代政治场域进展中遭遇的难题。基于对现代性与政党制度发展演变的考量，我们认为政党的现代性就是政党基于民众的合法性认同，为充分保障民众的民主与自由等各项权利，实现社会公共性要求，严格依照有关法治程序获取公共权力，引领政治参与的本质属性和状态。政党现代性的内涵具体体现在以下几个方面：一是政党的合法性问题。政党的合法性是由围绕"权力与服从"而产生的价值观念原则、法律规范原则、治理绩效原则和认同机制原则等诸多政治元素构成。二是政党的民主性。政党的民主性是指充分保障全体党员的人权与自由，尊重他们为全面实现政党的公共性而在一切问题享有最终决策的权利。根据这个看法，政党的民主性包含三个特征：一是公共性，二是人权，三是自由，这三方面特点组成了政党民主性的主要内容。三是政党的法治性。政党法治是一个综合性概念，指以政党章程和国家宪法作为政党活动的总规范，并依据政党法律和国家法律对政党实行全面规制的政党治理模式。政党法治性是政党的现代性的重要内容之一，它包含民主与法制、权利与义务等丰富的制度意蕴，融会法律至上、权力制约、依法执政等诸多价值目标，涵盖政党内部活动和外部活动等全部政党生活，贯穿政党自身事务管理和领导，并体现于政党执政的整个政治行为的全过程。四是政党的参与性。在现代社会中，公民的政治参与主要通过政党来实现的，政党成为了公民与政府保持沟通与联系的桥梁与平台。政党的政治参与作为民主制度的一种政治机制，它为公民提供了持续参与公共权力，实现政治社会化以及充分保障自身的政治主体性地位提供了长期稳定的机制。

一、政党的合法性

（一）合法性的内涵及分析

政治领域中的合法性问题，一直是人们探讨权利与权力等关系无法绕过和回避的一个重大理论问题。合法性又表述为"正当性"、"证明为有效"或"被授予权威"等。关于合法性的概念与内涵，学界给出了很多解释。有的认为，"它的最初含义是指国王有权即位是由于他们的'合法'出身……现在的合法性意指人们内心的一种态度，这种态度认为政府的统治是合法的和公正的"①。有的认为，"合法性指的是一种政治统治或政治权力能够让被统治者认为是正当的、合乎道义的，从而自愿服从或认可的能力"②。从启蒙运动以来，合法性问题更加受到人们的关注，尤其是与人们生活关系密切的公共权力，并非来自于"天意神授"而是来自于民众相互缔结的"政治契约"，通过合乎法律的制度与程序的"自下而上"的让渡与授予的结果。与此同时，人们对政治合法性研究范式也因近代资产阶级启蒙运动而产生了分野：经验主义和

---

① （美）迈克尔·罗斯金：《政治学》，华夏出版社 2002 年版，第 5 页。
② （美）杰克·普拉诺等著：《政治学分析词典》"合法性词条"，中国社会科学出版社 1986 年版。

规范主义。① 经验主义研究范式认为，统治者对民众的"统治权力"以及民众对统治者的"服从义务"来自于"经验政治现实"的制度性确认，即"统治与服从"的关系是一种既定的政治现实与存在。

英国政治思想家霍布斯开创了合法性研究的经验主义范式，认为"政治权力"存在的理由不应当在人类社会的"道德规范"领域中寻找，而只能在统治者对现实政治秩序维护的"政治场域"中感悟，德国学者马克斯·韦伯是经验主义范式的集大成者。他认为人们可以从被统治者的自由的信任中，引申出统治的合法性来②这种研究范式。主要认为从"实然"的角度出发，倾向认为合法性问题一般是拒绝价值的追问更多的只需要人们以功利主义的态度来对待。规范主义研究范式认为统治者的"政治统治"以及民众的"政治服从"并非单纯建立在统治集团的"治理绩效"基础之上，而是奠基于特定的政治价值规范系统之上，通过制度化的政治程序与交互式的政治沟通机制，对合法性问题自发地展开论证、反思与批判的过程。对"应然"即什么样的统治"应该"被建立起来，并按照一定的伦理或政治原则评判现存的政治统治是否具有合法性。③

资产阶级文明的启蒙者，约翰·洛克开创了合法性理论研究的规范主义范式，围绕合法性的"终极价值论证"与"多元价值反思"间的关系，罗尔斯提出的"正义理论"与哈贝马斯的"重建性合法性理论"，把合法性理论研究的规范主义范式推向一个新的顶点。哈贝马斯尤其是对晚期资本主义出现合法性危机的展开反思，认为合法性不应是价值与经验事实的分离，而应是两者的有机结合和辨证的统一。哈贝马斯认为："合法性意味着，对于某种要求作为正确的和公正的存在物而被认可的政治秩序来说，有着一些好的根据。一个合法性的秩序应该得到承认。合法性意味着某种政治秩序被认可的价值——这个定义强调了合法性乃是某种可争论的有效要求，统治秩序的稳定性

---

① 详细介绍参照德国学者柏伊姆：《当代政治理论》中的相关论述，李黎译，商务印书馆 1990 年版。

② （德）马克斯·韦伯：《经济与社会》上卷，商务引书馆 1997 年版，第 298 页。

③ 郭晓东：《重塑价值之维——西方政治合法性理论研究》，华东师范大学出版社 2007 年版，第 1—2 页。

也依赖于自身（至少）在事实上被承认。"① 同时又认为："合法性被用来证明合法性要求是好的，即去表明现存（或被推荐的）制度如何，以及为什么适合于通过这样一种方式去运用政治力量——在这种方式中，对于该社会的同一性具有构成意义的各种价值将能够实现。"② 这样以来人们对政治合法性研究的经验主义和规范主义范式也因人们对晚期资本主义出现的合法性危机的关注与反思，产生了融合、变通与提升。

（二）政党合法性的建构与提升

法国学者雷蒙·阿隆认为，政治合法性的关键在于"统治权利"，合法性就是对"统治权利"的承认。从这个角度看，它试图解决一个基本的政治问题：同时证明政治权力与服从性。③ 在现代民主政治场域中产生的政党，这种特殊性的政治共同体，其主要功能就是作为一种平衡和保障机制来解决现代民主制度中民主与自由的平衡、权力与权利的平衡，有效规范政治民主的运作，真正实现民主政治的制度化和法制化，落实多数原则、确认和保护公民权利原则、实现法律面前人人平等原则等。那么政党共同体的合法性问题就是由围绕"权力与服从"而产生的诸多政治元素构成。可以说四个基本政治元素构成了政党合法性的核心，即价值观念原则、法律规范原则、治理绩效原则和认同机制原则。政治究竟应该将何种价值作为自己所推动的目标，处于统治地位的人和处于服从地位的人应该就这一点达成一致，……统治才能达成一种"权利行为"。④ 可见任何政治行为的诉求都离不开价值问题，对于政党的合法性问题更需要伦理价值的支撑。政党的合法性问题始终与法律保持密切的关系，政党的合法性是通过法律的关系来界定执政的权力授予是否合乎正义的证明。合法性问题之所以与法律存在一定的关系，让·马克·夸

① （德）哈贝马斯：《交往与社会化》，重庆出版社 1989 年版，第 184 页。
② 同上，第 189 页。
③ （法）雷蒙·阿隆：《民主与极权主义》，加利马尔出版社 1976 年版，第 52 页。
④ （法）让·马克·夸克：《合法性与政治》，佟心平、王远飞译，中央编译出版社 2002 年版，第 19 页。

克认为主要是加强合法性内涵中的政治属性①，政党的合法性可以理解为一种由法律规范所认可的政治共同体的"统治资格"，并被当作用法律的途径而获得有效性的政治活动。中世纪一条箴言：法律创造统治②。可见政治合法性强调"统治的理据"。任何现代政党一定要在法律的框架之内按照一定的法定程序，遵循一定的游戏规则展开运作。对于任何政党来说，无不想尽一切办法提高治理绩效、维护社会秩序、促进社会和谐持续发展和治理公共事物等能力。因为治理绩效能力是政党合法性构成的一个重要方面。随着现代性的发展和推进，政党也根据政治环境的变化，从加强对社会的统治或控制能力转变到提高执政的治理能力。为了获得民主的支持与信任，维持执政的合法性，政党必须善于提高自身的治理绩效与管理水平。政治系统中的认同机制也是政党获得政治合法性的重要标志。认同机制可以视为政党与民众之间进行"政治沟通"的一种制度设计。因为政党是一种多数授权与少数掌权的政治组织关系，"少数"与"多数"之间是一种特殊的权利与义务关系；政党的这种"少数"统治如果仅仅靠强制力和权威，而缺乏"多数"民众的认同与服从，就可能丧失其合法性。任何政党的存在与运作都与政治权力密切联系着，政党的合法性的关键在于政党获得执政权力的合法性。因为"政治权力的合法性不仅仅是指政治权力的产生和行使合乎法律规定，而且是指政治权力必须得到公民的认同"③。总之，"合法性最终归结为政治权力是否获得普遍认可的问题"④。

由此，可以把以上构成政党合法性的四项原则：价值观念、法律规范、治理绩效和认同机制简约为两点：一是合民意性，二是合法律性。二者之间辨证有机的统一起来，前者强调了合法性的动态特点，后者突出了合法性的相对稳定性特点。但合民意性是绝对的、是最终归宿。政党政治的合法性，

---

① （法）让·马克·夸克：《合法性与政治》，佟心平、王远飞译，中央编译出版社2002年版，第25页。

② （美）R. M. 昂格尔：《现代社会中的法律》，吴玉章等译，译林出版社2000年版，第61—62页。

③ 孙关宏等：《政治学概论》，复旦大学出版社，2003版，第54页。

④ 同上，第55页。

就是指政党获取的公共权力必须得到民众的同意、拥护和支持，必须在宪法和法律规定的范围内行使。这在客观上要求，政党欲获得合法性资源必须走民主化道路，通过制度化、规范化、程序化的渠道，积极发挥其政治职能，真正成为公民广泛有序地参与国家政治生活，行使当家作主权力的工具。

虽然合法性是植根于西方社会与政治的理论思潮，但作为一种政治现象，却存在于任何一个政治体系之中。无论是在东方还是西方的国家里，任何政治统治都要考虑如何获得、维持并提升政治合法性，而对于民众来说，会理性地考虑统治者的合法性的根基何在以及通过何种途径对政权的合法性进行论证、认同并赋予。在我国政治的历史变迁中，统治者对合法性问题也是比较关注的。自古就有"得民心者得天下"、"水能载舟，水能覆舟"的政治思想，这充分说明了合法性对政治统治的重要意义。孙中山先生在分析国民革命中国民党的依靠力量时曾提出："人民心力为革命成功的基础。"① 毛泽东根据中国革命的经验，指出中国共产党的合法性在于，"共产党人的一切言论行动必须以合乎最广大人民群众的最大利益，为最广大人民群众所拥护为最高标准"②。这些论述归结到一点，那就是政党或者政权的存在、发展及其权力的行使，必须以民众的同意、拥护和支持为基础，即获得政治合法性。长期以来，我国政党在推进现代性的过程之中，往往侧重于对政党政治行为的科学性即政治运作的效率以及工具理性的关注，而在一定程度上忽视了其合乎法律性以及伦理价值性。我国政党所拥有的执政权或参政权本质上是一种公权力，但长期以来我们对这种公权力以及这种公权力与国家公权力关系的规范却存在法律、法规等方面的严重缺失。例如在我国的政治实践中，执政党可以向各级人民代表大会提名国家机关主要领导的候选人，再由人民代表大会选举或决定最后人选。但是我国宪法和相关法律中既没有任何执政党作为上述提名主体的规定，也没有任何关于执政党提名与人大机关选举与决定之间关系的规定；再如《中共中央关于进一步加强中国共产党领导的多党合作和政治协商制度的意见》要求，在一些国家机关中必须存在一定数量或比例

---

① 《孙中山选集》，人民出版社 1981 年版，第 540 页。
② 《论联合政府》，《毛泽东选集》（第三卷），人民出版社 1964 年版，第 1045 页。

的民主党派或无党派人士的政治安排，这也缺乏相关的法律依据。虽然我国政党在过去一段时间内，保证"效率优先"的前提条件下，促进经济增长，使自身获得一定的绩效；另一方面，在改革进程中也存在分配不公、两极分化使得部分群众在医疗、教育、住房等改革中面临着重重困境的问题。为了减小贫富差距，缓和社会矛盾，政党必须加大对公共产品的投入，做到公平与正义，惠顾弱势群体，增强政治认同，巩固执政的合法性。

当前，我国政党的合法性建设主要体现以下几个方面：一是增强政党合法性的制度性建设。西方一些政党运行模式在经过数百年的演进和发展中，形成了间接执政、幕后执政和轮流执政的运行模式，政党与国家政权的关系已被逐步纳入制度化和法制化轨道。在这种模式下政党始终处于相对超脱的位置，即便是执政党组阁的政府出了问题，民众考虑更多的是政府本身而不会完全迁怒于执政党而使之出现合法性危机。相比之下，中国的政党特别是执政党最大的不同点，就是政党手中掌握国家权力，政党组织一般具有国家化、行政化的倾向。这就决定了中国共产党在执政模式上具有直接执政、等级执政、一线执政、长期执政的特点。这样，政党和国家在权力分配上就很难有明显的界限，在一定条件下党的权力往往还会凌驾于国家和社会权力之上，当政府出现合法性危机时，矛盾和焦点都将集中到执政党身上，这样以来执政党随时都存在合法性危机。随着改革开放的进一步扩大和深入，社会重新焕发出活力，保障人权、健全民主与法制、确立明晰的产权制度和发展市场经济、培育公民文化等等活动也催生了一些中介组织、社团和利益群体等社会共同体。这些社会共同体通常被人们称为国家与社会之间的"缓冲器"或"中介体"，它们是构成直接民主制度的基础。政党、国家与社会三者之间也由原来的高度一体化变得各自相对自主。从党的角度来看，政党对国家的领导也逐渐调整为党对国家制度的有效运作和控制，政党对社会的领导则体现为它对社会的有效动员和整合，使社会在新的发展条件下依然能够聚合在政党的周围，同时政党必需寻求社会的认同和支持。政党、国家和社会的活动在宪政制度框架中得以规范，民众对政党政治合法性考量的焦点可以从政党本身逐渐转移到政治结构或者政治制度上去。这样就把政党政治的合法性建立在相对稳定的制度合法性的基础之上，可以有效规避合法性危机产生的威胁。二是建设包容性的意识形态。意识形态是政党的标志和阶级属性。在革命党时期，鲜明的意识形态是团结和凝聚人心的思想理论基础。但成为执政党或参政党以后，在意识形态上必须做必要的调整，这是政党现代性的必然要求。要得到这种支持，前提就是政党必须努力表达民众的利益、愿望和要求。当前，社会多元的发展趋势进一步增强，不同的阶层和群体，在利益愿望和要求方面也不完全相同，有时甚至是矛盾的。这样以来，中国政党就必须把这些并不完全和谐的内容整合在一起，使他们变成一套大体一致的、至少不自相矛盾的东西。其前提条件是政党自身的意识形态要越来越带有调和、包容的性质。三是调整好终极价值与多元价值关系。随着全球化和多元化进程的加快，借助于互联网等现代信息传媒手段，世界范围内各种文化相互碰撞相互融合，各种思潮如自由主义、新保守主义、新民族主义、民主社会主义等相互激荡。一方面反对把西方式的"自由理念"、"民主程序"以及"政治架构"作为政治合法性的唯一前提条件，一方面坚持政党的共产主义大同社会的追求，同时清醒注意到现代社会是个多元的社会。"因此，为了提升政权合法性的水准，就必须适度开放合法性的价值领域，使多数民众能够通过适当的政治程序介入政治过程、表达政治意愿。"[1] 民众政治参与渠道的多元化，培育一种自由、开放、独立的公共领域空间，让不同的政治价值观念得以释放和表达，政党的作用就是把这些差异引导和规范到公共性方面，谋划大众的利益而不是少数的利益。民众与政党通过反复的政治沟通与交流，相互交换政治信息，政党不断调整执政的政策，一方面增强民众对政党的支持性政治信息，向政党输入一种合法性认同的表达，在政治领域中实行一种真正的"价值宽容"，一方面增强善治的功能，培育出一种能够整合各个层次的协调机制，使不同的政治价值可以在其中展开平等的竞争、合作与博弈，力求达到多员价值的"共赢式"的博弈均衡。

---

[1] 郭晓东：《重塑价值之维——西方政治合法性理论研究》，华东师范大学出版社2007年版，第266页。

二、政党的民主性

（一）政党的民主性涵涉

由于政党制度是现代民主政体的产物，政党制度的健康发展很大程度上取决于民主发展模式的丰富多样。政党是现代政治文明的创新产物和现代民主政治的重要载体，民主性自然是政党的当然属性和资质，是政党制度不可缺失的组成部分。从西方启蒙运动以来，民主在不同阶段发展的样态都对政党的现代性的调整与发展产生过巨大的促进作用。民主在其发展过程中也形成了许多不同模式，英国政治学家戴维·赫尔德将历史上形成的不同民主模式概括为八种：雅典古典民主制、保护型民主制、发展型民主制、直接民主制、竞争性精英民主制、多元民主制、合法民主制和参与民主制。这八种民主模式大体可以被归为两大类：即直接的或参与的民主和自由的或代议的民主。通过对比以上的每种民主模式的特征和条件，我们不难发现除竞争性精英民主制和多元民主制，其它民主模式对政党制度并没有特别要求。而当今的时代正处于这两类民主模式的鼎盛时期，相应的，这两类民主的基本特征和条件也就成为当今各国发展民主的普遍参照。而作为其中最为明确和最具操作性的政党制度就被转化成了一条判定民主与否的相对标准。如果把这个标准绝对化，则是以特殊性代替了一般性，显然忽视了民主发展的多样性和差异性的要求。

在一定的范畴之中，民主的性质是指一个国家中公民与政权之间的关系，即指一个国家的整个居民中哪些人享有管理国家的权力，哪些人不享有管理国家的权力。享有管理国家权力的那一部分人就享有民主和自由，是国家政权的主人；不享有管理国家权力的那一部分人，就不能享有民主和自由，或不能真正享有民主和自由，是被统治的对象。民主性质也表明一个国家的社会成员中享有民主的范围问题，即享有民主的那部分人在社会成员中是占多数还是占少数。民主是具体的而非抽象的，民主在社会成员中是有范围的，它是社会成员中一部分人享有的民主。如果社会上所有成员都享有民主，那时民主也就不存在了。因此，只要社会上存在民主，它总是一部分人所享有的。西方学者所说的"普遍民主"，即社会全体成员都享有的民主是不存在的，这只能是一种虚拟化。根据这一观点所得出的逻辑则认为，既然民主是社会成员中一部分人所享有，那么对不能享有民主的那部分人就要实行专政或称作实行政治统治，这也为政党这种共同体的产生提供了理由。李普塞特认为，民主制度作为复杂社会中的一种政治体制，它从宪法上提供了定期改换统治官员的机会，而且它是一种允许人口的最大可能多数通过选择政治职位的竞争者来影响主要决策的社会机制，而这是通过政党完成的。公民与政权的关系就在很大程度上转化为公民与政党的关系。现代民主制度中，公民与政权的关系主要通过公民与政党的关系体现出来。

民主的本意是人民当家作主。那么对于政党来说，党的民主内涵也只是借用民主一般性的含义来界定的。政党的民主性是指充分保障全体党员的人权与自由，尊重他们为全面实现政党的公共性而在一切问题享有最终决策的权利。根据这个看法，政党的民主性包含三个特征：一是公共性，二是人权，三是自由。公共性是政党民主性的基础，而人权、自由则是政党民主性的支点，这三方面特点组成了政党民主性的主要内容。政党作为公共利益的代表者、辩护者和维护者，是因为政党是一群人联合起来，在所有人或者大多数人都同意的某些具体原则的基础上，通过共同的努力来促进国家利益的。所以政党的民主属性主要通过公共性体现出来。政党之所以能够综合协调各方面利益，就是政党公共性的体现，政党的民主属性正是通过公共性体现出来的。人们之所以能够判断这个政党民主或那个政党民主，实质上就是指政党所代表的利益属性。现代性中的契约精神、公共理性、民主诉求、主体性精神是公共性发展的必然产物，同时又是现代政党产生的基础性条件。只有政党的公共性最大化的彰显，社会资源配置的公平、公正、公开等公共性品格才能日益凸显，现代契约精神才能引导个人性的让渡、交换和扩展，从而才使个人理性提升到更为科学与民主的公共理性，使主体性中的个人意志服从并融汇于公共意志。当个人性让渡给社会群体、社会组织、社会共同体的部分呈复合状态，即公共性往往被多层次的人数、规模、资源与范围不等的社会共同体所汲纳，个人性逐层次让渡于规模与范围不等的共同体，这种情形下，公共性往往呈总体递增、趋强态势。政党的公共性是一个质量统一的概念。其量的规定体现为政党这个政治共同体符合大多数成员，乃至全体成员的个人性，符合无产阶级、全国公民，乃至全人类每个成员的个人性，是公共性质的正向规定；其质的规定是指政党这个政治共同体中由个人让渡出去后又返还个人或物质性或精神性或制度性的社会资源。因此，公共性作为一种巨大的内驱力，不仅推动着认识的发展，推动着个人利益的实现，还推动着实践的发展，推动着全人类利益的实现。公共理性不是某个社会行为主体的单向理性，而是社会行为主体关注政治共同体的公共利益、公共价值、公共精神的理性。公共性本质在于公共的善，或社会的正义，目的在于寻求和实现公共利益。在法治经济下，市场的竞争必然带来阶级、阶层的分化与利益的多元化，不管你是否接受，达成妥协与谅解已经成为世界范围内解决矛盾与冲突的最根本的方法之一。执政党及其领导的公共权力机关只有在现代性过程中与个体公民进行有效的"互动"，把基于自由平等契约精神之上的约定意识上升为国家意志、政策和法律，这样整个国家和社会才有可能具有现代公共性。公共性成为超越利益集团、大众和个人之间，并以成熟自律的公民社会为基础的利益整合的能力和机制。在现代社会里，如果执政党理性在很大程度上代表公共性，那么这种理性必须是代表民意的，是公共的，即是国家（政府）与社会各阶级、阶层及其各种利益集团经过公共领域的批判而协商和"妥协"的约定意识。可见，政党的民主属性主要通过公共性体现出来，那么对于政党的民主发展向度来说，或者说政党民主性的外在表现，主要体现在两个方面：一是政党与民主的外部关系，即政党的存在对于民主的作用和影响，或者说民主体制下政党运作的功能。政党外部的活动必须符合民主国家的理念，组建政党的目的是为了国民民主参与国家事务的决策与管理。二是政党与民主的内部关系，即政党本身的运作是否民主，或者说民主能否存在于政党之中。政党内部的组织活动必须符合民主的一般原则，包括政党内部的选举、决策等活动必须不能是个人意志与专制的结果，包括民主选举、民主决策、民主管理、民主监督诸项内容。随着卡特尔型政党的产生，政党与民主的关系由外部影响逐渐转化为内在互动。原来关心的主要问题是政党是否有利于民主以及民主是否需要政党，而现在关注的焦点却是政党本身是否民主或更加民主。在卡特尔型政党模式里，国家和政党相互渗透和融合，政党逐渐脱离公民社会而融入国家，实际上已经变为国家的组成部分，成为"准"国家机构。政党之间不存在根本的政策差别，政党竞选更多地在于选择更合适的公共管理者或者候选人，而非取向不同的政策。政党活动和功能不再依赖于党员个人的人力和经费支持，不用建立自己的政治宣传工具和手段，而是通过获得国家补助进行资本密集型政治活动，通过国家所认可的特权运用大众媒体进行政治沟通和宣传。政党尤其是执政党本身是否民主对于国家民主起着十分关键的作用，这种现象不仅发生在一党执政的社会主义国家，甚至在老牌的西方民主国家，加强和扩大执政党党内民主的呼声也不断高涨。

（二）政党民主性的两个支点：自由与人权

政党的民主性内涵极其丰富，但构成政党民主性的两个根本支点，应当是自由与人权。政党的民主性就是充分利用自身的制度功能，保障公民的自由与人权。政党的自由原则是指政党组织必须建立在自愿基础上，具体包括入党与退党自由、党内言论自由、及政党内部的结社自由等。政党自由原则主要适用于政党的内部活动。德国宪法规定政党的"建立是自由的"，意大利宪法这样规定"为了以民主手段参与国家决策，一切人均有组织政党权利"，及法国宪法规定的"各党派和政治团体协助选举的进行，各政党和政治团体自由地组成并开展活动"等就是这一原则的宪法体现。政党所涉及的人权，主要是指党内人权原则。党内人权原则是宪法人权原则的具体化，是指在政党内部，政党组织与其党员的关系必须符合人权的一般原则。这一原则要求政党组织必须保障党员的基本人权，党组织不得对党员擅自进行人身与财产方面的惩治与处罚等。民主法治国家的宪法人权原则也要求只有国家司法机关依照特定法律程序才能限制或者剥夺公民的人身自由，这一原则同样适用于政党内部。按照宪法人权原则，作为一个政治性的结社组织，政党组织既无权，也不得随意限制和侵犯党员的人身自由，这一原则对党员权利起到了保障作用。这也说明，政党法制原则与国家宪法原则相一致，党员的权利也应受到宪法与法律保障。例如，1947 年意大利宪法第 49 条规定的"为了以民主手段参与国家决策，一切人均有组织政党权利"；1958 年法国宪法第 4 条规定的"它们必须遵守国家主权原则和民主原则"；1961 年土耳其宪法第 57 条第一项规定的"政党的内部规章、政纲及行为必须符合基于人权及人类自由之民主共和国理念"；1975 年希腊宪法第 29 条第一项规定的"政党之组织及行为应有助于国家民主秩序的自由开展"；1976 年葡萄牙宪法第 47 条规定的"结社自由应包括建立或参加政治社团和政党的权利，通过这些政治社团和政党民主地进行工作，以赋予人民的意志为形式，并组织政治力量"等，就是政党内部民主原则要求的体现。这些规定既是要求政党内部行为须符合民主原则，也是要求政党外部活动须与宪法的民主原则相一致，其目的是依靠法律权威，通过法制途径，将全部政党生活导入依法而行的运作轨道。

（三）党内民主的厘析

政党的民主性主要通过党内民主反映出来，而党内民主则更多通过党内民主选举体现出来，其核心内容是政党候选人挑选的民主化。党内民主的拓展主要通过扩大党员在候选人挑选和提名中的发言权来增强党员的参与意识和提高政党的内聚力来体现的。政党作为挑选候选人的唯一工具，一般要发挥双重作用，一方面它通过给人一次选择代理人的机会而发挥媒介作用；另一方面，它监管着谁将被挑选。政党候选人挑选的民主化意味着由少数人选人的现象发生改变，更多的人在挑选候选人方面享有发言权和参与权。但同时有证据表明在民主化过程中政党精英在挑选候选人过程中的作用也得到加强，这就是寡头铁律现象。寡头铁律，是意大利籍著名政治社会学家罗伯特·米歇尔斯发现的。寡头统治表明在现代社会的大型组织中，权力最终必然会集中到少数人的手上，这是任何试图实现集体行动的组织的必然结果，是不以人的意志为转移的"铁律"。而政党作为最重要政治组织之一，也难逃此铁律的约束。他还发现，即使强烈信奉社会民主原则的社会主义政党也难逃走向寡头统治的趋势。尽管寡头铁律的论断不一定与事实完全相符，也受到许多人的批评，但是它确实反映了存在大型组织当中一种客观的现象。那么如何克服这种现象呢？在政党发展历史过程中，大力发展党内民主就是一种抵御寡头铁律的措施。发展党内民主，是政治体制改革和政治文明建设的重要内容。就此而言，关键是要完善党内选举制度，改进候选人提名方式，适当扩大差额推荐和差额选举的范围和比例。在当今世界，"选举竞争"已经成为被越来越多人所接受的民主标准，也是国际政治学界的主流民主理论，尽管其中也不乏争论和分歧。因此，完善党内选举制度，扩大差额选举的范围和比例，体现了党内民主发展的正确方向。必须明确看到，党内民主的关键是扩大差额选举，增加选举的竞争性。政党组织负责人的产生更加民主并且政党制度应是竞争性的，从政党内部来说是竞争性的选举；从党际来说，就是围绕国家政权展开的政党竞争，相应的就产生了对两党制或多党制的需要。从孟德斯鸠的以权力制约权力，到米歇尔斯的"寡头政治铁律"，到熊彼特的精英民主论，再到罗伯特·达尔的多元民主论以及乔·萨托利的竞争——反馈式民主来看，无不指向民主最需要的是竞争性的政党制度，非竞争性的政党制度是难以搞好民主的。当今许多政党为更好地适应生存、发展从而获取执政的权力，就不能不关注和加强党内民主的建设与发展。人们普遍认为，"寡头政治铁律"只是表明了产生政治寡头政治的可能性，却不能断言民主必然走向专制，所以萨托利戏谑地说，米歇尔斯的定律如果只是作为"铜律"的话，大体还能够成立。美国学者罗斯金干脆认为："政党结构中的政治过程的特征更像橡胶而不是钢铁。"这样看来，"'寡头政治橡胶律'可能是一个更为确切的概念。"① 党的民主化是政党发展的推动力。只有是民主的政党，才能最大可能地把民众吸引到自己的周围，才能集中党的成员和党的支持者的智慧更好更科学地执政。从 1997 年起，法国社会党的第一书记由执行委员会选举改为全体党员直接选举，从中央到地方的各级领导人全部由全体党员直接选举。1993 年改革之前，英国工党领袖的选举由工会把持，1993 年对领袖选举程序进行改革，积极扩大党内参与民主，增强了个人党员在选举领袖中的作用。英国工党建立全国政策论坛和地方各级政策论坛，为广大党员进行

---

① （美）迈克尔·罗斯金等：《政治科学〈经济与社会〉》，华夏出版社 2001 年版，第 84 页。

政策输入提供机会。1997 年工党年会通过的"权力中的伙伴"项目，反映了工党重新执政后新的决策程序。新的决策程序建立在关于政策形成的两年滚动计划的基础上，允许个人党员、地方支部和其他代表参加。在"权力中的伙伴"项目中，领袖在政策决定过程中的主要机制性工具是"联合政策委员会"。联合政策委员会形成最初的计划，供全国政策论坛参考，个人党员有机会向政策委员会、全国政策论坛提出自己的建议和意见，政策文件又可以在这些机构以及联合政策委员会中来回酝酿，党的领袖可以有充分机会对那些不太满意的建议进行反馈和筛选。通过这一过程·政策提议进入工党年会召开前的咨询和协调过程，最后，在工党年会上进行表决形成决议。德国社会民主党通过在党内开展修改党纲的大讨论，来吸引党员对党的事务的参与，并通过讨论和交锋过程达成党内共识，促进党内团结，与此同时还加强党的代表机构的民主建设等措施来推动党内民主的发展。

三、政党的法治性

（一）政党法治的现代性内涵

著名思想家马克斯·韦伯曾经对政治统治权威进行了历史的考察和梳理，认为正当的统治权威不外乎三种历史形态：即传统型权威——"建立在一般的相信历来适用的传统的神圣性和传统授命实施权威的统治者的合法性之上"；魅力型权威——"建立在非凡的献身于一个人以及由他所默示和创立的制度的神圣性，或者英雄气概，或者楷模样板之上"；法理型权威——"建立在相信统治者的章程所规定的制度和指令权利的合法性之上，他们是合法授命景象统治的"。① 随后，英国学者弗兰克·帕金把上述内容简述为：传统型的——服从我，因为我们的人民一直这样做。个人魅力型的——服从我，因

---

① （德）马克斯·韦伯：《经济与社会》（上卷），商务印书馆 1997 年版，第 241 页。

为我能改变你们的生活。法理型的——服从我，因为我是你们法定的长官。①
传统型权威是一种最古老的权威形式，来自于习俗、惯例、经验、祖训等等。
由传统权威支配的社会组织，统治者依照传统形成的组织规则来治理臣民，
他们的统治权力的获得"是依照传统传下来的规则确定的"，同时"对他们的
服从是由于传统赋予他们的固有尊严"②。很显然传统型权威缺乏现代性的支
持很难适应现代社会的发展。魅力型权威又可称之为超人权威或神授权威，
它建立在非凡人格、英雄气概、创业奇迹的基础上，也就是说它来自于对领
袖个人魅力的崇拜。马克斯·韦伯指出："魅力只能'唤起'和'考验'，不
能'学会'和'硬记'。"③ 这也就深深意味着靠非同寻常之事进行统治的魅
力型统治却很难进入平凡的生活，因为一旦陷入平凡的生活，就意味着其衰落
过程的开始。可见，魅力型统治一般只适应社会冲突和转型期间或者社会获
得稳定的初期，很难作为进行有效统治的稳固制度的基础。因为"任何持久
的政权都不能仅仅依靠它的公民们对伟大人物的信仰去赢得对它的统治的服
从"④。法理型又可称之为法定权威，是建立在相信规章制度和行为规则的合
法性基础之上的统治类型。这种统治类型是按照"可预计的规则"的统治，
统治越是"脱离人性"，这种可预计性发展就越充分。⑤ 法理型权威以规则为
统治的出发点和最终的归宿点，只有根据法定规则所发布的命令才具有权威，
人们普遍遵守规则、信守规则，规则代表了一种大家都遵守的普遍秩序。法
理型权威是由传统社会走向现代社会的必然产物，是追求现代性的体现。相
对传统权威和超人权威，它最稳定且最有效率。这种权威下的组织关系是法
定的，组织的行为规则体现了理性。所以，它是现代性社会最为普遍的权威
类型，其他两种权威最终会向这种权威演变。从历史角度看，一个国家的政
治权威模式一般要依次经历以上三种类型。近代以来的政治权威合法性，则

---

① （英）兰克·帕金：《马克斯·韦伯》，四川人民出版社 1987 年版，第 112 页。
② （德）马克斯·韦伯：《经济与社会》（上卷），商务印书馆 1997 年版，第 251—
252 页。
③ 同上，第 278 页。
④ （英）弗兰克·帕金：《马克斯·韦伯》，四川人民出版社，1987 年版，第 126 页。
⑤ （德）马克斯·韦伯：《经济与社会》（下卷），商务印书馆 1997 年版，第 297 页。

主要以政治权威出自于民主程序、服从法律和公众对法律的至高无上的普遍信仰为基础，执政党必然面临由传统威权型政党向现代法理型政党转变，这是重塑执政党政治权威的现实选择。美国著名政治学家查尔斯·E. 梅里亚姆曾说："政党是随着时代潮流发展的。"如果执政党能够进行自我转变的话，整体的政治和社会转型过程在很大程度上将会是和平和成功的。

那么执政党如何实现这种转变呢？就是政党法治化。政党法治是一个综合性概念，指以政党章程和国家宪法作为政党活动的总规范，并依据政党法律和国家法律对政党实行全面规制的政党治理模式。政党法治性是政党的现代性的重要内容之一，它包含民主与法制、权利与义务等丰富的制度意蕴，融汇法律至上、权力制约、依法执政等诸多价值目标，涵盖政党内部活动和外部活动等全部政党生活，贯穿政党自身事务管理和领导，并体现于政党执政的整个政治行为的全过程。政党主张与国家意志相一致、政党法律与国家法律相协调是政党法治实行的前提条件；其核心内容是政党权力的依法确立、依法行使和依法制约。具体而言，可以从政党治理的主体、客体、目标、原则、依据、形态及其与法治国家的关系等几个方面加以理解和解释。

第一，政党主张与国家意志的一致性。政党法律是政党制定的有关自身生活准则和行为规范的通称。包括政党章程、政党代表大会的报告、政党的单向性法规及政党的纪律等。其中，政党章程是党内大法，具有根本决定性和全局指导性，可以称之为党的"宪法"。政党法律是政党获取公共权力的文本表现，本质上是政党及其阶级意志的凝练，而不是党的领导机关更不是政党领袖个人意志的反映。国家法律包括国家制定的宪法、政党法，及其他拥有立法权的国家机关依照立法程序制定和颁布的规范性文件。虽然两者在使用范围、价值功能、责任意识、权利本位、约束力等方面存在一定的区别，由于政党是政治国家的一部分，政党政治是国家政治的一种表现形式，政党权力是国家权力的一种实践形态。所以，政党"必须在宪法和法律的范围内活动"①，政党法律与国家法律相协调是政党法治的前提条件。政党活动由国家政权及其法律之外进入国家政权和国家法律之内是政党法治的基本前提。

---

① 《中国共产党章程》，人民出版社 2002 年版，第 9 页。

满足这一前提有两种基本方式：一种是政党认同现存国家意志，在现存国家制度和法律制度的大框架下立党执政。此即"国家位先，政党位后"的政党法治类型。另一种是政党否定现存国家意志，通过推翻旧政权、建立新政权，废除旧法律、建立新法律，而求得政党主张和国家意志相一致、政党法律与国家法律相协调的。此即"政党位先、国家位后"的政党法治类型。实行议会民主制的资本主义国家的政党政治多属于前一种情况，而在二十世纪发展起来的社会主义国家的政党政治多属于后一种情况。政党主张与国家意志相一致，政党法律与国家法律相协调，集中表现在下述诸方面：政党和国家的基本价值取向和根本发展目标相一致；政党的阶级、社会基础与国家的阶级、社会基础相一致；政党治理理念和国家治理理念相一致；政党法制建设进程与国家法制建设进程相一致。

第二，阶级性和价值性的统一性。政党是产生于阶级社会中具有特殊性质的政治共同体。虽然政党协调和整合各个阶级、阶层和团体利益的功能越来越明显，但自身打下的深深阶级烙印依然长期存在。因为我们所处的这个政治时代特征表现为，"群众是划分为阶级的"，而"阶级是由政党来领导的"，[①] 政党就是组织起来的"一种政治的社会"[②]。显然，政党组织基础的阶级属性和政党品质的政治特性，从根本上决定了实践上的政党法治必然带有"阶级"印记，但是，政党又具有一定超然于特殊阶级性和利益性的普遍性，这是源自于自身现代性的要求。阶级性和价值性的统一性主要通过政党的政治行为体现：在理念上，它是以特定政党的基本价值为根本指导，满足各个具体利益要求的；在实践上，政党的政治行为过程是以特定法律制度为根据的；在目的上，它是服务和服从于由政党的性质，并履行政党基本的功能；在评价标准上，它是以政党在特定的社会历史条件下是否最大限度地发挥其应有的作用为根本依据的，同时根据公平、正义作为评判依据。

第三，政党法治的自身规约性。政党的活动有一定的法律依据和限制，即政党基本法。政党基本法是立法机关针对政党活动制定的专门立法，它全

---

① 《列宁选集》第 4 卷，人民出版社 1995 年版，第 151 页。
② 《毛泽东选集》第 5 卷，人民出版社 1977 年版，第 335 页。

面规范政党活动，适用于一个国家境内的所有政党。政党基本法的主要内容是对政党的政治和组织进行法律控制。政治控制表现为法律规定任何政党不得危害现行的国家体制和统治秩序，只能在宪法原则的范围内活动。组织控制是指政党的组织体制必须纳入到统一的法律轨道，不允许自由选择，如必须以民主方式组织政党等。以国家的名义进行专门的政党立法始于 20 世纪 60 年代。1967 年，德国就根据宪法第 21 条第 3 款制定了《德意志联邦共和国政党法》，该法就政党在宪法中的地位、作用、内部组织、选举、帐目、取缔违宪政党等方面一一做出了具体的规定。20 世纪 50 年代，实行政党基本法的还只是个别国家，目前，已有十多个国家通过了关于政党的基本法律。[①] 除德国外，韩国（1962 年）、印度尼西亚（1975 年）、墨西哥（1977 年）和土耳其（1983 年）等国都已制定了政党法。2001 年俄罗斯总统普京也批准了《政党法》。[②] 在一些国家中实施政党法的同时还指定有关专项政党立法：专项政党立法是议会针对某个特定政党的立法，其效力只适用于某一政党。它又可以分为两种：一种是对某一政党的领导作用和执政地位以专门立法予以阐明和规定。例如，缅甸 1974 年通过了《保障党的领导作用法》，该法具体规定了缅甸社会主义纲领党对国家和社会进行领导和权力及其行使方法。另一种是以专项立法对某一政党实行管制或取缔。例如，美国 1950 年制定了《国内安全法》（麦卡伦法），和《1954 年共产党管制法》就专门针对共产党活动进行控制，规定共产党各组织的成员不得领取出国护照。[③] 该法规定共产党不受法律保护，视其为法外之组织，剥夺美国共产党作为政党享有的各种权利，并对有共产党渗入的其他组织也做出了相应规定。

---

① 关于政党立法，参考李步云主编：《宪法比较研究》，法律出版社 1998 年版，第 994－996 页。

② 政党法是指由国家最高权力机关制定的对政党的组织设立、活动原则、权利义务等项内容予以明确规定的法律文件。以国家的名义进行专门的政党立法始于 20 世纪 60 年代。印度尼西亚、伊朗等几十个国家颁布了专门的政党法。

③ 关于这两个法案的内容，参见《外国法制史》编写组编：《外国法制史资料选编》（下册），北京大学出版社 1982 年版，第 518，520－524 页。

（二）政党法治的现代性属性

法治作为一种法律学说和法律实践，是人类社会在漫长的历史中应对危及实现秩序的一种制度设计，从人类漫长的历史积累的经验来看法治是迄今为止的最合适的制度选择，诚如美国著名法学家庞德所言："通过法律的社会控制。"法治社会的预设是对掌权者的不信任，是对权力的必要的约束，最终树立起法律在国家的最高权威。现代法理型政党的核心价值理念必然是法治。面对社会危机，执政党既应具有权威，又应受到法律约束，唯有如此才不会在解决危机的过程中走向集权。政党法治的现代性属性，实质是一种政党治理。执政党应推崇法律人治理，为执政党由传统威权型政党向现代法理型政党转变聚集人力资源。法理型政党必然要求有熟悉和精通法律的人存在其中，法律知识在政党及其组成的政府治理人员的专业知识中应占主导地位。在大部分发达国家，无论是国家最高领导人还是一般政府官员有法律背景的人占了相当大比例。① 执政党应强化宪政意识，为执政党由传统威权型政党向现代法理型政党转变提供理念支持。执政党应要学会在宪政制度的框架内解决问题实现社会秩序，而不是通过政治运动、政治高压或暴风骤雨式的革命达到所谓的安定团结。从政党治理原则的角度看，涉及有法可依、有法必依、执法必严和违法必究等基本要求。政党法治既是个理论问题，更是个实践问题，其要义在于建设、在于落实。就是说，从政党的立法、守法到执法的所有方面和环节，都必须体现法律权威的至高无上性，把有法可依、有法必依、执法必严和违法必究的原则体现在政党生活的各个领域，贯穿于政党活动的整个过程，使之成为政党的行为准则和治理的实现机制。政党法治与政党人治存在根本区别在于党依法而治还是党由权而管。所谓政党人治，是指以政党领袖（被人格化的政党权力）作为政党活动的支撑点，把政党治理乃至政党的前途命运寄托于政党领袖特别是最高领袖的贤能上，是典型的强人政治作

---

① 据中国政法大学程燎原教授的统计归纳，美国总统从华盛顿至克林顿共 41 人。其中律师出身者 25 人，另有 4 人接受过法学教育或从事过法律职业工作，占总数的 70%。副总统共 47 位，其中 32 人曾任律师，另有 4 人接受过法学教育或从事过法律职业工作，占总数的 76%。在欧洲政府官员中具有法律专业背景的人也占相当大的比例。

风。其显著特征是政党运作的逻辑起始于政党权力又归结于政党权力，被人格化的政党权力既是政党活动的操纵者，也是政党活动的评判者，政党活动基本上是按照党权——党法——党权的逻辑顺序展开的。应当说明的是，政党人治并不排斥政党法律和国家法律，在某种意义它还要借助于政党法律和国家法律的权威，依赖于政党法律和国家法律的力量，要害是"法上有权"、"权大于法"。即政党法律、国家法律从属于党权，党权凌驾于政党法律和国家法律之上。主要表现在政党生活中，政党法律、国家法律的基本功能在于服务和服从于政党权力，基本价值在于通过政党法律和国家法律形成对政党权力的肯定和张扬，目的在于保障和实现"权力意志"。政党治理的必然结果，是使整个政党活动处于"权治"的状态之中，导致政党法律由本来意义上的政党意志异化成"长官意志"，在特殊历史条件下还会使整个党治呈现出"个人高度集权为主导的无政府状态"。① 与政党人治相对立的政党法治，则是以政党法律制度作为政党活动的支撑点，把政党治理乃至政党前途命运寄于政党法律制度的健全和权威性上。其显著特征是政党运作的逻辑起始于政党法律，又归结于政党法律。政党法律既是政党活动的主导者，也是政党活动的评判者，政党活动在整体上是按照党法——党权——党法的逻辑顺序展开的。政党法治的价值意义在于通过政党法律的形成和至上权威的确立，构成对政党权力的制约，目的在于保障和实现政党意志。在政党生活中，政党法律是政党意志的体现，是没有感情的政党智慧，从而把政党权力寓于政党法律之中，由政党法律来承载，由政党法律来实现，由政党法律来评判，整个政党处于依法而立、守法而行的法治状态之中。这也就是我们现在所讲的"依法治党"和"依法执政"的要义。应当看到，政党法治并不排除政党权力，相反，它还非常借重政党权力。这是因为，政党法律的形成，要由政党权力来运作；政党法律的权威，要由政党权力来维护。如果没有政党权力，政党法律既无法形成，也无法实施。与政党人治相比，所不同的只是政党权力既不直指政党组织和成员，也不直指政党法律，而是一种在政党法律背后

---

① 迟福林、田夫：《中华人民共和国政治体制史》，中共中央党校出版社 1998 年版，第 269 页。

起作用的潜在的支配力量。相比较而言，在政党人治情况下，政党法律是政党权力的工具；而在政党法治情况之下，政党权力是政党法律的工具。政党法治和政党人治的实质区别在于，当政党法律与政党权力发生矛盾冲突时，前者是政党法律的权威高于政党权力，后者是政党权力凌驾于政党法律之上。

政党法治具有双重意义，主要表现在政党治理与国家和社会双重治理具有很强的适应性：一方面，由于政党不是存在于国家之外或国家之上，所以政党活动必须限定在国家宪法和法律范围之内，而不能超越于宪法和法律之上，因此，国家的法治精神和法治原则同样适用于政党。它不仅适用于政党外部关系的调整，也适用于政党内部关系的整合。这样，在致力于建设法治国家的目标之下，政党必须加强自身的法治建设，在先进的政党文化的引导下，通过完备的制度体系和有效的运作机制，实现政党内部生活的法治化。这是法治国家建设的起码要求和应有之义。另一方面，法治国家建设的有效性和真实性有赖于政党法治建设的有效性和真实性，政党生活特别是执政党生活法治化的发展方向和发展质量，对国家生活的法治化建设既有重要的引导、示范作用，也是判断国家法治建设水平的重要指标。在实践过程中，国家法治建设靠政党法治建设的引导和推动，而国家政治生活法治化的健康发展，又为政党生活的法治化提供了重要的政治环境和实践基础。我国 1982 年宪法已提供了政党法治的根本法与规范依据，宪法在序言中写明"全国各族人民、一切国家机关和武装力量、各政党和各社会团体、各企业事业组织，都必须以宪法为根本的活动准则，并负有维护宪法尊严、保证宪法实施的职责"；总纲第五条也规定："一切国家机关和武装力量、各政党和各社会团体、各企业事业组织都必须遵守宪法和法律。一切违反宪法和法律的行为，必须予以追究。"因此，进一步探索政党法治的理论依据、法律原则、法律规范体系与司法审查等诸项内容，是实行政党法治，推进具有中国特色的社会主义政治文明的必要之举。政党法治既是一种新型的政党文明形态，也是这种文明形态的实现机制。政党法治是与政党人治相对立的政党治理的理论、原则、理念和方法。它既是政党文明发展的必由之路，也是衡量政党开化状态的重要标尺，既是政党治理的时代强音，也是增强政党执政能力的内在要求。正确认识和准确把握政党法治的科学内涵与基本特征，是认识政党法治建设重要性的前提，是增强政党法治建设有效性的基础。

　　政党法治既是一种新型的政党文明形式，同时还是这种新型政党文明形式的实现机制。政党文明包括政党意识文明、组织文明、制度文明和行为文明等内容，而贯穿其中的是政党灵魂或政党精神。现代政党政治、政党灵魂或政党精神的实质是政党法治理念，即是说，政党法治是现代政党文明的核心价值和基本形态。这是因为，与政党人治相比较，政党法治是一种以政党民主和社会民主为基础，以最大限度地保护政党权利、最有效地规制政党权力，以实现政党生活的民主化、制度化和法律化为基本价值追求的政党治理，因而是一种成熟的、科学的政党治理。与政党人治相比较，政党法治不仅具有实证的意义，而且还包含着高一层次的价值追求，蕴含着一种新的政党治理理念，昭示着一种政党文明进步的状态或新的政党文明形态。可以这样讲，一个政党的法治水平从总体上反映着政党文明的发展程度，它既集中反映着政党权力产生的合法化程度，也反映着政党内部关系调整及其外部关系运作的合法化程度，因而从整体上反映着政党文明的发展方向和发展质量。

四、政党的参与性

（一）政党政治参与的现代性意蕴

　　政治参与是现代政治文明中公民的一项重要的政治行为，是指普通公民通过各种合法方式参加政治生活直接或间接地影响政治体系的构成、运行方式、运行规则和政策过程的政治行为。或者说政治参与就是普通公民通过各种合法途径影响政府决策与公共管理的活动。现代政治制度中，由于政党政治的普遍存在，政党制度成了现代国家政治结构的核心部分，对公民的政治参与的影响至关重要，可以说在对政治参与有影响的所有政治变量中，政党的影响是最大的。对政治参与的界定，由于在主体范围上理解的不同而不同，广义的界定认为，政治参与是面向全体公民而言的；狭义的界定认为，政治参与是指普通公民影响或企图影响政治决策的行为。一些学者对政治参与的概念作了一些经典的概括,例如者戴维·米勒与韦农·波格丹诺就认为"无论他是当选的政治家,政府官员或是普通公民,只要他是在政治制度内以任何方式参加政策的形成过程"①。日本学者蒲岛郁夫认为:"政治参与是旨在对政府决策施加影响的普通公民的活动。"② 塞谬尔·亨廷顿和J. 纳尔逊认为"政治参与是平民试图影响政府决策的活动"③。从以上定义来看,政治参与就是普通公民通过一定的方式去直接或间接地影响政府的决定或政府活动相关的公共政治生活的政治行为。政治参与涉及参与的主体、客体、方式和目的等等,是一项系统工程,涉及社会的方方面面。在主体上应该是全体公民,在客体上应该是公民影响政治政策或者参与政治生活的各种活动(如投票、舆论监督、游行示威等),不单是政府的政策,还应该包括政党和立法机关的政策。政治参与和政治稳定是紧密联系的,在形式上应该是合法的活动,在目的上应该是影响政党或政府政治政策和政治活动的活动。

启蒙运动以来,随着公民普选权的逐渐获得和社会经济的发展,越来越多的公民要求参与政治过程,相应地就必须有一种组织和协调公民参与政治的机制,而"政党就是随着公民选举权的扩大,以及各种集团试图通过动员选民去支持那些对不同利益都有吸引力的政策以谋求公职而得到发展的"④。政党活动无论从自身功能或从民众的角度都离不开政治参与,因为政党这种政治共同体就是在现代性政治推进过程中,为适应公民政治参与扩大的要求而产生和兴起的。政党是政治体制发展到一定阶段的产物,它要解决的问题是如何把公众的意志带到政府系统中去。"政党把人民同政府联结起来"⑤,是利益表达和利益聚合的政治共同体。政党是"把公众偏好变成公共政策的基

---

① (美)戴维·米勒、韦农·波格丹诺:《布莱克维尔政治学百科全书》,中国政法大学出版1992版。

② (日)蒲岛郁夫:《政治参与》,经济日报出版1991版。

③ (美)塞谬尔·亨廷顿、J. 纳尔逊:《难以抉择》,华夏出版社1989版。

④ (美)阿尔蒙德?:《比较政治学》,上海译文出版社1987年版,第242页。

⑤ Giovanni Sortori: *Partiesand Party System: A frameforana Lysis*(London: Cambridge University Press, 1977)P25.

本制度形式"①，政党是民主政治的重要制度机制，作为公众与政府之间的联系中介，它提供了一种能将公众的利益要求与偏好信息传递给公共政策制订者，从而影响公共政策的稳定的组织机制。对个人而言，政党通过发挥政治参与中介作用，有助于使政府被理解，使公众参与富有实际意义。② 这种研究范式采用了二战后西方政治学研究中兴起的行为主义研究方法，即主要采用定量分析、实证研究和归纳方法，注重客观性描述，回避对现象的本质分析与价值判断，是一种经验主义研究范式。这种范式是建立在详细占有丰富的实证材料基础之上的，尽管未能揭示出所研究对象的实质，但能够提供许多有价值的实证分析材料，也不失为一种可借用的分析工具。与西方学者的研究相比，马克思主义的政党理论并未明确地将政党与政治参与联结在一起，但是这并不意味着马克思主义忽视了政党的政治参与功能。从马克思主义的政党理论可以看出，马克思主义经典作家运用历史唯物主义学说，主要采用定性分析方法，把政党与阶级利益紧密结合起来，科学地抽象出了政党的阶级实质，指出政党是代表一定阶级根本利益的政治集团，是阶级斗争的主要工具，认为"各阶级政治斗争的最严整、最完全和最明显的表现就是各政党的斗争"③。事实上，在资本主义社会中，资产阶级的不同阶层、集团和派别之间的矛盾与斗争就是集中表现为资产阶级各个不同政党之间的斗争，政党的存在就是资产阶级内部不同阶层、集团和派别之间的经济利益矛盾在政治上的反映；政党为了"瓜分和重新瓜分官吏职位这种'赃物'，在不改变资产阶级制度基础的情况下为争取政权而进行着斗争"④。在深刻揭示政党阶级本质的同时，马克思主义政党理论认为，政党通常代表一个阶级的根本利益、长远利益和全局利益，是本阶级利益的最高代表。因为"在通常情况下，在

---

① V. O. Key, *Politics*, *Partiesand Pressure Groups*, Sthedition（NewYork, Cronwell, 1964）P432.

② Dennis. S. Ippolito, Thomas. G. Walker, Political paries, Interest groups, and public policy：*Group influence in American Politics*（Prentice—Hallnc, Englewood Cliffs, N. J. 1980）P1.

③ 《列宁全集》第 3 卷，人民出版社 1958 年版，第 197 页。

④ 同上，第 127 页。

多数场合，至少在现代文明的国家内，阶级是由政党来领导的"①。所以，马克思主义的政党理论在对政党进行定性分析和规范研究以揭示出其阶级实质的同时，实际上也注意到了政党的政治参与功能，即政党带领本阶级成员实现其阶级利益的功能。对政治参与功能分析，一般按照定量分析与定性分析、实证研究和规范研究相结合的方法，不仅重视注重客观性描述，还重视对现象的本质分析和价值判断。

（二）政党为政治参与提供制度化渠道

现代性社会中，公民的政治参与主要通过政党来实现的，政党成为了公民与政府保持沟通与联系的桥梁与平台。从政治过程上看，投票是公民控制政府的制度化的最为有效的手段，是公民采取的旨在使当权者能对其决策负责的一种工具。通过定期选举中的投票，公民可以向决策者公开表达政治意愿与要求。但是，在政党政治兴起之前，一个比较明显的现象是，在大多数情况下，公民的政治意愿很难通过投票得到有效表达。主要原因在于，选民投票的标准不是某项政策，而仅仅是政策之载体——候选人，而大多数候选人为了争取尽可能多的选票，一般不明确表明其政策立场，投票人也就很难通过选择某位候选人而影响所关心的具体政策。即使候选人有明确的政策倾向，也因为大部分选民对之知之甚少，很大程度上只是根据一些与政策无关紧要的其他因素而投票，使得投票与政策选择之间并无根本的联系。所以有学者指出："投票传递给领导人的有关公民喜好的信息甚少，投票投给这个候选人而非那个候选人这一点所包含的信息，不足以反映公民的明确的喜好。"②另外，选举是一种定期性的政治行为，因此公民仅靠投票式参与不可能连续不断地进行其政治行为，因为在两次选举之间往往存在一个间隔期，而一旦在这段期间，公民通过投票式参与，把自己的权利委托给其代表，在缺乏其他配套机制的情况下，即使代表违背了公民的政治意愿，选民似乎对此也无能为力。卢梭就曾经评价道："他们（指英国人）只有在选举国会议员期间是

① 《列宁全集》第 39 卷，人民出版社 1958 年版，第 21 页。
② （美）波尔斯比等：《政治学手册精选》下册，商务印书馆 1995 年版，第 300 页。

自由的，议员一旦选出之后，他们就是奴隶，他们就等于零了。"① 对于普通选民而言，有效的投票式参与，是建立在完整获得关于公共事务及候选人相关信息的基础之上的，但获得这些信息是要支付一定的时间、人力和物力成本的，而一般选民无意于也不乐意支付这些成本。而这些工作由政党来承担是最为恰当的，没有政党的引导，选民在选举中很难做出真正有意义的选择，同时也很难保证其选择能够在公共政策中有所反映，公民的投票式政治参与也将失去大部分价值。

　　政党通过组织公民选举和综合公民利益表达而形成其政纲，使选举制度得以顺利实施；选举竞争中获胜的政党负责组织政府，在其政纲的指导下推行公共政策，从而把公民的政治参与和政府的公共产品衔接起来，把选举制度与代议制度衔接在一起，从而确立了代议制民主。政党在公民参政中的作用体现在：政党共同体为公民的政治参与提供了平台。政党是联结人民同政府的中介组织，正如现代英国政治学家恩斯特·马克在描述政党这种集约功能体现时所说的："政党具有双重的性格和性质。也就是说，政党是把一端架在社会，另一端架在国家上的桥梁。换句话说，政党是把社会中思考和讨论的水流导入政治机构的水车并使之转动的导管和水闸。"民众只是通过选择政党来选择政府，政党的直接作用是组织选举，政党是联系民众和政府的一条纽带，是一种解决"民众参政危机的制度机制。"② 之所以能吸纳为数众多的公民参政，就是因为政党组织本身有着良好的政治参与成本——收益结构。尽管西方国家的政党没有建立类似列宁式政党那样严密的组织体系，但适应各国现实政治过程的需要，基本上也形成了从中央到地方的一套相对完善的组织。而正是这一组织的存在，首先简化了公民参政的程序，它使得公民在推举公职候选人、收集有关公共事务和候选人的信息乃至作出最终选择等方面的基本程序都大大简化了。在西方国家，众多的政府官员都由选举产生，如果没有政党组织的活动，选民将面对无以数计的以自我提名形式产生的候选人，而且每个候选人都力图基于私人友谊、血缘亲属关系以及地位和名声

---

① （法）卢梭：《社会契约论》，商务印书馆 1980 年版，第 125 页。
② （美）安东尼·奥罗姆：《政治社会学》，上海人民出版社 1989 年版，第 239 页。

等取得选举中的优势，最终结果的产生也只能在这些候选人中进行旷日持久的博弈，这使普通选民很难在短期内对这些候选人的政治行为作出理性的选择与判断；而"政党组织的活动，可以使选民通常依据自己的党派认同感或公共政策取向直接作出选择，从而简化了信息收集过程"①。其次，政党通过简化公民参政的程序，降低了公民参政的成本。政党组织的存在，一方面可以通过其组织机制集中个人的人力、物力去获取尽可能多的相关信息，而公民个人则由于政党组织中的信息共享机制节约了获取相关信息的成本，否则，"选民就要对日常政治事务进行详细的调查研究"②。总之，政党组织为选民所提供的服务，"大大降低了选民作出政治选择的时间和能量耗费"③。

在政治过程中，公民的利益表达千差万别，而实际上，只有当公民参政秩序化时，才有利于实现其收益，增强其参与效能感。因为只有在秩序化的政治参与中，公民的利益表达才能被顺利地输入政治系统而影响公共政策。这是因为：一是政党组织通过向选民提供与选举有关的信息，使选民对公职候选人和公共政策能获得较为详细的了解，有可能做出理性的选择；而政党组织使选民的选择两极化，提高了参选人获胜和实现选民意愿的机率。二是由于政党的竞选纲领是在吸收民意的基础上形成的，而竞选纲领往往是政党在政府运作中的行动指南，因此公民对政策的选择可以通过政党直接输入政府系统。三是政党建立了公民与公共政策制订者、执行者之间的沟通渠道，使政策制订者和执行者能够及时吸纳公众的意愿而适时调整政策；而通过定期的选举，使公民感到能够通过政党影响公共政策，因为，选举为选民判断政府的既有表现提供了机会，而政党则是这种判断的焦点。但通过周期性选举，却能够对在职官员施加相当大的政治压力。而且，有时候单个或群体性选民的影响似乎微不足道，但借助于政党的影响，则无法被政府政策制定者

---

① Hugha. Bone, *HhFAmerican Politicsand Party System* （Mcgraw—HillBook-Company，1974）P22.

② FredI. Greestin, *theAmericanPartySystemandtheAmericanPeople* （PrenticeHal-lIne，1963）P35.

③ Ibid. P35.

所忽视，因为"政党的竞选活动扩大了选民的影响，完全超过了一张选票和一个人投票行为的影响"①。通过政党共同体内部的参与也会增加公民参政的效能感，如在选举中，政党积极分子可以获得比普通选民更多更详细的相关信息，得到政党支持的候选人获胜的可能性高于一般候选人，为政党活动作出重大贡献者也会有丰厚的回报等。因此有学者总结说："随着参与的扩大，政党出来组织参与，随着政党的发展，它又促进了参与的扩大。"② 政党为公民的利益表达和利益聚合创造了条件。根据民主政治的一般原理，公民、政党、公共权力三者之间的关系是：民众的政治参与，民众对政府的控制，民众对政府的监督，民众改变政治现状的要求，都要通过政党来实现。换句话说，在民主政治中，民众通过政党作用于公共权力。另外，在选举的过程中，政党通过利益聚合，使为数众多的利益要求被吸纳进入政纲，从而以一种制度化的公共利益取代了四分五裂的个人利益，使公民参政进入秩序化轨道。

政治参与是指"参与制订、通过或贯彻公共政策的行动"③。而政党为公民的这种政治行动提供了合法性与民主性的制度化渠道。公民通过政党实施政治参与不仅是影响或试图影响公益分配的行为，而且深入政治体制的各个层次中，通过直接或间接的合法途径影响公共政策以使其有利于自身利益的行为。在当代西方国家，体制内政党在协调资产阶级内部矛盾的过程中，表现为各政党用纲领、政策和领袖的个人魅力在公开的选举竞争中争取选民的支持，并以选举竞争中所形成的"人民的公意"作为合法执掌国家权力的依据；而各政党为了获取执政权，就不能不在维护资产阶级整体利益的同时，尽可能地反映公民的政策选择和政治意愿，从而使政府建立在"人民同意"的基础之上，使政府系统民主化，这无疑是一种民主的进步。所以，西方国家的主要政党在本质上维护资产阶级整体利益的同时，客观上也为公民参政提供了制度机制。政党通过发挥公民参政的组织和中介作用，使公民参政更

---

① JohnA. Crittenden, *PartiesandElectionsintheUnitedStates*（Prentice—HallInc, NewJersey, 1982）P179.

② （美）波尔斯比等：《政治学手册精选》下册，商务印书馆 1995 年版，第 210 页。

③ 《布来克维尔政治学百科全书》，中国政法大学出版社 1993 年版，第 563 页。

容易和更有效地得以实现，公民则通过政党影响政府行为和公共政策。而在社会主义国家，无产阶级政党作为广大人民利益的代表者，通过走群众路线，实行民主集中制原则，将人民的利益和要求反映为公共政策。政党作为沟通公民与政府间联系的链环，为公民参政提供了制度化渠道从而保证了政治体系的合法性与民主性，这也正是政治过程中政党存在之必要性的基本原因。而更重要的是，政党通过组织公民参政，在公民参政与政府实际运作之间设置了一个"过滤层"，把公民参政限制在政治体系所能容纳的范围之内，从而保证了政治体系的有序与稳定。当然，政党在组织公民参政过程中，宣讲现存政治制度的优越性与合理性，营造一种"主权在民"的氛围，这种政治社会化功能的有效发挥也会对政治体系的稳定产生积极作用。尤其是政党在加强和巩固其合法性的执政地位时，更要进一步扩大公民的政治参与。因为政党的合法性，就是指政党的权力必须得到民众的同意、拥护和支持，必须在宪法和法律规定的范围内行使。这在客观上要求，政党欲获得合法性资源必须走民主化道路，通过制度化、规范化、程序化的渠道发挥其职能，并真正成为公民广泛有序地参与国家政治生活，行使当家作主权力的工具。作为现代政治文明中的政党的政治参与，它为公民提供了定期改换统治官员的机会，为公民能够持续参与公共权力，实现政治和利益诉求提供了长期稳定的机制。

第四章　政党现代性嬗变的多重维度

　　从现代政党产生以来，民主制度的一些主要政治功能如政治沟通、政治参与和政治社会化等则由政党来承担的。伴随着现代性由经典性向反思现代性和后现代性的转变，民主制度的一些传统功能也发生了诸多的变动，这也直接导致了政党的模式以及政治功能也随着政治文明的现代性演进，相应地发生变化与调整。政党共同体由最初的封闭型的密室型政党到追求总体性和统一性的总体性政党；由科层制度影响下产生的偏重于工具理性的卡特尔政党和"政党寡头"到主张集权和等级的党国体制型政党，这类政党可概括为经典现代性政党。随着社会转型带来的新社会运动、全球化与反全球化运动发展以及转型期间造成的一些动乱与危机导致政党发展与调整发生了诸多变数。政党共同体的运作模式相应地发生了根本性的变革，在卡特尔的管理技巧、效率被引入政党管理体制的同时，多元价值观、多元治理元素也逐渐渗入政党政治之中并成为政党的理念；新型的非主流政党不断涌现，从不同的侧面挑战主流政党的垄断地位。当代政党政治中，不仅出现了提倡"第三条道路"的反思现代性的政党，还出现了关注某些特殊问题的单一问题党。一些主张民族主义、排斥少数民族以及移民的极端派政党日趋活跃，例如意大利的红色旅和北方联盟、秘鲁的光辉道路党、德国的共和党、奥地利自由党、法国国民阵线和瑞士人民党就是典型代表。反对人类中心主义，主张生态文明和生态政治的绿党以及主张另类政治，排斥传统政党政治功能的朋克、狂野疯人党、新千禧焗豆党等另类政党，也是政党在新时期发生转型与调整期间涌现的有影响力的后现代性政党。

一、经典现代性政党的发展向度

经典现代性政党一般主张宏大叙事，强调集中与统一，政党组织按照科层制，以自上而下的单向性结构为特点，注重对社会进行控制。比较有代表性的有总体性政党、政党寡头和党国体制型政党等。

（一）总体性政党

20世纪二三十年代不仅是世界政治大动荡的年代，也是世界政党嬗变的时代。期间世界政治舞台不仅活跃着资产阶级一些传统的政党，还有以苏联为代表的社会主义政党以及德国、日本等国家的法西斯政党也是具有重大影响的政党。这些政党的活动深刻影响了历史的进程。面对上述政党之间错综复杂的关系，意大利共产党的创始人和精神领袖葛兰西以当时的经典现代性社会的发展为背景，开展了对政党共同体发展的深入思考与研究。他认为，政党不但表现为一定阶级的，而且表现为社会其他劳动群众的，即表现为代表社会"总体"利益的。他认为政党不但具有阶级性，同样具有社会的"总体性"，且阶级性往往是内含于社会"总体性"之中的。正是基于此意义，葛兰西提出了"总体性政党"的概念。他认为："虽然任何政党都是社会集团的，且只是一个社会集团的；可是某些政党却只在一定条件下才是单独一个社会集团的，因为它们在本集团和其他集团的利益之间实行平衡和仲裁，同时成功地使本集团得到联盟集团的拥护，在这些集团的协助下发展，……所以，政党成为总体性的。"[1] 葛兰西认为，"总体性政党"是个一般性的政党概

---

[1] （意）安东尼奥·葛兰西：《安东尼奥·葛兰西〈狱中札记〉选》（"Selection from the Prison Notebooks of Antonio Gramsci"，Lawrence and Whishart，London，1973.），第148页。

念，泛指经典现代性社会中各国一般政党，既包括无产阶级政党，也包括资产阶级政党。他曾指出资产阶级立宪政党也属于"总体性政党"。这种政党"规定君王（或共和国元首）'统而不治'的宪法条款正是在本集团和其他集团的利益之间实行平衡和仲裁的法律表现"①。葛兰西同时认为，虽然无产阶级政党和资产阶级政党具有"成为总体性的"政治共同体，但两者之间在利益代表等方面还有很大差别。

"总体性政党"第一要旨，首先表现为代表社会"总体性"的利益，具有综合协调社会各个方面利益的功能。葛兰西认为政党"不可能是一个真正的个人、具体的个体，而只能是这样一个社会有机体和复合成分：在其中，被人们认识了的，且在一定程度上通过行动表明自己集体的意志已经形成。历史已经产生了这个有机体，它就是政党。这是第一个细胞，它集中了力图成为普通的、总体的、集体意志的所有胚芽"②。葛兰西认为"总体性政党"和其他一般政党的区别主要体现为：这种类型政党能够集中代表社会"总体性"的利益要求，显然政党具有宏大叙事的功能。这是葛兰西"总体性政党"理论第一个方面的含涉。

"总体性政党"理论涉及的第二个方面的主要内容："总体性政党"的根本目的总要建立"总体性国家"，并取得领导与支配的权力，这直接由它代表社会"总体"利益的性质所决定。葛兰西说："在现代世界中，政党（总体性的，而不是派别的）通过一定的形式和方法发展成为国家（总体性的国家，而不是机械的政府）。"所谓"机械的政府"就是指封建主独裁统治的古代、中世纪式国家。所谓"总体性国家"，主要表现为：国家不但有专政的职能，而且主要是有"领导权"（指在意识形态方面处于支配地位）的职能，国家因而是"加上了专政的领导权"。国家"领导权"的职能通过"公民社会"——即家庭、学校、工会、政党、报刊和文化团体等来实行；国家专政的职能通过"政治社会"——即警察、军队、法庭和监狱等来实行，所以国家又叫

---

① （意）安东尼奥·葛兰西：《安东尼奥·葛兰西〈狱中札记〉选》（"Selection from the Prison Notebooks of Antonio Gramsci", Lawrence and Whishart, London, 1973.），第148 页。

② 同上，第 129 页。

"政治社会＋公民社会"。葛兰西认为，历史发展到了现代，"总体性国家"已经存在于社会现实中，这要归诸于资产阶级在理论及实践中所完成的变革。葛兰西又认为，资产阶级政党为其阶级本质所决定，始终解决不了资本家和工人之间的根本矛盾，因而到底没能建立起真正的"总体性国家"。只有以消灭阶级剥削和压迫，进而消灭阶级、政党和国家本身，建立真正民主、平等与和谐的共产主义社会为最终目标的无产阶级政党才能建立起真正的"总体性国家"。只有致力于同化整个社会，致力于消灭一切阶级，同时消灭无产阶级及其国家，且能够表现出这一过程的无产阶级政党才能够建立起"一个在法律上和道德上统一的"真正的"总体性国家"①。

"总体性政党"理论涉及的第三个方面内容可以概括为："总体性政党"必须建立"总体性世界观"——"能在整个社会和个人两方面对思想和行为方式实行改造的……由于历史的必然性而能够发展的国家思想"。这一方面的内容是由第一、二方面的内容所决定的。葛兰西认为，在现代世界社会政治历史的真实发展过程中，"总体性政党"、"总体性国家"和"总体性世界观"之间存在着相互作用、相互转化和相互促进的必然关系："总体性政党"建立"总体性国家"，在此基础上是"总体性世界观"；"总体性世界观"又反作用于"总体性国家"和"总体性政党"，使它们不断改进，不断完善。如果没有"总体性世界观"而要建立或巩固"总体性政党"和"总体性国家"，犹如一个人失去灵魂以拯救他的国家一样，是完全不可能的。而政党精神正是国家精神的基本成分。根据葛兰西的表述，所谓"政党精神"和"国家精神"都是"总体性世界观"的表现。缺乏"政党精神"或"国家精神"就表明不存在着"总体性世界观"，因而就更谈不上"总体性政党"和"总体性国家"的建立或巩固了。②

葛兰西"总体性政党"理论第四个方面的内容，主要表现在政党的政治录用功能和社会化功能。葛兰西认为"总体性政党"要实施"总体性功

---

① （意）安东尼奥·葛兰西：《安东尼奥·葛兰西〈狱中札记〉选》（ "Selection from the Prison Notebooks of Antonio Gramsci", Lawrence and Whishart, London, 1973. ），第259—260 页。

② 同上，147 页。

能"——"教育的"、"组织的"、或者"知识分子的功能"。葛兰西认为，所谓"总体性世界观"的建立，实际上是"总体性政党"要使自己的世界观及思想纲领和政治路线为本阶级及全社会其他劳动群众所接受和拥护，并把他们组织起来，形成为一个社会"总体"力量，为建立"总体性国家"而行动。葛兰西认为，政党要系统地研究和发现决定自己阶级的本质的因素及其发展过程，并进行理论的和教育的活动。对于"总体性政党"，"问题的关键是指导的和组织的功能，即教育的或者知识分子的功能。一个商人不是为了做生意才参加政党；一个企业家不是为了以较少的成本生产更多的产品才参加政党；一个农民不是为了学到新的耕作方法才参加政党，……在政党中，经济社会集团的成员超越了其历史发展阶段，成为具有民族和国际特征的、总体性活动的代理人"。① 葛兰西认为，在现代世界中，报纸、杂志、电台往往是"总体性政党"实施"总体性功能"的重要阵地。"总体性政党"就应该努力造就自己的知识分子，知识分子是关键。在葛兰西看来，他们的社会活动构成了历史精神、文化、知识和理论的能动作用的"中介"；"他们一存在就意味着一种社会总体性功能"，"或者说他们是社会总体组织和上层建筑复合体的'功能者'"。正是在这个意义上，葛兰西说："政党只不过是直接在政治和哲学领域中（而不只是在生产技术领域中）精心制作自己的有机知识分子的特殊方式。……这些知识分子带有社会集团发展、生活和形成的一般特征和条件。……政党要精心制作自己的组成部分（那些已经产生并发展成为'经济'集团的社会集团的成分），使他们成为合格的政治知识分子，使他们成为完整社会（公民社会和政治社会）有机发展过程中所有活动和功能的领导者和组织者。"②

　　葛兰西作为西方马克思主义者，对马克思主义政党理论的探索与应用具有独特的方面，虽然其理论论述并不十分完善和精当，如他通常用"社会集团"一词代替"阶级"一词，在一定程度上掩盖了政党的阶级性。把当时社

---

　　① （意）安东尼奥·葛兰西：《安东尼奥·葛兰西〈狱中札记〉选》（"Selection from the Prison Notebooks of Antonio Gramsci", Lawrence and Whishart, London, 1973.），第258，227—228 页。

　　② 同上，第15—16 页。

会中的政党界定为"总体性政党",很显然带有一定的主观性和局限性。尽管如此,葛兰西紧密联系当代社会实际,独创性地探索了马克思主义的政党学说,认为政党只是就其本质特征而言才是阶级的,而在通常的活动中,政党共同体表现为代表社会"总体的"利益,因而具有"社会总体性",成了"总体性政党",强调了政党在综合与协调各种利益方面的独特性,这是他对现代性政党理论的最大贡献。葛兰西强调"总体性政党"要建立"总体性世界观",并努力造就自己的知识分子来实施教育、组织的"总体性功能",使其"总体性世界观"及其指导下的产物——党的思想纲领和政治路线为全社会人民群众所接受和拥护。这种"总体性政党"观是与当时经典现代性社会发展一致的。

(二) 科层制度与"政党寡头"

近代政党产生的目的也就是为了组织民众在现代民主进程中通过共同体有理性、有组织地参与政治、表达利益,并将社会上纷繁复杂的个人、团体和各个阶层的诉求整合为明确的政策性诉求,并加以实现与分享。但进入20世纪之后,一部分新崛起的政党,信奉暴力和专政的原则,以高度的组织化、纪律性为武器,以政变或武装斗争为手段夺取政权,并在掌控政权后把自身的科层制度(官僚体制)用来控制整个国家和社会,并以科层制运作的模式来构建政党体制,这类政党被命名为官僚型政党。这类政党曾经一度风行于大部分发展中国家,它们不仅组织竞选、动员投票,还负责为国家和社会的发展规定道路、创设政府、制定法律、发起改革等工作,实际上起着国家长期领导集团的作用。因此,这些国家,政治的关键在于政党这种政治共同体的发展运作;因为政治现代性的进程实际上取决于政党共同体的现代性发展,发展中国家的科层制政党有其自身鲜明的特点。最早提出并研究这个问题的当首推德国学者罗伯·米谢尔斯,他在《现代民主中的政党社会学》一书提出了"政党寡头"问题,认为这是政党自由理念之下政党的发展规律。这种政党观认为,随着现代政党规模的庞大,政党走向了专业知识的时代,形成了政党的组织化体系化,导致政党的组织操纵在极少数的精英手中。这些人控制着政党的日常政务,在实际上影响政党政策的决定,党员只有服从党领袖的领导。政党寡头铁律的中心内涵：这类政党发展的结果必然形成寡头领袖的组织，政党的各个组织围绕少数政治精英组成的权力轴心，依照等级秩序展开，社会其他政治共同体被边缘化，政党内部等级制明显，权力纵向发展，少有横向展开。政党越大，这一现象也就越严重，距离民主的理念也就越远，广大普通党员对党内事务就越无发言权。米谢尔斯还以社会学的方法从技术与心理层面分析政党寡头铁律产生的现实基础。尽管这一理论受到了学界的批评，但二十世纪许多国家的政党实践证明这并不完全是凭空杜撰。苏联共产党和德国法西斯政党制度的发展实践，就是很好的例证。

这种模式的政党共同体的特征表现：一是高度的组织化。政党不但控制着国家和社会，而且政党本身就是一个等级森严的权力组织，这种权力组织实行自上而下的垂直管理结构。通常情况，在殖民统治下自主地进行民族解放运动的国家，独立后都有强大的官僚型政党出现。原因之一，他们在反抗殖民统治的过程中自始至终地领导了群众斗争，国家独立后执掌政权乃是众望所归，而在斗争中所形成的半军事化的组织方式也自然而然流传了下来。原因之二，政党的政治资源高度集中。即国家政治资源集中于党，而党的政治资源集中于领导层，甚至党的领袖一人身上。例如，伊拉克国家中复兴党，萨达姆就是通过复兴党牢固地控制伊拉克社会的各种政治资源，萨达姆在执政后是依靠复兴党的"提克里蒂权力集团"来巩固他的权力的。而在印度国大党，尼赫鲁家族也是通过家族势力的渗透国大党的各级核心部门，长期将党的实际权力控制在手里。从尼赫鲁、英迪拉·甘地，到拉吉夫·甘地和索妮亚·甘地，尼赫鲁——甘地家族的持久影响绝不仅仅是家族威望的简单延续，而更多的是权力体制上的连续性，这种权力的连续性更多通过国大党共同体反映出来。原因之三，政党具有长期执政的传统和经验。由于这类政党长期垄断现代性政治资源，并很好地把执政意识与民族意识和国家意识结合起来，善于驾御国家政权和控制社会，因而得以长期执政。新加坡人民行动党就是很好的证明。2001 年 10 月 25 日，新加坡人民行动党在竞选提名中，在 11 个集选区中没有遇到对手，仅此就赢得所有 84 个议席中的 55 席，第 10 次蝉联执政。这是 1991 年以来，人民行动党第三次在反对党没有竞选半数以上议席的情况下，在提名的当天就赢得蝉联执政，这也是自 1959 年新加坡独立以来，该党连续第 32 年执政。类似印度尼西亚的苏哈托专业集团政权、马来西亚的"巫统"、印度的国大党，都有数十年以上不间断的执政经历和经验。能够在执政地位上长期存在的官僚型政党，一般说来都对国家和民族的独立和发展立下过赫赫功勋。许多政党扮演的是"国父"的角色，是他们不断的宣传、鼓动和斗争促进了民族主义与国家意识的生长，使许多部族、土邦、部落联合起来，一跃而成为现代意义上的国家。同时，在当时的社会状况下，现代性政治资源非常少，而政党就成为最宝贵的现代性政治资源。作为落后国家中罕见的现代性政治资源，这些政党还起到了教育群众、改造社会，协调利益冲突，赋予现政权以某种合法性等重大作用，成为实现政治现代化所必不可少的要素。

随着社会现代性的展开，这种政党生存中同样遭遇到诸多的困境与挑战。因为官僚型政党毕竟是应时代的特殊要求而产生的，首先不能很好解决政党自身的民主化问题。由于权力过于集中，官僚型政党承担了过于沉重的责任。印度尼西亚的经济在苏哈托和专业集团党的领导下保持了 30 多年的增长，而在经济形势逆转之后，国家几乎在一夜之间就走向崩溃。其次，它并不能有效地执行政党的参政功能，并由此引发了一系列的社会和经济问题。作为马来西亚最大的政党——马来民族统一机构（巫统）更是连续执政达 40 年以上。由于巫统在马来西亚是"党国合一"，曾有"巫统就是马来人，马来人就是巫统"的说法。但在此前的 1999 年大选中，执政党国民阵线虽仍取得 193 席中的 148 席，但比起 1995 年大选的 161 席已明显逊色。更严重的是，国阵的核心——最大的马来人政党——巫统席数锐减，几乎是靠着包括马华公会在内等华人政党的支持才保住了执政地位，而马来人选票的流失率竟在 50%以上。核心党政治权威的削减无疑对国家政治生活影响巨大，这也是所有官僚型政党执政的国家在社会转型的过程中所面临最大的问题。再次，因权力的集中所带来的腐败现象，破坏了这些政党执政的合法性。设在德国的国际透明组织（Transparency International）2000 年《腐败直觉指数》（Corruption Perceptions Index CPI）表明，许多发展中国家政党腐败显现明显。例如，印度尼西亚在该国际组织所调查的 90 个国家中位居第 85（最腐败的尼日利亚位居第 90 位）。谈到腐败与金钱政治，印度尼西亚人耳熟能详的词语是

KKN（corruption，collusion and nepotism，印度尼西亚语缩写为 KKN），意思是"腐败、勾结与裙带"。同马来西亚的巫统相似，许多寡头式的政党在社会现代性演进期间纷纷陷入困境之中。

（三）党国体制型政党

党国体制型政党主要从后发外生型的现代性社会进程中逐渐产生形成的。这类政党不同于原发内生型现代化国家中直接以民族作为国家建构基础的政党，而是直接由组织严密的政党作为国家建构的基础。[①] 这种党国体制型政党与一般政党体制的最大区别就是：党化国家（party－state）趋势明显。党化国家是现代国家的变异形态。[②] 简单地讲，就是独大的、占有国家权力的政党对于国家一切权力实施垄断并通过权力对社会实施全面控制。这些权力，既包括政治、经济等实体化的社会权力，也包括观念、教育、文化等虚化的话语权力。

党国体制型政党是国家在政党推动下获取现代性资源，实现的是现代化的变态形式或另类样态，政党主宰国家权力结构，并全面影响社会。该类型政党的现代性特征主要表现为：其一，它是后发型政党，对国家和社会具有超强的支配作用。如果仅仅是时间意义上探讨"后发"理论意义，其意义难以显现。犹如美国相对于英国是后发的，但是它们的国家结构都是"民族——国家型"的。在那些后发的政党——国家的社会中，在国家形成的过程中，由于民族的政治动员滞后，需要一个自觉建构国家的强势政党来号召建立国家，政党占据了民族在国家建构中的领导地位，因此，它以"民族代表"的身份获得了建立国家（政府）的特权。这样以来民族——国家的基本结构就发生了变化。变化表现为一个建立在具有支配民族命运基础上的强势、独

---

① 参见（美）迈克尔·罗斯金等：《政治科学》第二章"民族、国家与政府"对于这一问题的讨论，华夏出版社 2001 年版。以及莱斯利·里普森：《政治学的重大问题－政治学导论》第十三章"民族国家与国际秩序"，华夏出版社 2001 年版。DerekBok：TheStateofTheNation，Introduction，HarvardUniversityPress，1998。

② 参见（匈）玛丽亚·乔纳蒂：《转型：透视匈牙利政党－国家体制》第一篇"结构"，吉林人民出版社 2002 年版。

大的政党对于国家权力的独占。后发外生型现代国家的兴起，所具有的历史紧张感，常常导致民族——国家兴起过程中诸社会要素的变型组合。之所以会发生变型的组合，因为在现代国家诞生之时无法提供给国家以政治民族的支持力量。相对于政治上孱弱的文化民族状态，政治上比较成熟的政党足以提供给国家建构以各方面的支持力量；其二，结构功能的特殊性。从国家权力结构上看，表现为党国—党军——党政的——体化结构，显示了这一结构的权力渗透状态。"党国"是将政党权力与国家权力直接合一，"党军"是将政党权力与军队暴力合一，"党政"是将政党权力与政府权力合一。三者合并完成统一，便将现代国家的所有权力高度集中起来，使得权力的垄断得以完全达成。从国家权力的运行结构上看，全能国家的定位，使得政党全方位地渗透到国家与社会生活的各个领域之中，并辅以党纲——党权——党化教育的一体化结构增强权力运行的合法性以及工具性。前者作为党化国家的结构状态，后者作为党化国家的运行方式，两者结合，就使得党化国家具有了结构功能的完整性。"它用一种无所不包的方式，来重构各种社会的结构，以确定各种不同的社会类型和每一个社会类型内部的'变动空间'。"[①] 其三，社会动员的特殊性。一方面，政党主动进入社会把政治因素注入社会运动，由政党担当组织散沙般的传统社会而使之形成秩序性的现代社会，并使得进行这种组织的政党足以获得配置各种社会资源的绝对权力；同时，又把政治因素楔入民族转型过程之中，促使民族从文化伦理民族迅速转变为具有政治和斗争经验的民族，成为政党支配国家而形成党化国家的重要原因。政党对于国家支配的党化国家建构，可以从两个角度得到认识：一个角度是从历史经验的视角，另一个角度是从国家结构与运作机制的视角。其四，政治理念的统一性。独占性地执掌国家权力的政党将国家一切权力收摄于政党，从国家暴力机器的独占、到国家资源的垄断性利用、再到思想意识形态的真理独占。国家与民族均退隐到政党的背后，政党的政治功能得以凸显。从国家统治的治理理念上看，这是从观念层面上对于党化国家的审视。独占性地执掌国家

---

① Aron, "*Three Forms of Historical Intelligibility*", in Truth, Liberty, ed. By Franciszek Draus, the University of Chicago Press, 1985, p. 44.

权力的政党，具有在思想世界运用纯熟的政治控制技术的能力。它将思想形态的政党与思想形态的国家完全合而为一。政党将国家政治生活、组织行动方式与日常生活贯通起来，将所有关乎党和国家、党和民众的方方面面连接起来，加以高压控制。党化思维、党化制度与党化生活成为整个国家的生活方式。

从以上对党国体制型政党的特征分析来看，20世纪原苏联东欧社会主义国家中的政党体制是党国体制型政党较为典型的代表。这类政党共同体垄断社会所有资源，这种垄断，不仅是对于社会政治资源的垄断，也是对于社会经济资源的垄断，更是精到于对制度层面、精神甚或与日常生活的绝对垄断；同时党化的政治意识形态一旦掌控了整个社会，把社会多元意识形态规训化并提升为国家意识形态，它就具有了"放之四海而皆准"的唯一正确性、普遍性和实然性。以此为基础展开的政治控制、思想教育，便成功地将各方面约束在党化国家的政治意识形态的"跑马圈地"里。与这种思想控制密切相关的，党化的军队、党化的警察、党化的政府，党化的经济、党化的教育、党化的文化、党化的日常生活，构成为党化国家的严密控制体系。① 政党主宰国家生活，垄断一切资源而造成社会其他阶层、集团失去发展空间，掌控国家一切权力的独大政党本身的结构，掌控国家权力的组织而耗费大量组织资源，不愿意为其他社会政治组织进入国家政治生活提供空间。通过政党，把政党与国家合拢，把政党与社会合拢，把政党与国家和社会合拢，把政党——国家——社会三维度关系，改变为政党对国家和社会全面实施控制的单一维度关系。党在国家和社会之上、党在国家和社会之外。例如在前苏联党国体制型社会里，"政治决策控制着每一个人的生活的每一个方面。这样一个社会很难允许人们对那种被政治权威动听地称作'共同意愿'的东西发生质疑"②。这种党国体制型政党同样对20世纪上半叶期间中国两大政党的建构产生深远的影响。从政党的基本政治理念上看，不论是国民党还是共产党，都

---

① 参见罗德里克·麦克法夸尔、费正清主编：《剑桥中华人民共和国史》（下卷），上海人民出版社1992年版。

② 陈喜贵：《维护政治理性》，中央编译出版社2004年版，第265页。

是建立在列宁主义基础上的政党。"没有铁一般的和在斗争中锻炼出来的党，没有为本阶级全体忠实的人所信赖的党，没有善于考察群众情绪和影响群众情绪的党，要顺利地进行这种斗争是不可能的。"① 列宁的一些训词不幸成为两党信奉的真理。孙中山对列宁式的崇尚政党的权威性就非常赞同，他认为党员必须对党绝对忠诚，既牺牲个人自由，又贡献能力。"只全党有自由，个人不能有自由，然后我们的革命，才可以望成功。"② 中国共产党的政党建构方式则更加突现列宁主义的阶级斗争理论对现实的指导意义。从对国家社会政治生活的实际控制方式上来看，两党都对于意识形态的控制高度关注，以自己政党的意识形态居高临下地贯彻到国家组织结构，这是他们共同的选择。与此同时，将国家意识形态通过党化教育的方式，渗透到整个社会。一方面以保姆的资格，精心哺育和培养社会的元气；一方面以导师的资格，认真规划和训练人民的政治能力。

这些在经典现代性社会进程中形成的政党模式，深深打下的时代烙印。经典现代性社会的发展，强调科层制与控制，偏重于工具理性与效率，提倡统一与秩序。当这些被引入政党管理体制的时候，政党共同体便全面主宰了国家生活，垄断了一切资源，吞噬了富有活力的社会生活。在政治上，经典性绝对不能容许相异的权力体系的存在，因为它只要面对不同的权力结构，它的根本缺陷就可能立刻暴露出来。这类政党要维持它绝对的伟大性、正确性，就必须以吞噬所有权力为前提，并以此来显示自己的绝对不可替代性。该类型政党的治理方略具有以下几个主要特点：（1）以科层制为结构支撑。（2）以寡头式或少数人集权为显著标志。（3）以强制性指令为主要执行手段。有相对严明的纪律规范约束，必要时以强制性手段开除党员。（4）有重效率轻民主的取向。（5）自上而下的单向性。传统大党治理方略注重自上而下地推行各种措施、颁布各种约束党员的规章制度；强调党的中央组织制定政策，基层组织贯彻落实；奉行上层领导倡导，下级组织者和普通党员被动参与。

---

① 列宁：《共产主义运动中的"左派"幼稚病。《列宁选集》第四卷，人民出版社1972年版。

② 《在黄埔军官学校的告别演说》，《孙中山全集》第十一卷，中华书局1986年版。

（6）注重意识形态的宣传与控制。这些治理方略大都形成于政党创建初期，带有比较突出的特殊历史时期的痕迹，但却长期沿用下来，具有一定的稳定性的同时，却渐渐随着时代发展的变化而趋于保守。但是，"任何综合总是谨慎地、相对地、严肃地对待内部的多样性。统一性不能靠自身来超越多样性"①。时代发生的变迁是不可回头的流水，是不可以用真理进行规划的多样性。"由事件组成的历史既不是朝向一个终极目标的运动，也不是相同事实或相同循环的无限重复。它是随时间流动的纯粹连续性和多样性。"② 如果企图为一个社会或为历史整体指明一个决定的原因或根本，显然是不现实的。同样，政党主宰国家生活，垄断一切资源而造成社会其他阶层、集团失去发展空间，由此必然引起社会各界或骤或渐的反弹，驱使独大的政党逐渐分权予其他社会政治共同体，显出淡出国家政治生活的态势愈加明显。同时，掌控国家一切权力的独大政党本身的结构也不得不容纳异质因素。这类党国体制型政党在后现代性社会中，要必须学习与其他社会政治组织分享权力和政治资源，并为其他社会政治组织进入国家政治生活提供空间。

二、反思现代性视域中的政党

从 20 世纪下半期以来，学界一个引人关注的倾向是，在对现代性问题的认识走向复杂化、多元化和深入化的同时，对现代性反思与批判也出现了多重向度。对启蒙运动以来的现代性的重新审察，构成了反思现代性语境下当代政党理论调整的前沿话题。

---

① 陈喜贵：《维护政治理性》，中央编译出版社 2004 年，第 31 页。

② Aron,"*Three Forms of Historical Intelligibility*", in Truth, Liberty, ed. By Franciszek Draus,the University of Chicago Press,1985,p. 45.

（一）反思现代性的提出与"粉红色欧洲"现象

"现代性"无论是作为一种思想文化范畴还是社会现实运动，都充满着重重的矛盾和困境，而且，这些矛盾和困境恰恰主要来自现代性自身所固有的逻辑发展。"现代性"作为一个问题，既具有历史性，又不乏当下性；既是地域性的问题，更是全球性的难题。现代性在拓展过程中，遭到了后现代拒斥。后现代主义以碎片、差异和多样性代替了形而上学的本质、基础和"二分"，以解构一切、摧毁一切的态势，同样虚无化了这个世界，使人们在面对这个虚无的、瓦砾般的世界时变得无所适从，几乎也成为了一种虚无。后现代主义主张不可界定，不一致，不可比较，非逻辑性，非理性，含混，混乱，不确定性和矛盾状态。回避作为政治的核心概念，如权力、冲突、分层、对抗以及统治权等。对此，英国学术大师吉登斯一方面顺乎时势，把对现代性问题的认识进一步推向深入和广远，主要表现为着重考察"民族国家"在现代性进程中的转型，或者说，关注"民族国家"的出现对于现代性的深远意义；另一方面，他在批判现代性时，又激烈反对任何一种激进的路线，希望能开拓出一条比较温和的批判途径，超越所谓"左"和"右"的二元选择模式。因此，对于现代性问题的批判，吉登斯认为，传统的手法过于简单和单调，已经过时，必须代之以反思的方法，并把自我调节或反思性看作是现代性的基础。吉登斯认为，今天，我们目睹的不是现代性的终结而是开始，即超越了传统工业社会的另一种现代性，这种新的现代性形成就是反思现代性。使现代性从工业化社会里单向度、单一的现代性转向多向度、复调的现代性。全球化和信息网络的便捷，使传统社会形态结构开始向后传统社会转变，在此变迁过程中前工业文明、工业文明与后工业文明呈现错综交叉的全球并存局面。各种社会形态与文明模式既相互碰撞又彼此交融，使传统性、现代性、后现代性以历时的方式而同时共存。这样，一方面就使现代性的内涵更趋丰富多元，能够摆脱由工业化造就的单向度、单一性的现代化模式，为现代性的创新提供广阔的平台；另一方面，在全球化进程中不受限于西方文明的固定模式，扩大了现代性向其他文明对话、交流、融合的机遇与空间。当然，此间肯定充满着托夫勒所说的"第三次浪潮"的冲击、贝尔所说的"后工业社会"来临的震荡以及亨廷顿所说的后冷战时代"文明的冲突",但现代性由此不再是某一种特定的形态。"一个普遍性的阴影现代,即工业化的世界性后果的社会,捣毁了旧的工业社会的生活秩序。"① 必须从简单朴素的现代性转向反思自省的现代性,必须从传统的现代化转向"自反性现代化"②。无论是哈贝马斯精心建构的交往行动理论,福柯、德里达、德勒兹等后现代主义者极力倡导的差异哲学,还是吉登斯所主张的对话民主理论,都共同表达了全球化时代现代性所应具有的宽容性、多样性、差异性、主体间性与可对话性等品格。哈贝马斯认为,理论家、特别是哲学家的一项任务和优势就是对现代社会的时代诊断作出独特的理解。③ 哈贝马斯对现代性发展的独特理解是他提出的"重建现代性",他立足于主体间性与交往理性,重建理性主义的规范基础和社会系统与生活世界之间的平衡机制以拯救现代性的启蒙理想。他明确宣称"不放弃现代性计划,不屈尊于后现代主义与反现代主义"④,坚决捍卫西方现代性思想传统,认为"我们的社会如果想为21世纪全球性的问题找到解决办法,就要依靠这个思想渊源"⑤。因此他认为"对继续进展的现代性必须加以引导"⑥,以完成现代性这一未竟之事业。哈贝马斯的"重建现代性",的确指出了晚期资本主义现代性危机的某些症候,为全球化语境下,西方现代性的转向与重建提供了重要的启示。为了实现现代性尚未得到充分实现的潜能,哈贝马斯认为克服和解决现代性需要一个新的立足点,就是实现从"意识哲学"向"交往哲学"的范式转换。即"从以自我主体为中心的理性,转向自我和他人的交往模式,从而通过交往理性的确立,达到重建理性的目的,为完成现代性的未竟事业找到一个新的基础"⑦。哈贝马斯的交往合

---

① (德)乌尔里希·贝克:《风险社会中的政策》,法兰克福出版社1991年版,转引自刘小枫:《现代性社会理论绪论》,上海三联书店1998年版,第51页。

② (英)吉登斯·拉什:《自反性现代化》,商务印书馆2001年版,第6页。

③ 曹卫东:《曹卫东讲哈贝马斯》,北京大学出版社2005年年版,第43页。

④ (德)哈贝马斯:《现代性的地平线:哈贝马斯访谈录》,上海人民出版社1992年版,第56页。

⑤ 贝克,哈贝马斯:《全球化与政治》,中央编译出版社2000年版,第87页。

⑥ 同上,第89页。

⑦ 童星:《现代性的图景》,北京师范大学出版社2007年版,第157页。

理性理论解决了韦伯的"现代性困境",从工具合理性转向交往合理性,从社会合理化转向生活世界合理化,重建了社会批判理论。哈贝马斯认为韦伯和现代性的困境在于"生活世界的殖民化",解决的办法在于重建生活世界,以交往理性与主体间性角度出发,建立生活世界与系统世界的统一关系。哈贝马斯承认多元性,肯定了现代化模式的多样性。交往合理性带来生活世界的合理化,又促进了系统整合与生活世界整合的互动,互动形成不同的模式,形成多样性的现代化模式。哈贝马斯是想在合乎程序的商讨基础上对资本主义的民主制度进行重建,主要就是要克服现代代议制民主的缺陷,通过建立一种广泛的政治公共领域,为民主的发展开创一个新的路线。

与哈贝马斯的"重建现代性"相比,吉登斯的"反思现代性",主要在于从制度维度深入反思了现代性及其全球化的后果,体现了在对待现代性问题上的理性自觉:只有通过反思现代性才能达到重建和重写现代性。他们的共同之处都是在全球化的语境下来思考现代性的命运,都充分意识到全球化的冲击力带来的现代性的重大转向,从而为现代性在全球化浪潮中的重写与创新提供了新的思考起点和启示。吉登斯在《现代性与自我认同》一书中指出:"(现代性)首先意指在后封建的欧洲所建立而且在 20 世纪日益成为具有世界历史性影响的行为制度与模式。"① 这种现代性制度与模式包括四种维度:工业主义、资本主义、监控系统和军事力量。吉登斯断言,我们实际上并没有迈进一个所谓的后现代时期,而是处于"现代性的后果比从前任何一个时期都更加剧烈化更加普遍化"的时期。因此,他强调"必须重新审视现代性本身的特征"②,为此,他提出了"反思的现代性"或"自反的现代化"以超越那种"早期的现代性"或"简单的现代化"。这种现代性的转向是因为全球化制造了人为的不确定性风险,促使社会反思性在不断增强,"产生了多样性的要求","全球化影响有可能摧毁行为的本土情境,那些受到影响的人们会对这些情境进行反思性重组,而这些反思性重组反过来影响全球化"③。与哈贝

① (英)吉登斯:《现代性与自我认同》,三联出版社 1998 年版,第 1 页。
② (英)吉登斯:《现代性的后果》,译林出版社 2000 年版,第 153 页。
③ (英)吉登斯:《超越左与右》,社会科学文献出版社 2000 年版,第 53 页。

马斯认为现代性是一个远未完结的过程，利用结构化的理论，对现代社会的主要趋势和制度性特征进行分析，反对用简单机械进化论观点看待社会历史和社会变迁，既具有差异性但更多的是保持着延续性。吉登斯指出："人类历史并没有一副进化论的'外观'，而如果硬要将人类历史塞入这样一种'模式'中，我们就不能准确地理解这一历史。"① 我们目睹的现代性不是现代性的终结而是开始，即超越了传统工业社会的另一种现代性，反思的现代性就是："不再像过去的现代性那样只知进去、征服和控制，而是在推进现代化的同时不断对以往的经验教训进行反思，同时也不断地对当前的实践活动进行检讨、反省，然后把反省得到的新认识制度化到社会结构中去，通过调整社会制度或社会结构来调整人们的社会行为，以此保证现代性合理地展开。"② 并提出："解放政治"、"生活政治"也是他用以超越左和右，重新构筑其政治理性的一个重要理论基地。同吉登斯一样，贝克在研究现代性问题时也力求找到一种"既远离后现代性又远离古典现代性"的第三条道路，即"反思现代化"的方案。之所以进行反思，贝克认为其特点是既洞察到现代性中理性的困境，又试图以理性的精神来治疗这种困境。"如果说简单（或正统）现代化归根到底意味着由工业社会形态对传统社会形态首先进行抽离、接着进行重新嵌合，那么反思性现代化意味着由另一种现代性对工业社会形态首先进行抽离、接着进行创新嵌合。"③ 可见，在贝克那里，现代化的"反思性"是超越与工业社会相适应的简单现代化（第一次现代化）而达致第二次现代化的一种努力；现代化的"反思性"，"以一种既非人们意愿，亦非人们预期的方式，暗中削弱着第一现代性的根基，并改变着它的参照标准"。④

　　在此，无论是反思、解构还是重建均应当被视为"反思现代性"的不同

---

　　① （英）安东尼·吉登斯：《社会的构成》，李康、李猛译，三联书店 1998 年版，第 351 页。

　　② 童星：《现代性的图景》，北京师范大学出版社 2007 年版，第 163 页。

　　③ （德）乌尔利希·贝克、（英）安东尼·吉登斯、（英）斯科特·拉什：《自反性现代化：现代社会秩序中的政治、传统与美学》，赵文书译，商务印书馆 2001 年版，第 5—6 页。

　　④ （德）乌尔里希·贝克：《世界风险社会》，吴英姿、孙淑敏译，南京大学出版社 2004 年版，第 2 页。

侧面。这种"反思现代性"的深层冲动不只是由现代性自身的理论困境引发，更重要的是来自全球化的社会变迁所带来的现实冲击、政治制度转化与更新造成的。这种"反思现代性"的深层冲动无疑对政党共同体的影响是巨大的。现在看来，上个世纪 90 年代中期社会民主党在其"复兴"和"神奇回归"中所提出的"第三条道路"及其所谓"中性化"、"新政治"，不过是社会民主对现代性进行反思与调整的结果。20 世纪后半世纪西欧社会党普遍经历了曲折沉浮的历史过程。在战后经济繁荣的资本主义"黄金时代"里，社会民主党是很有创见的，它在西欧大部分地区凯歌行进，建立了福利国家，在"驯服资本主义"的社会改良中取得了辉煌成就。然而最近 20 多年间，在科技革命、经济全球化、社会结构变化等社会环境因素的影响下，社会党及社会民主主义遭到了前所未有的严峻挑战；凯恩斯主义逐渐失灵，新保守主义政党咄咄逼人，它所推行的新自由主义政策：私有化、自由化、放松政府控制、削减社会福利等政策盛行西欧；而苏东剧变，使社会主义运动遭受到沉重打击，使一些左翼社会党人对社会主义模式、前途丧失信心。当初奠定社会民主党人改良主义取得成功的经济和社会条件发生了重大的改变，社会民主主义的传统范式及其社会基础削弱了，由此出现社会民主主义的风险与危机。20 世纪 80—90 年代中期，西欧社会民主党普遍陷入危机与困境之中：党员人数锐减、主流派分裂、议会选举失败、理论迷惘、社会政策失调等等。面对危机与挑战，西欧社会党的领导人及其理论家们在长期的反思中寻找应变策略以回应危机与挑战，他们更多地强调党要以自身的变化来适应客观条件的变化，他们强调在危机形势下党的高层领导在目标选择、战略决策、政策调整等方面所作的主观努力的重要性。他们认为社会党的衰落并不是一种不可改变的历史命运和规律。随着对政党的理论、政策、目标、活动方式的不断反思和自我修正，社会党在西欧的政治舞台上定会重振雄风。经过社会民主党的长期不懈努力，到 20 世纪 90 年代末，西欧社会民主党最终走向全面复兴，出现了"神奇回归"，如在野 16 年的英国工党、在野 14 年的法国社会党、在野 12 年的德国社会党，分别在英国布莱尔、法国若斯潘、德国施罗德这些新一代政党首脑的领导下分别获取了执政权力，发挥了积极的政治影响。在本世纪之初，社会民主党引人注目地在西欧 12 个国家获得执政，尤其在欧盟国家中几乎是清一色。由于这些社会民主党的价值理念是社会主义但又与传统的苏联模式社会主义有别，因此，被社会民主党执政的欧洲这种现象，被一些学者称作"粉红色的欧洲"。各国社会民主党（社民党、工党）、工会和左翼思想界在反思中进行了思想与价值取向、纲领及策略上的全面调整。无论是社会党的社会自由主义思潮的兴起、德国的民主社会主义还是社会民主主义之争和红绿联盟、英国的"新工党理念"、还是所谓"既非自由放任又非福利国家"的"荷兰模式"的出现、波兰的"社会民主主义还是人道的资本主义"之争和社民党解散重建为民主左联党、匈牙利和克罗地亚的"社会——自由执政联盟"等等，都反映了这种新的发展潮流与趋势。"粉红色的欧洲"给全球思想界造成巨大的震荡和反思，人们看到的是"粉红色欧洲"远比"白色欧洲"（传统资本主义政党的执政理念）更热心于普遍的人权原则和民主原则，"新左派"远比"老右派"更坚持人道主义国际干预，偏爱价值外交的社会党人也往往比偏爱利益外交的保守党人更喜欢捍卫"世界性民主"。人们要问：它意味着资本主义学者福山所宣告的资本主义最后胜利的"历史终结论"的破产、新的"左派复兴"已经到来，还是意味着"左派"已经继失去它的社会基础之后又失去了它的价值基础，沦为一场竞选技巧的展示或"专业化竞选运动"？这依然是一个值得反思的问题。

（二）社会民主党的转型与调整——第三条道路的提出

立足于当今社会复杂多变的情况，通过自身的反思性学习，来检验和修正传统社会的理论与实践，这种反思性学习内在地包含着对过去和现实的批判解构能力，它在第三条道路作者尤其是安东尼·吉登斯的著作中随处可见。第三条道路批驳了人类社会长期存在的二元论如微观与宏观、主体与客体、个人与社会、行动与结构、经验与规范以及类似引起巨大争论的近乎相对立的二分法的理论基础，同时在人与自然方面，把自然看作是工具和手段而非伙伴。第三条道路批驳传统政党的政策对经济和社会生活的过度干预会导致通货膨胀、财政负担加重、高失业率、官僚政治、寻租行为、犬儒主义、权威主义、逃避责任、缺乏创造性、对改革充满敌意；在生态和全球化问题上，侧重充分就业取向以及他对福利国家的绝对强调，很难采取系统措施来解决生态问题，在民主实践中缺乏一种全球眼光。正是基于对传统政党上述局限性进行解构性分析，第三条道路认为，传统政党理论已不适应后传统社会的现状，其理论开始由最初的激进退向保守，转向防御，在政治舞台上的实践趋于式微。吉登斯认为西欧各国一些主要的政治党派的政治塑造能力已经耗尽，政治意识形态也空洞化了。无论是共产主义、社会民主主义，还是新自由主义的思想都已失效。吉登斯不相信社会主义可以取代资本主义，但是也不赞成福山之流关于历史已经终结、目前西方的自由主义民主制加上市场这样的制度可以永恒维持的论调，因此他试图提出自己的激进政治设想。他认为，苏联的社会主义制度的核心在于中央政府通过计划对经济实行指令性控制和管理。他称这种模式为"控制论模式"。吉登斯批评这种模式并不从根本上否定这种模式，认为这种前提是"简单的现代化"，而不是"具有灵敏反应的现代化"，吉登斯基本上也用同样的论据来分析西欧各国的社会民主主义特别是福利国家制度，并对其在现代性方面存在的缺陷提出批评。

吉登斯是一个力图将社会理论的理论逻辑与政治需求逻辑对接起来的思想家，并一直坚持寻求一条将社会理论的逻辑运思与现实政治对接起来的通道。在极右与极左之间寻求社会民主的可靠未来"第三条道路"的理论则是吉登斯针对他所在的英国左翼执政政党——工党的现实政治需要而设计的一套政治系统。英国工党号称信守社会主义的政治原则，但在 20 世纪最后十年左右的时间里，社会主义面临一个重构的命运：不仅仅是苏东社会主义模式的破产给欧洲社会主义运动带来沉重的打击，欧洲社会民主党在探索如何适应现代性社会发展也遭遇到诸多障碍。作为英国工党的理论家，更作为英国工党领袖托尼·布莱尔的精神导师的吉登斯，试图在政治实践中寻求到一条超越于左右之争的第三条道路，以便真正实现社会民主。如果说吉登斯的结构化理论试图超越主观与客观两种社会理论路径的话，他的第三条道路设计，就是为了超越经典意义的社会主义与资本主义道路，既兼得两种建立在现代性基础上的基本社会制度的好处，又避免两者的"坏处"：在极右与极左之间寻求社会民主的可靠未来，就成为吉登斯为英国"新工党"开出的政治药方。吉登斯以结构化理论凸显了一条从解放政治到生活政治的现代社会演变轨迹，从中推演出处于这样的社会变化过程中左翼政党谋求社会民主的新策略，两者之间的关联性论述显然有迹可寻。它在承传了过去的某些思想、观点和研究方法的同时，又努力创新，企图对长期以来社会学研究中的分裂与对立局面进行全新的多元综合。

第三条道路对当今社会五种两难困境——全球化、个人主义、左翼和右翼、政治机构、生态问题——进行了反思性批判。如何扬长避短，建立新的适应社会变迁的理论体系，成为社会理论家包括第三条道路作者们的历史使命。勿庸置疑，第三条道路的理论变迁是建立在反思的理性化基础之上的。这种反思的理性化变迁首先表现为对本学科建构的理性化思考。第三条道路对传统理论的解构并不是全盘否定，只是认为他们把某些价值取向抬高到吓人的高度，奉为生命的皋圭却潜伏着致命的危机，这实际上是一种神话取代另一种神话。如果我们以多元主义的视角，以理性的观点看待这些价值取向，他们在社会实践中确实具有一定的意义。因此，第三条道路对传统理论进行了扬弃性的整合。它在揭示当今西方政策领域的多种两难困境的基础上提出的，是对古典社会民主主义政治和新自由主义政治的超越。其中的新型民主国家理论吉登斯试图打破社会主义国家至上方式，用新的方式解决问题，使民主制度本身民主化。他的这些主张引起了人们对世纪之交的人类社会走向的思考。社会民主党的"第三条道路"改革极力渲染其中性色彩，期盼在价值理想和现实建立一种平衡，找到一种出路。首先它刷新了社会党系统传统的价值观，社会主义不是一种生产关系，它的核心是"伦理社会主义"；它的政治取向，不是介于资本主义与共产主义之间的"第三条道路"，是超越传统的左与右，即不是在原右翼提出的新自由主义与左翼提出的社会民主主义之间的，而是在它们之上的"第三条道路"。"第三条道路避开了激进主义，而选择了在每件事情上都采取中庸的态度。它提倡'没有对手的政治'所以其结果只能是接受世界的现状而不是试图改造它。"[①]　其中，"第三条道路"最鲜明的特征表现为：

1. **超越传统的左右政治分野。**吉登斯对"第三条道路"曾做出这样概

---

① （英）安东尼·吉登斯：《第三条道路及其批评》，孙相东译，中共中央党校出版社2002年版，第12页。

括：所谓"第三条道路"就是要超越传统的政治分野，即新右翼所主张的新自由主义和老左翼的传统社会民主主义，而不是在它们之间。但是"19世纪和第二次世界大战以前时期政治舞台上呈现的左派和右派政治方案和心理状态之间的原教旨主义的对立实际早已是过去的事了。左派政党和右派政党的社会理解和政治理解相重合的领域是很多的"①。社会民主党在具体政策和措施上，体现了非左、非右亦非中间的超越性。在对待国家权力方面，老左翼推行建立在凯恩斯的需求管理学说基础之上的资本主义福利制度，突出国家对市场的干预作用。新右翼强调通过自由化激活市场，提高经济的活力和竞争力。而社会民主党提出的第三条道路则寻求在各个层次上重建政府，推进宪政改革，提高行政的透明度和地方民主水平。在对待社区方面，老左翼对社区的态度持否定的态度，而新右翼认为国家权力使用得当，社区就会有很好的发展。"第三条道路"则既承认社区的价值，又承认国家权力在社区发展中的作用。在民族问题方面，老左翼认为不应该有民族观念，而新右翼过分强调民族主义，并且有沙文主义倾向。"第三条道路"承认民族的存在，同时也赞赏模糊"民族主义"和"多元主义"，欣赏现代民族的融合。在全球秩序方面，老左翼没有全球理论，只有一般的无产阶级的国际主义，新右翼留存的也只是在如何对付战争上的国际关系理论。"第三条道路"则认为两极世界已经不复存在，国家已经没有敌人，有的只是多种危险。② 当前出现的一些"新政治问题"难以纳入传统的"左派"或"右派"的对立框框中。例如，接受还是拒绝核能，对自然界和环境的关心，对社会内部和国与国之间的文化差别的照顾等等。社会民主党在确定依靠的阶级力量方面，要跨越"左"、"右"两派，重新确定依靠的阶级力量。社会民主党的传统依靠力量是工人阶级，但是知识经济的全球化发展，使原有的阶级关系发生了变化，传统工人阶级的人数大大减少，这部分人只占人口的6％；为了适应自身生存和发展的需要，社会民主党必须确定自己的依靠力量。知识经济和信息技术的发展，

---

① （德）托马斯·迈尔：《社会民主主义的转型—走向21世纪的社会民主党》，殷叙彝译，北京大学出版社2001年版，第173—175页。

② 王振华、陈志瑞：《挑战与选择—中外学者论"第三条道路"》，中国社会科学出版社2001年版，第121页。

催生了大批的计算机、文化、服务行业的从业人员，这部分人已成为白领阶层的主体。他们是随着新兴产业的发展而出现的，富有个性，不愿受政党政治的约束，意识形态观念淡薄，属于中间的阶层，既不在传统的左派队伍中，也不愿成为右翼保守主义的成员。由于这些特点，他们应成为社会民主党选择的主要目标。社会民主党依靠他们，才能提高选举获胜的可能性。

2. **谋求"解放政治"向"生活政治"的转变。**吉登斯对现代性的批判，符合"超越左右"的政治变革及规范民主政治的诉求，体现由"解放政治"向"生活政治"转变的意愿。"现代性"是吉登斯学说中的一个核心概念。吉登斯现代性批判的主要意图在于由"解放政治"向"生活政治"转变。他认为，随着西方社会进入晚期现代性时代，工具控制的体系比以前暴露得更加赤裸，但作为一种反向作用，生活方式的选择需要更加细致。于是，在地方性和全球化的交互关系中，产生了一系列的道德难题。"'生活政治'即关注个体和集体水平上人类的自我实现，从'解放政治'投射的阴影中凸显出来。"[1]"生活政治涉及我们如何面对当前的世界，在这个世界上传统和习俗已失去了对我们生活的影响，科学和技术已经改变了许多过去是'自然'（nature）的东西。这些变化几乎都超出了价值或伦理方面的问题，但并不仅仅是与社会正义有关。"[2]

"第三条道路"是社会民主党人在经济全球化的形势下对通往未来之路的探索，它是一种选择和价值取向，其实质是要解决长期以来困扰人们的人类社会发展的根本性问题：经济效益和社会公正是否可以兼得，以追求经济利益为最大目的的市场经济与公正的民主发展是否可以协调。这两个根本性问题在老左派和新右派那里都没有得到有效解决，"第三条道路"试图为社会民主党吸收两派长处，而超越左翼右翼，寻找一条适应当代国家和社会发展的道路。对"第三条道路"的认识应当多从思维方式上的角度理解，而不是指政治定位。

---

① 王振华、陈志瑞：《挑战与选择—中外学者论"第三条道路"》，中国社会科学出版社 2001 年版，第 172 页。
② （英）安东尼·吉登斯：《第三条道路及其批评》，孙相东译，中共中央党校出版社 2002 年版，第 41 页。

（三）社会民主党在现代性演进中的理论突破

欧洲社会民主主义在 20 世纪已经进行了三次重大变革。一次是世纪初的伯恩施坦主义的出现，另一次是 50 年代末以来社会党国际的建立及其《法兰克福声明》的新纲领出台。前者使社会民主党从资本主义体制外的革命党，变成体制内的改良党、竞选党；后者则旨在从资本主义体制内的竞选党进而成为全民党、所有"利害相关者"的党。而 90 年代以来的"第三条道路"则是社会民主党 20 世纪以来的第三次重大调整。试图超越传统的左与右，并在现代性演进中的寻求理论突破，对欧洲政党政治发展产生了重大影响。其特点主要表现为：

1. **善于探索新的执政理论**。社会民主党在指导思想方面，主张摆脱过时的意识形态的束缚，疏远与传统社会主义理念的关系，以多元主义为指导，在理论纲领和政策方面兼收并蓄，特别是力图吸取反对派和中左派的基本价值，把他们运用于社会经济发生了根本性变化的世界中。例如，瑞典社民党的指导思想是民主社会主义，崇尚自由、平等、公正和公平，奉行社会改良主义的阶级合作路线。这一总的路线方针没有变，但在执政实践中，往往从实用主义出发，根据当时历史条件和形势发展变化，不断修正、演变其理论与政策。纵观其执政历史，大体经历了四次"意识形态再造"。首先，社民党于 20 世纪 30 年代提出"人民之家"的福利社会义。福利社会主义在社民党执政史上占有重要地位，为其以后长达半个多世纪的执政打下了深厚基础，也是获得选民支持的重要因素。尽管随着以后形势的变化，国际国内对福利制度提出了种种批评，但福利制度仍是"瑞典模式"最主要的特征。其次，社民党于 1969 年提出了职能社会主义理论。职能社会主义要求把社会改良的政策由分配领域扩大到所有制领域，并通过对所有权的部分调整来实现社会改造。由于经济发展，"每个人就能从这块共有的蛋糕中取得更大的份来满足自己需要填充的胃"。再次，到 20 世纪 80 年代，社民党逐步扬弃职能社会主义，开始尝试以"雇员投资基金"为主要方案的基金社会主义，突破了传统福利社会主义仅仅把政策限制在分配领域，直接触及了资本主义所有制。最后，进入 20 世纪 90 年代以后，社民党又顺应世界范围的科技革命浪潮，倡导科技福利社会主义，使其成为社民党吸引民众的又一精神武器。从福利社会主义到职能社会主义，从基金社会主义到科技福利社会主义，瑞典社民党创造性地提出和建构了独具特色的社会主义模式。

2. **修缮思想价值观念，提倡多元伦理。**鉴于传统的社会民主主义意识形态影响力下降，在理论纲领和战略目标方面出现危机，社会民主党极力赋予原有的价值目标以新的内涵与指涉。他们虽然声明"公平和社会公正，自由和机会平等，团结和对他人负责，这些价值观念是永恒的。社会民主主义永远不会牺牲这些价值观"，但又强调指出"要使这些价值观念适用于当今世界，就需要有能迎接 21 世纪挑战的，既有现实性又有前瞻性的政策"。他们淡化社会主义意识形态，强调以民主为核心，民主主义是当前的中心任务；突出"自由"的目标，认为自由是全面享有提高生活水平的资源，要保护和扩大自由，建立真正自由的社会；强化伦理色彩，确保人权、环保、就业为重点。过去，社会民主党历来把奋斗目标设定为建立一种替代资本主义的新的经济和社会制度，认为"对资本主义进行修补是不够的，必须建立一种新的经济和社会制度"，建立"先进、合理、公正的社会"替代资本主义社会。目前，社会民主党在奋斗目标上，一般都放弃了原来强调的制度社会主义，反对将社会主义作为对资本主义的有限替代，强调社会民主党的社会民主主义不是一种社会制度，而是一种社会运动和一种政治实践，是一种调节社会和使市场经济为人类服务的方式，是一种思想启示、一种生活方式、一种行动方法和一种始终如一的民主和社会价值的参照。他们倾向于把社会主义界定为一种人们之间的伦理关系，更多地从个人责任、家庭伦理和社会道德等方面对社会主义做出论证，把社会主义目标规定为"开放与多元、自由与团结、公正与安全的社会"。社会民主党在其演变发展过程中，为了迎合时代变化的社会环境和不同层次的不同口味，总是对人类历史上各种各样的理论和原则进行折中和重新解释，对自己的理论主张和政策实践进行调整更新，力求实现社会变革。他们意识到，在复杂多变的现代社会中，为了争取实现社会变革，不能以固定不变的模式设想和纲领，也不能把对任何时期都有约束力的组织模式和结构模式作为政治行动的指导方针，而是只能把政治的基本价值和基本要求当作规范的理念用于经济、国家和社会的改造。在他们看来，社会民主党如果想在已经改变的世界上再度成为有前途的并且能争得多数的政党，就必须实行转变并且形成不容混淆的新的政治特色。这种转变要在六个内部互相联系的政治维度上，即社会经济维度、生态维度、参与性民主维度、文化和人权维度、超越民族国家的维度、平等和自由的维度上象征性地鲜明突出自己的政治面貌，并且为这些维度拟定具体的、可付诸实施的行动纲领。社会民主主义的多元伦理特征，源自于其多元意识形态理论，主要表现在：一是多元价值观。即认为社会主义不应以某一固定的社会思想作为理论基础，而应兼收并蓄任何符合其发展需要的思想材料。二是多元政治观。从拉萨尔的国家社会主义和伯恩斯坦的修正主义开始，社会民主主义就一直在资本主义多元政党制度框架内进行资本主义改良。它认为多元是民主概念的首要含义，而多党制则是民主政权的基本特征，强烈谴责前苏联的一党制是专制、集权和官僚主义的温床。三是多元社会主义观。主张社会民主党可以根据本国的不同国情、社会经济结构选择不同的实践模式和发展道路，反对前苏联社会主义对他国的发展道路横加干涉。两次世界大战的残酷洗礼，使得战后的社会民主党人坚决把其伦理价值写入《法兰克福宣言》之中。"社会主义的意义远不止建立新的经济和社会制度，凡是有助于解放和发展人的个性的经济与社会进步，都有相应的道德价值。……社会民主党人为建立一个和平与自由的世界而努力。在这个世界中，个人的个性发展是人类全部发展的基础。"[①] 在所有制问题上，欧洲各社会民主党已经普遍放弃了传统的"国有化"和"公有制"的主张，不再提倡所有制的重要性，不再提倡改变私有制建立公有制，而强调建立拥有多种所有制形式（私人的、集体的、国家的、联合的）的混合经济模式，注意发挥混合经济模式产生最佳效益。他们认为，只有在各个层次都有民主决策组织参与的混合经济中，自由、权利平等和经济效率才能有效地结合起来。

3. **加强政党的改革，促进政党的现代化。** 各社会民主党普遍认为，为适应当今社会的深刻变化，必须加强政党共同体的自身建设，向着实行政党共同体的民主化、分权化、地方化和组织功能分散化、占据媒体阵地等方向改

①《社会党重要文件集》，中央编译局 1985 年版。

革。为了发扬民主，增加基层民主、直接民主成分，允许各级党组织成立各种论坛，重大问题实行党内公决以使每个党员都有机会发表自己的意见；有的社会民主党将党的第一书记由党的执行委员会选举改由全体党员直接选举，党的各级议员由过去自上而下的指定改由地方党组织选出；有的还把"民主化"延伸到党外，将党内生活向社会开放，允许非党员参加党的政治生活，参与讨论党的纲领和政策。同时进行党的机构改革，改善党的运行机制，认为在信息通讯技术高度发达的今天，必须改变过去党的"宝塔式"结构，充分利用媒体工具。有的提出了建立"网络党"的概念，就是通过建立网站，利用网络使党的领导人与党员群众、党的同情者直接沟通，讨论交流共同关心的问题，宣传党的思想主张，人们甚至可以在网上登记入党。他们还强调自己是"跨阶级的政党"，以便扩大党的选民基础。各社会党还大力改善执政方式，强调建立公开、透明的管理风格，实行权力下放或地方自治，增强民众对政府的信任以及公民社会的活动；主张政府与非官方部门（包括工会、妇女、青年团体等）建立新的伙伴关系，以"治理"代替"统治"。为了搞好执政，还在党内外建立了灵活实用的多方面的协调机制。为了增强政党对现代性社会的适应性，欧洲各社会民主党尤其重视通过对政党纲领的修订和完善，来促进政党的转变。作为社会民主主义阵营的重要一员，英国工党诞生于 20 世纪初。其党章产生于 1917 年，其中第四条款集中体现了当时的工党的宗旨和奋斗目标。该条款写道："要使从事体力或脑力劳动的工人获得他们的全部劳动成果并享受最公平的分配，从而使生产、分配和交换手段的公有制和可以实现民众管理及控制企业与公用事业的最佳制度成为可能。"[1] 由于这一条款明确要求实现公有制，所以长期以来被视为工党的社会主义性质的象征，同时它也是工党推行国有化和社会福利政策的理论基础。二战后的艾德礼工党政府正是根据党章的第四条大张旗鼓地推行国有化和福利政策，使战后英国经济顺利度过了恢复期。然而从 1951 年起，工党连续 3 次在大选中失利。1994 年升任为党领袖的布莱尔，则采取游说、易稿等手段，尽力平衡

---

① 刘建飞：《英国政党制度与主要政党研究》，中国审计出版社，1995 年版，第 291 页。

和折中党内分歧，促使这一改革方案最终在 1995 年 4 月 29 日召开的工党特别代表大会上以压倒多数通过新党章。"赞成在公共利益下管理的强大而来源丰富的公共服务的存在，这种存在既是公正社会也是有生命力的成功经济的重要基础；本党既需要一个有社会责任感和适当控制的私有因素，也需要奠定在效率和公正基础上的公有制。"① 修改后的新党章主要具有以下三个特征。一是放弃公有制实行混合所有制。党章的新条款放弃了对生产资料实行公有制的承诺，而只追求一个为公众利益服务充满生机的经济体。在这一经济体内，市场的进取精神和竞争的严酷与伙伴关系和合作的力量融合在一起，繁荣的私营部分和高质量的公共服务结合在一起，那些对于公共利益至关重要的事业或由公众所有，或向公众负责。二是政治取向上从左向右转。新条款增加了原来所没有的"民主社会主义"一词，抽调了社会主义的生产关系内容，对社会主义目标的设定仅局限于追求混合经济、民主和社会公正等。三是追求折中主义。修改后的条款兼顾了党内各派的意见，措辞更含蓄，表述更灵活，具有较大的伸缩性，是党内外利益不断协调和斡旋的结果，因而在保证其具有普遍代表性的同时，便利了工党审时度势制定新的政策。

德国社会民主党在反思现代性的过程中，则由充当"建设性反对党"角色转向谋求参与和掌握现有政权政党，并在 1959 年 11 月通过了"社会民主党原则纲领"，史称哥德斯堡纲领。纲领规定德国社会民主党：一是由一个意识形态性政党转变成现代的人民政党。二是提倡意识形态多元化。纲领不再提马克思主义、无产阶级解放斗争、实现共产主义等。纲领宣布：民主社会主义"在欧洲植根于基督教伦理学、人道主义和古典哲学的民主社会主义不想宣布任何最终的真理"；社会民主党"是一个思想自由的党"，"是由具有不同信仰和思想的人组成的一个共同体"；"社会主义是一项持久的任务，即争取、捍卫自由和公正，而且它本身在自由和公正中经受检验"。显示了意识形态的多元化和开放性。三是提出组织上的联合主义。实现这项任务的途径是"在平等的条件下同其他民主政党进行竞争，以赢得大多数人民的支持，进而

---

① 刘建飞：《英国政党制度与主要政党研究》，中国审计出版社，1995 年版，第 291 —292 页。

建立一个符合民主社会主义基本要求的社会和国家"。"随时准备本着自由伙伴关系的精神同教会和宗教团体进行合作。"德国社会民主党后来的发展，也越来越证实了它在哥德斯堡纲领中所表达的"从一个工人阶级的政党变成了一个人民的政党"的自我认识。从 1960 年到 1969 年，工人在新入党的党员中所占的比例由 55.7% 下降到的 39.6%，而职员和公职人员则由 21.2% 上升到 33.6%。到 1972 年，在新吸收的党员中，工人仅占 27.6%，而职员和公务员则占 34%，超过了工人。社会民主党由工人党变成人民党，意味着它由一个以阶级划线、自我封闭的党变成了一个向社会一切阶层开放的党，但这并不意味着它真能代表全体人民。当今世界不同阶级、不同阶层、不同利益集团都各有自己的特殊利益，而这些利益又往往是相互冲突的，所以不可能由一个政党来代表。为了争取尽可能多的选民，目前西方国家许多政党都以人民党自居，但实际上它们都代表着某些特定社会阶层的利益，并由此体现出它们的特性。社会民主党虽然已不再是工人阶级政党，但与其政治对手联盟党、自民党相比，它主要代表的仍然是领薪雇员和其他社会中下层居民的利益。在德国政坛的政治光谱中，社会民主党处于中间偏左的位置，是一个中左政党。

总的来说，这些调整都是在社会民主主义的基础上和范畴内进行的，社会民主党仍然保持着与保守主义的、新自由主义的、后共产主义的、绿色的和右翼民众主义的政党不容混淆的特色的政治面貌。这些调整是社会民主党反思现代性过程中取得的超越。这类政党在治国理念上，既反对经典现代性政党追求的统一和集中，也反对后现代性政党主张的碎片化和虚无化。其特征主要体现以下几点：(1) 注重从事实中构建规范。(2) 抛弃绝对理性追求相对理性。(3) 主张协商性政治。(4) 强调自上而下与自下而上的双相结合的民主。(5) 注重反思，善谋权变。

三、政党转型与后现代性政党的指涉

《新先驱报》曾经报道说，在 2007 年 10 月 14 日进行的阿根廷议会选举中，一些人在投票时贴着喜剧人物、动物甚至本·拉丹的照片。这些"野蛮选票"表明在阿根廷这个国家中有 25％的阿根廷人不相信任何政治选择，他们对一切都已经厌倦。这种政治现象与其说是由政党政治造成的，还不如说是由于政党政治的不完善、不成熟而导致的。当今社会正处于转型状态，一方面，人从臣民状态、私民状态向公民状态转变；社会从不合理的威权社会向自由平等的法治社会转变；另一方面，国家由朝代国家、民族国家向公民国家转变；政治由威权政治向民主政治转变；世界亦由地区对立、民族对立、国家对立向相互平等合作的公民世界、普适与差异文明转变。政党由于在一个国家政治生活中的重要地位，对社会的转型产生影响。随着社会的转型，政党的政治功能也要与时俱进地加以调整，自身的合法性基础要由传统的权力基础转变为民意基础，政党的理念定位为兼顾公平与效率、兼顾社会正义理念和社会平等。如果政党拒绝转型，无疑会遭到代表新社会运动、新阶层与群体的政党冲击，那些不断涌现的主张多元、差异与基层自治的非主流或另类政党可能取代传统型政党。

（一）现代性社会的演进与现代政党的转型

20 世纪 60 年代，西方社会在进行现代性调整与转换过程中，发生三次大规模的社会动乱和危机，即以巴黎"五月风暴"为代表的西方"1968 年革命"、以生态运动为代表的 70 年代中期至 80 年代的"新社会运动"抗议浪潮和 1998 年以来的反全球化运动。这三次运动，不仅导致政党在处理和化解社会动乱和危机方面的理路和政策，而且对政党自身的转型造成了很大冲击。"1968 年革命"可谓是对经典现代性社会的一次经典的打击，由此拉开了战后西方社会冲突的序幕。1968 年 5 月，巴黎的大学生发起了一场反对资本主义的大学体制、批判使人工具化的异化教育制度的抗议运动。这场运动在短短一个月内，从校园学生罢课发展到工厂罢工、商店罢市，导致陆路和空中交通全面瘫痪，使整个法国陷入动乱状态。同时，法国"五月风暴"迅速蔓延到西方发达资本主义各国，引发了大规模的青年学生造反浪潮。"1968 年革命"本质上是一场新左派运动，是西方 20 世纪 60 年代社会现代性危机的产物。从 50 年代末起，由美国肇始，在战后经济繁荣和生活富足中长大的一代西方青年形成了一种"亚文化"。他们以各种越轨行为对抗传统主流价值观，以各种另类和极端的政治诉求宣泄对西方社会现实制度的不满和抗争。青年反文化运动催生并推动了新左派运动的发展，使战后的西方社会在现代性的进程中处于尴尬境地，一方面社会快速发展，繁荣昌盛，同时又遭遇连续的不满、冲突和对抗，社会矛盾和危机频频发生。20 世纪 60 年代初，青年反文化运动与美国黑人民权运动、反越战运动相结合，造成美国连续四年的社会动荡，新左派运动基于此，全面崛起不仅对美国的政治生态、欧洲的政治生态造成巨大影响，甚至波及到亚洲等地区。新左派思潮强烈地吸引了西方大学生，终于在 1968 年通过法国"五月风暴"将新左派运动推向顶峰。新左派的造反震撼了整个西方世界，其破坏性和创新性都有深远的历史影响。而伴随这场新运动出现的一些另类政党，例如，朋党和光头党的出现，亦引发了人们的政党政治的深刻反思与批判。

　　20 世纪七、八十年代的新社会运动引发了战后西方社会的第二波动荡。一些民权运动团体，以反对工业化严重后果的生态运动和以反对冷战对峙的美苏两方在西欧等地区布署导弹的反核运动、和平运动为中心，掀起了波澜壮阔的生态运动。在这场新社会运动期间，西方各大中城市的民众走上街头，举行示威游行，并多次组织全欧反战行动，抗议核威胁、核污染和各种形式的生态破坏。具体地说，新社会运动主要是指西方 20 世纪 70 年代以后发生的生态运动、和平运动、学生运动、反核抗议运动、少数民族的民族主义运动、同性恋权利、妇女权利、动物权利、选择医疗、原教旨主义宗教运动、新时代运动（New Age Movement）等。新社会运动出现于 20 世纪 70 年代中期两次石油危机后的西方经济滞胀期，规模浩大，影响空前，对社会稳定造成了极大威胁，以非传统方式形成了对传统的西方代议制民主的严重冲击。

在运动中，欧洲一些传统政党面对危机纷纷加强调整与转型，与此同时，一些新型政党也应运而生，例如，绿党等。这类政党扛起生态政治大旗，反思西方现代性在某些维度发展的极端导致人类中心主义、理性工具化给人类政治文明造成的灾难，并提出一系列现代性纠错方案。1998 年以来西欧发达国家首先兴起的反全球化运动是战后西方又一次社会动荡和危机。青年、妇女、少数族裔、同性恋者、动物保护主义者、反"托宾税"等社会组织在巴黎、米兰、纽约等世界各大城市多次发动以反对新自由主义全球化为主题的跨国大型群众抗议集会。西方发达国家内部受全球化影响下劳动危机冲击的中产阶级人群和遭受"社会排斥"的边缘人群大量加盟这一运动，抗议者遍布社会各个阶层，其中既包括失业后备军和无业人士、持股人和食利者、"在家办公"的自雇者，也包括流浪者、"光头党"等另类人士。与 70、80 年代的新社会运动相比，介入反全球化运动的社会人群更为多元，社会成分更为复杂，抗议主题也更为分散。在全球竞争中，资本主义各国在社会层面承受的内在压力将使它们难以摆脱社会危机的困扰。战后的社会危机和抗议运动，显现出与传统的社会主义工人运动迥然不同的新特点。这些造反的社会主体不是传统的工人阶级，而是以新中间阶层为主体的西方社会各阶层组成的政治共同体；这些反叛行为不属于阶级政治，而属于文化抗议；这些社会危机的性质不是对根本制度的挑战，而是战后出现的新社会力量对西方后现代化阶段产生的新矛盾提出的多元权力要求与新抗争。

上述三次大规模的社会运动是西方在走向后现代化历史进程中出现的新的社会矛盾和冲突的必然反映，充分彰显了战后政治的差异和多元性特点。如何正确应对和治理新的社会冲突和危机的问题，既要面对社会多元主义，如何在政治上努力吸纳和整合社会内部的参与民主因素，并通过具体实践层面实行多元文化主义的社会政策，又要促进社会活力，同时克服和消化社会的动乱因素，从而使社会回归秩序，保持健康与稳定。西方政治家和学者通过长期的思索和探讨，从 60 年代女权、民权和学生造反等非传统运动大量出现并引发社会动乱之后，就积极拓展民主的参与途径，提出了各种参与民主方式的设想。80 年代新社会运动进一步激发了思想界对自下而上的参与民主的高度重视，关于"基层民主"、"地方民主"、"社区自治"等的研究风靡一时。在后现代主义思潮影响下，出现了社会多元主义理论。该理论主张去阶级化政治，将以往被遮蔽了的性别、种族、民族、宗教、代际和生态等矛盾与阶级矛盾等量齐观，倡导一种基于文化差异认同的社会多元主义的民主政治，用大众参与和草根民主挑战传统的自由民主体制。哈贝马斯则在"公共领域"理论的基础上进一步发展出"商谈伦理学"和"协商政治"理论。他从多元文化主义的立场出发，强调差异认同和族群认同，认为只有通过社会参与才能实现权力的平等，因而社会主体只有通过主体间的平等对话或协商才能达到真理共识和权力分享，实现民主的协商政治。哈贝马斯的协商理论对民主的重释，为西方政党在多元文化冲突背景下如何重构民主秩序、整合政治资源更好适应现代性政治发展要求提供了建设性的观点。新社会运动期间诞生的新政治共同体——绿党，所代表的"新政治"，迅速发展壮大，很快进入西方的政治主流。这种政治趋势，也让西方左翼政党开始认识到新社会运动的真正性质和前景，及时调整政治策略，主动适应政治社会"从红到绿"的转变；一些社会民主党，在 80 年代末启动了与绿党等新政治共同体结盟的议程，开始将绿党引进各国议会民主体制中。德国社会民主党在 20 世纪 90 年代中期主导了"红绿交融"的红绿联盟政府，率先在一个西方大国中成功地把声称"体制外的反对派"的绿党共同体整合进入现行的执政体系中，使之成为制度化的政治势力，从而成为执掌社会稳定的主要力量，化解了"新经济"高速发展中的新冲突。同时，"新政治"也使欧洲社民党人在 90 年代中后期一度取得了在欧盟十五国中主政十三国的"玫瑰色"执政奇迹。社会多元主义的"新政治"对西方主流自由民主政治形成了巨大的冲击，迫使西方保守自由主义右翼在 90 年代吸纳社会多元主义理念，将多元民主抗争整合到现行理论和体制框架内，并在执政实践中推行中性化政策，体现平民主义作风。中性化"新政治"现已成为西方左右翼政党的共同选项。从 20 世纪 90 年代以来，西方各国纷纷推出了各种社会政策，如法国的移民政策、加拿大的少数族裔政策等，努力化解社会冲突，促进社会和谐。从政策实践的后果看，虽然当代全球化加深了西方社会内部的矛盾，但反全球化抗议没有导致 20 世纪 60 年代式的社会断裂，没有达到当时的暴力程度，也没有形成阶级对抗的格局。西方社会化解危机、由乱到治的过程给了我们许多重要的启示。

西方国家一些政党已经具备了应对和治理社会危机的成熟经验和理路。

(二)后现代性政党的范式显现

三次社会动乱是西方在走向后现代化历史进程中出现的新的社会矛盾和冲突的必然反映,充分彰显了战后政治的多元性特点。如何正确应对和治理新的社会冲突和危机以及社会变化的多元现实,努力把握社会结构的新变化,充分认识新的社会主体的出现及其诉求。政党这种特殊的政治共同体运作模式要相应地进行调整与规划,卡特尔的管理技巧、效率被引入政党管理体制,同时,政党精英与党员开始相互合作与自治,政党共同体成为连接国家和社会的关键的一部分。这一时期政党政治发展的最新趋势:一方面,传统的政治上对立的主流政党的政治路线日益"趋同"——都以迎合选民为工作重点;另一方面,新型的非主流政党不断涌现,单一问题党、极端派政党、朋克、狂野疯人党、新千禧焗豆党和代表低层政治的草根政党等,从不同的侧面挑战主流政党的垄断地位。这种发展趋势也使在代议制民主框架下运作的政党的一些经典定义开始遭受质疑与动摇。

1. **单一问题党。**近些年来,欧洲政党选举不仅出现多元化的趋势,还出现另一情况,就选民日益关注单一问题和涉及私域的直接问题,像德国学者基希海默所提出的那种"兼容并蓄的政党"(Catch—all)① 已经不能满足选民的需要。"兼容并蓄的政党"不关心思想上的纯正,更关心的是如何最多地获取选票,它们为争取中间阵地而斗争。美国学者罗斯金曾这样评价道,这类政党是寻求代表所有人利益的政党,商人、工人、农民、天主教徒、新教徒、妇女等等,只要你能举出来,他们都代表。在现代民主国家中,要想获得大选胜利,就必须成为兼容并蓄的政党,这几乎成了一条公理。② 但是,社会的现实发展出现了许多"兼容并蓄的政党"所不能覆盖与影响的问题,打破了这种公理似的判断。于是,各种政党共同体之间就出现了政治真空,在欧洲

---

① 关于"兼容并蓄的政党",参考王长江:《政党现代化论》,江苏人民出版社 2004年版,第 221—222 页。

② (美)迈克尔·罗斯金等:《政治科学》,华夏出版社 2001 年版,第 22 页。

政坛中一些极端主义者在比例代表下顺利地进入议会。其次，单一问题党
（single issue parties）、反复无常的抗议党（transient protest parties）、平民党
（populist parties）也层出不穷。在英美这样的典型的两党制国家，特别是美
国，从来就不缺少单一问题党、抗议党。美国社会有史以来的众多小党（第
三党）大多可以归入单一问题党或社会政策方面的抗议党——更确切地说是
两党制的反对党。美国的第三党，除了少数意识形态型政党，如共产党、自
由主义党（Libertarian Party）、自然法党（Natural Law Party）寿命较长外，
大多昙花一现。其中，一部分是某些人为了表示向两大党抗议，或者表达某
种诉求临时组党参与竞选——借助竞选这场大戏推销自己的主张或诉求。当
他们的主张被大党部分地吸收后，目的也就达到了。1996 年参选政党超过二
十个（在美国）。① 2000 年美国总统大选，约三十位候选人代表五十多个政党
角逐总统职位（有的候选人在不同的州注册不同名称的政党）。② 许多政党只
在一两个州活动，甚至没有甚么活动，其名称连不少美国人也没听说过。从
性质上看，它们大多是因为不满现行的两党制度及其政策而扯起党旗的。罗
斯·佩罗（Ross Perot）及其领导的政党（1992 年大选期间为"坚定团结美
利坚"），1995 年改组为"改革党"（Reform Party）就属于典型的抗议党。克
林顿当政时罗斯·佩罗及其所代表的政党曾对其保健改革议案大加挞伐，后
来又一直是布希内外政策最严厉的批评者之一。20 世纪后期最有影响力的单
一问题党，非绿党（绿色和平组织）莫属，该党发展迅速，其触角遍及欧美。
现在，绿党已经成为世界有重要影响力的政党。英国近年来出现的主要单一
问题党和抗议党有热爱生命联盟（Pro—Life Alliance）和反欧元公决党（anti
—Euro Referendum Party）等。从名称一眼就可以看出，这些党是围绕某一
特定社会、经济问题而成立、存在和发展的。

　　2. **极端派政党。**产生于 20 世纪七八十年代且已进入议会或者拥有一定

---

　　① Benjamin Ginsberg et al,*We the People：an introduction to American politics*，New
York：W. W. Norton & Company，p. 280.

　　② Kenneth Janda，Jeffrey M. Berry and Jerry Goldman，*The Challenge of Democracy*，
7th ed，Boston and New York：Houghton Mifflin Company，2002，p. 246.

支持率的新极右翼政党，如法国国民阵线、意大利北方联盟、比利时的弗拉芒集团以及近年来产生的德国的共和党、澳大利亚的单一民族党、奥地利自由党、法国国民阵线、瑞士人民党和俄罗斯的日里诺夫斯基党等极右的民族主义政党在各自国家的发展势力也常常令人不安。这类极端政党虽然和二战的德意日法西斯党有着千丝万缕的联系，但仍然存在一些差别。学术界曾用"推崇暴力"来界定这类政党的核心内涵，并给予四点典型概括：民族主义、种族主义（仇外）、反民主和强国家。依此标准来看，欧洲存在的一些由顽固分子组成的形形色色的小党，如德国人民联盟、国家民主党、共和党、意大利社会运动（全国联盟）、英国民族联盟等政治共同体。这类政党确实是继承了法西斯衣钵的新法西斯党，其头目和成员或是第三帝国的怀旧者，或是年轻的新纳粹分子。他们人数少，能量却大，常常聚众闹事。对这些组织，欧洲各国政府始终保持着警惕。它们也是舆论批判的锋芒所向。这一类极右政党组织不仅仅与主流政党政治不合，更主要的是与纳粹保持千丝万缕的联系，具有强烈的反人权性，因而在选举中得票率很低，多数不能进入主流政治。另外一类新极右翼政党，如法国国民阵线、意大利北方联盟及比利时的弗拉芒集团等和传统的极右政党有所不同。这类政党以国家、民族及平民利益为号召，具有强烈的底层平民政治和民粹主义色彩。为了赢得下层群众的信任，其领导人大都将自己装扮成"平民领袖"。例如，奥地利的海德尔就把自己装扮成"罗宾汉"和"民族英雄"，宣称奥地利自由党已经取代社民党，成为工人阶级政党。瑞士人民党风云人物布洛赫尔是亿万富翁，却把自己打扮成"民众人士"、"人民的富翁"。

光头党（Head）是西方社会意识形态之争、民族主义思潮泛滥和政党治理模式发生危机的产物，可谓是极端政党的典型代表。美国学者乔治·马歇尔在所著的《1969年的精神——光头党圣经》一书中对这类政治共同体有详细的描述。光头党的主要特点：他们清一色的是光头造型。他们自尊心很强，但心理状态又极为脆弱；他们极端好胜，个人利益至上；他们希望国家强盛，但又对强国怀有妒忌和敌视心理；他们追求时尚和富裕，但对别人的时尚和富裕又恨之入骨。"光头党"按入道时间长短分为"左翼"和"右翼"。"左翼光头党"是指那些刚刚入道需要丰富经验的成员，"右翼光头党"则是指那些出道已久具有一定经验和声望的成员。近些年来，光头党在欧洲一些国家活动频繁，尤其是在苏联。苏联社会各种思潮泛滥，许多被明令禁止的种族和极端民族主义社团纷纷死灰复燃，他们以俄罗斯民族为本，实行极端的民族本位主义。光头党发展迅猛再一次引起人们对其的高度关注。光头党（Head）的渊源在英国浮现，在 20 世纪 60 年代，最初由 SkinHead 演变于 Mods（摩痞）和雅麦加街头帮派演变而来，并且在诞生初期就横扫了另一种另类的嬉皮士文化。光头党的产生，同时也带动了 Scooter（踏板摩托车，即笨重的哈雷摩托车的主要对手）和 SKA，SkinHead Reggae（SKIN 雷鬼乐）在全世界的复兴。光头党虽然活动频频，仍然没有受到当时主流社会的足够关注，尤其是对其政治活动潜能没有足够重视。光头党掀起的第二次浪潮于 20 世纪 70 年代末与 80 年代初到来，主要来源于 Punk（朋克），但 SKA 元素仍然保存在 SkinHead 的风格，随着发展与壮大，光头党在一些地区表现出联合与统一的特征。随着全球化的步伐加快与互联网的普及，各地的 SkinHead 互相联络越来越密切，对主流政治的影响也逐渐增强。当今世界的全球化并没有消除种族矛盾，相反在大多数地区不同的种族主义出现了不同程度的复兴。包括俄罗斯人与高加索人的矛盾，马来西亚与澳大利亚的矛盾与众所周知的中日矛盾、越南与柬埔寨的矛盾等等。在这些热点地区，尤其是俄罗斯、澳大利亚、日本、马来西亚，都闪现出 SkinHead 的身影。他们中相当一部分人期待着 SkinHead 的第三次浪潮。在全球化浪潮中，西欧国家不仅没有占上风，日益加速的欧洲一体化进程又使许多欧洲人担心丧失民族身份特征，许多人感到迷惘，充满焦虑和不安。他们的情绪像瘟疫一样传染开来。俄罗斯光头党是一种以俄罗斯族青年为主要成员，崇尚极端民族主义、纳粹主义，极端排外，专门通过暴力袭击有色人种的激进组织。因此，从一定意义上说，新右翼的崛起，是普遍存在于欧洲民众中对"当前生活状况不满"和"不确定的未来的担心"的结果。但从更深层次讲，欧洲极右翼的出现实际上是欧洲传统政党治理危机的结果。首先，极右翼的一个共同特点是对现行政治体制提出了挑战。在许多国家，选民对政治表现出不满与疏远，选举中的投票率低，政治家在公众中的形象不佳，主流政党已经失去民众的信任。选民认为政治家只考虑自身利益，只关心选民的选票，不关心选民的疾苦。这样，选民在投票箱前就投了抗议票，寻找其他渠道表达不满，因而支持极右政党。法国国民阵线之所以在 20 世纪 80 年代异军突起，一个重要原因是 1981 年法国共产党与社会党联合执政后，政府背弃了竞选时许下的诺言，共产党陷于尴尬境地。国民阵线则较好地以反体制政党的面目出现，吸引了广泛的抗议票，取代了共产党的地位。从选票分析看，那些支持国民阵线者，都一度是共产党的传统选民。

3. **另类政党。** 在后现代社会进程中，出现了一些反主流政治与政党，通过另类政治行为表达个性、自由、开放与民主的政治共同群体与组织，可以称之为另类政党。20 世纪六七十年代活跃于西方社会的朋克、嬉皮士和雅皮士以及近年来出现的狂野疯人党、金发美女党、自由选择党、"恋童癖"党和香港的社会民主连线是另类政党的代表。朋克最初起源于摇滚音乐，由此还引发了一场摇滚乐历史上的革命。朋克秉承反对独裁提倡自由的左翼精神，公开在主流政治体制内为另类政治行为摇旗呐喊。朋克从一开始就和政治混在一起，崇尚政治自由、人权与民主。朋克，本身就是意味着可以做任何事的自由空间——人们可以反叛，也可以反叛的反叛，人们可以自由，也可以自由的自由，人们可以反主流，也可以反主流的反主流。朋克崇尚"自己动手"和"独立"的观念。希望通过自己的聪明才智和努力赢得在传统政党政治中的一份"话语权"，以此来表达自己的这种"个性"。作为青年群体代表的朋克组织，主要与音乐密切联系在一起，所以朋克的反叛精神首先为音乐带来的第一次"民主"与"革命"。朋克要做的就是废黜明星们话语权的垄断，让所有热爱音乐的人"自己动手"创造音乐，表达自己、表达政治、表达利益。英国《卫报》曾报道，在 2000 年美国总统大选的时候，朋克就通过互联网号召他们的歌迷反对去投布什一票。大约 200 个自由主义和左倾的朋克乐队集结在"朋克选民"（Punkvoter）的旗帜下，以组织其乐迷在 2000 年 11 月的大选中投布什的反对票为己任。朋克号召美国青年认清布什政府一些丑恶行径，让他们看看布什政府对他们干了什么坏事。在主流政党主宰的社会中，朋克成为青年一代反抗政治与秩序、追求个性与时尚的代言人。

嬉皮士与雅皮士同源于青年群体，因生活方式、价值观念和政治诉求的不同而组成的政治共同体。前者是 60 年代的青年左派运动的代表，他们反传统体制，反战，追求迷幻药，性开放，主张以另类的行为表达对传统政治和生活的抗议；后者是 80 年代的主角，追求金钱和享乐，热衷使用各种名牌，在政治场域中坚持法治与民主，在政治过程中强调民主与法律程序，反对独裁统治提倡平民政治参与。嬉皮士他们否定既有的社会制度、物质文明、性观念等，寻求直接表达爱的方式的人际关系。他们留长发、蓄胡子，奇装异服，时常共同生活，并且吸毒。20 世纪 60 年代，美国左派运动的代表人物之一霍夫曼曾在青年群体中成立"国际主义青年党"（YP）也叫"异皮士"（Yippies），这个组织的宗旨是：把致幻剂和革命精神结合起来，做一个嬉皮的革命者。霍夫曼曾率领"国际主义青年党"，于 1968 年 8 月在美国芝加哥组织一场声势浩大的反总统选举的游行，并导致了著名的芝加哥"七君子"审判事件。雅皮士是美国人根据嬉皮士（Hippies）仿造的一个新词，意思是"年轻的都市专业工作者"。雅皮士从事那些需要受过高等教育才能胜任的职业，如律师、医生、建筑师、计算机程序员、工商管理人员等，他们的年薪很高。雅皮士们事业上十分成功，踌躇满志，恃才傲物，过着奢侈豪华的生活。与嬉皮士们不同，雅皮士们没有颓废情绪，不关心政治与社会问题，只关心赚钱，追求舒适的生活。嬉皮士意为"都市中失败的年轻人"，他们虽然觉得自己的生活无法与雅皮士的生活相比，但又不愿意有失落感，并发誓要找到自己的归宿，并以极端另类的行为追求，导致了私人化的领域会变成出世的纵欲者的领域，一些个人和群体将会变成了自恋者、自私者、纵欲者放弃了公民的角色。这种激进主义的抗拒现象和颓废现象曾经遭到拉什和阿伦特等学者的强烈批评。在 20 世纪 70 年代以及 80 年代早期的美国，嬉皮士与雅皮士开始较为理性地寻求私人领域的发展。他们经常组织音乐会举行义演，为饥饿者、为患艾滋病者、为因破产失去土地的农民捐款。从私人领域中走出自我封闭的世界，向需要援助者伸出援助之手的进程就是相互关怀的公共精神成长的过程，这正是自由的法治民主所必需的。所以，尽管从韦伯到拉什等学者曾经正确地警告当代官僚世界中个人生活的自私和私人化本性的发展趋势，但是公民精神和人道主义的关怀并未泯灭。嬉皮士与雅皮士，尤其是后者，作为新中产阶级革命力量的代表，继续为政治参与提供热情，使得法治与民主政治续以为继。在巨型科层组织之外的个人生活领域里，他们仍然强烈地坚持法治民主的原则，在职业生活之外的时间里，在公共领域里还表现出强烈的保护法律的责任和参与政治的愿望。他们在政治过程中惊人地活跃，坚决支持法律程序，积极参与政治，强烈反对独裁统治，从而以法律来制约权力，以法律来保护自己。这种公共精神的增长进一步加强了新中产阶级作为法治民主基石的地位。许多国家的政治现代化历史均表明，贵族和宗教领袖一般是传统势力的代表，维护旧制度，抵制现代化，而受过现代教育的中产阶级，尤其是在现代性演进过程中，出现的新中产阶级则是革命的力量，是法治民主的急先锋。亨廷顿说："在大多数现代化中社会，真正具有革命性的阶级显然是中产阶级，它是都市中反政府活动的主要源泉。恰恰是该集团的政治观念和价值标准支配着都市政治。"①

英国的官方狂野疯人党，在英国政党政治中可谓独树一帜。官方狂野疯人党，已经兢兢业业地在竞选战线上工作了 20 多年，领导人是"怒吼勋爵"阿兰·霍普与曼笃。让人不可思议的是，"曼笃"竟然是一只普通的猫。而"怒吼勋爵"阿兰·霍普是英国另类政客鼻祖。从 1999 年前领导人萨奇勋爵逝世后，官方狂野疯人党就开始采用一种轻松搞笑的方式来参加它的第一次英国大选。2008 年，官方狂野疯人党更是推出他们的猫领导人——曼笃为党派候选人。官方狂野疯人党的口号是："投票给疯子吧，你们知道这才是明智之举！"它的政纲是：誓言要引入 99 便士硬币减少找头；禁止使用邪门的 13 号号码；把学校课桌的尺寸变小拼到一起，实践小班教育等。但是官方狂野疯人党，每次提出的政纲在变化之中总会保持其连贯性。霍普曾经说："青少年不会投我的票。有些人即使看到了、听到了（英国的不民主），他们仍然不愿意相信自己的所见所闻。我们只能用政治来开玩笑，用我们的方式来改变这一切。24 小时酒馆、18 岁就有资格参加竞选这些政策都是我们在 1964 年首先提出来的。1979 年，当我们说'给宠物发护照怎样'时，所有人都是一阵哄笑，但现在，这已经成为现实。"在英国政党共同体中，有个政党叫埃尔维斯党，该党以猫王名义竞选。埃尔维斯党以猫王为竞选工具，信奉猫王就是上帝，民众全部都应该是猫王忠实的信徒。埃尔维斯党坚决地反对种族歧

---

① （美）亨廷顿：《变革社会中的政治秩序》，华夏出版社 1989 年版，第 282 页。

视，主张生态主义，并竭力拯救英国的红松鼠，认为它们现在被同样来自于北美的表亲灰松鼠"欺负得精疲力竭"，就像英国社会的文化现象一样。埃尔维斯党支持民众喂养宠物，主张如果候选人当选他们要建立兽医收费监测机制，改革目前英国的兽医收费制度等。埃尔维斯党痛恨垃圾食品，如果候选人当选他们将撤下所有在学校和医院里张贴的垃圾食品广告海报，他们认为体育明星譬如贝克汉姆之流为垃圾食品做广告非常可耻。新千禧焗豆党，也是活跃于英国政治生活中的另类政党。焗豆，是英国几代人都钟爱的罐头食品，同时焗豆还以容易导致肠胃气胀而闻名。"豆豆"队长这个超级英雄角色，常常一身亮橙色装扮，橙色光头看起来就像颗豆子，脸上架着一付激光X射线眼镜。有着"选举狂热症"的他曾经当选英国最佳怪人。"豆豆"队长提出的所有政纲都与焗豆有关。"豆豆"队长说他已经闻够了主流政客释放出来的热气，现在是在英国政界吹入"变革之风"的时候了。"豆豆"队长在接受采访时说："那些政客经常夸夸其谈什么自由民主，但我恐怕民主是要收费的吧。""豆豆"队长大声疾呼："不过，那也不能阻止像我这样的人参选，让我们每个人都行动起来吧！人们已对政客千篇一律的演说感到乏味。能够让反传统的政党掌权，那该多好。""豆豆"队长的竞选宣言很好理解，他誓言要在威尔士的每间"加的夫咖啡店"每天都进行焗豆品质测试，焗豆一定要加在多士上，而且焗豆要保持"令人难以置信的橙色"。在他们的怪诞政纲背后，"豆豆"队长和霍普相信总会有人欣赏他们，而且他们认为自己是在为人权奔走，为民主奋战。"豆豆"队长说："这会使主流政坛感到紧张。真正的民主是这个国家一直以来所热爱的。大街上每个追求民主的人都可以采取行动。"这个政党曾打败英国第三大政党——自由民主党候选人，赢得比自由民主党候选人更多的选票。新千禧焗豆党，喜欢和擅长对英国政局搞怪，坚持走自己的路，没有丝毫退缩。这种搞笑政党不仅仅使一些英国传统政党地位削弱还催生另类政党的发展。

2008年3月8日，俄罗斯"金发美女党"横空出世，又一个新的政党的名字诞生了。一位名叫沃洛希诺娃的美女任"金发美女党"总书记，库什涅夫则出任党主席。对此，沃洛希诺娃说，"金发美女党"的成员不仅包括金发美女，还包括"喜欢金发美女的人，以及内心深处认同金发美女的人"。但她认为，成为党员的最主要标准是：关注俄罗斯女性的权益。俄罗斯国内没有其他政党能代表女性的权益，他们决定以更认真的方式理性思考和处理俄罗斯妇女面临的问题。"金发美女党"成立后，其"冲击波"迅速扩大，甚至引起了西方媒体的广泛关注。2007年12月，俄国家杜马选举前夕，普京曾抱怨说，统一俄罗斯党内漂亮迷人的女性太少了，很难吸引男性选民。随后，这一"错误"很快得到"纠正"——前奥运会体操冠军霍尔金娜等5名光彩照人的美女，迅速被推举为统一俄罗斯党的党代表。5名美女刚一亮相，就使该党人气猛增。尤其是霍尔金娜，当年她每次出场都"让对手感到绝望"。英国《星期日泰晤士报》曾就此评论说，普京与执政党之所以能在选举中大获全胜，"性感美女功不可没"。沃洛希诺娃认为，统一俄罗斯党的此次尝试表明，美女在俄罗斯社会上具有很强的"视觉冲击力"，而这种"视觉冲击力"完全可以转变为"政治动力"，并且让政治不仅仅只表现为冰冷冷的充满血腥味，更重要的是变得可敬可爱，充满日常生活气息。沃洛希诺娃和"金发美女党"就是要把俄罗斯女性的魅力转变为"政治奇迹"。"金发美女党"的政治目标已经锁定为俄罗斯2012年的总统大选。无独有偶，法国政党"自由选择党"的创始人之一的萨宾·海罗德也是一位美女型的政治人物。现年25岁的萨宾·海罗德于2008年3月帮助她的巴黎政治学院导师艾都亚德·菲利亚斯创建了一个新的法国政党"自由选择党"。年轻貌美的萨宾被指定为该党的发言人。从2008年3月到6月，短短3个月来，"自由选择党"在法国150个城市和乡镇都已经拥有了自己的党员和代表。年轻貌美的萨宾是个热衷于政治的人，早在2003年，萨宾就领导了一次抗议工会的大规模集会，几乎让整个法国陷入瘫痪。从那时起，她便获得了一个响当当的外号——"撒切尔小姐"。萨宾则梦想自己能成为法国政坛的"铁娘子"，希望在下一次参加法国议会选举，将"竞选议员"作为自己政治生涯的起点，并计划挑战巴黎第17区的保守派女议员弗朗瓦丝·德·潘纳菲奥。有政治分析人士大胆预测，如果法国左翼总统候选人塞格琳·罗雅尔来年冲击总统宝座未果，萨宾将有可能成为竞选"首位法国女总统"的不二人选。

2008年5月，荷兰一群恋童癖者组成了"兄弟之爱、自由和多样化党"，进军政坛后遭到全国痛骂。这个遭到全国痛骂的政党叫"恋童癖"党。这个政党成立后，曾经饱遇层层阻力和不解，一个儿童权利保护组织还诉诸法庭，控告该党，要求将其取缔。不过，荷兰海牙一家法庭最终判决认为它被允许作为合法政党，因为政党的行为并没有触犯相关法律，也没有阻碍社会发展，并且还可以参加定于 2008 年 11 月举行的大选。这一决定无疑又引起了公众的强烈反应。荷兰是欧洲最开放的国家之一，不过，自 1996 年邻国比利时发生震惊世界的马克·达特洛克斯恋童癖谋杀案后，恋童癖的话题在荷兰一直是个禁区。随着欧洲各国对同性恋、卖淫等与传统道德相违背的行为越来越宽容，恋童癖者又蠢蠢欲动。该党公然宣扬废除对恋童癖的禁令，要求将发生性行为的合法年龄从 16 岁降到 12 岁；允许电视台白天播放色情节目，晚上播放性暴力的节目；允许儿童接受性教育；允许 16 岁以上的青少年出演色情电影等。一石激起千层浪，恋童癖者们的挑衅主张激怒了荷兰社会。近来的民意调查显示，荷兰高达 82％的受访者希望政府取缔该党。

香港的社会民主连线（简称社民连线或社民连；英文：League of Social Democrats，LSD）是香港一个由激进民主派组建的政治性组织，成立于 2006 年，时事评论员黄毓民当选主席。该党旗帜鲜明地捍卫基层利益，标榜自己宣扬的是社会民主主义，社民连表明自身是"旗帜鲜明的反对派，是一个支持民主的左翼团体"。该政治共同体以香港泛民主派左翼光谱为号召，辅以基层路线，并打出反对私有化等作为旗号。社民连的中央十二大政纲为：1. 全面落实普选，一人一票选特首及全体立法会议员。2. 立即取消区议会委任及当然议席。3. 维护法治，反对人大释法。4. 保障言论自由，开放大气电波。5. 停止公营事业私有化，制定公平竞争法。6. 改善贫富悬殊，革新税制，建立全民退休保障。7. 保障劳工权益，恢复集体谈判权，订立最低工资、最高工时。8. 确立公营房屋制度，增建公屋，恢复出售居屋。9. 维持全面、公平的公营医疗系统，反对肆意加费，取消药物名册。10. 免费学前教育，普及十二年免费教育，增扩大学资源。11. 保护环境、引入再生能源，积极除硫、减低空气污染。12. 制定完善的文化、体育及艺术政策，改革城市规划，促进市民参与。2008 年 9 月，以言行出位、立场偏激著称的社民连，虽然才成立两年，在参加香港区议会选举中，参加直选的 5 名候选人有 3 人当选，累计票数多达十几万。社民连的崛起是否说明香港的政治生态和选民的情感结果发生了变化？以社民连为代表的所谓的泛民左翼，或者说泛民里面的极端派，他们跟泛民是有区别的。为什么社民连这样的一种色彩很激进，言行很出位，特别是黄毓民为代表的这样的一种形象，能够在选战当中取得相当令人注目的成绩？你可以这样看，这次选举投票的人，登记的选民是300多万，但是实际参加投票的只有45%，也就是150多万，而社会民主连线，就是社民连这样的一个小党，这个没有什么钱的，没有多大资源，它基本也没有什么基层组织的。它当选的这三个人一共拿了15万的选票，不仅数字惊人，其业绩做得也很大。在香港的生态当中，在香港的选民选择当中，他们代表了某一种趋势和潮流，就是贫民无法通过主流政治渠道争取利益以及各个阶层、群体对主流政治的不满和怨气。在街头抗争，哪里有抗议，他就会出现在哪里。他更多的就是身体语言，就是善于在街头打杀。为什么有15万的选民会选出这么一批，他们对香港目前的政治经济的结构，有种无能为力的感觉，有种无奈的感觉，但他们希望有人给他们出头，替他们抒发怨气，为他们搅乱主流政治，于是就有了社民连的出现。多了像黄毓民这样的搅局者，但肯定会引起全社会的关注，而且引起激烈讨论的。社民连的崛起，主要在于其一方面侧重的是本土议题，另一方面希望能够在特区政府未来施政中重视福利主义的这样一种呼声，解决低层民主生活问题。

4. **跨国界政党的诞生。** 当代西方政党政治发展的新特点和趋势，除了出现一些非主流的另类政党以及坚持后现代政治观和价值观的后现代政党之外，另一个明显的特点是政党的跨国化，出现了"跨国政党"和"跨国议会党团"。这类政党可以说是对后现代性政党的某种修正或完善。这类政党虽然生产于后现代主义时代，但并不主张以另类的行为表达对传统政治和生活的抗议，而是理性地思考在后现代主义时代中人类可能遭遇的危机与面临的挑战，以及政党应当如何承担责任应对这些风险维护人类的续存。1979年欧洲议会直接选举催生了欧盟跨国政党的出现。1993年生效的《马斯特里赫特条约》第138条a款则明确提出了"欧洲层次上的政党"（欧洲学者较多使用的"欧洲跨国政党"这一概念）。① 从此，政党开始超越国界发挥政治功能。1940 年冬"国际基督教民主联盟"宣告建立，这预示政党开始向国际化发展。1943 年 6 月，欧洲社会主义合众国运动成立，该运动的成立主要是靠政党的运作。第二次世界大战后，为欧洲联合而进行的政党的跨国合作逐渐发展起来。1947 年 3 月，基督教民主党人又成立了国际新政党。1947 年 4 月主要资本主义国家的自由党汇聚英国牛津，建立了自由党国际，自由党国际发表"自由宣言"，坚持资本主义私有制的自由发展。1949 年 5 月，西欧 10 国成立了一个联合机构——欧洲委员会。在该委员会下设立的一个议会性质的咨询议会中出现了三个政治小组，也有人称之为党团，它们是基督教民主党团、社会党党团和自由党党团。② 以西欧为主的世界各国的社会民主党、社会党和工党于 1951 年成立了它们的国际联合组织——社会党国际。其纲领宣称：既反对共产主义，也反对资本主义，主张实"同共产主义没有共同之处"的社会主义。1953 年 3 月，欧洲共同大会的议员们自发地组建了党团。共同大会对这一发展因势利导，随后制定了组建党团的规则，并向党团提供财政补贴。1972 年，自由党国际巴黎大会也决定成立欧共体范围内的自由党跨国政党联盟。欧洲基督教民主联盟在 70 年代初成立了一个特别的工作小组，筹备建立了一个面向欧共体成员国的政党联盟。1976 年 4 月 29 日，欧洲人民党——基督教民主联盟正式成立。作为欧洲政治舞台上的一种新生力量，绿党在 1984 年也建立了一个跨国协调组织——欧洲绿党协调。欧洲跨国政党的发展可以说是政党共同体的一种新的发展趋势，不仅对政党的传统政治功能提出了挑战，而且对国家政治结构也会产生深远影响。早在 1971 年，亨克·弗列德灵就认为，随着权力结构从民族国家层次向欧洲层次的转移将自动出现政党的"共同市场"。③ 而在跨国政党联盟成立之后，另一个学者马昆德也发出了"政

---

① 欧洲共同体官方出版局：《欧洲联盟条约》，苏明忠译，国际文化出版公司 1998 年版，第 62—63 页。

② （法）皮埃尔·热尔贝：《欧洲统一的历史与现实》，沈雁南译，中国社会科学出版社 1989 年版，第 82 页。

③ Veredling, *The Common Market of Political Parties* [J]. Government and Opposition (Vo. l6), 1979(4).

党之欧洲"的预言。① 比利时前首相、欧洲人民党前主席莱昂·廷德曼斯指出：只有欧洲层次的政党才能成为跨越公众的期望和政治的无能之间的鸿沟的桥梁，并把这些期望变成具体的政策性建议。② 政党的区域化趋势在各大洲都有表现，而以欧洲最为典型。这样以来政党不仅要凸显出协调沟通功能，而且要发挥一些新政治功能，即超越国内政治的国际政治功能。民族国家也将随着政党国际化的发展而进入一个新的阶段。

与经典现代性政党、反思现代性政党比较，这些后现代政党，在许多方面都冲破了经典现代性政党和反思现代性政党界定的范畴，其治理特点与前面叙述的政党治理特点也有很大区别，主要表现为：（1）反逻各斯，反中心主义。后现代政党认为，这是一种"元叙述"、一种"宏大的叙事方式"，必须打破。（2）主张差异性和地方主义。（3）追求解放政治和生活政治。（4）提倡抗议民主、激进民主。（5）权力的边缘化、多元化、平面化。（6）关注生态政治和伦理政治、族群政治。

（三）后现代政党的理论维度

随着后现代社会的到来，这个非常特殊的社会，既不同于传统的专制社会，也不同于自由民主的社会，政党很难用传统的"政治"概念来理解这个社会中的政治，政党在传统治理过程中，遭遇一定的合法性危机。因为现代社会中的公民已经不同与过去的臣民和一般意义上的人民，公民的政治中，一直秉承不服从理念的传统，认为公民不服从的权利是对抗现行不符合伦理道义制度的人们的基本权利之一。公民不服从理念的传统延续与当前社会中反政党政治的发展以及公民的另类政治参与的出现等思潮结合，迅速催生了一些另类政党政治。

---

① Marquand, *D. Towards a Europe of Parties* [J]. Political Quarterly (vol. IL), 1978.

② HixSimon. *The Transnational Party Federation* [A]. ed. Garffney, J. Garffney, *Political Parties and the European Union* [C]. London: Routledge, 1996. (P. 316).

　　1. **公民不服从理念的秉承。**"公民不服从"是一个政治哲学概念，是西方式民主政治中弥足珍贵的特殊理论思潮和政治行为，本文引用这个政治理念，借以说明一些后现代政党兴起背后一些理论与思潮的支撑。"公民不服从"思想渊源、发展与延续，主要得益于苏格拉底、梭罗和马丁·路德·金，当代学术大师罗尔斯对"公民不服从"理论作了进一步发展和完善。罗尔斯把"公民不服从"定义为"一种公开的、非暴力的、既是按照良心的、又是政治性的违反法律的行为，其目的通常是为了使政府的法律或政策发生一种改变。通过这种方式的行动，一个人诉诸共同体多数人的正义感，宣称按照他们经过深思熟虑的观点，自由和平等的人们之间的社会合作原则此刻没有受到尊重"。[①] 根据罗尔斯对"公民不服从"的定义，可以提炼为以下几个特征：其一，公民应有的权利。这种权利是一种异议的相互性的权利，权利具有差异性，但这种差异是因人的追求和生活情趣的差异，而不是权利根本性的不同，不同权利主体之间因权利本质的直性因而具有相互的适应性；其二，公民的公开违法现象。公民的违法是违背自身存在诸多不符合时代发展要求的有关法律，而且是公开、透明地表达违法；其三，公民的非暴力行为。公民提倡的不是针对现存政府合法性的置疑，而是非暴力性质的政治行为，使用非武力手段表达政治诉求；其四，公民的一种正义观。公民不服从，不是主张分裂和动乱，而是一种在民主制度下共享的政治正义观。总之，公民不服从理论是"一种慎重考虑的、公开的明确的对执政者的违法，目的在于改变一个政权的法律或政策。它不伤害人身，考虑他人的权利，在国家的司法权之内活动，以求扩展与应用民主精神"[②]。正如康德认为，压倒一切的法律、法治以及体现在其中的普遍原则和理性。在他看来，只有它们才能为权利提供坚实的基础和有效的保障。对于人类不可侵犯的权利的捍卫，以及促进其义务的履行，应作为每一个公共权威的权利之根本的职责所在。此即意味着，若任何政府不承认人权或者起而侵犯之，这不仅疏于其义务，其秩序亦彻底

――――――――――

　　① （美）约翰·罗尔斯：《正义论》，何怀宏等译，中国社会科学出版社 1988 年版，第 353 页。

　　② P. Harris ed：*Civil Disobedience*，University Press of American，1989，p. 273.

地缺乏法律力量。当一个国家既有的制度不能发挥适当的作用，它的权威已丧失殆尽时，对社会秩序的控制意味着通过政党或政府强制性政治共同体来维持时，这一时刻公民不服从的精神便迫在眉睫。在现代民主体制的政治生活中，若政治体制实现了稳定，那么其中的法律程序更有赖于公平和正义。随着现代性社会的推进，公民对现代民主制度的关注更为强烈，一是人们对民主体制当中政治行为与政治制度不断增进的了解；二是个人政治责任的自觉意识逐渐增强；三是人们的独立社会良知的成熟以及在此一良知统辖之下不断增长的要求。[①] 公民不服从必将逐渐推展并日益发挥作用。急剧变革的社会也预示着"公民不服从……现代民主国家中所发生的作用，极有可能日益扩张"[②]。当公民不服从理论被一些后现代性政党吸纳为政治资源的时候，必将对主流和传统政党政治的合法性及政治功能带来冲击。

2. **反政党政治的发展。** 随着发达国家进入后现代（post－modernity）社会，不同的需求在积累，政治动员、政治沟通、政府管理等方面的问题更加尖锐，而作为连接公共权力与社会的政党因自身调整与外界的变化，不能有效地适应，产生了诸多问题，并对其自身的发展带来很多困惑与挑战，因此有了政党在衰退的说法。的确，党员人数在普遍减少，投票率在降低，对政客——不仅是政党政客——普遍缺乏信任，可能表明不少国家的公民的政治意识在转变，或者是民主政治运作方式变革的重要信号。一些诸如在环保、人权领域的新社会运动，单一问题党和抗议党的不断涌现，也在动摇政党组织和议会代表制的基础。人们对传统政党和代议政治评价偏低，也会有朝一日危及现行民主政治。有时执政党被"选"下台，并没有明显的理由，以至于选民也更加反复无常，就是选民中存在强烈的"将混蛋撵走"（throw－the－rascals－out）的情绪——觉得该换换政府了。例如，在2004年的印度大选中，执政的人民党及其盟友虽然在经济改革中取得了举世公认的成绩，选举前也一致被舆论看好，但还是败在国大党手下而失去了执政地位。普遍的不满执政党的情绪也使一些国家的多党一极政党体制受到了冲击。除了新南非，

---

① 何怀宏编：《西方公民不服从的传统》，吉林人民出版社2001年版，第222页。
② Christian Bay 前引书，p. 23。

其它一些事实上的一党统治的民主国家的执政党在过去十来年中无一幸免。单独执政70年的墨西哥革命制度党在2000年总统选举后下野。西方甚至有学者称这种现象为"反政治"（anti-politics），或者至少是"反政党政治"（anti-party politics），[①] 这反映了选民"喜新厌旧"的一面。深层次来看，时代在变，人民群众中的迷信、盲从大为减少，对民主的要求愈来愈高，对执政者愈来愈挑剔；人民群众的自主意识、权利意识增强；人心思变，渴望革新。我赞同"反政治的政治"，即是说：政治不再是权力和操纵的技术，不再作为高于人类自身的控制论规律或互相利用的艺术，而是作为寻求和达到有意义的生活，并保卫这种生活。

后现代社会中，政治权力的发展已处于后极权主义时代。后极权主义是对应极权主义出现的一个政治哲学概念。"极权主义"这个术语起源于西方对20世纪特有的政治专制和威权社会体制的研究。极权主义理论在西方的鼎盛期是20世纪50年代。20世纪60年代以来，随着社会结构的变迁，极权统治也随之调整和变化。统治的诸多形式实现了对直接的暴力与恐怖的遮蔽。正如，卡索夫于1964年提出了"无恐怖的极权"的说法。[②] 林兹在20世纪70年代中期提出了"后极权主义"的说法，他建议用"极权主义"，专指希特勒的德国和斯大林的苏联，以示区别日后苏联的"后极权主义"。[③] 捷克的前总统哈维尔在他的著作《无权势者的权力》一文中，对什么是后极权主义进行了探讨和总结。他认为"后极权"并不表示不极权，而是说它与古典的极权方式有所不同。哈维尔认为："与后极权统治相比，传统独裁的统治者意志是直接而无规律地表现出来的。独裁无须藏掩它的统治压迫，遮盖其权力运作，也无须费事去述诸法律条文。但是后极权制度却以历史真理、人民意志和法

---

① Barrie Axford et al. *Politics: an introduction*, 2nd ed. London: Routledge, 2002, p. 381.

② Allen Kassof, "*The Administered Society: Totalitarianism without Terror*", World Politics16, no. 4(July1964)P559.

③ Juan Linz, "*Totalitarian and Authoritarian Regimes*", in Handbook of Political Science, vol. 3, ed. Fred I. Greenstein and Nelson W. Polsby (Reading, Mass: Addison Wesley, 1975).

治权威来装扮其统治压迫的合理性，没有这些作为其'形式内聚力'，后极权制度就不能存在。"① 而且，"后极权主义也不像传统独裁那样仅是一种统治压迫形式，它是一种政治文化形态。说到底，后极权制度并不是某个政府所操纵的某种政治方略。它完全不是这样。它是一种长期复杂而深刻的对社会的侵犯，或者说社会的自我侵犯"②。哈维尔认为，后极权社会是一个非常特殊的社会环境，不同于传统的专制社会，也不同于自由民主社会，我们不能用传统的"政治"概念来理解后极权社会中的政治。为此，哈维尔提出了"反政治的政治"和"日常生活的政治"等概念来描述后极权社会的政治，认为它具有深刻的政治含义，能够为真正的政治运动提供了富有活力的土壤。后极权社会的政治活动在"生活的"领域。哈维尔认为：生活——人的存在——比制度与结构更加重要，"一个好的制度，不会自动地保证一种好的生活，相反，只有创造更好的生活，才能发展出更好的制度"。这点尤其适合于后极权社会。他告诫政治家要"放弃传统政治原则与习惯的负担"，也就是不要用常规的政治思维来思考后极权社会的政治问题。在后极权社会中，传统的政治模式、政党功能和政治观点是不适用的。比如，在民主国家里，公开的政治辩论是常规的政治手段。政治不应仅仅被理解为对权力的欲望和追逐，或任何控制人的权术和伎俩，在哈维尔看来，政治是求得有意义的生活的一种途径，是保护人和服务人的一种途径。他的观点认为，最好的法律和所能想像的最好的民主机构，如果不是由人性的和社会的价值所支持，也将不能在自身之内保证其合法性。但是这并不意味着在后极权社会不存在反抗的政治。后极权社会的特点是不让人活得有尊严、活得真实，所以，任何想要活得真实、活得有尊严的人，都是"反对派"，他的言行必然具有政治性。生活在真实中就是反极权，这就是"生活在真实中"的政治意义。可见，在后极权社会，一个人不是因为特别热中狭义的"政治"（做职业政治家）才成为

---

① Václav Havel, *"The Power of the Powerless"*, in Václav Havel or Living in Truth, ed. Jan Vladislav (London：Faber and Faber, 1986), P. 94.

② Václav Havel,*"The Power of the Powerless"*, in Václav Havel or Living in Truth, ed . Jan Vladislav (London：Faber and Faber,1986),P. 88—89.

"异议分子"的，而是每一个坚持生活在真实中的人、任何一个想要有尊严的生活、像人一样生活的人都会成为"异议分子"。过真正的生活就必然反极权，反政党的控制，也就是说必然成为"异议分子"。在此，哈维尔认为如果后极权制度是与人性和人的真实生活为敌的制度，那么捍卫人性和真正的生活就必然反抗这个制度，也必然是"异议分子"。"持异议者运动"的出发点并不是发明什么制度革新，而是于此时此地为更好的生活进行日常工作。哈维尔提出的"反政治的政治"和"日常生活的政治"观①，表达了一个极为深刻的思想：当代人们越来越厌倦传统的政治与政党，人们反感于把政治定位为谋求权力与统治政治，而是更倾向认为政治是求得有意义的生活的一种途径，是保护人和服务人的一种途径。

　　3. **另类政治参与的出现。**当前，在西方一些国家中，怨恨执政党的现象趋于普遍。这种现象不仅存在于多党一极政党体制中，甚至竞争性的两党或多党制中，同样受到冲击。面对那些渐渐失去活力的传统的参与方式，新的政治表达和介入形式正受到选民和候选者的关注。其中"分投选票"（split ballot）②的趋势愈来愈明显。所谓"分投选票"就是指选民乐意将政府的不同分支或者不同层级的政府交由不同的政党来控制，以防止某个政党擅权，加强和保证政府不同权力机关、中央政府和地方政府之间的制约与平衡。因此，左右翼两党"共治"出现在欧美发达国家的政党政治中。1986 年至 2002 年，法国先后出现三次"共治"。在社会党人密特朗担任总统的十四年间，大约一半的时间由对立的右翼政党领袖出任总理，而在右翼的希拉克总统的第一个任期的七年中，则有六年是左翼的社会党人若斯潘任总理。在美国，从 1969 年以来的三十六年（迄至 2004 年底）中，共和党主政白宫二十四年，但国会山却多由民主党把持（也是差不多二十四年）。克林顿做了八年总统，国会山却有六年由共和党控制。2004 年加州选民上半年罢免了民主党州长，下半年却在总统选举中投票支持民主党候选人克里。可见，美国也经常出现

---

　　① 《故事与极权主义》，《哈维尔文集》，崔卫平编译，第 165 页。
　　② Barrie Axford et al. *Politics: an introduction*, 2nd ed. London: Routledge, 2002, p. 369.

"政府分裂"（divided government）的现象。在英国和德国这样的议会内阁制国家，虽然不可能出现一个政党（或政党联盟）控制议会，另一党派控制政府的情况，但控制中央（联邦）政府的党派，往往在地方政府中并不占优势——执政党往往在地方选举或补缺选举中大败亏输，甚至溃不成军。另外，近几十年法国左右共治（即总统统治、总理管理）的治理模式，使选民感到两党已经没有多大差别，他们都不能解决法国根深蒂固的矛盾。法国《费加罗报》撰文指出，49％的勒庞选民因"反对其他的候选人"而投勒庞的票，这是一个值得深思的问题。法国在 2002 年总统大选的第一轮选举中，出现了接近 28％的弃权票。① 自 80 年代中期以来，选票危机一直令人担忧。然而，根据法国国家统计和经济研究中心（Insee）对选举参与情况进行的最新调查显示，1995 年和 2002 年选举中的弃权票集中在普通民众和受教育程度最低的阶层：这是"被社会排斥而选择的弃权"。为了抗议而投票，除了这种弃权行为，其他形式的投票比例也在增加。如空票和废票，占到 2％至 4％；选民这样做，表明他们愿意履行公民义务和投票的义务，但是他们拒绝在现有候选人中做出选择。此外，尤其要提到的是支持反对党派的投票逐年增加。政治学家帕斯卡尔·佩里诺曾在他 1995 年 4 月 3 日的一个评论中曾经指出，这些反对党"在以往的总统大选中从来没有得到享受过这么高的地位"。2002 年，1/4 的总有效票数投向了一些小党派，这些小党派各自获得了不到 5％的投票；而 1/2 的总有效票数投向一些获票低于 10％的党派。这些数据显示，激进党派的地位在上升；而那些所谓的政府党派的人气却急剧下降，这是他们的民意合法性渐渐失落的征兆。对于有些选民，选举本身没有太大意义，它更多的是给他们提供表达不满的机会；这个时候，他们终于可以翘起手指，鄙视丧失信用的政治阶层，表达他们面对新的挑战的不安。例如，法国 2006 年夏天诞生的反对驱赶无身份外国学生及其家属运动是近年来最有创意、最强有力的公民行动之一。在自主管理的无边界教育组织（RESF）中，成千上万来自法国各社会阶层的男女老幼以这种方式实践他们所钟情的共和国价值观：

① （法）布鲁诺·德尼：《政治参与，危机或变革?》，法兰西文献出版社，巴黎，2006 年版，202 页。

自由，平等，博爱。据《新先驱报》报道说，"在 2007 年 10 月 14 日进行的阿根廷议会选举中，一些人在投票时贴着喜剧人物、动物甚至本·拉丹的照片，这些'野蛮选票'表明 25％的阿根廷人不相信任何政治选择。他们对一切都已经厌倦。"

这种另类政治参与是一场对传统政治的颠覆吗？社会学家罗杰·苏给出了肯定回答。[①] 奥立佛·弗耶勒也认为这种现象是"富于战斗性的不作为"[②] 带来的必然后果：它带来了新的社会活力。如今，参加投票、为一场事业而采取行动、参与政治等，就是要让大家听到不同的声音，让大多数人来关注原本只关系到少数人群的主题。传统的机构也因此失去了它们的影响力，同时，其他的参与方式却越来越能发挥作用了；通过它们，更多的年轻人被引导到关注伦理、人道主义、平均主义、人文主义、生态和地球等等主题上来。参加选举的人数在减少，而抗议的人群在增加（请愿书签名、游行、其他各类行动等）。用不同的方式展开政治选举，利用高新科技如国际互联网、移动电话、无线上网、博客而选民们自己也愿意参加讨论，通过这些新的传播途径让别人倾听到自己的声音。可以说新的力量正在产生。[③] 它能够团结民众、重新建立国家民主的根基。

"街头政治"也是另类政治参与的形式之一。街头政治通常指某些政治势力为达到政治目的，发动大量群众走上街头游行示威，甚至冲击政府部门的活动。在过去的十多年中，街头政治成了许多国家政权的"和平终结者"。在狂风暴雨般的街头政治冲击之下，1991 年 8 月 29 日，拥有 93 年历史、1900万党员的苏共土崩瓦解。苏联演变的同时，东欧六国政权也在街头政治的冲击下走马灯式地改旗易帜，波兰、匈牙利、民主德国、捷克斯洛伐克、保加利亚，执政的共产党一个个翻船落马。但街头政治的风暴并没有到此停息，

---

① （法）罗杰·苏：《面对权力的平民社会》，政治科学学校报刊出版社（巴黎）2003年版。

② （法）奥立佛·弗耶勒（Olivier Fillieule）主编：《富于战斗性的不作为》，博兰出版社（巴黎）2005 年版。

③ （法）杰尔利·克鲁泽：《第五力量，因特网是怎样颠覆政治的》，郑向菲译，译林出版社，2007 年版。

从格鲁吉亚"天鹅绒革命"到乌克兰"橙色革命"，再到吉尔吉斯的"郁金香革命"，一个个好端端的政权，没有多少时日，就被所谓"颜色革命"掀翻在地。街头政治在一国的发生，外部势力的插手、特别是美国的支持是关键，街头政治可谓是美国向其他国家推销另类自由的政治手段。但是对于一个国家来说，经济发展缓慢，实施改革困难，人民生活水平下降，由经济危机引发社会危机和民族危机已成为街头政治爆发的前兆。

底层社会的政治参与也是另类政治参与的代表形式。底层社会的政治参与，是当代社会"底层人物"的对现存的精英政治表达不满和无助的一种政治意愿和行为。底层政治参与是利益遭受最直接损害而又无法通过正常的渠道寻求利益代言人来表达和解决现实生活中的困苦的方式和路径。底层社会的政治参与是一个相对独立的政治场域，它一方面受国家政治和公民社会政治的掣肘，另一方面它又具备自身的内在逻辑。其政治话语体系中，很难与权力、统治和管理这些公共领域的上层活动联系在一起的，一直处于统治的底层或权力的边缘。著名政治学家加塔诺·莫斯卡在《统治阶级》一书中就指出：在所有的社会中，都会出现两个阶级，一个是统治阶级，一个是被统治阶级。前一个阶级总是人数较少，行使所有社会职能，垄断权力并且享受权力带来的利益。而另一个阶级，也就是人数更多的阶级，被第一个阶级以多少是合法的、又多少是专断和粗暴的方式所领导和控制。被统治阶级至少在表面上要供应给第一个阶级物质生活资料和维持政治组织必需的资金。虽然，当今世界的政治发展与活动主要是由精英统治构成的，但精英政治无法离开底层政治的最为基础的支撑。有时候，底层政治在适时的环境、适时的时间中发挥关键的作用。例如，2008 年美国总统大选，民主党总统候选人奥巴马高票当选为美国总统，与美国广大生活在底层的选民大量投票是分不开的。底层政治与精英政治是相对立的一对概念，没有底层政治也就没有精英政治，只不过，两者在争取权力时的表现方式不一样。政治精英常常视主导国家政治为其政治权力，知识精英则视社会权利为其主要的政治诉求，而社会底层群体最为现实的诉求目标则是具体的利益诉求。在很大程度上，底层政治的直接目标既不是为了夺取统治精英所把持的国家政权，也不是试图主导以知识精英为主体的公民社会，社会底层群体所进行的政治抗争，就是想拓展底层政治被压抑和生存的空间，试图谋求某些特殊群体或个人的具体利益。当前政治参与具有以下两个明显的趋势：一是精英政治与底层政治参与的差异，越来越明显，两者在许多方面都存在明显的差别和对立，这可能是现代民主发展的一个主要悖论。二是这种政治参与上的不平等和差异，越来越多地被人们认为理所当然，具有相当的合理性与理性。这与民主本身蕴涵着的平等理念越发冲突和矛盾。如何正视底层政治的生存与发展，以及底层政治对国家与社会产生的深刻影响，我们需要深入到底层社会生活各个方面，把握其内在结构，并寻找真正的原因。无论是另类政治参与的兴起以及反政党政治新潮的涌现还是公民不服从理念的传统延续与发展，这无疑宣告着一个非常特殊的社会，既不同于传统的专制社会，也不同于自由民主的社会，而是包含着建构与解构、中心与反中心、统一与差异的社会的到来。

第五章 社会转型视域
中政党现代性的困惑及调整

　　启蒙运动以来，现代性的演进由经典现代性、反思现代性到后现代性的几重曲折变动，对政党政治的发展造成了很大影响。现代性的变化使政党现代性的发展也遭遇了重重危机与困惑。例如，作为一个政党灵魂的意识形态，不但可以为政党提供鲜明的价值理念，同时还可以作为政党的政治行为的"合法性"依据，却随着社会由经典现代性向反思现代性和后现代演进、社会结构的调整、社会各个阶层群体演变而呈现了诸多困惑，似乎过去那种具有鲜明政治色彩的意识形态，却成为政党发展的阻力。政党的意识形态越来越趋于中间和模糊，给政党执政带来很大的困难，政党的意识形态宣传企图再用过去的陈旧的基本范畴来解释和说明丰富多彩的现实生活，其效果可想而知。在全球化和存在高度风险的今天，政党如何处置好与"有组织地不负责任"者，以及谋求民主与参与的"亚政治"主体关系，并超越传统的左翼与右翼的对立，避免陷入"党派地质学"的长期震动，这是一个亟待解决的重大现实问题。面对这些危机与困惑，政党一方面改造传统政治功能，坚持由侧重于行政式的外在控制的统治到侧重于法治式的内在参与的治理转变；另一方面提出新的应变策略和价值理念应对变化，放弃"单一中心式"的主体，而强调"多元多中心"的主体，以妥协包容应对多元社会。在治理过程中，无论是左翼政党的左翼替代战略还是绿党的政治生态主张，无疑都是政党为适应时代要求而提出的现代性纠错方案的一些尝试。

一、政党现代性的困惑

政党的困惑不仅仅表现在自身内在的阶级性与包容性、部分性与整体性、工具性与价值性的冲突，更重要体现在意识形态领域和全球风险境域中政党的政策的调配与价值理念诉求。

（一）政党在意识形态领域中的困惑

"意识形态"一词是 20 世纪西方思想史上内容最复杂、意义最含混、性质最诡异、使用最频繁的范畴之一。意识形态既包括历史、社会和文化等层面的互相交融，又包括主体性与客体性之间的互动；既包括主体的认知，又包括价值的评判。它不仅是一个思维和信仰的过程，也是一个实践的过程，因而既具有理论的性质，又具有实践的品格。撒姆纳曾经归纳、总结了十种意识形态定义。伊格尔顿归纳、总结了六种意识形态定义。但其间充满了对立、矛盾和差异。对"意识形态"进行一番简单的"知识考古"，无疑有益于澄清围绕"意识形态"问题引发的各种混乱。从历史发展看，"意识形态"概念史可以大致划分为五个阶段：特拉西阶段、马克思阶段、曼海姆阶段、列宁阶段、西方马克思主义阶段。特拉西的重要性在于他开创了"意识形态"之流先河，创造了"意识形态"一词并将其置于认识论的基础之上，马克思的巨大贡献在于他把意识形态问题从认识论的基础上置于历史社会学的基础上，曼海姆的价值在于他把意识形态问题从历史社会学的基础上置于知识社会学的基础上，并赋予其丰富的知识内涵，列宁的成就在于他清除了意识形态的贬义色彩，增添了其丰富的阶级性意义，西方马克思主义的重要性在于他们从文化心理学和社会心理学的角度开展了深入细致的"意识形态批判"，使之成为一种学术批判。"意识形态"是特拉西在 18 世纪末的首创，他用"意识形态"一词命名一个新学科——观念学。马克思采用了"意识形态"这一概念分析 19 世纪德国哲学，使"意识形态"概念史发生了革命性转折。意识形态的发展在一定阶段成为了特定的社会阶级为最大限度地维护自己的阶级利益而扭曲真实的现实关系的结果，是利令智昏的真实写照。从社会学的角度研究意识形态的，还有两位欧洲早期的社会学家——默斯卡和帕莱托，他们研究意识形态问题的途径与马克思并不相同，却得出了和马克思极其相近的结论，并因此被人称为马克思的复仇女神。

从词源学上来看，"意识形态"一词来源于希腊文，意思是"观念、学说"。而一般认为大革命时期的法国哲学家德斯图·德·特拉西，最早使用"意识形态"作为"思想的科学"或"观念科学"，随后"意识形态"的含义发生了转变，不同的人在使用时有不同的解释。意识形态首先是一种思想体系，而且是一定利益集团、阶级或阶层的思想体系。在这个意义上，意识形态是对社会经济形态和政治制度的系统的、直接的、自觉的反映。由此界定出发，可引申出意识形态的三层含义：第一层含义，认为是一种思想体系。其中实践的因素与理论的因素具有同等重要的地位，主要体现在解释世界并改造世界过程中，意识形态可以为这个社会辩护，赞扬这个社会或者批判这个社会，成为维持、改造或摧毁这个社会而采取行动的依据。也就是说，"意识形态"是一种"能动性"很强的思想体系，它具有鲜明的目的性，"解释"和"批判"是其重要功能。由此而产生的第二层含义却有了语言学上指称的不同。可以从比较广泛的角度来理解意识形态，亦即作为上层建筑的意识形态与其经济基础是相对应的，不同的阶级由于经济地位的不同而有不同的意识形态。另外一种理解则是在特定的意义上使用"意识形态"概念，即认为意识形态"既表现为同对现实生活的沉思相异，又表现为把取得支配地位的强有力的物质关系转换成思想的王国"，是被维护现存社会制度或复辟过去社会制度的愿望所曲解了的一切思想。思想体系是既得利益或反动纲领的表现。卡尔·曼海姆曾经对意识形态的这两种含义的不同使用情况做过如下区分：当意识形态这个术语表示我们对由我们的对手所提出的各种观念和表象持怀疑态度的时候，它所隐含的就是有关意识形态的特定观念；当我们涉及这个时代或者这个群体所具有的总体性精神结构的构成和各种特征的时候，我们所指的是一个阶级的意识形态。我们可以看出：无论哪种使用情况，只要是作为阶级的意识形态而存在，就必然具有"阶级性"这一本质特征。这样也就引出了"意识形态"的第三层含义，即，一个阶级的意识形态就是该阶级对于现存世界及其秩序的"整体性"反映与判断，其中最核心的是对自身根本利益的认识。统治阶级的意识形态占据着意识形态领域的主导权，从这个意义上讲，一个阶级的意识形态水平，反映了这个阶级对自身根本利益的认识水平，实际上标志着该阶级的主体性如何，标志着该阶级能否成为自觉的阶级，并因此而直接与政治领导权发生密切的关系。

意识形态自从被引进政治领域尤其是政党共同体这个领域中以来，其自身具有的政治性特点越发明显，常常被作为政党共同体进行斗争的一个重要的武器。因为一个政党区别于其他政党的思想、理论和政策主张，往往从意识形态上就能看得出来，它是一个政党的灵魂。政党之所以高度重视意识形态是因为：一是意识形态可以为政党提供政治行为"合法性"依据。因为政党的首要目标就是取得政权和巩固政权，为此，政党需要一整套理论来说明这一目标的合理性。马克思和恩格斯曾经鲜明地指出意识形态在阶级社会中的重要作用，曾指出，以观念形式表现在法律、道德等中的统治阶级的存在条件，统治阶级的思想家或多或少有意识地从理论上把它们变成某种独立存在的东西，在统治阶级的个人意识中把它们设想为使命等。可以这样说，意识形态既是统治阶级维护统治的观念体系，也是被统治阶级推翻统治阶级的思想旗帜。意识形态有助于阶级等共同体及其政治行为赢得支持，获得普遍的认同，从而提高社会动员、组织、创新的能力，这是统治阶级保持社会政治统治稳定的必要条件之一，也是被统治阶级为争取自身利益和地位而进行斗争的内在依据之一。二是意识形态可以为政党提供价值引导和教育功能。意识形态在文化价值体系中占有核心地位，其目标体系为人们的社会活动提供了价值方向。一个阶级的意识形态决定了该阶级的政策，从而使该阶级的价值追求成为现实的行动。三是意识形态可以为政党提供整合和规范社会的政治功能。意识形态是一个阶级或社会利益集团对自身根本利益的自我意识，当然也就集中反映了该阶级或集团成员的整体的共同利益。当理念变得更加实用、更为现实，意识形态就成为一个重要的凝合剂，能够把各种运动、党派、革命团体都聚合起来。在意识形态认同基础之上的社会整合，必然对其成员有着或多或少、或深或浅的约束。这种约束既有意识形态的物化形态的外在规范，又有由于认同而产生的成员个体内在的自我规范，从而使组织在整体上表现出有序性甚至一元化。政党在发展过程中确实需要意识形态给予强大的思想支持。正如冯·贝米所评价的那样："在很长时间里，在自身建设方面获得成功的，只有那些立足于某种意识形态之上的政党。"① 但是，我们要清醒地认识，任何意识形态的功能和作用的发挥，都存在一个限度，是受到一定的条件和一定的环境发展变化的制约，如果"意识形态就是超出或者说否认这个限度，把自己树立为绝对真理，并成为支配人们认识和行动的政治思想，使人们无视事实盲目信仰，失去自己的理性和选择的自由"②，那么意识形态就转变成一种宰制社会的政治统治的手段。如果提到政治就立刻等同于意识形态，那将无疑是可怕的。对意识形态的这种发展趋势，法国学者阿隆就表示过他的担心。他说："只要意识形态中包含神学，包含教会信条，任何政治性的讨论都可以被称作意识形态的争论。在当代，在那些已经不再自称代表上帝的真理和意志的制度下，政治完全成为意识形态，或者换一种说法，意识形态论点构成了政治的主要内容。"③ 不幸的是，阿隆的担心却在苏联社会中演变成为现实。受到意识形态刚性的制约和规制，苏联社会变成了一个高度同质的社会。苏联政党强调"社会的同一性"、"政治上道义上的完全一致"，导致社会内部的许多矛盾都带上了阶级斗争的性质，使得个人的正当利益、群体利益、民族利益都得不到表达和维护。在苏联，实行的是单一的政党制度，苏联共产党垄断了一切合法性的话语权，可以说，"政党的意识形态规定国家的身份"④。"单一政党的意识形态既规定了国家的性质，也规定了其他地理的范围。在南斯拉夫和苏联，共产党意识形态为多民族的国家

---

① （德）克劳斯·冯·贝米：《西方民主制度中的政党》，高韦尔出版公司1985年版，第29页．．

② 陈喜贵：《维护政治理性》，中央编译出版社版2004年版，第84页。

③ （法）阿隆：《雷蒙·阿隆回忆录》，刘燕清等译，三联书店1992年版，第765页。

④ （美）亨廷顿：《第三波——20世纪后期民主化浪潮》，刘军宁译，上海三联书店1998年版，第147—148页。

规定了意识形态的基础。"① 用意识形态裁断一切和思考一切，是苏联政治生活中的"常态"。英国学者拉斯基曾经这样评价："俄国的意识形态可能以无情地、甚至野蛮地漠视生命、自由和法律的态度打碎过去的枷锁。重要的不仅是过去的枷锁被打碎了。"② 同时人们还被从一种束缚引向另一种新束缚。戈尔巴乔夫曾在回忆录中指出，苏联政治生活方式"最大的特征就是将个人贬低为程序化的巨流中微不足道的一个个体。基本群众实际上根本没有经济、政治、精神等方面的选择余地，一切都被限定和'安排'在现行制度的框子里。人们不能决定任何事情，一切都需要当局代他们决定"③。苏联共产党并不是在意识形态方面走向极端的特例，而只是诸多政党之中的典型代表而已。尤其在经典现代性政党当中，人们习惯于根据意识形态把政党划分为左翼政党、右翼政党和中间政党，不同政党在意识形态上各执一端，左右政党之间泾渭分明，相互之间尖锐对立。不同政党之间，都尽量拉开相互间的意识形态距离，以保持自己的特色和独立性。比如，社会主义政党和资本主义政党之间，在经典现代性发展时期，互相斗争、互相冲突，立场鲜明，几乎完全忽视政党之间的共性和通融性；甚至包括社会党和共产党，两者都是在马克思主义指导下和工人运动中产生的，都属于左翼政党，应该说其意识形态是十分相近的。但在 20 世纪 30 年代，这两类政党，也相互攻击。社会民主党称共产党是暴政和独裁的工具，共产党则把社会民主党叫做"最危险的敌人"和"社会法西斯主义"。意识形态之所以能够产生如此强大的工具性效果，阿隆曾在《知识分子的鸦片》分析并指出，最后一个宏大的意识形态产生于对三个因素的结合：与人类的渴望相一致的对未来的展望，把这种未来和特定的社会阶级相联系，以及相信在劳动阶级胜利以后通过计划和集体所有制可以实现人类的各种价值。政党之所以牢牢控制意识形态，就是渴望通过意识形态彰显自身的合法性。

---

① （美）亨廷顿：《第三波——20 世纪后期民主化浪潮》，刘军宁译，上海三联书店 1998 年版，第 148—149 页。

② （英）拉斯基：《我们时代的难题》，商务印书馆 2001 年版，第 265 页。

③ （俄）米·谢·戈尔巴乔夫：《"真理"与自由——戈尔巴乔夫回忆录》，社会科学文献出版社 2002 年版，第 132 页。

但是，随着社会由经典现代性向后现代演进、社会结构的调整、社会各个阶层群体演变以及新的各种社会共同体的出现等，政党的意识形态的发展，呈现了诸多困惑，过去那种具有鲜明政治色彩的意识形态，似乎成为政党发展的阻力和障碍，在意识形态领域的争论往往更容易使人走向极端。例如，"社会主义两派的论争，使共产党和社会民主党这对孪生兄弟变成了敌人，造成工人阶级的分裂，甚至给了法西斯的兴起以可趁之机；斯大林与托洛斯基、布哈林的论争，成就了后来僵化的计划经济社会主义模式，使社会主义走了很大的弯路；赫鲁晓夫批判南斯拉夫自治社会主义，导致他的改革只能在旧的框架里绕圈圈，不可能突破传统模式；毛泽东批判赫鲁晓夫修正主义，使中国共产党在后来很长一段时间里朝着比苏联更左的方向前进，社会主义探索遇到严重挫折；戈尔巴乔夫否定传统社会主义，使整个苏联、东欧的改革滑向连西方国家都已经放弃的自由放任的资本主义经济形态"①。意识形态领域中的尖锐的对立，使参与其中的人们很难吸收对方的理论、观点和思维方式中的精华，不但容易导致对对方采取全盘否定的态度，而且更容易抬高自己，自以为自己的理论是真理。当代社会的转型，同时也造成了政党的意识形态越来越中间化趋势，政党之间的明显对立的意识形态越发模糊。过去主流意识形态中充斥的"斗争"、"运动"、"战役"、"阵地"、"集体主义"、"无私奉献"、"两类矛盾"等术语，无法表述当今社会生活发生新的变化和情况，因此意识形态宣传企图再用过去的陈旧的基本范畴来解释和说明丰富多彩的现实生活，其效果可想而知。"在意识形态环境中生活习惯了的我们，或许很难想象一个失去了共同理想和共同信仰的社会到底是怎样一幅'可怕'的情景：没有集体主义目标可以追求，会使那些久以真理的代言人自居的思想家和实践家们失去身为圣徒的历史责任感和使命感；不能以多数人的名义确立共同信念，会使国家沦为仅仅充当维持社会良性运作的工具，使政党的政治口号淹没在环境保护之类的微小叙事之中；多元主义盛行，会使任何崇高意义都失去优越性，个人私利将漂浮于社会关系的表面。与慷慨激昂的社会制

---

① 王长江：《政党现代化论》，江苏人民出版社 2004 年版，第 238 页。

度相比，这种民主社会必然显得平庸和世俗。"① 无论是我们赞成还是反对，我们生活的这个时代是一个怀疑主义和政治宽容和多元的时代。无论是以物质的丰富来构想普遍友爱的乐观主义者，还是恐怖于以新的大众传媒和酷刑来控制人类心灵的悲观主义，都遭到了 20 世纪现实有力的驳斥。"我看不见任何新的主义，能像马列主义那样无所不包。"② 任何一种理论或观念都不可能垄断真理性的认识，都不可能具有终极意义。"历史不是不可思议的，但是没有人能够把握它的一个终极意义。当然，'意义的多元性'并不暗示着理解的失败而是暗示着事实的丰富性和历史解释的多变性。"③ 我们生活的这个时代是宏大叙事和意义失落的时代，人们被现代性从确定性转变过来，并指向后现代的差异与多元之中。

（二）政党在全球风险境域中的困惑

"风险社会"是德国著名社会学家乌尔里希·贝克在《风险社会》一书中，首次系统提出的用来理解现代性社会的核心概念。随后，吉登斯等学者进一步拓展了这个具有典型现代性意义的概念。贝克指出，马克思和韦伯意义上的"工业社会"或"阶级社会"的概念主要是围绕一个中心论题：在一个匮乏社会中，社会性地生产出来的财富是怎样以一种社会性地不平等但同时也是"合法"的方式被分配的。而"风险社会"则建立在对如下这个问题的解决基础之上：作为现代化一部分的系统性地生产出来的风险和危害怎样才能被避免、最小化或引导？贝克认为，风险社会的突出特征表现在：一是具有不断扩散的人为不确定性逻辑；二是导致了现有社会结构、制度以及关系向更加复杂、偶然和分裂状态转变。这皆是现代化、现代性本身的结果。几乎与贝克提出"风险社会"的概念同步，从 20 世纪 80 年代开始，一股全球化的力量迅猛发展似乎也证明了：我们正在进入一个贝克所预设的"风险社会"。人类的发展之所以存在风险从根源上讲，风险是内生的，伴随着人类

---

① 陈喜贵：《维护政治理性》，中央编译出版社 2004 年版，第 132—133 页。

② （法）阿隆：《雷蒙·阿隆回忆录》，刘燕清等译，三联书店 1992 年版，第 517 页。

③ 陈喜贵：《维护政治理性》，中央编译出版社 2004 年版，第 118 页。

的决策与行为，是各种社会制度，尤其是工业制度、法律制度、技术和应用科学等正常运行的共同结果。而自然"人化"程度的提高，使得风险的内生性特点更加明显。当前学界对风险的理解代表性观点主要有三种：第一种是从现实存在，以劳（lau）的"新风险"理论为代表，认为风险社会的出现是由于现实世界出现了新的、影响更大的风险，如极权主义增长，种族歧视，贫富分化，民族性缺失等，以及某些局部的或突发的事件能导致或引发潜在的社会灾难，比如核危机、金融危机等。第二种理解从文化角度，认为风险社会的出现体现了人类对风险认识的加深。比如凡·普里特威茨（Von Pritt-witz）的"灾难悖论"理论以及拉什等人提出的"风险文化"理论。普里特威茨认为，我们已经对技术发展的副作用，即其引起的灾难有了新的认识。第三种理解是从制度层面，以贝克、吉登斯等人为代表，他们是"风险社会"理论的首倡者和构建者。比较而言，他们对于风险的分析更为全面深刻，尽管依然带有学者拉什所批评的用一种制度结构替代另一种制度结构来应对当代失去结构意义的缺陷。贝克声称自己既不是"现实主义者"，也不是"建构主义者"，而是"制度主义者"。吉登斯坚持制度，侧重于制度性风险。贝克的理论带有明显的生态主义色彩，而吉登斯的话语则侧重于社会政治理论叙述。他们虽然都认为传统社会与现代社会在风险结构和认知上存在着根本的区别，但并没有简单地停留在这种"二分法"上，而是对现代性进行了更详细的区分。而当代政党制度，作为现代性制度的重要一维，在风险社会中所遭遇的困惑与冲击，主要表现在以下几个方面：

1. "有组织地不负责任"的存在。这一概念是风险社会理论中的一个关键概念，贝克认为这个概念"有助于解释现代社会的制度会在肯定认识到了灾难现实的同时而否认他的存在"[①]。"有组织地不负责任"（organized irre-sponsibility）是指，公司、政策制定者和专家结成的联盟制造了当代社会中的危险，然后又建立一套话语来推卸责任。这样一来，他们把自己制造的危险转化为某种"风险"，并转嫁到"他者"。"有组织地不负责任"实际上反映

---

① （英）芭芭拉·亚当、贝克等编著：《风险社会及其超越——社会理论的关键议题》，赵延东等译，北京出版社 2005 年版，第 341 页。

了现代治理形态在风险社会中面临的困境。具体来说，体现在两个方面：一是尽管现代社会的制度高度发达，关系紧密几乎含盖了人类活动的各个领域，但是它们在风险社会来临的时候却无法有效应对，难以承担起事前预防和事后解决的责任；二是就人类环境来说，无法准确界定几个世纪以来环境破坏的责任主体。各种治理主体反而利用法律和科学作为辩护的利器而进行"有组织地不承担真正责任"的活动。贝克指出，我们身处其中的社会到处充斥着组织化不负责任的态度，风险的制造者以他人作为风险牺牲品来保护自己。人们在处理这些风险的过程中总是想方设法回避责任。现代组织体系如各类公共机构就是这样安排的，即恰恰是那些必须承担责任的人员可以找到足够的理由以便摆脱责任。例如，工业社会所提出的用以明确责任和分摊费用的各种制度安排，在全球性风险社会的情况下将会导致完全相反的结果，即在风险社会来临的时候却无法有效应对，难以承担起事前预防与事后解决的责任。在此过程中，是难以查明到底是谁该对此事真正负责的。政党共同体作为现代社会中最重要的治理主体和组织体系，如何处置好与"有组织地不负责任"者的关系，避免沦陷为"有组织地不负责任"者，这是社会民众最为关注的。

2. **区别于"政治"的"亚政治"的冲击**。贝克认为，现代性社会中的所谓民主政治实质上已经堕落成为一种以工具理性为基础的深层文化霸权、深层伪民主。以社会理性为知识基础的"社会知识行动者"的普遍联合，削弱以工具理性为知识基础的"科学知识行动者"力量，从而实现对全球风险社会的真正知识应对，这种政治行为就是"亚政治"。在主体作为上，建构以"社会理性拥护者"为基础的全球"亚政治"，即"特有的对政治决策的个人参与"，[①]这种政治的主体主要指涉为政治体系和法团体系之外的代理人，即职业团体和行业团体、工厂、研究机构和管理阶层中的技术知识界，熟练工人、公民主动权、公共领域等民众。不但社会和集体代理人而且个人也可以与后者相互竞争，争夺新兴的政治塑形权。传统的政体、政策和政治学之间

---

① （德）乌尔里希·贝克：《世界风险社会》，吴英姿等译，南京大学出版社2004年版，第50页。

的区别已经发生了变化。政治权力的等级与位置的牢固关系已经被打开，并转移到了各个阶层与群体之中。各种各样的生态保护者和女性主义者或工人团体以及新社会运动代表等社会共同体，不仅改变了社会的传统结构，并且通过多种形式的非正式接触、讨论集会、行业法规、特殊杂志、集中公关、代表大会等影响并改变着传统政治。传统社会强调的阶级之重要性逐渐衰落，较之而言的文化和价值因素之重要性的增加以及较之生产领域而言休闲和娱乐之重要性逐渐增加。所有这一切对于社群形态变化和集体特征的形态变化具有重大影响。社群中培育出许多群体与社团，他们进行自我组织、自我管理、对传统政治进行反思与批判。这些群体与社团意味着这些自由力量在社会的深层次中，在经济、社群和政治活动中表现出巨大的活力，是一种自反性的亚政治化。在本世纪末的晚期现代性中，传统的国家作为"特殊的造物"、作为独立主权的结构和作为等级制的治理者和协调者正在萎缩。国家的萎缩往往正是自我组织壮大的另一证明，即社会的亚政治化的迅速崛起。"亚政治"的发展导致那些被人们习以为常的国家、政党和公共权力等占据的领域逐渐被清空，让位给社会中自我生成的一些团体组织起来的亚政治群体。现代性社会中"亚政治"的发展不仅剥离了政党的传统政治功能，接管了政党控制的有些领域，同时对政党制度中权力结构的排序造成了巨大的冲击，迫使政党权力由纵向转向横向，由一个中心转向多中心，由统一转向分散发展的可能。

3. 徘徊于左翼与右翼的困惑。欧洲政党政治左翼与右翼简单化的两极对立的旧景观，随着现代性社会的发展，特别是第一经典现代性向第二现代性、后现代性转变，不仅将得到改变，而且可能被侵蚀到其最深的底层。现代性的到来将造成欧洲"党派地质学"的长期震动。长期以来人们生活在政党的左右对立的政治秩序之中而别无它求。这种左右对立曾经被喻为放之四海而皆准的政治观，在左翼与右翼的政治样态中，人们别无选择。政党政治的左翼与右翼的社会治理模式主要采取"一元社会主义模式"与"一元资本主义模式"。这两种模式围绕新自由主义市场经济模式与福利国家模式，成为政党政治左翼与右翼的政策标志。但是，在特定的历史时期，这两种模式的优劣被人为夸大，使欧洲主流政党政策的调整常常陷入困惑和被动之中。如果政党政策的调配，只是借用"一元社会主义模式"或"一元资本主义模式"很难解决现实社会中复杂多变的矛盾，也难于愈合各种裂痕。追溯到 20 世纪 30 年代的美国新政，当时美国总统罗斯福在主持新政的时候，就跳出"一元社会主义模式"与"一元资本主义模式"的简单对立，采取"资社二元模式"来改造"一元资本主义模式"、推动美国社会发展，摆脱经济、政治危机，维护中下层民众利益，同时却遭到右翼政治势力的反对。当时的左翼与右翼是泾渭分明的，甚至是人们划分政治信仰的标准。人们也许没有忘记，丘吉尔在第二次世界大战联合苏联抗击德国时，曾经讲过和"魔鬼结盟"的话。他早期还说过："把德国养起来，并迫使它同布尔什维主义斗。"[1] 人们意识到如此强烈的两翼政治对立，带来的深刻影响不仅仅影响到政治领域，甚至覆盖了全社会。似乎人们只能用极端的方式解决问题。二战后，一元开始向二元全面转型，以社会主义制度部分代替资本主义制度的中间化方式开始为人们所接受，约瑟夫·熊彼特在评价这种制度更新时指出："资本主义……结构在毁坏许许多多其他制度的道德权威后，最后掉头来反对它自己。"[2] 面对资本主义社会中深刻的矛盾，人们寄托于政党调配政策来化解。几十年来，欧洲一些政党或采取"一元社会主义模式"，或采取"一元资本主义模式"，或采取"资社二元模式"，或采取以错纠错的方式，或徘徊、波动于左翼与右翼之间。折射出政党在政策选择所面临的难以调和的矛盾与尴尬。在社会层面，中上阶层与中下阶层相互对立，阶级矛盾再次尖锐，无论是左还是右翼政党的政策，并没有得到大多民众的认同，民众反而采取了与政党政治相对抗的立场与行动，他们积极参加反对全球化和政党政策的政治与社会运动，形成了强大的公众潮流政治。从 1999 年在伦敦举行的大规模反全球化运动以来，民众和自发性团体的抗议与示威活动一直不停。从 2000 年起的几年时间里，法、德、英、意等国，持续不断发生大规模的罢工抗议运动。社会阶层中的一些中下层民众，还通过选举将一部分主流政党赶下了台，并将某些"极右翼"

---

[1] 《二十世纪世界史》上卷，第 284 页。

[2] （美）约瑟夫·熊彼特：《资本主义、社会主义与民主》，商务印书馆 1999 年版，第 224—243 页。

政党送上台。而"极右翼"政党上台执政后引发了更严重的"政治问题",并导致"在政治上未能打破政党寡头政治;在经济结构上仍以私人占有为主;在社会结构上人数极少的上层阶层仍保持对于其他社会阶层的绝对优势地位"①。政党的左翼与右翼政治观,可以说是政治主体习惯于在两维坐标中进行思维和决策,从已知的一点条件可以找到相关的另一点,习惯于线性的思维模式,单纯在时间域内思考未来的一种反映。如今,风险范畴打破了这种旧的思维模式,使人类不得不在更广阔的空间内思考问题。人类行为空前扩张,而人类在许多领域仍处于无知状态,任何细小的决策失误或行为过当就有可能引发毁灭人类生存的风险。应当把政党政治置于风险社会中来考量,同时加强对西方工业社会及传统社会进行反思的产物,开启一种解释、改造和发展世界的新范式。

二、政党的现代性调整

——欧洲左翼政党的现代性调整

(一)西方左翼政党的起源、历史和现状

自 20 世纪 80 年代以来的后福特主义资本主义使西欧社会结构发生很大变化。② 传统的西欧共产党身份认同所依据的社会分裂和社会冲突的界限变得日趋模糊,如果再按照李普塞特和罗坎的"中心——边缘"、"国家——社会"、"土地——工业"和"业主——工人"等结构理论对社会进行分析,显然已经不适用于解释欧洲国家共产党在社会的身份定位。

"左翼"是相对于"右翼"这个政治概念而言的,其起源应追溯到二百多

---

① 顾俊礼主编:《欧洲政党执政经验研究》,经济管理出版社 2005 年版,第 70 页。

② 张世鹏:《当代西欧工人阶级》,北京大学出版社 2001 年版,第 28—53 页。

年前的法国大革命时期。法国大革命的思想来源于启蒙时期的"三大原则"：自由、平等、博爱。这既是资产阶级革命的意识形态，也是左翼思想的起源。"左翼"与"右翼"作为政治见解和派别的分野，最早源于左与右的划分。第一次把左边和右边视为政治派系分野的是资产阶级大革命初步取得成功后于1789 年 9 月 11 日召开的国民议会。坐在会议主席右边的是对立法保持着绝对否决权的国王的维护者，即第一、二等级的代表；而坐在主席左边的是代表第三等级的革命派。两派针锋相对，互为对立。法国大革命时期的这种左与右对立的政治意义与称谓，后来逐渐传遍欧洲和世界并一直延续至今。自从马克思主义诞生以后，左派的发展均与马克思主义息息相关，当时与工人运动密切相关的各国社会民主党都曾经宣传过马克思主义，他们所制定的民主社会主义纲领也曾得到马克思和恩格斯的指导和修改。左派获得科学理论支撑后，其发展的影响力越来越广。正如法国学者雅克·德罗兹所言，马克思主义在相当程度上为社会民主主义开辟了道路。

左翼政治力量发展至今已有二百多年的历史，左翼内部构成也是多种多样的，随着历史的发展和社会环境的变迁，各种左翼力量的发展和演变都打上了时代的烙印。例如，法国大革命期间的左翼政治力量是以新兴资产阶级为主的包括贫苦工人和农民在内的构成的，被称为"第三等级左翼"；马克思主义时代出现的，深受马克思、恩格斯影响的工人运动及其党被称为"第二左翼"；20 世纪初十月革命胜利以后由上述"第二左翼"分裂出来的左翼政治力量被称呼为社会民主党；20 世纪六、七十年代以来涌现出来的新社会运动的各种力量代表，以及 90 年代末出现的"大左翼"和当前正在成长中的"反全球化运动"或"反资本主义运动"政治力量，都可以被称为左翼。世界左翼政治力量，虽然经历了 20 世纪 80 年代末 90 年代初，苏联东欧社会主义国家剧变，西方共产党一时间处境艰难。从 1995 年以来的多次社会主义和马克思主义的国际集会，尤其是 1999 年美国西雅图的抗议集会、2000 年法国尼斯的抗议集会，参加人数之众、成分之广泛都是史无前例的，前者拥有几十个左翼组织约三万多人，后者则多达十多万人，他们来自欧洲各国甚至世界许多国家和地区。国外人士把这种现象称作"大左翼联合现象"。许多人士指出，这种大左翼联合的现象和结果必将对 21 世纪的政治和社会主义运动产生深远的影响。

苏东剧变之后，代表左翼政治力量的一些西方政党，经过一个分化和改组的激烈变化阶段，其力量结构和布局均出现了新的面貌，为应对社会由经典现代性向后现代性转变所带来的挑战，西方各种左翼组织出现摒弃前嫌、寻求和解、谋求联合的趋势，这主要表现在以下几个方面：一是在各国大选中保持一致、联合行动。例如法国、意大利、西班牙、英国以及北欧诸国等国家的共产党、社会党以及其他左翼党在大选中均加强联合与沟通，从而实现了左翼政党掌权执政的目的；二是在许多政治运动中，左翼中的各个派别均采取较为一致的联合行动，共同举行示威抗议游行，甚至共同对付当局者的暴力。例如，1999 年 11 月西雅图群众抗议集会、2000 年法国尼斯峰会的群众抗议游行，就各有数十个左翼组织共同联合行动，在反对资本全球化的行动中取得的重要成果。2000 年 11 月 30 日—12 月 2 日在巴黎举行的"全球化与人类解放"国际会议上，大会主调就充分肯定抗议西雅图会议的重要作用，认为它是全世界左翼采取新行动的信号，那就是联合行动，反对资本全球化，为实现全人类解放、建立公民社会而斗争。这种大联合就被称作"大左翼"的无形组织；三是进一步加强沟通与合作。左翼各个派别政党不断总结跨国合作的历史经验与教训，适应欧洲一体化发展及经济全球化现实的需要而采取的重要联合举动。自冷战结束以来，欧洲左翼政党的联合大致经历了三个时期：第一阶段（冷战结束至 1994 年），为探索国际联合的尝试时期。苏东剧变后，西欧共产党为尽快摆脱困境，逐步开展不同于"共产国际"的新型国际联合方式。这一阶段以 1992 年"新欧洲左翼论坛"的成立为标志，论坛是西欧部分共产党讨论重要问题、协调立场、加强合作的非正式国际组织。第二阶段（1994 年－2002 年），以 1994 年进入欧洲议会的共产党与部分北欧绿党及左翼力量成立"左翼联盟党团"为重要标志。欧洲各国共产党开始有意识地在欧洲层面和欧盟机构内部寻求具体政策上的协调，并争取与其他左翼组织开展联合。此后，共产党与左翼力量在全欧范围的联合行动和国际会议逐渐增多，包括 1995 年在马德里集会讨论欧盟问题，并初步提出设立一个协调欧洲左翼行动的常设机构；1996 年和 1998 年欧洲左翼力量的"马德里进程"与"柏林会晤"也都以推进左翼合作为主旨。第三阶段（2002 年至今），以欧洲左翼党的正式成立为标志，表明欧洲共产党及左翼政党的泛欧联合已上升到区域性政党组织的新阶段。随着欧洲一体化进程的不断深化和新一轮东扩，欧洲共产党开始更多考虑如何在欧洲层面形成合力，更好地发挥自身作用。反全球化运动的蓬勃发展也促使他们思考进一步密切与其他左翼力量及新社会运动合作的新方式。2004 年 5 月欧洲左翼党成立大会在罗马召开，三百多位来自欧盟部分国家的共产党和左翼政党的代表出席了大会。德国民社党、意大利重建共、西班牙联合左翼、希腊左联党等欧盟十二国的十四个共产党与左翼政党成为该党首批成员。大会选举意大利重建共产党全国书记法乌斯托·贝尔蒂诺蒂为该党主席。另外，葡共、德共、北欧绿党左翼联盟、古巴共、巴西共、日共等二十二个来自欧、亚、拉美的左翼政党和组织应邀派代表与会。欧洲左翼党的成立，意味着欧洲左翼势力由分散走向联合，它将对欧洲政治生态将产生重大影响。左翼政党在加强联合谋求发展的同时，还依据各个国家的实际和国际形势普遍调整了现代性策略。例如，法国共产党，在面对新的形势和新的挑战，他们提出"新共产主义"的目标，认为共产主义与人道主义是一致的，共产主义不是拉平的"集体主义"、简单的"平均主义"，而是政治上民主、平等和自由的社会，是一个"男女自由、联合和平等"，"没有失业、没有压迫、没有不公正、没有暴力和没有武器"的社会。左翼政党承认马克思主义是全人类的文化遗产，针锋相对的马克思主义意识形态的争论减少，这是各派之间求同存异的结果。原先在共产党和社会党之间、共产党和极左派之间、极左派和社会党之间对待马克思主义的态度是针锋相对的，但在现代的大联合中，上述各党派之间不再出现激烈的论争，因而政党之间能够坐下来共同在一起讨论问题。例如，欧洲论坛、北美论坛，以及欧美几次国际会议都是各左翼政党为探讨和协商重大问题和事件而共同举办的。2007 年 1 月，左翼政党在柏林举行会议，在会议通过的声明中，明确提出了填补"真空"的策略，声称："欧洲在《罗马条约》签定五十周年之后，陷入由于全面推行新自由主义而造成的政治真空之中，'欧洲左翼党'决心要成为填补真空的政治力量，激励人们改变欧洲的政治现状并把命运掌握到自己手中。"① 借此希望吸引更多的选民，扩大影响。

（二）价值取向彰显，政治主张鲜明

欧洲左翼政党强调开放、多元和包容，更多体现"左翼特色"，而非传统意义上的"共产党特色"。新创建的欧洲左翼政党联盟主要体现以下几个特点：

其一，"重返马克思"，汲取理论资源。强调"回归马克思主义的本源"，抛弃教条主义的马克思主义，抛弃被篡改的马克思主义，抛弃被断章取义的马克思主义，要"重返马克思"，就是要运用马克思的批判方法，超越马克思。将"共产主义的理想"从"专制压迫的代名词"中解放出来，认为共产主义不是拉平的"集体主义"、简单的"平均主义"，而是政治上民主、意味着人的解放的自由社会，是一个"男女自由、联合和平等"，"没有失业、没有压迫、没有不公正、没有暴力和没有武器"的社会。确立超越资本主义、抑制新自由主义全球化的新的前景与目标。另一方面，积极强调汲取环保主义、女权主义、和平主义、人道主义、反法西斯主义等其他所谓新左翼的思想理论与价值取向。对马克思主义进行重新评估和思考，并挖掘一些新的政治资源，进一步促进马克思主义在大左翼之中受到广泛的传播和接纳，尤其在马克思主义之中的那些共同接受的理论观点受到普遍的欢迎。例如马克思关于资本主义全球化的观点、关于人与自然关系的生态学的观点、恩格斯关于妇女地位和妇女解放的观点、马克思关于人的全面发展和彻底解放的观点、马克思关于正义和平等的思想等等，均受到左翼人士的普遍认可和接受。左翼政党承认马克思主义是全人类的文化遗产，针锋相对的马克思主义意识形态的争论减少，这是各派之间求同存异的结果。

其二，携手与新社会运动的生态合作。左翼政党高度重视与新社会运动的密切联系。"新社会运动"主要是指 20 世纪七、八十年代，西方民众发动的生态运动、女权运动、社区运动、反战运动等。欧洲左翼党为了实现真正

---

① Berlin Appeal of the Council of Chairpersons and the Executive Board of the Party of the European Left，12—14 Jan. Berlin.

的群众性政党的目标，十分重视世界各地广泛发展的各种新社会运动、尤其是反全球化运动的政治、社会作用，力图通过与新社会运动的结合，推动"左翼力量、进步力量与共产主义力量的合作"。一些理论家开始把马克思主义的思想理论与这些运动结合起来，并为运动辩护，为运动寻找理论根据。因此，产生了被称作"生态学马克思主义"和"女权主义的马克思主义"以及"后现代主义的马克思主义"等政治思潮。欧洲左翼党以"自由、平等、公正与团结"为基本价值观，致力于建立"替代性的、激进的、环保主义的、女权主义的左翼力量"，"为和平、反法西斯、民主、社会公正、妇女权利与生态保护而战"。领导新世纪的反资本主义与反全球化运动，重振自身力量，以摆脱冷战结束以来的困境。欧盟各国共产党及左翼政党认为，建立起一个团结、统一的左翼政党组织，可以更好高举反全球化、反战维和、维护社会公正旗帜，消减苏东剧变对共产党及左翼力量造成的不利影响，扭转共产主义理想被逐步边缘化的趋势，并以此作为展现共产党与左翼政党新形象、谋求摆脱困境的突破口，争取尽快走出低潮。争取在壮大自身力量的基础上在欧盟内发挥作用，校正欧洲一体化的发展方向。各成员党一致认为，欧洲一体化已是历史的现实和欧洲未来发展的趋向。要想有效地开展反对资本主义、维护中下层利益的斗争，共产党和左翼力量就必须在欧洲层面上联合起来，改变欧洲一体化进程中的"新自由主义取向"，加强欧盟机构的民主特性，保护劳动阶层的权益。

其三，实施"左翼替代战略"。这个替代政策主要包括：（1）反对新自由主义的全球化。认为"资本主义全球化的影响力越来越大"，但全球化并不是经济发展的必然结果，而是资本主义政治发展与政治决策的作用所致。要打破新自由主义的束缚，就必须改变目前的资本主义社会，倡导"人民先于利润"。为此，就要建立并努力壮大反全球化运动，加强该运动中各种力量之间的团结，并积极开展广泛的斗争，捍卫并扩展工人与工会的权利。（2）倡导"民主的"欧洲一体化政策。认为"民主赤字"已成为欧盟的核心危机。左翼政党不但加强公民在欧盟建设各领域、各层面与各阶段的"行动能力、参与能力与控制能力"。而且深刻改造欧盟各机构存在的国家至上原则，改变欧盟立法、制宪及执行权主要集中在大国手中的现状，使欧洲议会、民族国家议会在欧洲事务中有更多发言权与决策权。（3）改革欧洲的经济社会发展模式。左翼政党主张建立一个"团结互助、拥有社会福利、上层帮下层、富人帮穷人的再分配型社会"。面对欧洲的经济衰退与高失业率，必须挑战"自由市场经济"理论，挑战金融市场与跨国公司的权力，追求不同的经济社会政策，即优先考虑充分就业、培训、公共服务，必须扩大投资，特别是对环保的投资，必须对资本的流动征税。（4）独立、和平的国际政策。首先，反对欧洲紧跟美国，希望欧洲独立于美国霸权政策与强权政治，建立"和平、团结、没有核武器与大规模杀伤性武器的新欧洲"，维护世界和平。反对将战争作为解决国际冲突的手段，与南方的发展中国家建立和发展"公正的经济、政治伙伴关系"。（5）支持生态平衡与可持续发展。认为欧洲是造成全球环境污染的主要责任者之一，应当对生态保护担负责任；主张消除歧视，实现真正和持久的男女平等；提倡人员流动自由，反对欧盟现行的限制移民和排外主义政策。欧洲左翼党希望为在今后的欧洲政党政治与欧洲一体化进程中发挥更大作用。

三、政党的现代性调整

——绿党的新走向与生态政治的突进

（一）绿党的产生与欧洲政治空间的改变

"随着后物质主义时代新政治的崛起，其中许多政治力量与社会民主党相互竞争。人们感觉到，现行政党和组织无力适应这些新事业，这就致使那些持有这样价值观的人组成了自己的政党，如绿党。"① 绿党是诞生于后现代社

---

① 史志钦等主编：《全球化与世界政党变革》，中央党校出版社2007年版，第102页。

会中，不仅关注自然生态，更关注人类政治生态的政党政治。新西兰的"价值党"可谓是 20 世纪 60 年代末第一个诞生的绿党。它率先强调环境保护，强调价值观念和人文精神，主张稳态经济、生态平衡、分散化的政府和男女平等，并于"左派"和"右派"。其 1975 年纲领《明天以后》被人们视作"绿色政治学"的第一个宣言。1973 年，美国绿党在密执安州成立。1981 年，西德绿党在法兰克福正式成立。至 1983 年，其注册党员已达 25222 人，追随者逾 200 万，并在 1983 年大选中成为第四大政治力量。1987 年，西德绿党在十一届联邦议院选举中已获 8.3% 的选票，在 1995 年大选中赫然成为第三大政治力量。20 世纪 80 年代以后，欧洲主要资本主义国家比利时、奥地利、意大利、英国、法国、芬兰、希腊、爱尔兰、卢森堡、瑞典、瑞士等相继建立了绿党。从 1981 年起，西欧绿党开始进入各国议会。1984 年，绿党代表进入欧洲议会。1987 年，国际绿党大会召开。在 90 年代中期以"第三条道路"为标志的社会民主主义变革中，各国绿党纷纷参政，与社会民主党人共同组成联合政府。早在 1984 年欧洲议会选举前通过的《欧洲绿党联合宣言》和《巴黎宣言》中，欧洲绿党（重建后的"欧洲绿党协调"或"欧洲绿党"）第一次明确阐述了它关于欧洲的基本观点与政策主张。[①] 在简短文件中，绿党批评了欧洲的非生态现实和经济社会中的集权结构，要求人类与其他自然存在、社会贫富阶层之间关系的重建，并重点强调了和平与防御、农业、反核能、可持续经济、妇女权利与人权。

　　欧洲绿党联盟成立大会上通过的《欧洲绿党联盟指导性原则》迄今为止一直作为其基本理论纲领。这一文件主要包括 3 个组成部分：生态发展、共同安全和新公民权。在第一部分中，它重点阐释了欧洲绿党关于生态经济、世界经济和欧洲经济的政策，主张现存经济结构和世界经济体系的平稳转型。在第二部分中，它概述了绿党对冷战后和平维持与创建的新理解，强调"和平是不可分割的和应是有组织的"，以及这些目标应该通过创建一个新的欧洲安全体系、裁军和改革联合国来实现。在第三部分中，它强调人权应该扩大

---

　　① See Sara Parkin, Green Parties: *An International Guide* (London: Heretic, 1989), P. 327—330.

其范围并得到更好的保护，尤其是对妇女、少数种族和其他弱势群体的权益。另外，绿党主张，要想以一种绿色观点改变欧盟的结构、目标、政策和工具，它表明了欧洲绿党对欧盟的总体性态度和欧洲议会在其中作用的看法已发生了重要改变。它公开宣称，"绿党支持欧洲一体化。欧盟——尽管其存在许多值得批评的地方和并不能独立完成欧洲的一体化——将是这一进程中的重要因素"①，"欧洲议会应与理事会构成欧盟的立法与预算权威机构。欧洲议会必须拥有立法创议权和对欧盟委员会的政治控制权"②。显然，欧洲绿党已接受了一种"从内部改革欧盟"的现实主义政治战略，并将欧洲议会作为主要的制度参与渠道。促进欧盟改革从而使之拥有一个更加有效与开放的政策过程；主张一个扩大的欧洲公民权以便更好地保护生活在欧盟中居民的基本权利；扩大欧洲议会的权力从而增加欧盟的民主合法性。借用绿党自己的话说，"绿色计划"是为了"建设一个尊重基本人权与环境正义的社会"、"通过非集中化和公众在相关政策决策中的直接参与来深化民主"；"绿色方法"是"激进的、现实主义的和改革主义的"，而"绿色价值"是"团结、革新、独立和开放"。③ 为了实现这些目标，欧洲绿党支持欧盟的公平扩大、一个独立而内在一致的欧洲外交政策和新签署的欧盟宪法。环境保护和其他议题也有所论述，但它的重点明显是欧盟的扩大及其相应的职权扩展。因此，这一文件所明确表达的已不再是一个"绿色欧洲观"，而是一个"绿色欧盟观"。应该说，这些政策主张体现了欧洲绿党将其政治形象从一个单一议题党，扩展为更全面的泛左翼政党的持续努力。欧洲绿党在 2004 年欧洲议会选举后形成了一个新的政治权力结构，即"欧洲绿党——欧洲绿党/欧洲自由联盟党团——成员党"。从理论上说，这会导致一个组织更完善的政党联盟机构、一个更加平等的政党联盟及其成员党间的关系和一个强化的对议会党团的政党控制。

（二）人类政治生态域中的一种现代性纠错方案

针对人类到底需要何种的政治生活，绿党对此提出了一套纠正人类传统

---

① The EGP, European Elections Manifesto of 1994, p. 29.

② Ibid, p. 3.

③ The EGP, Green Strategy for the 1999 European Elections. p. 3.

生活方式和交往方式弊端，并探索一种新的更加和谐发展的思想主张和政治理念，为人类未来的发展勾画出了一幅新的蓝图。根据各国绿党的纲领，绿党的主张可概括为：维护生态平衡；反对经济无限增长；主张社会正义；实行基层民主；强调非暴力原则；尊重妇女权利等。到 20 世纪末，绿党已成为群众性生态运动的政治代言人和发达资本主义国家最大的"新社会运动"的当然组织者，在西方社会被定位为后现代的"新政治党"。在绿色政治领域，生态社会主义、生态女权主义和深生态学是其中影响较大的三个流派。深生态学即深绿派，也称为生态主义、生态中心主义、生态基要主义（原旨生态主义），是生态运动中的主流意识形态，是各国绿党共同尊奉的基本理念。深绿派认为，生态学产生了一种生态伦理，它根本拒绝"权威主义的技术解决方案"，反对一切技术，反对一切人类中心主义。深生态学唯一强调自然界的"内在价值"，认为这是比人类价值"更深"的价值。生态女权主义也称绿色女权主义，是女权运动、绿色运动与和平运动的结合。生态女权主义与深生态学的基本观点是一致的，持相近的后现代立场，批判现代文明，主张亲近自然。两者的区别主要在于生态女权主义的崇拜对象是"女上帝"，批判的对象是环境问题的"男性的技术解决方案"。生态女权主义的影响主要是在欧洲各国的女权运动组织中。生态社会主义侧重于关注人类生活的正义与平等，其影响范围主要是在法、德、英等西欧国家。在生态政治的诸派别中，生态社会主义占有最重要的地位，享有广泛的影响。

随着后现代社会的发展和后现代主义的潮流泛滥，绿党政治主张也体现出一些鲜明的特点：

其一，坚持务实性的纲领主张。绿党的政治观不仅立足于对当代资本主义的批判，而且构建了一种新型的人与自然和谐发展的绿色社会模式。在经济方面，主张用"社会生态经济"模式来取代现行的"市场经济"模式。他们不仅强调经济理性更强调价值理性，从单纯追求增长和创造利润到满足人们必要需要，转换到减少浪费与污染，保护生态环境，实现社会和谐的可持续发展。针对上述目标，他们提出了一系列具体的政策措施和主张：首先，在社会变革的领导力量和主体力量方面，更加重视工人运动和工会组织在社会变革中的作用。其次，在社会变革的途径方面，既坚持"非暴力"原则，又重视阶级斗争在社会变革中的作用。在社会文化方面，强调以人的全面自由发展为目标的新的生活范式。而现在绿党在政策定位上力图融入到社会的主流思想中，他们认可市场经济，主张在此基础上实现经济社会可持续发展。这些都表明其政策主张中理想或浪漫化成分逐渐减少，在做法上一步步务实。

其二，坚持从激进到温和的政治立场。坚持对资本主义制度的批判，深刻认识生态危机的根源，揭示资本主义生产方式造成生态危机的必然性，是绿党政治的重要的理论内容。绿党认为现代环境问题的根源不是工业化造成的，也不是科学技术、人的自私品性造成的，而在于资本主义制度本身。生态危机是资本主义过度生产和过度消费造成的。因为资本主义生产目的是追求尽可能多的剩余价值和利润，这就决定了它对自然持一种敌视的态度，将自然看作是掠夺并获取利润的对象。当代资本主义用高生产和高消费延缓了资本主义的寿命，但过度生产和过度消费又将导致生态危机。生态危机是发达国家工业文明下所发生的供应危机，自然资源系统已无法适应资本主义生产，资本主义无限扩大生产的能力与生态环境的有限承载能力之间的矛盾已成为现代资本主义社会的主要矛盾。所以，要解决生态矛盾，改变资本主义下的人与自然关系，就必须改变资本主义生产方式，用一种新型的社会主义制度模式来取代资本主义制度模式。现在，多数绿党已不大提及制度性目标，基本改变了过去对现存制度的否定态度。2004 年欧洲绿党的成立，在它的奋斗目标中，我们可以看出，其制度性批判目标已经整体退场。目标是保护环境，首先是保证所有人的安全、健康和拥有放心食品；其次是改变能源政策，使各国政府遵守"京都议定书"，减少二氧化碳的排放量，建立高效率低污染的交通体系，要征收导致污染的"生态税"等。

其三、加强与其他政党关系的调整与合作。绿党曾经一度强调在思想上与传统政党彻底划清界限，这与 20 世纪 80 年代末 90 年代初苏联、东欧等社会主义国家的剧变以及资本主义国家出现的各种危机有关。一方面，一批社会主义国家演变为资本主义国家，使社会主义运动遭遇打击，人们对现实社会主义的希望趋于破灭。另一方面，尽管资产阶级代言人一味高唱"历史终结论"，但人们又对资本主义的不公正、不平等、低效率的现实感到不满，产生失落感。这样，自我标榜既非"红"色，亦非"白"色或"黑"色，而是一种"绿"色的生态政治的出现也就正常了。到了90年代以来，绿党逐渐改变了对传统政党的排斥看法，吸取它们一些成功的经验，同时放弃后现代主义的一些极端观点，以求扩大自身的政治和社会影响以及获得欧洲主流社会的认同。两极格局终结后，社会主义运动遭受了严重挫折，有更多的共产党人和社会民主党人脱离原来的党，纷纷加入绿党，使绿党分化为红色绿党与绿色绿党。与以前相比，90年代以后的绿色运动呈现两大特点，即参与国际政治行为和政党政治。90年代中期欧洲出现的中左政府联合执政浪潮及与之相伴的"红－绿联盟"现象，使绿党的斗争主题从群众运动转向了传统绿党最为拒绝的政党政治。绿党运动进入政党政治的框架，导致其民间性、社会性有所降低。

其四，从超越到参与实现角色转换。以绿色政治为代表的新社会运动的突出特征是政治主体不是以阶级为纽带，而是包含着广泛的社会层面。它既代表了新的中间阶级和广大知识分子追求更高生活质量的利益和愿望，从而赢得了他们的支持，也吸引了处于社会边缘和弱势群体如妇女、移民的广泛参加，因而是一场名副其实的全民政治运动。各国绿党都一再声称，他们既非左派，也非右派，而是前瞻派。政治主体的转换必然导致政治主题和意识形态的变化。绿色政治作为一种新的意识形态则超越了传统意识形态的阶级界限。它不再像传统政治那样以彻底解放生产力，最大限度地满足社会成员的物质利益为最高目标，而是主张按照生态要求重新确定人类的生活方式和发展目标，更加强调建立在非物质价值基础上的生活质量，如人与自然的和谐和良好的生态环境，新的意识形态抛弃了过去的阶级斗争思维。尽管绿党一再标榜自己是"反对党"，但它以政党的形式出现并参加议会选举，这本身就是一种妥协。按绿党自己的看法，走议会民主的道路，只是一种权宜之计，它不是强化和加强议会民主制度，而是要通过"卷入"来改造和弱化这一制度，走进制度是为了超越制度。绿党坚持为社会尽义务，绿党的核心任务是为欧洲所有公民提供一个具有社会保障和生态保障的生存环境。主张在社会和就业政策中要考虑妇女的利益、家庭和职业间的协调、保障残疾人的就业和参与公众生活的权利，主张普遍的医疗保险、公正的养老金、接受良好教育权利等等。主张进一步扩大民主，要充分保护公民权、人权、妇女权利和少数民族的权利，推动和平政策进一步实施，赞成多边主义和裁军等。

其五，主张从单一到全面的政策。绿党成立之初，其国际政策最突出的是和平与反战，强调全球的生态整体性联系和相互依赖，主张各国合作，而不是争夺和对抗。主张支援第三世界国家的经济发展和政治稳定，缩小南北经济差异，这就大大增加了世界和平的基础和可能性。目前无论是在西方发达国家还是在发展中国家，人们越来越意识到在生态威胁面前没有国家利益，而只有全人类共同的利益，维护"地球村"的安全是各国共同的责任。20 世纪 90 年代以来，欧洲绿党继续巩固和平政策，赞成多边主义和裁军。反对大规模杀伤性武器并希望欧洲远离这类武器的威胁。他们主张积极捍卫人权和民主、社会和生态价值的自治和团结的欧洲对外政策，进一步推动公正的全球化。

新世纪，欧洲绿党通过对传统的价值观念、社会和经济发展模式以及国际交往方式提出质疑和挑战，重新审视和调整了自身的策略走向。绿党放弃了一些原来的政治特质，在某些方面甚至是背叛了自己的政治宗旨，以更加积极的姿态融入各国的政治角逐，这极大地提高了在现实政治中的参与绩效。而同时也引发了人们对于绿党能否继续保持绿色的质疑。但绿党一直在努力驾驭策略让步与原则妥协、现实趋近与理想变卖之间的关系，力图为人类提供更为宝贵的精神财富。近年来，绿色政治的另一个引人注目的特点是它的泛化发展，具体表现为它对传统的政党政治的"绿化"。传统政党的政治思想如自由主义、保守主义、社会主义、无政府主义、民族主义等，都或多或少地汲取了绿色生态主义的思想成分，将绿色思想纳入自身的政治主旨之中。20 世纪 70 年代以来西方的所谓中性化"新政治"，很大程度上就是绿化政治。西方发达国家的总统选举纷纷打"绿色牌"，"绿色"在发达工业国家已经成为获取政治资本、赢得公众支持的重要筹码。各政党在大选中，无不"绿化"自身的纲领，以吸引和取悦中间阶级和青年选民。在各党派的竞选宣言和纲领中，绿色条款都赫然在目。泛绿化是 90 年代欧美政治"中性化"的主要原因。当前，绿色意识形态正在成为当代西方民众反全球化运动的思想主流。绿色意识形态就其本质而言是以无政府主义为政治底色的。无政府主义对新自由主义秩序的消解和对公正和谐均衡发展的世界新秩序的美好期盼，恰恰是绿色理念的两个不可分割的客观要求。绿党运动标榜政治中立性，但是它本质上是反制度主义的运动。关注绿党政治的新走向，对于我们了解绿色政治何以能成为 21 世纪最有生命力的社会思潮，具有十分重要的理论和实践价值。

四、转型过程中政党现代性的维度之调整

（一）政治功能的转向与调整：统治到治理

当政党获取执政的时候，如何实施和确保政治权力的安全、规范和高效的运行，这个问题一直是人们关注的焦点。随着政党治理理念的兴起，人们逐渐将关注点从统治转向治理，从善政转向善治。人们在实践的探索过程中一直都没有放弃对理想政治管理模式期盼。弗朗索瓦—格扎维尔·梅里安就较早地探讨过这个问题，他曾经从国家角色的角度，将治国的理论分为新旧两种。旧理论代表的是统治的观点："有效的管理就是所谓的强国家（the strong state），即一个明显地区别于市民社会、拥有足够的资源，因而能够抗得住社会压力的国家。国家越强大，实行独立自主政策的能力就越强。官僚化和中央集权的程度决定着国家独立自主的程度。"[①] 新理论代表的是治理的观点："有效的治理意味着国家紧缩开支，变得不那么强有力而采低姿态，国家作为一个几乎并不比其他方面重要多少的合作者，与私营利益集团一起在网络中发挥作用。……这就无异于从由政府'自上而下的'统治过程向相互影响的过程转变。"[②] 可见统治面对的问题关乎权力的行使，治理面对的问题关乎权力的分享。在统治的观点看来，一个现代国家必定是一个强盛的国家；

---

① （瑞士）弗朗索瓦—格扎维尔·梅里安：《治理问题与现代福利国家》，选自《治理与善治》，俞可平主编，社会科学文献出版社 2000 年版，第 110 页。

② 同上，第 110 页。

在治理的观点看来，一个现代国家应当是一个适度的国家。"人们似乎在放弃'单方面的控制'而转向'从双方或多方面进行思考'，人们开始重视相互的需要和能力，并从这个角度来考察社会政治系统的（不良）特征及其治理。"①在这种转变中，不难看出旧的统治形式偏重社会的统一性，忽视或无视社会的多样性；新的治理形式在保持统一性的前提下，希望更多地兼顾社会的多样性。用斯莫茨的话来说："统治只存在于界限清晰的领域，而治理则是与世界秩序不可分的，而且不限于单一的活动领域。不可能存在没有世界秩序的治理，也不可能存在没有治理的世界秩序。"② 社会结构和秩序的变化导致政治统治的功能发生很大的调整，那么对于承接主要政治统治功能的政党来说，更要立足于现实社会的发展演变，加强政策调配的力度尽快实现由"统治"向"治理"的转变，整合各个方面的利益，维持社会的多样性。由统治型政党向治理型政党转变，具体体现在以下几个方面：

一是确保权力运行由控制向治理转变。传统的政党的权力运行方向总是自上而下的，依靠政党的政治权威，通过发号施令、制定政策和实施政策，对社会公共事务实行单向管理。统治追求的是一种线性的权力结构，权力沿着层级自上而下或自下而上流动，治理追求的是一种网络化的多中心结构，权力的流动呈现出网络状的特征；从权力的主体来看，在一定的范围内，传统统治强调的是一种"单一中心式"的主体，而治理强调"多元多中心"的主体；从政党权力的运作来看，统治侧重于行政式的外在控制，治理侧重于法治式的参与、激励等等。在组织生态环境发生了极大变化的情况下，相对于传统的统治观念，政党借鉴治理或善治的理念或模式对解决国际层面、政府层面或社区层面的问题具有一定的合理性，治理则是一个上下互动的管理过程。它主要通过合作、协商、建立伙伴关系、确立共同目标等方式实施对公共事务的管理，其权力流向是多元的、相互的，而不是单一的和自上而下的。政党治理是指政党引导各种机构管理公共事务，主要作用是调和各类矛

---

① （美）詹·库伊曼：《治理和治理能力：利用复杂性、动态性和多样性》，选自：《治理与善治》，俞可平主编，社会科学文献出版社 2000 年版，第 219 页。
② （法）玛丽—克劳德·斯莫茨：《治理在国际关系中的正确运用》，选自《治理与善治》，俞可平主编，社会科学文献出版社 2000 年版，第 265 页。

盾、协调各方利益，达到社会正常和有序运转的目的。通过治理政党在政府和公民社会之间建立合作互动关系，鼓励公民积极参与政治生活，发挥民间组织的主动性，使它们承担更多的职能，参与政府的有关决策。同时，政府向更加透明、法治、高效、务实的方向转变，成为公民可信赖的公共机构。

二是充分尊重各个政治主体的平等与自由。治理型政党和传统政党的最大不同之处在于尊重多元的政治主体，并在政治生态环境中，与其他主体间保持一种合作、协商、对话的关系，从而推进一定范围内公共事务的妥善解决。这些主体不仅仅包括政党组织，还包括其他的一些社会组织和市场组织。另外，各种主体间的力量并不要求完全一致。政党通过治理加强政党与国家的合作、政党与公民社会的合作、政党与政府和非政府的合作、以及政党与公共机构和私人机构的合作。

当代学者俞可平在《治理与善治》一书中，就善治的内涵提出六个基本要素：（1）合法性，即社会秩序和权威被自觉认可和服从的性质和状态；（2）透明性，即政治信息的公开性；（3）责任性，它指的是管理人员对其行为的负责程度；（4）法治，即法律成为公共政治管理的最高准则；（5）回应，它的基本意义是，公共管理人员和管理机构必须对公民的要求作出及时的和负责的反应；（6）有效，主要指管理的效率。善治的过程就是使公共利益最大化的社会管理过程。从善治标准的本意来看，法国学者阿尔钦塔拉认为：治理作为一个技术性的手段可以降低政治敏感度。此外，"善治"的目的也"不仅仅是要减少政府的作用而使之更有效率，而且是要将部分社会权力从政府和公共部门转移到个体和私营部门。在持新自由主义发展观的人看来，这种制度改革不仅是为了实现'良好管理'，而且最终将利于促进民主这一更高目标"[①]。"善治"的提出显示某种变化：放弃了它的章程所规定的政治中立态度，表示关心发展所需的某些政治条件，诸如合法性、公众参与变革、法律的地位、司法行政、人权和新闻自由。它还宣称支持非政府组织、工会及市民社会的各种运动。正是基于这一目标，《治理与善治》一书的主编俞可平在

_____

① 参见辛西娅·休伊特·德·阿尔坎塔拉：《'治理'概念的运用和滥用》，选自《治理与善治》，俞可平主编，社会科学文献出版社 2000 年版，第 21 页。

引论中指出："善治实际上是国家的权力向社会的回归，善治的过程就是一个还政于民的过程。善治表示国家与社会或者说政府与公民之间的良好合作，从全社会的范围看，善治离不开政府，但更离不开公民。……没有公民的积极参与和合作，至多只有善政，而不会有善治。所以，善治的基础与其说是在政府或国家，还不如说是在公民或民间社会。从这个意义上说，公民社会是善治的现实基础，没有一个健全和发达的公民社会，就不可能有真正的善治。"① 民主制度的成功与失败取决于它在公民对体制的认同和政争之间保持理性平衡的能力。只有对体制的认同，没有对政治的争论，这个社会就会缺少自由，缺少活力；相反，只有政治的争论，没有对体制的认同，这个社会就会脱轨、失序。理想的状态是体制尊重政争的合法性，政争以对体制的认同为前提和限度。值得注意的是，治理不是民主制度的替代物，而是对代议制民主的补充和深化。一方面，治理的机制需要在民主制度的框架中运作；另一方面，治理意味着民主政权的性质正在发生某种微妙的变化：面对社会的复杂性、动态性和多样性，旧的统治方式已经过时，新的治理方式要求公共权力的行使以政府与公民的互动与合作为基础。在这个基础上，公民参与公共事务的决策和管理的能力趋于制度化。因此有人说"治理"是"民主的民主化"，至少是代表了一种新的民主精神。它们与各政党一起构成了治理型政党的结构性要素。只有那些能对这些社会组织的利益诉求进行有效回应并与之互动的政党才能称之为治理型政党。

（二）政治权力由"单一中心"向"多中心"转型

如何看待政治权力是单一中心还是多中心，一般存在两种代表性的观点，即经典现代政治观和后现代政治观。经典现代政治观认为世界是"一个被划分管理者和被管理者、设计者和设计的遵从者——其中第一类人让设计符合自己的心愿，而第二类人既不希望也不能够去窥探行动计划并抓住它的全部

---

① 俞可平：《引论：治理与善治》，选自《治理与善治》，俞可平主编，社会科学文献出版社 2000 年版，第 1 页。

意义的一个世界；一个作出对它自己都几乎是不可思议的选择的世界"①。在这个世界中，"个人一直被束缚在一个复杂的、规戒性的、规范化的、全方位的权力网络中，这个权力网络监视、判断、评估和矫正着他们的一举一动。在社会场域中并没有'基本自由的空间'，权力无所不在"②。这种权力经过决策者的装饰和玩弄，再投放到生活世界之中，并对其进行操刀管制，造成了生活的窒息，使多元差异的社会失去了应有的活力，正如利奥塔所指出的："决策者力图采用一种输入输出模式。按照这样一种包含元素可通约性和整体确定性的逻辑来管理这些社会性云团。他们为了权力的增长而献出了我们的生活。"③ 而且"权力不仅仅存在于国家宏观的领域，而是在编织控制、管理之网的过程中，伸向了社会的各个角落，连人们的日常生活也不能幸免"④。人的多样的主体性、人与人的复杂关系和人的丰富的生活方式遭到了湮灭，"它遮蔽了复杂的相互关系、分散变化的多元性、个别化的话语系列、各种不能被还原为某种单一规律、模式、统一体或纵向体系的事物"⑤。政治现代性内在的丰富都被格式化了。后现代政治观认为，政治现代性自身的场域中，根本不存在大规模拒绝的中心，只存在多元的抵抗，权力不是高高在上的单向流动与控制，而是弥漫于整个社会之中，在社会的局部和毛细血管层次上扩散和发展。这种观点认为，现代权力更多地表现为一种关系性和流动性的权力，"在无数的点上被运用"，具有高度不确定的品格，而且是可以获得、抓住或分享的东西。"根本不存在可供争夺的权力源泉或中心，任何主体也不可能占有它；权力纯粹是一种结构性活动，对它来说，主体只不过是无名的

---

① （英）齐格蒙特·鲍曼：《流动的现代性》，欧阳景根译，上海三联书店 2002 年版，第 82 页。

② （美）道格拉斯·凯尔纳，斯蒂文·贝斯特：《后现代理论》，张志斌译，中央编译出版社 1999 年版，第 63 页。

③ （法）利奥塔：《后现代状况》，岛子译，湖南美术出版社 1996 年版，第 7 页。

④ （中）常士闇：《政治现代性的解构——后现代多元主义政治思想分析》，天津人民出版社，2001 年版，第 79 页。

⑤ （美）道格拉斯·凯尔纳，斯蒂文·贝斯特：《后现代理论》，张志斌译，中央编译出版社 1999 年版，第 50 页。

导管或复产品。"① 后现代政治观认为宏大叙事要遭到解构，关键在于中心权力的解构。他们认为："既然权力是分散且多元的，那么政治斗争的形式也就必然应当是分散多元的。"② 他们断言宏大叙事的陈述中，"早先对转换公共领域和统治制度的强调让位于新的对文化、个人的身份和日常生活的强调，正如宏观政治被局部转换和主观性的微观政治所代替"③。这种转变的目的在于"缩小官僚政治的和官方领导的范围，反抗等级秩序和官僚秩序，也就是分散有机的社会政治结构"④。在社会领域中，到处充满了解放、交叉和多元叙事，其目的是将个人置于规范性认同约束之下解放出来，促使其自由发挥，促使其成为抵抗的支点，促使其成为新的主体，促使其协商交流。后现代政治拒绝一种普遍思维的主体，反对以一部统一的国家机器撰写的宏伟政治，反对单一的主角，政治现代性的魅力在于它是处于一种游牧的状态，从一个阶层到另一个阶层，从一个群体到另一个群体，从一种组织到另一种组织，到处布满民主、自由的点，这些点是流动的，具有生命的活力。流动的点可以消灭等级，可以相互容易协商和沟通。在众多对现代性进行深刻反思的大师中，鲍曼采取的角度可谓新颖独到。在其重要代表作《流动的现代性》的一书中，以"流动"（liquid）一词，不仅直观形象地反映了当今的社会现实，而且暗示了时空关系的重大转变，从而推动了现代性从沉重的、固态（solid）的现代性到轻快的、液态的现代性的转变。在流动的现代性社会中，关于权力的那种单一、压迫和秩序的力量已遭到拒斥，权力也应当是相对和流动的。"因为权力是自由流动的，世界也必须是没有藩篱、没有障碍、没有边界和边境检查站的。任何严密的社会控制网络，尤其是扎根于领土疆域内的严密的网

---

① （美）道格拉斯·凯尔纳，斯蒂文·贝斯特：《后现代理论》，张志斌译，中央编译出版社 1999 年版，第 59 页。

② 同上，第 65 页。

③ （美）斯蒂芬·贝斯特：《后现代转向》，陈刚译，南京大学出版社，2002 年版，第 362 页。

④ Marcy Darnovsky. *Cultural Politics and Social movement*. Tempel University Press. 1995. p. 38.

络，是一个必须在前进道路上予以清楚的障碍。"① 政治现代性中的权力是各种力量关系的、多形态的、流动性的场，它在无数个点上体现出来，具有不确定性，而不是某人可以获得、占有的一种物，权力纯粹是一种关系，是一种结构性的活动。实质上"社会是由多种权力、臣服以及对抗形式构成的一个复杂的场域，它不能被还原为单一的场所或某种根本性的矛盾"②。随着社会各种自治组织、团体的发展，在某种程度上使政党传统政治功能受到挤压，其生存和活动的空间由无限转向有限收缩。从政党的政治理念来看，已由经典现代政治观转向后现代政治观。政党治理的主体已由单一中心结构转向强调"多元多中心"的治理主体；从政党的权力运作来看，已由传统的侧重于行政式的外在控制，转向侧重于法治式的参与、激励等，同时强调透明化、责任性、参与性。政党在确保自己占据主导地位的同时，引导其他主体在增进自身利益的过程中仍使公共利益得以实现，最终实现多元优态共存。

（三）治理方略的传承与创新：以妥协包容应对多元社会

随着 20 世纪中后期全球化给世界各国带来的深刻变化，传统政党组织的科层制结构发展到今天，包括其单向度权力运行、强制性的执行手段，在某种程度上确实已成为窒息党员民主的桎梏。这种治理方略日益显得与现实相脱节，其功能也由以往的富有成效而日趋失效，一旦政党治理失效直接导致政党发展陷入危机。雷日科夫在总结苏共失败的教训时说：它未能及时觉察那些早已飘然而至却又无法回避的变革，结果它被社会孤立起来。另外，党垄断权力的几十年里，丧失了开展政治斗争的能力，因为国内没有任何以别的政党和社会运动形式出现的反对派。结果，作为唯一的组织，党丧失了自身最优秀的品质——战斗精神、自我牺牲精神、大公无私精神——它的能力就慢慢地衰退。③ 另一方面，"政党是推进民主政治的工具。领导民主政治的

---

① （英）齐格蒙特·鲍曼：《流动的现代性》，欧阳景根译，上海三联书店 2002 年版，第 21 页。

② （美）斯蒂芬·贝斯特：《后现代转向》，陈刚译，南京大学出版社 2002 年版，第 227 页。

③ （俄）尼·雷日科夫著：《大动荡的十年》，中央编译出版社 1998 年版，第 166 页。

党，自身也应当是民主的"①，"极权主义是科层制度下权力高度集中的一个极端，它毁灭了民主程序"。要想在多元主义的格局中维系现代国家的存在，必须得益于理性化的妥协主义。也就是说各种多元力量能够在谈判和妥协的过程中，达成共识。就必须要求一种代表各种社会利益和整合各种社会力量的政党制度存在以包容性应对多元差异的社会。多元主义承认差异和变化，尊重利益表达的多样性，并力图拓宽社会团结的范围，特别是政治多元意味着权力的多样化，为实现各种利益提供了途径，为协调各种利益提供了场所，创设并维护一个开放的公共领域。面对多元的诉求，政党应当采取协调一致的行动并同时遵循共同的价值观、共同的政治目标，而不是仅仅靠意识形态的垄断才能整合各个方面的利益要求。例如，德国社民党在 1998 年的竞选纲领中，邀请一切社会力量与之合作，建立在社会和文化上更加多元化的公民联盟，表明多元化社会业已是其谋求广泛政治对话的一个前提。为了在多党政治环境中站稳脚跟，有所作为，欧洲一些社会党力图把自己"改装"成为具有全民性质、代表全社会利益的党，能够为社会各阶层和群体接受的党，同时扩大自己的"选民"基础，争取社会各阶层，特别是中间阶层的认可和支持。英国"新工党"和德国"新中间派"就是在这样的背景下应运而生的。伴随着全球化过程，人口结构在较短时间发生的变化，由文化与宗教差别引起的摩擦甚至冲突，带来了一些始料未及的问题，民族认同更具有开放性，建构一种超越任何愤懑的社会正义感，促进社会的包容性也就成了多元社会治理的重要内容。吉登斯把平等定义为"包容性"，把不平等定义为"排斥性"，而这种反映多元社会的包容性具有丰富的含义，包括容纳不同社会阶层、生活方式和价值诉求的多样性。一个包容的社会必须为那些不能工作的人提供基本的生活所需，同时还为人们提供多样性的生活目标。

无论如何，一个在现代性社会视域中生存的政党，面对新的多元社会治理必须动员最广泛的社会力量，才能实现政治上的刷新。这一点对处于社会转型期的执政党尤为重要，也就是执政党的施政策略不仅仅要代表基本阶级，也要代表更多阶层的利益；不仅仅是充当协调人，更要推出最能反映社会整

---

① 王长江：《现代政党执政规律研究》，上海人民出版社 2002 年版，第 218 页。

体利益的公共政策，以缓释由于利益多样化和社会多元化而产生的冲突。在全球化进程中，多元、差异存在于社会各个方面，要实现不同利益主体，包括政府、企业家协会、工会、非政府组织和各种新社会运动的要求，就必须把政党以外的各种政治资源汇聚起来，促进它们的交往和联盟。这是因为当今社会分层越来越多，利益越来越分化，政党不可能大包大揽，而承担各种功能的社区体现了集体行动的社会价值，可以为多元社会治理作出特殊的贡献。近年来出现了大量新的社会运动和非政府组织，如绿色和平组织、动物保护组织、女权运动、社会责任运动等共同体的出现，它们的影响力堪比政党、政府和企业界，且往往具有全球性的规模，这个社会力量谁也不可忽视。任何一个政党都要重视社群和市民社会理论，一个多元的社会，政府、市场和市民社会（或社群）之间应该保持某种平衡，否则，社会秩序、民主和社会正义就不可能发展起来。政党不能仅仅依靠某种谱系来垄断对政治的参与，它必须对社区紧张甚至失序作出准确的判断和反应，把不同层次市民社会合作的意愿整合到政党的治理体系中。

作为 20 世纪后期兴起的协商民主理论，是现实多元文化社会发展的历史产物，是不同利益主体之间存在的差异和分歧，并向往达成共识与统一的现实需要。在面对多元的社会，政党可以依据协商民主这种新兴的民主范式，来实现对社会的整合。协商民主的核心则基于理性的公共协商，即通过讨论、审议、对话和交流，从而实现立法和达成决策的共识，协商民主制度的实施激发了政治参与和公民自治。平等、参与、对话、公共利益、理性和共识作为协商民主的方式，诉诸直接民主、协商论坛、公共理性、协商宪政和司法实践，不仅对代议民主进行了修正和补充，在某种程度上也是对政党功能存在的一些不足的完善。因为，协商民主促使平等参与、达成共识、关注公共利益已成为协商民主制度现实的政治目标，并促进了决策的合法化以及不同文化间的理解。首先，协商民主能够培养出健康民主所必需的公共道德精神，如政治共同体成员之间的相互理解、相互尊重；尊重他人的需求和道德利益，妥协和节制个人需要的平等与尊重的道德精神；其次，协商民主能够形成集体责任感。协商民主能够使人们看到，政治共同体的每个人都是更大社会的一部分，承担责任有利于促进共同体的繁荣；再次，协商民主能够促进不同文化间的沟通与理解，形成包容与合作精神。通过公开的对话、交流和协商，各种文化团体之间就会维持一种深层的相互理解，从而成为建立参与持续性合作行为所需要的社会信任的基础。协商民主在现实的社会政治生活中具有超越已有政治模式的意义。例如，对问题与批评的创新性认同、对社会发展轨迹的社会批判，甚至一些政治替代性选项的提出，都更多地源于非正式的公共领域，而不是国家制度和政党制度。协商与对话的主体主要包括政治积极分子、媒体、政治评论家、知识分子、社会运动鼓吹团体以及普通公民，依据公共领域进行展开，可以说对政党和政府而言起着一种"预警系统"的作用。政党可以借助协商民主，在促进决策的合法化、控制行政权力膨胀、培养公民的公共精神，以及促进多元文化的融合等方面表现出政党的现代性价值，通过讨论、审议，并在政治上平等参与尊重所有公民道德和实践关怀的政策确定、活动过程中赋予立法和决策以合法性，同时促进了自身决策的合法化。在当今差异多元的社会中，政党的决策只有在获得广大政策对象的认同和支持，即获得合法性的基础上才能够有效实施。

第六章 中国政党现代性的生成与建构

　　中国政党的现代性诉求，是伴随着以民族觉醒、民族解放和国家独立等为基本话语来构建的政党政治。因为，现代性首先是伴随着西方启蒙运动而诞生的，对于中国政党现代性的建构来说，则经历着由模仿的现代性到学习的现代性再到自觉的现代性，期间的过程是艰难曲折的。由于马克思主义理论本身具有的开放性和世界性意识，中国共产党在接受马克思主义的现代性指导过程中，具体、科学和有效地结合中国社会发展的实际状况，实现了政党的"本土化"和"中国化"，并成功地把晚年马克思对发展中国家能否跨越资本主义制度的卡夫丁峡谷问题的思考转变为现实。在当今社会发展状况中，中国政党正在建构新现代性，新现代性既不同于经典现代性、后现代性，也不同于反思现代性，而是以超越现代性地平线的后现代向度来引领、改造的现代性，以构建和谐社会为中心，强调"以人为本"，以社会建设为中心，以社会建设推动经济和社会全面的发展。

一、模仿的现代性与中国政党的现代性试错

（一）民族意识的现代性启蒙与中国式政党的产生

中国现代性的自觉最初来源于民族意识的启蒙，以及伴随着民族意识启蒙过程中中国式政党的产生和现代性诉求。无论是民族意识的启蒙还是中国式政党的现代性诉求，都是以民族解放、国家独立、宗教、法权、阶级等为基本话语来构建中国现代性制度与秩序安排。因为，现代性首先是伴随着西方启蒙运动而诞生于以西方为中心的话语体系，尔后向周边扩散而形成的。显然，中国现代性的获得主要通过对于西方现代性的学习或模仿。"这就决定了中国作为后发的现代性国家，始终不能摆脱学习与模仿的现代性模式的支配。"① 中国社会实际发展的状况也印证了这一观点。

中国现代性的特征，首先把现代性所包涵的自由、平等、天赋人权、代议民主制度和政党制度等普遍性规约与中国民族的启蒙紧密联系起来，而且只有在这种文化背景下才能形成中国模式特征。很显然，这种模式不是自古就有的，而只是一种现代性的产物，是中国人经历了反复的挫折以及艰苦卓越的抗争才慢慢获得的。特别是鸦片战争以来，西方的坚船利炮冲破了中国人的"天朝大国"的思想，沉重打击了"唯我独尊"的心理。中国人在真实的遭遇面前切实感到，原来中国不再是世界上唯一的超级大国，而不过是世界民族国家之一。从此，对于每位中国个人来说，一个明白的日常体验事实出现了：眼中所见所感的天地变了，"自我"也必然发生改变。那种植根在中国人内心数千年的"天地之中"模式，已经让位于崭新的全球化视界中的资本主义模式，那种唯我独尊的优越感也丧失殆尽。19 世纪中叶的鸦片战争以后，西方现代性这套包含自由、平等、天赋人权、代议民主制度和政党制度

---

① 陈赟：《困境中的中国现代性意识》，华东师范大学出版社 2005 年版，第 322 页。

的普遍性政治规范，一下子推向国人面前。可当时的中国却毫无接受这套政治规范的准备，更不用说利用现代性来改造和提升中国的民族性了。早在1915年陈独秀就对中国现代性的"特征"作了探讨，他认为现代性的特征应当是那些"最足以变古之道、而使人心社会划然一新者"，即最能够转变古典规范而使人心与社会都焕然一新的那些要素。这确实有道理。对于这种特征，他提出了"三事"："一曰人权说，一曰生物进化论，一曰社会主义。"①这"三事"都涉及有关人类个人与社会发展的新观念，例如，自由、人权、平等、民主等，确实是现代性题中应有之义。虽然，当时中国的传统根深蒂固，很难一下子接受西方现代性的洗礼。但现代性意识已经开始在国人之中蔓延。从1860年展开的自强运动以来，中国士大夫阶层部份有识之士已认识到中国所面对的不再是过去王朝历史所遭遇的蛮夷戎狄，逐渐承认西洋诸夷也自有其礼义节度，且其船坚炮利之术更远胜中国，并主张学习西方，改造中华民族，实现中华民族的启蒙。例如魏源所主张的"师夷长技以制夷"，张之洞提倡的"中学为体，西学为用"等都是因应世变的对策，虽然在整体上仍未背离文化中心之族类思想的樊篱，但毕竟开启了国人学习西方现代性的先河。1895年中日甲午战争，中国的民族主义澎湃兴起，波涛汹涌，极尽曲折变幻之能事。当然，更重要的是，一群脱离传统体制，负笈异国的新式知识分子，在留学期间，直接、间接受到十九世纪末期盛行欧美的各种现代性主义思潮的浸濡，并且透过翻译、著述的手段，剿袭、向国人散播各项新观念，变成一套可以明确叙说的理念，来指引中国民族的启蒙。

　　晚清知识分子在提倡民族主义和民族启蒙的过程中，要求建立一个能够完全实现民族单位与政治单位相契合的现代民族国家的时候，却面临了一个艰难的困境：依据什么把民族单位与政治单位结合好，从而顺利建立现代民族国家，这是一个严峻的现实的问题。虽然这些知识分子同具"救亡图存"的宗旨，却因出身经历与政治立场的迥异，而对中国"民族"，存在着极为不同的理解方式；他们也各自透过不同的编码程序，来界定中国"民族"、"政治"和"国家"的边界。例如，梁启超当时就是从具有政治性的国民概念出

---

①　陈独秀：《独秀文存》，安徽人民出版社1987年版，第10页。

发，开展对现代性的认识与理解。梁启超宣称，中国当前之急务，端在推动政治改革，培养健全之国民，以造成一个强固之国家组织。为此，梁启超扬弃了"民族主义"的口号，改揭为"国民主义"与"国家主义"之旗帜，强调人政治主体性的发挥。梁启超一方面极力反对排满革命，同时大力要求清廷实施改革，树立政治权威，再藉立宪法、开国会等政治行动，来为中国国民提供一套凝聚共识的法制架构；另一方面，他又高举"新民"的理想，要求国人自我改造，养成与国家为一体的国民认知能力与资格。这种以国家为归置的民族主义论述，虽未能在晚清付诸实现，却为此后中国民族主义的高度国家化，奠定了有力的基石。梁启超所确立的国民论述，其实乃是一种以国家为中心的民族建构。民族主义这个概念无论是多么飘忽不定，却是一个已有几百年历史的客观存在。在其兴起、发达、普及的过程中，人们在自觉不自觉地投身其中，获得了感受，积累了经验。民族的具体问题不同于历史，但主题的实质都是民族、国家的生存与发展问题。西方列强是用坚船利炮打开中国的大门的，近代中国的历史是屈辱的历史，是备受西方列强压迫、剥削、打压的血腥史。这是中国民族主义产生、发展、壮大的深刻根源。从这个意义上说，中国当代的民族主义是受激型和反思型的民族主义。反抗西方列强侵略压迫，救亡图存是近代以来中国民族意识的现代性启蒙的第一个阶段。

从"五四"运动到中华人民共和国的建立，可以说是中国民族意识的现代性启蒙的第二个发展阶段。在近代中国民族意识的现代性启蒙发展史上，"五四"运动无疑是一座具有典范意义的里程碑。"五四"运动可以说是中国近代民族主义运动最为耀眼的精神标志。"五四"运动之后，中国民族意识的现代性启蒙，也逐渐由外在的表象涉足于深层次的内涵。从"师夷长技"转而到学习西方的宪政制度，再到学习西方的文化伦理，构成了现代中国人日益深化的"觉悟"层级。① 尤其是在面临如何实现民族单位与政治单位相契合的现代民族国家建构时，具有现代意义的政党便顺应历史潮流而生。在当时

---

① 陈独秀在《青年杂志》第 1 卷第 6 号发表《吾人最后之觉悟》，谓中西两种文化"凡经一次冲突，国民即受一次觉悟"。

中国的政治生态中，只有具有现代民主意义上的政党才能担负起实现民族单位与政治单位相契合的重任。一时间，大大小小一百多个政党雨后春笋般出现，一下子搅乱了当时的政治局面。乘民族主义浪潮而崛起的中国国民党、中国共产党两大政治共同体脱颖而出。这两个大党承袭了西方现代性意识，并依靠各种国家暴力与意识形态机器，通过阶级的或民族的自觉，努力实现民族的传统性向现代民族性的转换，试图塑造一个以现代性政权为认同对象的民族国家，从而开启中国民族现代性的启蒙意识，同时也宣告了中国式政党的产生。自从中国政党产生以来，中华民族的启蒙任务更多地由政党来承担，但是，在当时中国社会发展实际过程中，政党更多地担负中华民族的救亡图存的任务，启蒙让位于救亡，这为后来中国现代性自觉构建带来不少消极因素。

（二）模仿的现代性与政党政治的显现

清末民初之际，在当时的中国政治生态中，各种思潮、主义粉墨登场，同时也涌现出许多以主义和思潮为理念的政治共同体。这些政治共同体，有的叫"党"，有的叫"会"，有的叫"社"，还有的叫"朋党"。这些政治共同体或因利益相同，或因政见相近，或因脾气相投，或因地位相当；有的代表某个政治主张，有的代表某个地方，有的代表某种职业，有的为暂时的联盟，有的纯属乌合之众。这种作为具有一定活动和影响力的政治团体，并具有一定组织形式和政治主张与纲领的现代意义上的"党"开始正式登上中国的政治舞台。这期间的中国政党政治发展仅仅是停留在对西方现代政党体制的简单模仿与挪用阶段。

现代政党政治中的"党"这个词语在中国历史文化中早有出现，例如：党争、党祸、党羽、党议、党锢、朋党、结党营私、党同伐异等等。在东汉桓帝时期曾经出现过党锢之争、唐朝时期的牛党与李党之争，北宋时期有庆历党争、明末时期的东林党与阉党的冲突等等，给当时的政治和社会带来的巨大灾难和捣乱。因此，在中国传统士大夫因有"君子不党"之说。在民国初年，鉴于对西方现代性政党的好奇、羡慕进而进行学习与模仿，一些政治团体纷纷组建政党，一时间政党运动骤然活跃。当时，政党缺乏现实社会基础，现代性意义上政党的体系和结构并没有被认清和了解，只是把政党这个现代概念拿来与中国过去的代表小集团利益的朋党之流的传统功能嫁接，由此形成的政党体系必然是一个封闭的系统。在一个封闭的系统中，"根据熵增加原理，一个系统随着自身熵的增加会自发地从有序走向无序"①。这种耗散结构论，能够很好地说明民国初期政党政治的现象。政党忽生忽灭、忽多忽少，更令人奇怪的事，很难在当时政权中看到政党的活动痕迹，更不用说政党参与政权履行政治功能了。民国初年的政党政治，从总体上看是无序和分散的，很不成熟，主要表现是：一、缺乏社会民众基础。政党的成立与壮大必须有一定的社会集团支撑，与特定社会集团保持密切联系。但民初的政党基本上只是少数人在为数众多的弱小而短暂的同盟会和集团之间相互进行竞争，这些集团持久性很差且无结构可言。② 这些政治集团未尝不可谓之为政党，但他们缺少政党必备的持久组织和社会基础。与此相应，"政党没有独立的利益集团支持，变成了寡头政党"③。二、政治纲领空洞，党纲混同。同盟会有过鲜明的政治纲领，但满清政府一倒，失去了主要斗争的目标。政党的主要的政治纲领则发生变化，除了有"统一"、"共和"主张外，其他主张与各政党无原则区别。三、政党聚变神速，具有朋党、会党之气。这种变迁大都以党魁的利益为出发点，其聚散离合变化莫测，速度之快也令人惊叹，其特点与传统的朋党、会党没有多大差别。四、党员跨党现象十分普遍。一个人同时加入几个党的事情并不罕见，例如，梁启超有 3 个党籍，赵秉钧有 8 个党籍，黄兴、伍廷芳等人竟有 11 个党籍。民初政党政治的畸形与病态表明，它们与真正的具有近代资产阶级意义上的政党还有相当距离。这便决定了它们在民初的政治生活中，也不可能像西方政党那样，为某种公共利益，政党担负整合和沟通各个方面利益诉求，"为人们在一个观点多元化和利益多元化的社会里有秩序地、和平地表达自我创造了条件"④。当临时政府北迁后，特别是在国会大选前夕，政党迭兴的势头有增无减。政党的活动与前又有所

---

① 沈小峰等编著：《耗散结构论》，上海人民出版社 1987 年版，第 113—114 页。
② 荣敬本、高新军：《政党比较研究资料》，中央编译出版社 2002 年版，第 46 页。
③ 邓亦武：《论民初政党政治的畸形化》，载《孝感学院学报》第 22 卷第 2 期。
④ 荣敬本、高新军：《政党比较研究资料》，中央编译出版社 2002 年版，第 46 页。

不同，这一时期政党政团的重新组合成为政党活动的突出特点，形成了"小党则化合为大，多党则并合为少"的政党合并潮流，其目标直指国会。当时的政坛上主要形成了共和党、统一党、国民党、民主党四大政党。

"五四"运动以后，中国政党的生存环境发生急剧的变化，这深刻影响了政党政治的发展。经过严酷的政治洗礼，许多政党纷纷退出了政治舞台，具有一定开放意识和民族觉醒的国民党获得了社会民众认可，转变为工人、农民、城市小资产阶级和资产阶级的民主革命联盟。国民党在很大程度上超越了传统中国一般意义上的朋党、会党，无论在结构、政治功能还是价值理念上，初步具备了西方现代民主制度中政党的一般性特征，并在当时社会环境中产生了巨大的政治影响。紧随其后的是以马列主义为指导，以工农联盟为基础，倡导阶级斗争和民族解放的另一个政党——中国共产党的横空出世。当时的共产党主要是拿来列宁主义作为党的指导思想，在斗争的实际过程中，注意加强与社会劳苦大众的联系，领导工农运动，受到贫苦大众的欢迎和支持。在当时的中国政治生态中以国共两党为主要代表的政党都在不同程度上接受西方主义的影响，与西方现代性存在千丝万缕的联系，同时还加强了与本国社会大众的沟通和联系，改变了政党的体系和结构，并且处在全球化的开放体系当中，这种开放性使政党逐渐摆脱传统与保守，从社会各个层面和各种信息中获得源源不断的能量，慢慢发展壮大。当时间迈入 20 世纪 20 年代之后，各主要政党在政治搏弈的过程中，优胜劣汰，在力量对比不断变化的过程中，国共成为两大主要政党。国共两党之间进行长达几十年的生死搏斗，或分裂或合作，中国社会政治面貌也发生了天翻地覆的变化。

（三）模仿的现代性与党国体制型政党建构

模仿的现代性被错置为中国现代性的主题，这是中华民族现代性启蒙过程所遭受的一次最大误区与曲折。当时的欧美与苏俄的现代性逐渐地被理解为普遍的现代性图景的不同揭示而不是地方性的知识的不同类型，而构成中国政党模仿的对象，现代中国学人在它们之中寻求着未来命运的可能性，并为此曾经彷徨失落、曾经艰难曲折，也曾经付出惨痛教训。这样一来，学习的现代性就具有了转化为模仿的现代性的可能。一旦人文思想，建基于模仿的基础之上，那么，自身的历史与问题就会在陌生的框架中加以理解从而被遮蔽，同样，文化与民族的个性也就很难进入人们的视野。① 如果说胡适在对模仿加以肯定的同时还承认了模仿的工具性质，那么，陈独秀已经在借用奥古斯丁·孔德的语言来赞美模仿了："人类进化，由其富于模仿性，英雄硕学，乃人类社会之中枢，资其模仿者也。"② 于西方文化的非批判的盲从，正是学习的现代性转化为模仿的现代性的标识。而对于模仿的现代性模式的批评，则构成了现代中国思想对于现代性的诘难和反思的重要的一环。人们深切感受到，在模仿的现代性已经发生广泛影响的历史情境下。发展物质建设，寻求富强，乃是中国现代性的号角之一。模仿的现代性出现具有特殊的历史情境，是在当时中华民族救亡图存的状况下凸现的。但模仿的现代性过度强化了现代性的工具理性，直接导致了传统的人文政教型的中国到技术经济型的中国的转变，在传统世界观中并不起主导作用的经济现象现在成了社会生活得以旋转的主轴。在这个转变过程中，西方文化是作为一个完善的范本的形象出现的，并没有与中国传统文化结合好成为中国经济发展的支撑与根基。与此伴生的是，国家主义、爱国主义以及以牺牲、奉献为核心的现代道德的兴起，以及自由、平等、人权、代议制民主、选举民主、有限权力等理念。这些构成了西方近代文化的核心的东西，现在正一步一步地进入现代中国的精神气质与社会秩序的中心。它们所衍生出来的社会历史意义和影响，在那个仅仅把国富民强作为国家现代化内涵的时代，是很难被充分估计和认知的。

随着中国近代历史的曲折展开，特别是"五四"运动以后，"欧美与苏俄的现代性逐渐地被理解为普遍的现代性图景的不同揭示而不是地方性的知识的不同类型，而构成模仿的对象，现代中国学人在它们之中其中寻求着未来

---

① 耐人寻味的是，新文化运动的主将胡适与陈独秀，都在很大程度上肯定了模仿。胡适在《介绍我自己的思想》中明确表示："肯认错了，方才肯死心塌地的去学人家。不要怕模仿，因为模仿是创造的必要预备功夫。不要怕丧失我们的民族文化，因为绝大多数人的惰性已尽够保守那旧文化了，用不着你们少年人去担心。你们的职务在进取不在保守。"参见欧阳哲生编：《胡适文集》第5卷，北京大学出版社1998年版，第515页。

② 陈独秀：《驳康有为致总统总理书》，《新青年》第2卷第2号，人民出版社1954年影印本。

命运的可能性。"① ……如果我们把视野投放到 20 世纪上半期的中国社会，我们不难发现主宰当时中国命运的国民党与共产党政党，虽然在政治理念、指导思想和奋斗目标上存在很大差别，但是如果进一步比较，我们会发现两党存在诸多的相似之处：师法苏俄，走列宁式道路，按照布尔什维克的原则建党，党高于国，党指挥枪。实际上是以最高军权赢得党内的最高地位，全党服从领袖，重视和控制宣传舆论，实施权力集中等。在 20 世纪 20 年代末，国民党取得执政党地位，独占国家权力，竭力将其他党派排斥在政权之外。当时的另一个大党——共产党，由于具有广泛的社会基础和大批底层民众的支持，国民党不能将其彻底消灭，共产党得以在农村建立人民民主政权，与国民党抗衡周旋，并形成两党对峙的局面。再加上其他资产阶级民主党派，当时的中国政党体系呈现出：一党独大、两党对峙、多党并存的状态。

在 20 世纪 20 年代以后的中国政党政治面貌，虽然是一党独大、两党对峙、多党并存的状态，但共产党已被国民党打压，主要局限于在偏僻的农村活动，其他民族资产阶级小党，活动零散，影响力小，无法对国民党构成威胁。此时的国民党，抓紧利用当时的有利条件进行党权建设。国民党的政治行为的基本思路主要秉承于蒋介石的新权威主义的统治思想。蒋介石的新权威主义统治思想的主要特征体现为：强调党魁的思想，以蒋介石本人作为国民党的核心，实行高度集权的新军事强人的统治，以推行兼具历史延续性与变革性的社会发展。尤其在国民党建构和发展的前期，更多的是采取师法苏俄的列宁主义式建党模式。他们以苏联模式为蓝本，改造和重新构建了国民党的政治体制。为了更快更实效地推进这项进程，他们还引进了共产国际代表的形式，以加强改造国民党的政治体制。其中最活跃、权力最大、这方面贡献也最大的，就是大革命时期苏联派驻孙中山南方国民政府总政治顾问鲍罗廷。他到广东后不久就有人称："苏联的影响已经悄悄地渗透到每一个角落，甚至政治军事机器中最小的齿轮。"② 鲍罗廷在把苏联共产党模式嫁接到

---

① 陈赟：《困境中的中国现代性意识》，华东师范大学出版社 2005 年版，第 325 页。荣敬本、高新军：《政党比较研究资料》，中央编译出版社 2002 年版，第 46 页。

② （美）乔纳森·斯潘斯：《阳光下的生活——鲍罗廷在中国》，选自《共运资料选译》，1983（8），第 51—58 页。

国民党的过程中受到孙中山的重用，例如，孙中山北上时曾指示蒋介石等人说："鲍罗廷的主张，就是我的主张，你听他的主张，要像听我的主张一样。"[①] 鲍罗廷是国民党改组的主要策划者和指导者之一，在他的主持下，先后制定了国民党改组的纲领草案和国民党"一大"的一系列重要文献，并为以后国民党政权的"党治国家"或党政不分的政体形式奠定了基础。在加强政党体制的改造的同时，国民党还仿照苏联红军的建制，首先在黄埔军校建立了党代表制。这样，依据"黄埔军"及在此基础上发展起来的"党军"，就成为当时广州政府唯一可靠的军事支柱。以后，随着形势的成熟和发展，改组那些名义上集合在国民政府旗帜下，但各行其事的广东境内各派大小军阀的部队，也被成功地改造为南方国民政府军队。当时军队的改造是在苏联驻华总军事顾问加伦将军的直接领导下进行的。为了加强军队的思想、政治和纪律建设，国民党又接受苏联有关方面的建议，制定了《军队党代表条例》，以军队中独特的党代表制的实行，来加强对军队的掌控。国民党在吸取苏俄建党经验时，不但没有把政党中具有普遍性的东西与具体的本土性的结合好，甚至在结合的过程杂糅了许多中国传统统治强调权谋的人治色彩，因此被有的学者称为"歪曲性吸取苏俄一党制经验"而形成的国民党政治结构，"在特定的历史条件下，苏俄革命专政的形式成了蒋介石在中国强化其统治的工具"[②]。国民党政治体制相似于苏联体制的因素或成分，概括地说，就是所谓的"党治国家"或以党代政。并且它已经不是一种单一的因素，而是逐渐构成了一个体系，一个不能割裂的体系。现在将国民党政治体制中所含若干苏联因素或与苏联相似的成分一一加以说明。主要体现在以下几个方面：

一是权力高度集中。以党治国，列宁的表述是：苏维埃政权"属于我们的党"；共产国际主席季诺维也夫则认为："无产阶级专政就是共产党的专政"；斯大林的理解和实践就是"总书记的个人独裁和专政"。[③] 而蒋介石、国

① 《鲍罗廷在中国的有关资料》，中国社会科学出版社 1983 年版，第 76 页。
② 高华：《关于南京十年（1928—1937）国民政府的若干问题》，南京大学学报 1992（2）。
③ 柳植：《1917 年俄国革命原因与后果的相悖现象》，选自《东欧中亚研究》1998（5），第 3—14 页。

民党加强了集权统治干脆就将此引申为"一个党、一个主义、一个领袖"。所以国民党政权内部与苏联一样，一切统一于党，统一于中央，统一于领袖，民党政权与苏联一样，党和国家领导人的职务因人设置，并容易集权于领袖。如以孙中山逝世后所设的国民政府主席一职为例，国民政府按苏联政治体制实行委员制，主席一职开始基本上是虚设，是名义上的国家元首，一切政务由委员处理，没有也不需要权力制衡。它不像西方现代宪政体制立法、司法、行政三权分立，相互制约、相互平衡，而是合三权为一体。这也是孙中山"五权宪法"之精神。**二是国民党中央政治委员会的设置。**国民党中央政治委员会，简称"中政会"，其职能与俄共（布）政治局基本相似。但实际上二者的职能差异很大：以前的中常委只处理党务，而中政会既管党务又管政务。中政会第一次会议就决定组成军事委员会，这说明从一开始它就拥有决定重大行政及其人事问题的权力，基本定下了党政不分、以党治国的方针和基调。而国民党内实行的又是中央集权和领袖独裁。所以国民党政权内部与苏联一样，一切统一于党，统一于中央，统一于领袖，没有也不需要权力制衡。**三是军队党代表制和政工制的设立。**蒋介石于 1924 年 5 月正式说：党代表制度是"救济中国军校的唯一的制度"，"宁可无军队，不可无党代表"。① 这是当时的一种趋势。以后国民政府的军队实际上是国民党的"党军"；只是这个"党军"在"四一二"反革命政变后，却基本上控制在蒋介石手中，蒋介石的独裁实际上也是党军领袖独裁。这是蒋介石歪曲性地接受苏联一党制经验的结果之一。② "十月革命一声炮响"，"以俄为师"或"走十月革命的道路"，这些是 20 世纪上半叶中国社会流行的主流政治话语。为西方的现代性所吸引，中国共产党和国民党都曾身不由己地融入学习西方变通中国的大潮之中。但和共产党相比较，国民党随波逐流、投机取巧，采取实用主义甚至歪曲性地利用苏俄经验。对于中国这样一个人口众多、幅员辽阔、经济落后的后发展国家，促进社会转型同时又要确保社会的发展与秩序稳定的一个重要条件，

①　杨奎松：《蒋介石走向"三・二〇"之路》，选自《历史研究》2002（4）。
②　高华：《关于南京十年（1928—1937）国民政府的若干问题》，选自《南京大学学报》1992（2）。

就是对国家的人力与物力资源进行快速积聚。因此，确立政党的权威，由政党领导国家对社会实行某种程度的控制性指导，有一定的合理性。但是，利用传统建立权威以积累人力与物力资源，并不能真正推动国家的现代化。政党的权威必须建立在社会变革的基础上，只有建立富有活力的政治、经济结构才能真正促进权威的确立，并有效积累社会资源。反之，为了维护统治集团的私利，利用传统抗拒变革，拒绝容纳社会变迁中产生的新的社会力量，忽视社会变革的全面、协调的推进，就很难获得社会成员对现有秩序的支持，政党和政府的权威既不能真正建立，社会的人力与物力资源也难以集中。在蒋介石新权威主义统治策略指导下建立的国民党的制度结构，保留了中国传统政治的大量痕迹。首先，国民党的政治制度功能分化缓慢，权力高度集中，一切权力最后集中到一个人手中。国民党的政治体系完全排斥权力制衡关系，既不存在党内制约，也不存在社会制约。其次，一党专政的巨大封闭性，排斥了带有根本意义的社会变革力量。蒋氏集团以"中国国情"为由，拒绝在农村进行土地改革，拒绝为中产阶级提供可以影响国家政策制定的参政渠道。为了维持既存的社会结构的稳定，蒋介石把一切要求改革的社会力量均视为是异己。再次，排斥其他政党的主体性。选择的是一种中国传统式的统治方法，基本放弃了对社会各阶层利益的冲突进行调节的缓和方式，主要利用镇压与控制。国民党的性质决定了它不可能在政治上把被统治者有效地组织起来，因此，它的统治一直缺乏稳定的先决条件，其制度运转的动力并非来自社会各阶层对它的支持，而是完全依赖于军事强权统治。

蒋介石的新权威主义政党，与现代国家之作为政府——政党的规范状态不同的，是典型的党化国家理论建构的代表。国家——政党——社会，三维一体，乃是以历史语言文化共同性为基础的民族与政府（国家）结构的结合体。但是党化国家，则是一个建立在具有支配民族命运基础上的强势、独大的政党对于国家权力的独占。无疑，党化国家是民族国家的一种变态形式。党国一体的党化国家，简单地讲，就是独大的、占有国家权力的政党对于国家一切权力的垄断。这些权力，既包括政治、经济等可以实体化的社会权力，也包括观念、教育、文化等虚化的话语权力。这种权力结构，从国家结构机制层面分析，党国——党军——党政的一体化结构，就显示了这一结构的权力渗透状态。"党国"是将政党权力与国家权力直接合一。"党军"是将政党权力与军队暴力合一。"党政"是将政党权力与政府权力合一。三者完全合一，便将现代国家的所有权力高度归并起来，使得权力的垄断完全可以达成。"党国"将国家党化，"党军"将暴力党化，"党政"将国家权力党化。从而使得掌握国家绝对权力的政党可以绝对没有权力挑战者和替代者，党国体制型政党也是经典现代性政党的一种表现。但是，在传统与现代边沿徘徊的民族性的中国，现代国家形态以党化国家的形式兴起，是具有其一定的历史合理性的。从总体上讲，像中国这样的后发外生型现代民族国家的兴起，所具有的历史紧张感常常导致民族——国家兴起过程中诸社会要素的变型组合。之所以会发生变型的组合，是因为作为文化民族存在的古典国家的主体，在现代国家诞生之时无法提供给新型国家以政治民族的支持力量。要想全面实现现代性的自觉意识，既要学习物质层面的现代性、制度层面的现代性和文化层面的现代性，又要把它们完美地结合才行。在当时中国，相对于政治上比较羸弱的文化民族状态，在政治上比较成熟的政党可以提供给国家建构以各方面的支持力量：其一，观念设计。后发外生的现代国家是具有思想家与政治家自觉设计国家形态的特点的。具有民族主义自觉性的，不是所有的民族共同体成员，而只是少数建构或加入政党的领袖人物和政治精英具有的政治理念。这些人就成为后发外生型现代国家建构的观念提供者和领导者。他们从党派立场出发思考国家建构问题的视角，也就决定性地影响国家的实际建构状态。根据他们的党化国家理念，将政党与国家连接为一体，也就是顺理成章的了。其二，制度建构。后发外生型的现代国家常常是处于传统政治实体制度供给短缺的状态下向现代国家转变的。因此，以什么样的政治组织及其政治尝试来替代传统政治制度的制度体系，政党就具有组织国家的"先天优势"。无疑，在中国现代早期有思想家、政治家对于中国国家的制度建构贡献过零散性的意见。但是真正可以称为系统的现代制度建构思想并落实到实际政治过程之中的，还是国民党与共产党的政治思想与制度建设。其三，社会动员。一般认为党国体制型政党的社会动员方式主要有两个：一个方式是政党因素楔入民族转型，即促使中华民族从文化民族转变为政治民族，构成为政党支配国家而形成党化国家的重要原因；另一个方式是政党因素注入社会运动，即由政党担当组织散沙般的中国传统社会而使之形成组织起来的现代社会，并使得进行这种组织的政党足以获得配置各种社会资源的绝对权力。政党成为了社会动员的组织者和领导者。

初级的模仿产生的结果：党国体制型政党现代意义上的政党在中国出现后，短短几十年时间之内，中国迅速将西方国家在近二百年间实行过的政党制度都试验了一遍，直到中国共产党领导的多党合作制度确立为止，才使中国逐渐摆脱了模仿转而学习进而构建属于自己的新现代性的自觉意识。试验过程本身既反映了现实进程自开始起就带有明显的政治选择性，同时也体现了探索适合现实需要的政党制度的曲折性。政治选择性主要表现在：欧美模式与苏俄模式，这两种政治制度哪种更适合中国政党制度的嵌入，为中国政党架构，并使中国政党迅速有效地领导和控制中国的政治局面；曲折性表现在：中国长期受封建顽固势力阻挠，资本主义处于艰难萌芽状态。从现实所接受的遗产看，地理环境封闭，自然灾害的频发，人口相对过剩，自然资源匮乏；社会方面民族构成多样，贫富差距和社会分化造成社会底层动乱，以血亲为纽带、家族为取向的宗法关系构成社会基本关系；经济方面长期的以自给自足为特征。同时，国内政治衰败使中国无法有效建立起真正的政治权威来应付民族危机、改变中国在世界体系中的依附性地位，政治权威的缺失引起社会认同和文化认同的危机，各种危机交织在一起形成中国社会空前的整体性政治危机。面对这种时局，李大钊指出，究竟也要另有团体以为代替，否则不能实行改革事业。这个团体不是政客组织的政党，也不是中产阶级的民主党，乃是平民的劳动者的政党。陈独秀更是一针见血：只有以共产党代替政党，才有改造政治的希望。中国现代国家兴起是一个历史发展过程。这一历史过程从结构上讲，显现为从早期呼吁文化国家转变为民族国家，到建构民族国家的理性努力遭遇挫折后，开始由模仿性的政党向本土化政党转变。中国政党认真地检点了把特定历史环境与人文环境中的对方无限放大，作为一种普遍的范式加以尊崇，拒绝了多元和地方视角的思路，把西方现代性置于中国现实环境中，通过实践的反复检验，一方面加强民族认同、国家建构的自觉，另一方面加强现代国家建构的宪政政治的追求。把文化与民族的个性纳入政党的视野，使中国政党既容纳了西方现代性中人权、自由、平等和民主等普遍性元素，又显示出"本土化"和"中国式"的特殊资质。

二、自觉的现代性与本土化政党的建构

（一）政党的中国化开启

正是这种在社会生活中起主导作用的对于西方文化的模仿的意识，导致了中国传统的社会秩序的解体，从而使中国社会失去了自我调节的能力，失去了固有秩序的基础，整个中国便不得不一味处于被动的地位。这种模仿的照搬，所实际起到的恰恰是相反的作用："从工业社会产生出来"的"教育"、"法律"等等，"于都市文明中有其位置与作用。搬到中国来，既安插不上，又失去其意义，乃大生其反作用"。① 正是这种模仿的现代性模式，破坏了中国乡村，导致了中国传统秩序的解体。梁漱溟认为，帝国主义的侵略乃是破坏中国乡村社会的外力，但是"惟自觉地破坏，我认为是更有力的"。"所谓自觉地破坏，那就是为外力破坏所引起之几十年来的民族自救运动。这里面包含对于西洋的模仿追趋和对固有文化的厌弃反抗。后一点尤其重要。……抛开自家根本固有精神，向外以逐求自家前途，则实为一向的大错误。"② 由于失去了本己性的东西，现代中国也就成了外来观念与符号的试验场地，现代性浸润中国的进程存在三个阶段：第一阶段，中国与现代性在物质技术层面上的碰撞和对接。鸦片战争以后，中华民族的那种天朝大国的意识一落千丈，根据战败的亲身经历，开始意识到西方物质技术的先进，被迫向西方学习"奇技淫巧"，开展"洋务运动"，以"中学为体、西学为用"为宗旨。但这些活动只限于在物质技术层面与现代性对接，并没有从根本触动中国专制的传统。第二阶段，中国在制度层面上与西方现代性的对接。甲午中日海战

---

① 《梁漱溟全集》第二卷，山东人民出版社 1994 年版，第 151 页。
② 同上，第 198－201 页。

之后，国人认识到仅凭"奇技淫巧"是不能从根本解决中华民族的复兴的，需要学习和引进西方先进的制度。从早期的市民阶级实行的"康梁变法"到孙中山、黄兴、章太炎等领导的辛亥革命，终于实现了从形式上对封建制度的革命。他们成为将西方现代性制度正面嫁接到中国现实的桥梁和纽带，但并没有触及封建制度的根基——封建土地所有权。这种嫁接的制度并没有实现中国的现代性。第三阶段，在思想层面上与现代性的全面对接和碰撞。物质技术层面的"奇技淫巧"与制度嫁接的失败，到底是一个什么样的现代性思想与理论才能成为指引中华民族前进的指路明灯？中国辛亥革命后，人们加紧了对中国命运的反思和探索，"五四"运动新文化使代表西方现代性意识形态的各种思潮大量涌入，造成国民心理的大开放和大撞击。期间，加杂在各种思潮中的马克思列宁主义，作为具有独特的科学性、真理性和规律性的认识，传入中国之后，很快与工人运动结合，同时在共产国际的帮助下，产生了中国共产党。中国共产党产生以后，就如何学习西方现代性这个问题，开始了由模仿到学习再到新现代性产生的自觉意识的艰难探索。

斯大林曾赋予十月革命以一种东方民族现代性觉醒的意义。摆脱模仿的现代性模式，就必须认识到西方现代性本身所具有的地方性。例如，马克思主义经济决定论的思想就是一种起源于近代欧洲的地方性知识，一旦面对古代中国的历史，它的解释的有效性就是令人怀疑的。从模仿的现代性逻辑中解放出来，就是要面对被各种主义、话语、框架、叙事等掩盖的事实与问题，特别是那些本己的事实与问题，也只有这样，才能开启真正的自我理解的道路。也正是通过这样的方式，真正有效的学习性活动才得以发生。中西之争并不应该是中国现代性的核心论题，它作为一个论题所以成立的背景应该是中国现代性的学习型特征，然而，在人文生态中，却把模仿的现代性，它却被错置为中国现代性的主题。梁漱溟认为，中国民族自救运动的两个阶段——前期以仿效西欧近代国家模式为方向，后期以追逐苏俄共产国家的模式为其方向——都为那种模仿的现代性所主导，[①] 要摆脱模仿，首先要深入其中去学习，去比较、去甄别，把普遍性的东西与本土化的东西结合起来，通过

———————————

① 《梁漱溟全集》第五卷，山东人民出版社1992年版，第107页。

学习比较而消化然后生成。因为学习是这样一个过程，"只有当某人获取东西的行为是一种获取自己东西的行为，而且这种行为确实是如此进行之时，真正的学习活动才有可能发生"①。学习活动，如果没有本己性的东西或本己化的过程作为支撑，就会失去它的本性，从而转化为被动性的接受与猎奇性的模仿。学习与模仿具有本质性的区别。"学习他者，就是把他者作为一种参照视角，通过他者理解自己的活动，所以，真正的学习过程拒绝盲从，相反，在理解自身的同时，也深刻地认识到他者的地方性与时间性。但是，模仿则把特定历史情境与人文背景中的他者无限放大，作为一种普遍的范式加以使用，换言之，所有的存在者都被视为某种特定焦点的放大延伸或者缩影，在这里，被拒绝的是多元的与地方的视角。"② 如果说，在真正的学习的现代性的模式下，中西之争会成为两种不同类型的人文形态的比较，那么，在模仿的现代性模式下，中西之争就会被视为同一种现代性的两种不同的阶段。

　　中国现代性的建构并不是设定好的规划，而是首先需要主动去争取。正是为了争取这一权利，20 世纪前期，中国的一批精英，在众多西方思潮中，选择了马克思主义并走上了马克思主义中国化的道路，与此同时也开始了现代性的建构历程。从外部境况看，中国是在西方强势的现代化背景下表达其现代化诉求的，并且，西式的现代化从本质上否定了中国现代化的内生性与自主性，也否定了中国获得现代性身份的可能性。外部条件已不允许中国以同一的方式参与全球性的资本主义运动，而近代西方非马克思主义思潮，不仅从理论上、也从利益上拒斥和否定中国现代化。从内部境况看，以民族资产阶级为主体，只能展开一种不彻底的旧民主主义革命，更无法摆脱依附性的和弱势的民族地位，中国的民族解放与独立道路，必须要解放和发挥大多数社会中下阶级的主体性与创造性。中国已无法内生性地开出一种堪与西式现代化相抗衡、进而能够积极地影响全球现代化浪潮的思想文化资源。只有借助外力推动，借助马克思主义理论武装中国共产党，由中国共产党肩负中

---

① Heidegger,Martin. *What is a Thing*? Trans. W. B. Barton, Jr. , and VeraDeutsch. Chicago：Henry Regnery Co. 1967，P. 73.

② 陈赟：《困境中的中国现代性意识》，华东师范大学出版社 2005 年版，第 324 页。

华民族复兴的大任。

马克思主义中国化是"接着"马克思思想的开放性和世界性"往下承载"的。马克思主义理论指导的苏联社会主义革命取得了巨大成功，在中国又获得了巨大的生命力和影响力，实践进一步证明了马克思主义的开放性和世界性意识。按照马克思本人的观点。尤其是晚年马克思对俄国能否跨越资本主义制度的卡夫丁峡谷问题的高度关注，也激起了东方马克思主义的想象。苏联十月革命的成功，直接奠定了关于马克思主义的新的理解。毛泽东曾经不无自豪地宣告："十月革命帮助了全世界的也帮助了中国的先进分子用无产阶级的宇宙观作为观察中国命运的工具，重新考虑自己的问题。走俄国人的路——这就是结论。"[①] 但毛泽东后来认识到共产国际、苏联领导人对中国革命造成的危害，并且也深深领教了唯共产国际马首是瞻的王明派等人的教条主义惨痛教训之后，便在心里滋长了另外一种情绪和意念，这就是：不走俄国人的老路，要结合中国革命实际走自己的路。这就导致了马克思主义中国化——这个著名的命题的最终提出。马克思主义中国化这个命题的提出，本身就是经过多次失败的经验教训以及同机会主义、教条主义和干涉主义的斗争较量中得出的，而如何在中国社会发展的实际中实现马克思主义中国化，无疑将更是一个艰难困苦的长期过程。如何为马克思主义中国化这一命题寻找一个切入口？毛泽东首先讨论的是国际主义和爱国主义的关系，这是马克思主义中国化一个切入口，也是提出上述命题的框架性设定。他说："中国共产党人必须将爱国主义和国际主义结合起来"，因为"只有民族得到解放，才有使无产阶级和劳动人民得到解放的可能。……因此，爱国主义就是国际主义在民族解放战争中的实施"。[②] 这表明，毛泽东在当时提倡"马克思主义中国化"，或倡导"民族形式"、"中国作风和中国气派"，均是在国际主义——民族主义或国际——中国的框架性关系中提出的，即在民族战争的背景下，国际共产主义运动应该与被压迫民族的民族解放事业联系起来。对中国共产党

---

① 毛泽东：《论人民民主专政》，《毛泽东选集》第 4 卷，人民出版社 1991 年版，第 1471 页。

② 毛泽东：《中国共产党在民族战争中的地位》，《毛泽东选集》第 2 卷，第 520—521 页。

来说，在国际共产主义范畴内提出"中国化"问题更是有其具体的政治含义和历史背景：通过诉诸"民族"问题，获得政党的现代性、自主性和独立性，或者说，摆脱共产国际的支配，使中共成为一个具有独立自主权及相应意识形态的政党。① 因此，"马克思主义中国化"及其相关命题显然是在民族主义背景下提出的，后者是前者的深层动力所在。

"与列宁所不同的是，思想者的生存地位有着重大差异，毛泽东不是生长在一个沙俄帝国、世界中心环境中，而是在一个半殖民地、半封建的国家里，从边缘化的地位来探索民族解放和人民革命的真理的。"② 许许多多像毛泽东一样生长在受帝国主义欺凌的边缘国家的革命领导人，不仅具有对帝国主义的深切理解，即"中心意识"，而且更重要的是具有对自己所处国家环境特点和特殊性质的深刻认识，即"边缘意识"。如果我们作些有深度的分析，对毛泽东思想的历史个性和空间边界达到深刻的历史理解，那么我们应当着眼于毛泽东思想与列宁主义等存在差异的历史根据。这可以从三个不同的角度来说明："其一，与中国近代史和思想史的关系：毛泽东思想是资本全球化条件下的中国近代史发展的必然产物和思想精华；其二，与列宁主义及帝国主义论的关系：毛泽东思想是在边缘化国家即半殖民地、半封建国家诞生的马克思列宁主义；其三，与交往实践观的普世性理论关系：毛泽东思想是在将马克思列宁注意本土化基础上产生的马克思主义。"③ 而用毛泽东思想武装起来的本土化的政党——中国共产党，是在一个边缘国家中关于如何应答帝国主义全球化挑战的话语逻辑的必然发展。无数研究中国近代史和近代思想史、文化史的论著都指出，救亡图存的大问题从 1840 年第一次鸦片战争起就现实地摆在中国人面前。在毛泽东之前，许多中国近代的仁人志士用了许多思想方案来解答这一关乎民族生存的大问题。人们也无数次地谈到，由于前人的阶级局限性，使得他们对问题本性的分析和解答方式走入歧途，只有以毛泽东为代表的中国共产党，依据中国工人阶级的先进性和马克思主义世界观，

　　① 汪晖：《地方形式、方言土语与抗日战争时期"民族形式"的论争》，《汪晖自选集》，广西师范大学出版社 1997 年版，第 344 页。
　　② 任平：《当代视野中的马克思》，江苏人民出版社 2003 年版，第 134 页。
　　③ 同上，第 136 页。

真正作出了科学解答。

"中国化"概念首次出现，是在 20 世纪 30 年代后期的陕甘宁革命根据地。艾思奇曾在 1938 年 4 月发表题为《哲学的现状与任务》的文章，其中首次提出"中国化"概念，随即得到陈伯达等人的支持。陈伯达等人在一篇带有宣言性质的文章中明确指出："文化的新内容和旧的民族形式结合起来，这是目前文化运动所最需要强调提出的问题，也就是新启蒙运动与过去启蒙运动不同的主要特点之一。"① 虽然艾思奇等人对"中国化"解读和分析显得有些粗糙，但"中国化"、"民族形式"本身问题的重要性引起人们的广泛关注，其实是在更大范围内契合了抗战时期的文化思潮。现代中国文化发展至抗战时期，经历了一次大的转折，这就是由"五四"时期的"世界化"向"中国化"突转：抗战时期的总体时代精神无疑已从"五四"时期的世界主义转向了民族主义。这是一种总体的结构性变动。② 著名学者嵇文甫认为，"中国化"是对现代中国文化论争的"深化"、"醇化"和"净化"，是近代以来古今中西之争的最完美的综合与总结，它是随着学术通俗化或大众化运动而生长出来，并"随着抗战建国运动"而"展开的一个学术运动"。但是，它并非是"所谓'中国化'，就是要把现代世界性的文化，和自己民族的文化传统，有机地联系起来"，"它是以吸收外来文化为其前题（提）条件的"。③ 这说明，"中国化"思潮的出现，在其基本意义上是抗日战争的产物，是民族主义席卷文化领域的广泛表征，也是现代中国文化自身于构建途中合乎逻辑的发展。这表明，就中国而言，现代国家的建立过程并不止是一个民族自决的过程，而且也是构建文化现代性和同一性的过程。对现代中国文化论争、西方文化以及如何结合两种文化，使其"深化"、"醇化"和"净化"，在《新民主主义论》、《中国革命和中国共产党》等著作中，得到了十分深刻而准确的理解和说明。

虽然，艾思奇、陈伯达等人在毛泽东提出"中国化"、"民族形式"等概

---

① 陕甘宁边区文化界救亡协会：《我们关于目前文化运动的意见》，1938 年 5 月 21 日《解放》第 39 期。

② 郭沫若：《四年来之文化抗战与抗战文化》，见王锦厚等编：《郭沫若佚文集（1906—1949）》（上册），四川大学出版社 1988 年版，第 398 页。

③ 嵇文甫：《漫谈学术中国化问题》，1940 年 2 月 15 日《理论与现实》第 1 卷 4 期。

念之前就已明确使用过这些概念。但，更深层次的思考是，如何把东西文化
与中国政党的现代性结合在一起的首推毛泽东。苏联共产主义革命成功，使
孙中山以俄为师，形成党政军主义领袖的党治政体框架。1927 年蒋介石分共
使中国政党政治出现了两种争夺规则与资源的方式。当时，社会处于巨大、
激烈的动荡和变迁之中。国民党对于社会转型的适应是失败的，由于国民党
不能把社会变迁的新要求、新内容纳入政治制度的框架，缺乏制度创新的能
力，因此国民党不能提供政治制度现代性的过程，各种群体的要求必然超出
这个过程而用其他方式表达出来，逐步形成新的社会和政治中心，最终取代
国民党的统治。造成中国变革曲折、艰难的另一重大原因是百年来的改革仅
集中于上层结构，很少波及到下层社会，而农村传统的社会结构根深蒂固，
没有受到重大冲击。自 19 世纪中后叶以来，中国所发生的历次改革，由于仅
注重上层政治结构的制度创新，屡屡遭到失败。这说明中国的社会转型必须
经过农村底层的彻底变革。然而即使 1911 年的辛亥革命也没有对农村产生强
烈影响，农村的自然经济和半自然经济以及广大农业人口的生活方式没有得
到任何根本性的改变。追求中国现代化的无数仁人志士先是把变革的目标集
中于中国传统的政治和法律制度，以后又致力于改革传统的思想和文化，但
很少涉及如何改造以农业为本位的广大的中国农村社会。他们不明白中国所
需改革的不仅是上层的政治、法律、思想、文化结构，更重要的是改革下层
社会结构。占据中国人口绝大多数的数亿农民仍然生活在传统的农业社会，
和少数中心城市的逐步工商化，就构成了社会转型的二重分裂局面。而对于
中国这样一个幅员辽阔，人口众多的农业大国，少数沿海沿江城市的繁荣并
不能从根本上改变中国社会的整个面貌。只有在中国广阔的农村进行长期的、
深刻的政治经济和社会方式的大变动，以商品经济打破传统的小农经济，才
能真正建立起从农村到城市，和从城市到农村的双向变革渠道，从而推动社
会真正走向现代化，因此农村底层的重整，就成了决定中国变革最为艰巨而
又重要的关键，这也表明中国共产党构建现代性与其他民族国家政党不同的
特殊路径安排与旨趣。通过《湖南农民运动考察报告》等一系列文章分析和
总结中国变革的经验，毛泽东初步得出以下结论：主动放弃从城市包围农村
的现代性政党理念，转变到从农村包围城市并取得胜利的现代性政党理念。

毛泽东整合乡村社会的军事资源、经济资源、政治资源和社会资源，并借助抗日战争进一步扩展资源，为中国共产党争取到于己有利的积累规则与资源的空间和时间。中国共产党为获取现代性，系统整合了孙中山的三民主义、苏联共产党的政治经验与规则，从最初的失败、迷茫和艰难的探索等过程中逐步发展壮大，并从而于1944－1949年间与国民党的合作与斗争中，获得规则——制度的竞争优势。中国共产党同国民党在资源竞争上，其策略和艺术操作也更为娴熟，在政党资源、政治资源、军事资源、主义资源、领袖资源、社会资源，以及整体协同的竞争力中明显优于国民党，中国共产党同时在政治战场和军事战场取得了压倒性的胜利。

（二）从"三三制"到多党合作制度

在选择从农村包围城市的现代性政党理念同时，中国共产党积极把现代性与本土化结合起来，实现政党的现代性自觉意识。中国共产党也由最初的模仿和学习现代性的政党，转变成共产党和民主党派之间建立的和谐、稳定、合作的新型政党制度。这种政党制度最初渊源于上个世纪三、四十年代的陕甘宁边区政府创立的"三三制"民主政权。在以后的历史进程中，得以进一步充实和发展。"三三制"民主制度最初由1935年12月中国共产党召开的瓦窑堡会议通过的。毛泽东曾对"三三制"作过精要概括，他说："将政治制度上国民党一党一阶级的反动独裁政体，改变为各党派各阶级合作的民主政体。"① 其目的就是敦促国民党的政治改革。在民主政权的人员成分上，以"三三制"原则进行分配。即"在人员分配上，应规定为共产党员占1/3，非党的左派进步分子占1/3，不左不右的中间派占1/3"，"上述人员的分配是党的真实的政策，不能敷衍塞责"。② 谢觉哉在陕甘宁边区第三届参议会上的讲话中指出：这样的民主，各阶层——农民、工人、地主、资产阶级，都有出路，都在发展的路上、抛弃旧的不好的生活的路上前进，在互让互助的建设中走到进一步的团结。中华人民共和国建国初期《共同纲领》的制定，标志

---

① 《毛泽东选集》（第3卷），人民出版社1968年版，第236页。
② 《毛泽东选集》（第2卷），人民出版社1991年版，第741、742页。

着中国共产党领导的多党合作和政治协商制度的初步确定。毛泽东对于共产党同民主党派的合作给予高度重视，曾打过生动的比喻，他说："一个党同一个人一样，耳边很需要听到不同声音。"① 后来，毛泽东研究苏联一党制的政党模式进一步指出，苏联"把其他党派搞得光光的，只剩下共产党的办法，很少能听到不同意见"②，看来"还是几个党好"，因而提出在我国共产党和民主党派是"两个万岁"，并制定了"长期共存，互相监督"的方针。1956 年 9 月，中共八大正式确立了中国共产党与民主党派"长期共存、互相监督"的方针，这标志着中国共产党领导的多党合作和政治协商制度在社会主义条件下得到进一步确立。1989 年 12 月中共中央颁布《中共中央关于坚持和完善中国共产党领导的多党合作和政治协商制度的意见》（简称 14 号文件），是同各民主党派充分协商后制订的，肯定了共产党领导的多党合作和政治协商制度是我国的一项基本政治制度，肯定了各民主党派在国家政治生活中的参政党的地位和作用。1992 年中共十四大把完善共产党领导的多党合作和政治协商制度，作为建设中国特色社会主义理论和政治体制改革的重要内容。1993 年八届人大一次会议通过的宪法修正案，把"中国共产党领导的多党合作和政治协商制度"载入了宪法，上升为国家意志。1997 年中共十五大又把坚持和完善中国共产党领导的多党合作和政治协商制度，提高到建设中国特色社会主义政治的高度，列入社会主义初级阶段的基本纲领，提出继续推进政治协商、民主监督、参政议政的制度化、规范化。2005 年，中央颁发了《中共中央关于坚持和完善中国共产党多党合作和政治协商制度的意见》（中央 5 号文件）。

中国特色政党制度中的民主党派，是在中共领导下的建设社会主义的政治力量，具有进步性；同时又具有联系部分特殊群众并反映其利益的广泛性。进步性和广泛性的统一构成其政党的特点。但从形式上看，都是"一与多"相统一的"一体多元"的社会结构，构成"一与多"相统一的政党制度设计

---

① 《毛泽东选集》（第 5 卷），人民出版社 1977 版，第 394 页。

② 薄一波：《若干重大决策与事件的回顾》（上卷），中共党史出版社，2008 年版，第 489 页。

和构建的客观的社会基础。中国独具特色的政党制度则是对中西文化的双重超越。中国特色政党制度中中国共产党与民主党派之间的"长期共存,互相监督"的方针和后来发展成的"长期共存,互相监督,肝胆相照,荣辱与共"的方针,集中体现了这种中西文化的双重超越。中华民族文化的总体性特点一般被称为"多元一体"、"和而不同"的"和合"文化,就是说既承认不同和二分(一分为二),但又把不同的事物有机地结合为一体(合二为一)。这种"和合"文化是中华民族文化中人文精神的精髓,这种源远流长、一脉相承的进程,实际不过是在世界历史上惟一没有中断的"多元一体"的中华民族续存和发展的一种反映而已。到了近现代,中国共产党人把这种文化灵活地运用于反帝国主义、封建主义和官僚资本主义的革命政治斗争中,并结出了中国特色的多党合作制度这一政治硕果。中国特色政党制度,在执政党和参政党根本利益和奋斗目标一致这个大前提下,强调合作共事、民主协商,倡导求同存异、体谅包容,这恰恰体现了"和合"民族文化传统的精髓。

中国特色政党制度,由于社会主义的国情所决定,只能由共产党领导,不能搞政党轮替。中国共产党和民主党派由于有共同的根本利益和政治基础,可以通过协商、协调各种特殊利益,合理分配各种社会资源。同时,由于具有"多元一体"、"和而不同"的"和合"特点的中华文化传统,与现代民主理念所包含的包容、宽容和协同精神相契合,使得这一新型政党制度获得强有力的文化支撑。从文化的层面说,当下中国的文化仍然具有"多元一体"、"和而不同"的"和合"文化特点,当然在内容上有了本质的不同。这种特色政党体制中,共产党作为执政党,处于领导地位,其他民主党派是参政党,接受共产党的领导。在特色政党制度中,他们都是政治主体。政治主体把坚持"立党为公,执政为民"、建设中国特色社会主义作为党际间相互合作的共同的政治基础,这为党际之间积极开展合作、拓展党际和谐的政治空间奠定了基础。中国特色政党制度中,共产党和其他民主党派都是政治主体,共产党不是单一的政治主体。这表明中国共产党政党制度的主体不是单一的而是多元的,但这种多元又具有特殊性,表现为在法律上是平等的关系,而在政治上又是领导和接受领导的关系。这种体制从创建起,主体及主体之间的关系就开始显现特殊性、历史性、复杂性和重要性。这种特色政党制度中的主体际之间是友好、平等、相互尊重、相互支持。具体讲，这种主体际关系可以从四个层面来了解和把握：一是政治上的领导和接受领导的关系；二是法律地位上的平等关系，即都以宪法和法律为根本活动准则，共同维护宪法和法律的尊严；三是在国家政权和政治生活中是执政党与参政党的关系；四是组织上的独立关系，即各政党都独立自主地处理内部的事物。从这四层关系中，可以看出共产党的领导主要体现在政治上的领导地位，是政治原则、政治方向和重大方针政策领导，参政党主动接受领导，不是被动的领导，是自觉自愿的选择，不是被动的接受。"我国政党制度以中共为领导核心的'一与多'的非均衡结构，是由于非线性相互作用而形成一个真正稳定和有序的系统。"① 对于党派之间合作共事，毛泽东曾指出："国事是国家的公事，不是一党一派的私事。"共产党应当同党外人士实行民主合作，"要学会和党外人士实行民主合作的方法，善于同别人商量问题"。② 周恩来在评价党派之间合作、议事说："新民主主义议事的特点之一，就是会前经过多方协商和酝酿，使人家都对要讨论决定的东西事先有个认识和了解，然后再拿到会议上去讨论决定，达成共同的协议"，"新民主主义的议事精神不在于最后的表决，主要地在于事前的协商和反复的讨论。"③ 中国共产党领导的多党合作制之所以在中华大地产生、存在并不断发展完善，正因为这里有它的文化根基，有适合它生长的土壤。但是，中西两种文化传统在我们的独具特色的政党制度中，又都被这一政党制度的设计者和建构者们，按照马克思主义世界观、方法论要求和世界近、现代民主政治发展的一般趋势，紧密结合当代社会主义中国特殊的现实实践要求，例如社会主义市场经济的客观要求，给以创造性地改造和超越了，形成了独具特色的马克思主义政党观、政治观和文化观。这种政党观、政治观和文化观是我国政党制度设计与建构的思想文化基础，既区别于西方那种竞争和政党轮替、勾心斗角型政党观、政治观，又区别于一党专制和独裁的垄断型政党观、政治观。因此也就设计和构建了根本区别于西方

---

① 王继宣：《我国政党制度的弹性是其走自己的发展道路的根据》，载《重庆社会主义学院学报》2004 年第 2 期。

② 《毛泽东选集》（第 3 卷），人民出版社 1991 年版，第 808－810，1062 页。

③ 《周恩来统一战线文选》，人民出版社 1991 年版，第 129，134 页。

那种有利于维护资本主义统治、有利于在各垄断集团之间分配资源的竞争型政党制度的多党合作协商型政党制度。

(三) 中国政党新现代性的三重超越

中国政党的新现代性是建立在以构建和谐社会为中心，落实科学发展观的中国社会新现代性发展基础上的。中国问题的复杂性不仅在于"第一现代性"与"第二现代性"的"共时性"缠夹不清，更在于"发展是硬道理"这一意识形态与第一现代性（经典现代性）中其它诉求（如民主化诉求等）以及第二现代性（反思现代性）诉求之间的紧张。中国社会新现代性的发展正是以此为"坐标"或参照性支撑的"共时性视角"本身都还保有一种"共时性"的反思和批判。中国政党新现代性的建构，既不同于经典现代性政党、后现代性政党，也不同于反思现代性政党，而是以超越现代性地平线的后现代向度来引领、改造的现代性，构成新现代性。这一命题包括以下三个要点：其一，由于初级阶段的国情所限，中国现阶段发展的主要目标和基本走向仍然是现代性而不是后现代，这成为当代中国马克思主义"变革世界"的基本层面，也是马克思现代性视域的着力点。中国在总体上仍然处在工业化的中期，农村人口依然是人口的主体部分。其二，中国现代性是属于新全球化时代的一部分，不同于在旧全球化时代韦伯所倡导的经典现代性，也不同于西方发达国家的后现代或者第二次现代性，而是一种全新的现代性。其三，这一现代性必定是与新全球化时代以及后现代发生"挑战——应战"关系的现代性，因而是在后现代引导下重建现代性的过程，本质上是一种新现代性。

政党政治发展过程中出现的密室政党、总体性政党、卡特尔政党、党国体制型政党和"政党寡头"等可谓是经典现代性政党的典型代表。这类政党一般高度组织化、体系化、权力集中化，掌握在极少数的精英手中；这些人控制着政党的日常政务，在实际上影响政党政策的决定，党员只有服从党领袖的领导。不但控制着国家政权而且控制着社会，而且它本身就是一个等级森严的权力组织。政治资源高度集中。经典现代性政党的政治理念，一般认为政治是一种"完美的政治和一式的政治"，"在理性主义任何问题的'理性'的解决，在其本质上都是完美的解决。在理性主义者的计划中没有'在这些环境下最好'的位置；只有'最好'的位置"。① 这种普世政治是以抽象理性主义基础观、抽象普适性方法论观念和具有严格逻辑与大一统的等级秩序理论叙事话语构建的理性政治，在展现过程中，往往以工具性代替了内在的价值性，即以手段代替目的，钟情于工具理性，偏离价值理性。经典现代性政党的政治追求是同一性、普遍性，强调一致和秩序，具有一种宏大的普世精神和理想的终极目标；诉求的是规则、约定和严格的"格式化"式的立约，进行平等的竞争与参与；认为政治现代性就是一种"逻各斯"的中心政治。这种政治划定中心的逻各斯，强调权力统治、中心和等级，使现代生活转变成一种可预计性、格式化的科层制，这似乎可以保证人类可以在自己的生活中达到完美的境地。

后现代性政党的政治理念主要来源于后现代性思想。后现代性思想是一种源于工业文明、对工业文明的负面效应的思考与回答，认为现代性、科学理性破除了奴役、压抑的根源，却又设置了又一新的奴役和压抑，设置了新的"权威"、"本质"、"中心"，这是对现代化过程中出现的剥夺人的主体性、感觉丰富性的死板僵化、机械划一的整体性、中心、同一性等的批判与解构，也是对西方传统哲学的本质主义、基础主义、"形而上学的在场"、"逻各斯中心主义"等的批判与解构；反基础主义、反本质还原主义，否认整体性、同一性。后现代主义否认世界是一个相互联系的整体，否认同类事物之间具有某种同一性，代之以碎片、相对性，反对中心，寻找差异性和不确定性。后现代主义强调非中心、差异性和不确定性，以随意播撒所获得的零乱性和不确定性来对抗中心和本原。比较有代表的人物——德里达从反"逻各斯中心主义"出发，消解中心与本原，颠覆二元结构和等级结构。利奥塔在《后现代状态》一书的序言中高度概括说："用极简要的话说，我把后现代定义为针对元叙事的怀疑态度。"② 利奥塔曾反复地强调"后现代"乃"对宏大叙事的怀疑"，因而应对宏大叙事的霸权予以批判。以此来实现他"去中心"、消解

---

① （英）迈克尔·欧克肖特：《政治中的理性主义》，张汝伦译，上海译文出版社2003年版，第5—6页。

② （法）利奥塔等：《后现代主义》，社会科学文献出版社1999年版，第3页。

同一性和整体性、放逐元话语的目的。墨菲则提出对抗与冲突的政治观。对抗与冲突是当代政治最重要的本质。在对当代政治理论的反思中，墨菲提出，政治不能被局限为一种制度，也不能被设想成仅仅是构成了特定的社会领域或社会阶层。政治内在于所有人，是决定人们存在条件的一个维度。要抛弃那种对当代政治理论的错误理解，必须放弃普遍主义、理性主义、个人主义的理论基础，最重要的是要认识对抗在政治中的建构作用，"并且不可能存在一个没有对抗的世界，那么需要正视的就是在这些条件下如何可能创立或维持一种多元民主秩序"①。墨菲认为，霸权主义和强权政治，是一种本质主义、普遍主义、单一的价值观，否定多元性、差异性，恰恰违反了自由民主的平等自由原则。它力图消除对抗，反对文明与文化的多样性，把一种价值观强加于多元性的价值观之上，强行取消差异，不能平等地对待多样性的文化传统和文明形态，这是对民主平等原则的致命破坏。以后现代理论作为思想、政治和价值资源的后现代政党特征：一是反对中心，寻找差异性和不确定性；二是否定诸如平等、同质以及现代社会中的官僚制度、大规模生产等要求的统一的价值，通常价值的多元性和多样化；三是主张地方主义和社区民主，主张重新回到家庭、小团体之中，以获得人与人之间的温情、安全和亲密。对于被现代性所看重的一切如原则、整体性、确定性、权威、统一性、规律等都加以拒绝。

经典现代性的一些观点，遭到了后现代拒斥。后现代主义以碎片、差异和多样性代替了形而上学的本质、基础和"二分"，以解构一切、摧毁一切的态势，同样虚无化了这个世界，使人们在面对这个虚无的、瓦砾般的世界时变得无所适从，几乎也成为了一种虚无。后现代主义用绝对的否定的态度对待形而上学的绝对的肯定的态度，其实是犯了同样的错误。对秩序本身构成的一切因素的全面否定，它体现为不可界定，不一致，不可比较，非逻辑性，非理性，含混，混乱，不确定性和矛盾状态。回避了作为政治的核心概念，如权力、冲突、分层、对抗以及统治权等。对启蒙运动以来的现代性的重新审察，构成了全球化语境下当代社会理论的前沿话题。无论是吉登斯的"反

---

① （美）查特尔·墨菲：《政治的回归》，江苏人民出版社2001年版，第5页。

思现代性"、哈贝马斯的"重建现代性",还是利奥塔的"重写现代性",都凸显出政党现代性发生的重大转向:一是现代性开始超越民族——国家或某一文明圈的界限,从以西方为中心的现代性转向全球多元一体的现代性。政党的范式不再具有单一性,更加具有民族性、地方性等;二是现代性的发展发生了社会形态的变迁和文明模式的碰撞,使现代性从工业化社会单向度、单调的现代性转向多向度、复调的现代性;三是全球化针对现代性的后果还促进了人类的全球主义意识,由"工具合理性"的独断走向"交往合理性"的共识,从现代性的"独白"转向现代性的"对话",从现代性的批判转向现代性的重写。现代性的解构、变异、跃迁、重写提供了各种可能的空间,使传统与现代、历史与未来、东方与西方、全球与本土之间进行新一轮的交锋与融合,为现代性的多向度发展与创新注入新质。这样就使现代性在全球化的冲击下改变着自身的质态与结构,既保留传统社会的基质又吸收现代社会和后现代社会的新质,既有与全球化相互涵容、相互顺适的因子,又有与之相互反驳、相互矫正的成分,从而使现代性与政党的结合之间因充满张力而出现一种辩证的互动。政党只有从全球化社会变迁的新语境出发,才能真切地把握现代性的范式变革与发展命运。各种社会形态与文明模式既相互碰撞又彼此交融,使传统性、现代性、后现代性以历时的方式而同时共存。这样,一方面就使现代性的内涵更趋丰富多元,能够摆脱由工业化造就的单向度、单一性的现代化模式,为现代性的创新提供广阔的平台;另一方面,在全球化进程中不受限于西方文明的固定模式,扩大了现代性向其他文明对话、交流、融合的机遇与空间。现代性由此不再是某一种特定的形态。必须从简单朴素的现代性转向反思自省的现代性,必须从传统的现代化转向"自反性现代化"[1]。无论是哈贝马斯精心建构的交往行动理论,福柯、德里达、德勒兹等后现代主义者极力倡导的差异哲学,还是吉登斯所主张的对话民主理论,都共同表达了全球化时代现代性所应具有的宽容性、多样性、差异性、主体

---

① (德)乌尔里希·贝克、(英)安东尼·吉登斯、(英)斯科特·拉氏,《自反性现代化——现代社会秩序中的政治、传统和美学》赵文书译,商务印书馆,2001年版,第6页。

间性与可对话性等品格。哈贝马斯的"重建现代性"他立足于主体间性与交往理性，重建理性主义的规范基础和社会系统与生活世界之间的平衡机制以拯救现代性的启蒙理想。他明确宣称"不放弃现代性计划，不屈尊于后现代主义与反现代主义"①。坚决捍卫西方现代性思想传统，认为"我们的社会如果想为 21 世纪全球性的问题找到解决办法，就要依靠这个思想渊源"②。因此他认为"对继续进展的现代性必须加以引导"③。哈贝马斯的"重建现代性"，的确指出了晚期资本主义现代性危机的某些症候，为全球化语境下，西方政党现代性的转向与重建提供了重要的启示。为了实现现代性尚未得到充分实现的潜能，哈贝马斯认为克服和解决现代性需要一个新的立足点，就是实现从"意识哲学"向"交往哲学"的范式转换。即"从以自我主体为中心的理性，转向自我和他人的交往模式，从而通过交往理性的确立，达到重建理性的目的，为完成现代性的未竟事业找到一个新的基础"④。吉登斯主要从现代性的制度与模式角度展开对现代性的反思。吉登斯在《现代性与自我认同》一书中指出："（现代性）首先意指在后封建的欧洲所建立而且在 20 世纪日益成为具有世界历史性影响的行为制度与模式。"⑤ 这种现代性制度与模式包括四种维度：工业主义、资本主义、监控系统和军事力量。吉登斯断言，我们实际上并没有迈进一个所谓的后现代时期，而是处于"现代性的后果比从前任何一个时期都更加剧烈化更加普遍化"时期。因此，他强调"必须重新审视现代性本身的特征"⑥。为此，他提出了"反思的现代性"或"自反的现代化"以超越那种"早期的现代性"或"简单的现代化"。现代性的社会，"产生了多样性的要求"，"全球化影响有可能摧毁行为的本土情境，那些受到影

① （德）哈贝马斯：《现代性的地平线：哈贝马斯访谈录》，上海人民出版社 1992 年版，第 56 页。

② （德）乌尔里希·贝克，哈贝马斯：《全球化与政治》，中央编译出版社 2000 年版，第 87 页。

③ 同上，第 89 页。

④ 童星：《现代性的图景》，北京师范大学出版社 2007 年版，第 157 页。

⑤ （英）安东尼·吉登斯：《现代性与自我认同》，三联出版社 1998 年版，第 1 页。

⑥ （英）安东尼·吉登斯：《现代性的后果》，译林出版社 2000 年版，第 153 页。

响的人们会对这些情境进行反思性重组，而这些反思性重组反过来影响全球化"。① 与哈贝马斯的"重建现代性"，吉登斯的"反思现代性"的独特之处，主要在于从制度维度，深入反思了现代性及其全球化的后果，体现了在对待现代性问题上的理性自觉：只有通过反思现代性才能达到重建和重写现代性。他们的共同之处都是在全球化的语境下来思考现代性的命运，都充分意识到全球化的冲击力带来的现代性的重大转向，从而为现代性在全球化浪潮中的重写与创新提供了新的思考起点和启示。认为现代性是一个远未完结的过程，利用结构化的理论，对现代社会的主要趋势和制度性特征进行分析。反对用简单机械进化论观点看待社会历史和社会变迁，既有差异性又有延续性，他指出："人类历史并没有一副进化论的'外观'，而如果硬要将人类历史塞入这样一种'模式'中，我们就不能准确地理解这一历史。"② 我们目睹的现代性不是现代性的终结而是开始，即超越了传统工业社会的另一种现代性，反思的现代性就是："不再像过去的现代性那样只知进去、征服和控制，而是在推进现代化的同时不断对以往的经验教训进行反思，同时也不断地对当前的实践活动进行检讨、反省，然后把反省得到的新认识制度化到社会结构中去，通过调整社会制度或社会结构来调整人们的社会行为，以此保证现代性合理地展开。"③ 提出："解放政治"、"生活政治"也是吉登斯用以超越左和右，重新构筑其政治理性的一个重要理论基地。为此他提出的第三条道路主张，并被欧洲一些反思现代性政党所采纳。这些反思现代性政党面对社会转型和全球化，积极调整执政理念和策略，以谋求更好地发展。这类反思现代性政党在治国理念上，既反对经典现代性政党追求的统一和集中，也反对后现代性政党主张的碎片和虚无。其具体主要表现为：一是注重从事实中构建规范；二是抛弃绝对理性追求相对理性；三是主张协商性政治；四是强调自上而下与自下而上的双相结合的民主；五是注重反思，善谋权变。

---

①　（英）安东尼·吉登斯：《超越左与右》，社会科学文献出版社 2000 年版，第 53 页。

②　（英）安东尼·吉登斯：《社会的构成》，李康、李猛译，三联书店 1998 年版，第 351 页。

③　童星：《现代性的图景》，北京师范大学出版社，2007 年版，第 163 页。

中国政党的新现代性就是实现对以上三种现代性政党的超越。这种全新的现代性表现为：构建和谐社会为中心，以社会发展带动经济发展，实现以经济建设为中心，以经济建设推动社会发展方式的根本转变。中国政党的新现代性是一种真正"以人为本"的社会实践，在以社会与自然、社会与人、人与自然和人与人的关系基础上的重建，促成社会与自然的双盛、相携永久，个人与社会的双赢、和谐而丰足，使现代性回归到推进社会进步和人的解放这一根本目标上来。根据中国政党的新型现代性的主旨，现代性的新生有赖于一种全新的抉择，其焦点问题在于：现代性的未来选择是"人本"而不是"资本"，或者说，是真诚地实行"以人为本"的原则，以人的需要和全面发展为目的，是以"建立在个人全面发展和他们共同的社会生产能力成为他们的社会财富"为其根本特征，也只有在这基础上方才能形成真正的"自由个性"。① 人要成为自由而全面发展的人，怎样才能全面的发展？用马克思的话说：是"个人向完整的个人的发展"②。个人的自由发展，就是能将在时代与环境的制约中自行作出选择；个人的全面发展，就是人的感性、知性、理性，人的知识、感情、意志，人的创造能力，都能得到恰当的展示与发挥。当代中国政党正在努力遏制旧式现代性的负面结果，加速推进新型现代性的实践进程，这就为理论生产和创新添加了现实动力，使得理论社会学的发展呈现出新的前景。

中国政党的新现代性是建立在构建和谐社会为中心，以社会发展带动经济发展的基础上。在当代中国，对政党的新现代性的探索和构建已经逐渐兴起，这一过程将加速政党的旧式现代性退出历史舞台的进程。中国政党在建构新现代性过程中，一直坚持两个原则：一是每一个人的自由、权利和尊严都应得到其他所有人和一切社会制度的尊重；二是为人民、由人民做主的政党是最好的，也是唯一能体现人民主权的政党。中国政党的新现代性，具有包容差异和多元的气度、化解分歧和冲突的能力、勇于承担风险的精神、有为广大民众谋求共同利益和意义的责任，以及对社会公平和社会正义坚强的

---

① 《马克思恩格斯全集》第46卷（上），人民出版社1979年版，第104页。
② 马克思、恩格斯：《德意志意识形态》，人民出版社1961年版，第67页。

集体信念。中国政党的新现代性将促成人与人、人与社会、社会与国家之间的相互嵌入而协调，将促进社会沟通、对话、协商以及论坛和听证的制度化过程，对政治民主化的内涵、形式、运作及其绩效都会带来积极的影响。这意味着，社会中的多元主体——个人、群体、社会及国家之间的相对稳定、持久的行动协同和一致，这也是通过民主对话、平等协商、共同分析和探讨，达成相互理解和接纳、彼此认可和让与的过程，并最终促使社会和谐获得坚不可摧的基础。

第七章　中国政党
新现代性发展的几重向度

　　中国政党新现代性的建构，既不同于追求集权和中心统治，强调一致性、普遍性和秩序性，以手段代替目的，钟情于工具理性，偏离价值理性的经典现代性政党；不同于强调非中心、差异性和不确定性，追求以零乱性、异质性、无序性和平面化来反对整体性、确定性、权威性和统一性的后现代性政党；也不同于以吉登斯、哈贝马斯等学者提倡的"反思现代性"、"重建现代性"思想作为执政价值理念的欧洲一些反思现代性政党。中国政党的新现代性是建立在对经典现代性、后现代性和反思现代性三重超越的基础上的。中国政党围绕现代性这个中心题旨，正抓紧进行自身的调整与创新。中国政党一方面具有"理念——威权型"的政党共同体的历史性格，由于长期处于威权统治地位，根本性的危机仍然在党的体制性方面。所以，中国政党可能还要经历体制改造与彻底转型的长期阵痛，在全球化、民主化的政党政治生态的压力与锤炼中，才能逐步蜕变而得以提升。一方面中国政党又有担负着传统的长期的中国式"理念——威权型"政党的制度体系，组织形态及政党伦理观念文化的沉重包袱。同时，还面临着"世代交替"与"改革整合再提升"的现代性课题，甚至一定程度上存在可能分化的隐忧。在传统中国社会情境中发展起来的政党，既没有英美式政党在一片自由社会人文环境中生长发展的环境，也没有自由健康的并能够对国家公共权力实行制约的公民社会基础，却肩负着历史的使命与责任及其在民主化了的环境中的诸多压力与挑战，以及政党自身理念目标的调适和路线政策等方面转换及提升的新任务。中国政党要自觉把握政党与国家和社会的现代性关系，积极回应国家、社会对政党的现代性诉求，同时加强现代民主制度建设，以党内民主推动人民民主的发展，实现"党内民主"与"人民民主"的双重互补。中国政党还要加强公共性建构，以提升当代生活界中的公共性，把科学执政、依法执政和民主执政结合起来，实现政党从"魅力型"向"法理型"切换的现代性诉求，真正实现"以人为本"的社会健康和谐地发展，促成社会与自然的双盛、相携永久，人与人与社会的共赢、和谐而丰足。当现代性回归到旨在推进社会进步和人的解放这一根本目标上来，才会真正实现中国政党的新现代性制度典范建构的重大意义。

一、自觉把握政党与国家和社会的现代性关系

（一）国家与社会对政党的现代性诉求

作为西方政治社会学核心内容之一的"国家与社会"，在中国的引入和传播并最终成为一种重要的理论资源，主要得益于 20 世纪 90 年代初学界的努力。从此，对"国家与社会"关系研究，逐渐成为中国政治学、社会学、法学、历史学的主流分析范式之一。国家与社会两者的理想范式，应当表现为一种双向互动和适度制衡，需要秩序需求与制度供给，有效地制约各自内在的弊病，使国家的普遍利益和社会的特殊利益得到符合社会总体发展趋势的平衡。和社会相比较，国家所独具的最大优势，就是国家独享某一领土范围暴力使用权，但是国家并没有像社会那样拥有充分的资源，这样以来国家和社会就围绕资源进行争斗，两者分享的资源多少主要是赋税率来确定的。"国家与社会间是以某种'交换'为条件的：国家提供保护与秩序，得到社会物

质的支持；社会支付一笔费用，购买国家'出售'的公共产品。"①既然社会向国家出让一定的资源以获得国家提供的秩序与安全，但是人们还是担心这个拥有暴力机器的国家可能肆意侵犯社会的领域，干涉民众的自由。美国学者诺斯就对此表示过担心，他认为，国家作为一种强制性的制度安排，一方面是保护个人权利的最有效的工具，另一方面又是个人权利最大、最危险的侵害者，所以，"国家的存在对于经济增长是不不可少的；但国家又是人为的经济衰退的根源"②。后来人们把他的观点归结为"诺斯难题"或"诺斯悖论"。③国家的发展如果不控制在适度的规模任其发展，那么造成的结果可能是"国家对社会各个领域的侵噬，不仅使国家权威的运行毫无约束，而且抑制了个人的创造力，使他们养成了依靠国家权力生活的心理，破坏了他们自我管理的能力"④。如果国家对社会剩余资源的过度的、随意的挤占，最后可能成为政治改良、政治革命的导火索。像英国资产阶级革命、法国资产阶级大革命等就是这方面的经典案例。国家与社会为了追逐利益都可能产生越界冲动行为。在资本主义发展阶段，屡屡出现这些现象与特征，一方面是国家的急剧膨胀，权力独大，给社会带来全面的规制，另一方面是社会迅速扩张、混乱和无序，缺乏公共性。这表明资本主义进入全面危机的阶段，哈贝马斯曾用"四重危机"对其概括，分别指国家层面的管理能力的"合理性危机"、统治能力方面的"合法性危机"、社会层面经济系统的"再生产危机"、社会文化系统的"动因危机"。⑤资本主义只所以产生上述危机，其根源性在于人的"群体本性"和"类本性"的矛盾与冲突。有的学者指出，从哲学层面看，"（社会）国家化"与"（国家）社会化"内在地根植于人的双重本性——"群体本性"和"类本性"。社会国家化，主要是指国家被神圣化，主宰着社会生

---

① 曾峻：《公共秩序的制度安排》，学林出版社 2005 年版，第 51 页。
② （美）诺斯：《经济史上的结构与变革》，厉以平译，商务印书馆 1992 年版，第 21 页。
③ 《中国经济学 1994》，上海人民出版社 1995 年版，第 29 页。
④ 曾峻：《公共秩序的制度安排》，学林出版社 2005 年版，第 98 页。
⑤ 参见陈学明编著：《哈贝马斯的"晚期资本主义"论述评》，重庆出版社 1993 年版。

活的方方面面，成为社会的主导力量，其实质就是群体本性的强化；而国家社会化则是指，消除社会国家化的一切弊端，解放和发展工人的社会形式，走向独立自主的个人的过程。[①]

如何解决国家与社会之间的难题，这就需要政党来解决。如果"国家制度与社会制度以某种方式、在某种程度上的有机结合能最有效地保证社会的稳定并使之在稳定中充满活力，向前发展；单纯的国家制度和单纯的社会制度则做不到这一点。"[②] 尤其是两者产生的矛盾与冲突根本无法解决，如何协调两者关系，既能够对国家掌握的公共权力制约保持在适度的范围内，又能够促进社会的活力与繁荣，这就需要政党出面协调两者之间关系。因为政党自身的特殊性决定具有这种功能。政党作为代议制民主的典型，一方面与社会保持密切联系，靠选民的投票才能获得执政，掌控公共权力；另一方面与国家存在紧密关联，运用国家权力实施政党的政策与主张。政党并不是把国家与社会置于自己的绝对控制之下而使其丧失主动性，而是依靠政党这个政治工具对国家与社会实施调配，保持两者的制度均衡，既保持制度之间的"适调态"[③]，又保持各个群体、共同体的"合意态"[④]，实现双向协调发展。

（二）一体化的"总体性"制度与三维展开的适度制衡

对当下中国政治现实分析与探究，不能孤立地运用"国家与社会"的双重关系范式去分，而必须考虑党、国家和社会三者的维度。[⑤] "国家与社会"这一理论研究模式在中国经历了一个阶段内在的演变过程：由最初的对马克思与黑格尔关于"市民社会"论旨的分歧以及在中国何以可能的讨论，到后

---

① 高清海、张海东：《社会国家化与国家社会化——从人的本性看国家与社会的关系》，《社会科学战线》2003 年第 1 期。

② 曾峻：《公共秩序的制度安排》，学林出版社 2005 年版，第 130 页。

③ 同上，第 129 页。

④ 张旭昆：《论制度的均衡与演化》，《经济研究》1993 年第 9 期，第 6 页。

⑤ 参阅林尚立：《集权与分权：党、国家与社会权力关系及其变化》，载陈明明主编：《革命后的政治与现代化》（复旦政治学评论第 1 辑），上海辞书出版社 2002 年版；景跃进：《党、国家与社会三者维度的关系——从基层实践看中国政治的特点》，《华中师范大学学报》2005 年第 2 期。

来的中国语境中"国家与社会"关系的分析，再到当代中国现实中"党、国家与社会"的三维关系。这一转变历程折射出学术界对"国家与社会"范式认识的逐渐成熟和理性。著名学者林尚立曾指出："在国家与社会关系中，作为中国社会领导核心的中国共产党具有决定性的作用。我们可以把党作为政治力量归结到国家的范畴，并由此来分析国家与社会关系，但是问题在于党作为一种组织力量，与社会有着密切的关系。这就意味着中国社会的权力关系与一般国家（包括西方国家）有很大差别。这种差别决定了我们不能像研究其他国家那样，直接用国家与社会的二分法来研究中国问题，要充分考虑到党作为一种特殊的政治力量在国家生活、社会生活以及国家与社会关系中的重要作用。"① 当然，需要说明的是，"国家与社会"关系这一主流分析范式并没有因为"党、国家与社会"三维关系的出现而被替代。毋宁说，后者是对前者的进一步深化和提升。

改革开放前，中国政治权力可谓高度集中，党、国家和社会形成一体化格局。中国的政治发展基本上处于一种"总体性"（totalism）的社会制度安排②，具体表现为：党通过对干部人事制度的控制和归口管理，甚至通过建立与政府部门相对口的部门实现对国家机构的一元化领导和直接控制。这种一体化格局"实际上是党通过自身的领导体系和组织体系对国家、社会实行集中统一领导，从而把国家和社会全面整合进党的领导体系和组织体系之中"③。当时的社会结构表现为由共产党控制下的"蜂窝状结构"特点④。整个社会状况表现为党、国家与社会三位一体。1949 年以后，在高度政治化和计划经济

---

① 林尚立：《集权与分权：党、国家与社会权力关系及其变化》，载陈明明主编：《革命后的政治与现代化》（复旦政治学评论第 1 辑），上海辞书出版社 2002 年版，第 152—153 页。

② 参见邹谠：《二十世纪中国政治》，（香港）牛津大学出版社，1994 年版。

③ 林尚立：《领导与执政：党、国家与社会关系转型的政治学分析》，《毛泽东邓小平理论研究》2001 年第 6 期，第 39 页。

④ "蜂窝状结构"是指这样一种社会结构：在中国改革前的总体性社会中，虽然国家垄断着绝大部分的稀缺资源，并且为了执行国家的意志而建立了一个严密的组织系统，但这并不意味着这是一个高度整合的社会。相反，各个地方和企业实际上形成了自给自足的自治体系，整个国家似乎是由互不相关的单位所组成。这一概念由唐尼索恩提出。

安排的架构中，国家与社会的发展处于畸形与悖论状态，历史上形成的两极徘徊逻辑表现为"一放就乱，一乱就统，一统就死，一死再放"（中央与地方关系方面）以及"精简——膨胀——再精简——再膨胀"（政府机构变革方面）的恶性循环。为此，还引发了 20 世纪 80 年代末就中国现代化道路向何处去而展开的新权威主义的讨论。此一讨论后因作为反对新权威主义观点的民主先导论的加入，而将论争的焦点极为明确而具体地转向了政治体制改革与经济体制改革的关系这一题域。[①] 新权威主义对改革进程中出现的社会失序现象充满忧虑，故其强调权威的重要性，主张在原有体制向现代商品经济和民主政治发展的过程中，需要建立强有力的具有现代化导向的政治权威。以此作为社会整合和保证秩序的手段，为商品经济的发展提供良好的社会政治环境和条件。而民主先导论认为，中国市场经济健康的快速发展关键不在于政治权威的控制，而在于加快民主政治制度改革，充分保障各个阶层的权利，发挥各个阶层的自由，加大法治建设。尽管新权威主义和民主先导论的论战存在巨大差异性，显然把当时中国社会一些复杂问题作了简约化的思考，但是对中国社会问题进行思考，在经验层面的问题和理论层面的论争，不仅构成了中国学者展开市民社会研究的背景，而且实际上也成为中国市民社会论者试图回答的问题：中国市民社会论者对新权威主义和民主先导论者所采用的"政治——经济"分析框架提出了质疑。[②] 新权威主义和民主先导论将中国发展进程中的"活乱"或"松收"问题简单地化约成"政治——经济"问题，无疑掩盖了当代中国追求现代性问题所面临的复杂性和艰巨性，尤其忽略了政党在国家与社会间良性的结构性安排以及这种安排的制度化在中国社会转型的具体场域中重要的指导作用。

市民社会的发展培育了多元、差异的利益社团、组织、群体等政治共同体。这些共同体发展到一定的阶段，便会以各种不同的方式和渠道在政治上表达它们的利益。在这一意义上，市民社会为民主政治奠定了坚实的社会基础。市民

---

① 参阅刘军和李林编：《新权威主义——对改革理论纲领的论争》，北京经济学院出版社 1989 年版。

② 同上，第 163 页。

社会逐渐增权，导致党、国家与社会三者之间由原来的简单的高度一体化变得各自相对自主，三者的关系结构也由原先在点上集中的一体化结构转变为三角互动的结构。一方面，国家机构获得了制度和法律的支持并处于相对独立和被制约的地位；另一方面，随着改革开放的进行和深入，社会重新焕发出活力，各个政治主体得以张扬并充分享有自由和平等，并且出现公民社会的某些元素。从政党政治运行的角度来看，政党对国家的领导体现为对国家制度的有效运作和控制，对社会的领导则体现为在法治的规约下对社会的有效动员和整合（而非直接控制社会），使社会在新的发展条件下依然能够聚合在政党的周围，同时政党必需寻求社会的合法性的认同和支持。这样，一种全新的政党、国家与社会三维关系格局开始呈现出来。国家与社会的关系由过去的二元对立逐渐转向相互增权，以冀形成"强国家——强社会"关系模式。国家与社会关系，有的学者归纳为五种：社会制衡国家、社会对抗国家、社会与国家共生共强、社会参与国家、社会与国家合作互补。① 波兰社会学家奥索斯基通过对国家与社会研究，则认为存在三种比较有代表性的模式：集体理解的模式、一元模式和多元模式。集体理解的模式，即建立在传统习俗之上的社会生活；一元模式，在这种模式下，中央决策规定社会生活，主要决策都由一个机构制定并且监督实施；多元模式，它是由于相互作用的"自然法则"而获得的社会均衡，在遵循某些竞赛规则的情况下，由一些不协调的决策导致的结果。他进一步进行研究分析，认为国家与社会关系可以由三种模式演变关系，推出第四种模式，即多元协调模式，"第四种社会制度的概念——尽管旧式的自由主义者反对——是把社会生活的多元特征与合理的计划系统协调起来"②。由此可见，不论是"五分法"还是"四分法"，冀望能够实现国家与社会的相互增权（mutual empowerment），并最终形成皆包含"强国家——强社会"并且表明国家和社会之间的确能够达

---

① 何增科：《公民社会与第三部门研究引论》，《马克思主义与现实》2000 年第 1 期。

② Ossowski, *On the Peculiarity if Social Science*, Warsaw, 1962. p. 86.

致双赢的结局。①

　　对于当前的中国社会来说，政党共同体作为社会总体利益的代表在尊重社会独立性的前提下要积极介入社会生活过程，并对社会中各种共同体的活动进行多种形式的协调和引导，或者为它们创造适宜的活动条件和环境；另一方面，社会的良性发展和民主政治的实现需要社会在法律范围内享有广阔的活动空间，并最终与国家形成"双向的适度的制衡关系"。显而易见，"中国市民社会与国家的良性互动乃是二者间的一种双向的适度的制衡关系；透过这种互动，双方能够较好地抑制各自的内在弊病，使国家所维护的普遍利益与市民社会所捍卫的特殊利益得到符合社会总体发展趋势的平衡"②。如果政党与国家政权没有一定的界限，容易使体制的合法性与制度的合法性混为一体，政党担负了不该担负的责任。根据权责一致原理，政党尤其是执政党，在运作权力的同时，就必然担当权力所带来的责任。如果执政党在权力运作中，导致其失范与异化，要作为责任主体承担一切风险和后果。在中国社会长期发展过程中，大量应该由国家政权系统或由社会系统承担的权责却由执政党系统去完成，导致执政党系统越位、错位和缺位。一旦出现失误，执政党系统就成为矛盾的焦点，就会耗损执政党系统在社会系统中的权威，削弱其合法性基础。而且国家政权系统与社会系统又从负面回应了执政党系统。

　　对国家政权系统而言，长期官僚化、效率低下、缺乏主体意识、淡化其责任，把一切责任和错误都推给执政党；对社会系统而言，长期缺乏自主、活力、民主和权利，造成社会系统对执政党系统的冷漠，使执政党系统有可能失去社会系统的合法性资源支持。苏联解体时其党员群众的政治冷漠就是一个例子。随着现代性演进，政党、国家与社会三者之间由原来的高度一体化变得各自相对自主。保障人权、健全民主与法制、确立明晰的产权制度和发展市场经济、培育公民文化等等出现于市民社会中。一些有识之士把目光

----

①　具体可以参阅（波）莱斯特·萨拉蒙等：《全球公民社会——非营利部门的视界》，贾西津等译，社会科学文献出版社 2002 年版；Neil Gilbert, Transformation of the Welfare State: *The Silent Surrender of Public Responsibility*, New York: Oxford University Press, 2002.

②　曾峻：《公共秩序的制度安排》，学林出版社 2005 年版，第 129 页。

投向国家与社会之间的"缓冲器"或"中介体"。这里的"缓冲器"、"中介体"指的是市民社会中各种组织、社团、利益群体等社会共同体,它们是构成直接民主制度的基础。从政党的角度来看,为确保国家与社会的协调发展,要切实整合、引导和规范好这些"缓冲器"和"中介体",确保社会在新的发展条件下依然能够聚合在党的周围。在现代西方政党政治下,政党特别是执政党主要围绕国家政权展开活动,不管是竞选还是执政过程,都以国家政治领域为核心。这种制度安排的逻辑基础和前提是国家与社会的分离,在国家与社会边界较明显的环境下,政党进入国家政治生活领域后,其执政行为主要在国家领域,而不能随意侵入社会领域。20 世纪末,欧洲社会民主党提出的"第三条道路"主张,可以视为整合国家与社会,确保双方优势并实现互相增权的努力。这种超越左与右的持中之主张,反映了他们平衡传统与现代性的政治智慧。政党执政的政治钟摆一直没有停止,折射着社会与民意的诉求。不再固守极端思维而是互相学习、彼此借鉴,力图超越国家——社会简单的二元对立,尽力保持平衡和谐状态。当代中国的政党制度安排也应将国家与社会两个领域联合考虑,集中体现在中国共产党是处于领导地位的执政党,执政主要是就国家政治生活领域而言的,体现为掌握国家政权,而领导主要是就社会领域而言的,体现为党对整个社会生活的引领,而不仅仅局限于掌握政权。政党为国家和社会发展提供秩序能力、协调能力、权利与权力社会化能力,保障国家与社会和谐发展。

二、以党内民主推动人民民主的发展

(一) 党内民主是人民民主发展的助推器

民主是一种在社会生活的各个领域中,以尊重多数人的意志、利益和平等权利为原则的社会管理形态。它既包括国家形态的民主,也包括非国家形态的民主。从狭义上讲,在阶级和国家存在的社会里,民主主要表现为一种国家形式，一种国家形态即少数服从多数的国家。民主是任何一个国家谋求现代性发展都无法绕过的一个基本的政治问题。

当前，政治民主化浪潮席卷全球，各种价值观念、政治文化和政治模式的冲突、比较、竞争和借鉴愈益深刻，这对我们党如何既顺应时代潮流，又不照搬别国模式，既立足于中国国情，又吸收借鉴人类政治文明的有益成果，走中国特色社会主义民主化道路提出了挑战。在西方发达国家，由于民主国家建立在前，政党产生在后，在公民广泛享有社会民主的条件下，构成了逐步推动政党在党内实行民主的有利氛围，政党很难不实行党内民主制度，所以西方国家的民主进路是，从先实行人民民主，再到实行党内民主。在西方民主政体国家，党执政的合法性与政治制度的合法性是分离的，基本政治制度的合法性不受政党上台下台的影响。同时，多党制和分权的政治体制使执政党受到多方面的制约，各政党的政策调整、内部整合、防错纠错等事宜，在很大程度上依赖于外界的推动和制约。由于中国共产党在执政前是体制外政党，和当时的统治制度与政权处于对立的地位，必须彻底推翻旧的社会制度和旧的国家政权才能执政，因此，中国政治制度的合法性与中国共产党执政的合法性是紧密相连的。在长期执政的条件下，中国政党政治体制上"一个核心、三个党组"的制度设计，就突出了党的作用。因此，党内民主发育状况、党内民主制度建设，就成为衡量整个政治体系民主素质的重要指数。党内民主是党的生命，对人民民主具有重要的示范和带动作用。发展党内民主，不仅是党自身生存发展的内在要求，而且是推进人民民主、建设社会主义政治文明的客观需要。当年马克思、恩格斯在缔造和建设无产阶级政党的实践中，就把民主原则引用到党内生活中来。恩格斯说，共产主义同盟的"组织本身完全是民主的"，"一切都按这样的民主制度进行"。[①] 还指出，无产阶级政党"完全有权把'民主'一词写在自己的旗帜上"[②]。列宁进一步阐明了党内民主的内涵，他说："现在整个党组织是按民主原则建立的。这就是说，全体党员选举负责人即委员会的委员等等，全体党员讨论和决定无产阶

---

① 《马克思恩格斯选集》（中文第 2 版）第 4 卷，第 200 页。
② 同上，第 2 卷，第 664 页。

级政治运动的问题，全体党员确定党组织的策略方针。"① 从上面对政党民主的一些经典定义分析来看，党内民主就是党内政治生活中，全体党员在一律平等的基础上，按照少数服从多数的原则，直接或者间接地决定和管理党内事务的制度。任何一个政党都要高度关注党内民主的建设与发展，党内民主滞后，将导致个人崇拜甚至独裁。列宁始终高度关注党内民主问题，1921 年列宁领导召开的俄共十大，曾经作出了《关于党的建设问题的决议》，其核心内容就是健全和扩大党内民主生活。不幸的事，这个传统没有得到很好的贯彻下去。1935 年法国著名作家罗曼·罗兰应邀访苏，他在日记中写道："打开任何一张苏联报纸，并阅读任何一篇文章或者在共产国际会议（或者其他会议——政治的、非政治的、科学的、专门讨论医学、或体育、或艺术等）上的发言，你总是能在文章或者发言中找到最后对斯大林的过分颂扬——'我们伟大的、我们强有力的同志，我们勇敢的领导人，我们不可战胜的英雄'等。"② 拉狄克就曾在《真理报》发表长文吹捧斯大林，说他"是列宁最好的学生，是从列宁党脱胎出来的，党的骨就是他的骨，党的肉就是他的肉"，"他和列宁一样能够高瞻远瞩"。③ 苏联共产党体制垮台的根本原因之一就是党内民主问题没有解决好。中国政党在加强政党制度建设中，一直高度重视党的民主发展问题。1962 年七千人大会上，邓小平就党内民主问题发表谈话，他说："这种局面首先要从党内造成。我们国家也要造成这样一种局面。但是，如果党内不造成，国家也造不成。我们党一定要造成这样的生动活泼的政治局面，我们党内一定要有充分的民主。"④ 1978 年工作会议上，他又针对党内缺乏民主而导致官僚主义现象，提出严厉的批评，他说："党内确实存在权力过分集中的官僚主义。这种官僚主义常常以'党的领导'、'党的指示'、'党的利益'、'党的纪律'的面貌出现，这是真正的管、卡、压。许多重大问

---

① 《列宁选集》（中文第 2 版）第 13 卷，第 19 页。

② （法）罗曼·罗兰：《莫斯科日记》，上海人民出版社 1995 年版，第 127 页。

③ （苏）罗伊·麦得维杰夫：《让历史来审判》（上），人民出版社 1981 年版，第 241 页。

④ 《邓小平文选》第 1 卷，第 306—307 页。

题往往是一两个人说了算，别人只能奉命行事。"① 在中国发展所处的特殊环境中，推动现代民主制度建设，比较合适的突破口就是以党内民主推进人民民主，实现这个社会民主发展，这是由党内民主与人民民主内在的统一性、关联性和互动性决定的。

党内自我更新机制——形成民主的政治生态，反映在党内，则需要有一套以人民利益为价值取向的自我更新机制。党内民主具有多方面功能。比如，激励功能，激发党的活力；整合功能，整合党的意志；调节功能，确立正确的领袖、政党、群众关系，保持健康正常的党内关系。此外，还具有权力制约功能和导向功能等。在党内民主多种功能中，我们认为，能够形成一种促进新陈代谢的推动力量，形成一种自我更新机制就是党内民主选举制度。列宁谈到公开、选举等制度时指出，这些制度"可以造成一种能起生物学上所谓'适者生存'的作用的自动机构。完全的公开性、选举制和普遍监督的'自然选择'作用，使每个活动家最后都能'适得其所'，担负最适合于他的能力的工作，亲身尝到自己的错误的一切后果，并在大家面前证明自己能够认识错误和避免错误"②。这一机制由选举（以及与此相关的任期制、责任制、罢免制）、公开、党内监督等相互连接、相互作用的要素构成，并由党内民主制度建设连接为一个整体，来实现其"自然选择"。党内民主是保持一定政治权威的参与式民主。这里所说的政治权威，包含两个层面：一是指党内有一个经党员认同并依据合法形式产生的有足够影响力的领导集体；二是党的政策和制度的有效性。如果党的政策或制度有效性低，或者上有政策下有对策，则说明党的权威性不足。这种政治权威与专制、与领导者个人专断格格不入。党内民主制度很多，但主要的是选举、决策、公开、监督等。以党员参与党内重大问题决策制度带动决策科学化民主化。党内决策分为两个层面：一是党员参与重大问题决策；二是党的委员会内部决策。十六大提出"改革和完善党内选举制度"、十七大提出"改革党内选举制度，改进候选人提名和选举方式研究"这充分说明党内选举制度在党内民主制度中占有基础性的地位，

① 《邓小平文选》第 2 卷，第 141—142 页。
② 《列宁选集》第 1 卷，人民出版社 1975 年版，第 347—348 页。

起着主导性的作用。因此，改革和完善党内选举度就成为党内民主制度建设的基础和关键。在谈到这个问题时，列宁坚持认为："选举制是民主制的一个基本标志或必要条件，并强调，要实行广泛的民主原则，就必须一切职务经过选举。"① 因为选举是现代民主制度的核心，这已是共识。正如熊彼特对于民主的经典定义所说的："民主方法是为达到政治决定的一种制度上的安排，在这种安排中，某些人通过竞取人民选票而得到作出决定的权力。"② 党内选举作为党的一项重要的组织制度和民主制度，是党员或党员代表选举和监督党的领导机关和领导者的一项基本制度。党内选举，主要是解决党内权力授受问题，以党内选举的形式，通过自下而上的授权，通过党内的层层授权所形成的授权链，其合理的走向大致应该是这样的：党员（选举——授权）——党代表（选举——授权）——全委会（选举——授权）——常委会，最终解决党内权力问题。党内选举主要存在等额选举、差额选举、直接选举和间接选举等几重维度。以改革党内选举制度带动干部人事制度改革。党内选举制度所包含的内容有：领袖和地方领导的更迭；各级党代表大会代表的选举；基层党组织机构及其领导人的直接选举；代表大会对党的委员会、委员会对常委会的选举等等。党内选举制度对推动党内民主发展主要起以下几方面作用：其一，从根本上改变领导者和普通党员的关系，构成党的领导合法性的支持基础，是对党内各个层次领导的支持，为党内输入了鲜活的生命力；其二，选举又是对权力行使者的强有力制约，迫使权力行使者更多地对群众负责，迫使政策制定者更多地关注大多数人的利益，是以权利制约权力最主要的形式；其三，选举与任期制是联系在一起的，这有利于防止因长期处于一个岗位而形成行政化官僚化的特点。选举制度的意义已经被人们普遍认识到，因此，十七大提出了改革党内选举制度的重大课题。选举是一个过程，包含有公开、承诺、投票、任期、质询、罢免、弹劾等多个环节。要积极应对社会民主和党内民主的发展浪潮，逐步改革选举制度，才能承担起领

---

① 《列宁全集》第 6 卷，人民出版社 1965 年版，第 132 页。

② （美）熊彼特：《资本主义、社会主义和民主主义》，绛枫译，商务印书馆 1979 年版，第 337 页。

导干部人事制度整体改革的职责。

（二）"党内民主"与"人民民主"的双重互补

党内民主和人民民主属于不同层次、不同范围的民主。党是民主政治体系的主导，人民是民主实践的主体；党内民主是人民民主发展的政治前提，人民民主是社会主义民主政治的最高形态和根本目标。

党内民主与人民民主相互影响、相互作用、相互制约，统一于建设中国特色社会主义政治文明的实践。两者的互动性表现在：一方面，党内民主对人民民主具有直接的指导和推动作用。党员的政治参与意识、热情和能力直接影响人民群众政治参与的积极性和水平，党内民主生活状况决定人民民主权利的保障和实现程度，党内政治生活的制度化决定国家政治生活的制度化。和党内民主相比较，人民民主的建设，更多体现出平等、协商性。协商民主作为人民民主发展的一种规范模式，在现实的社会政治生活中具有超越已有政治模式的意义。协商民主在促进决策的合法化、控制行政权力的膨胀、培养公民的公共精神，以及促进多元文化的融合等方面表现出极大的社会价值。在新时期尽快完善协商民主机制，其前提应该扩大协商主体，使参与制度化协商的人不再局限于精英群体内部，而是要扩大到所有的利益相关者。其次是拓宽协商渠道，除政治协商会议之外，还应该有更多的表达和参与的平台，并在此基础上增加协商的内容，拓宽协商的领域，使协商民主既要体现国家形态上的民主，也要体现社会形态的民主。此外，还要明确协商的法律地位，使协商成为民主决策必不可少的法律程序，并作为整个社会主义民主政治运行的原则而存在。协商民主是通过现代社会中建立起以公共协商为核心价值的民主政治形式。它主张通过建制化的方式促使民主化的意见、意志、法律以及公共决策得以形成和实现。因此，协商民主是指在一定的政治共同体中行动者通过对话、讨论、商谈、妥协、交易、沟通和审议等协商性的方式及机制参与民主政治生活的一种理论模式。其基本理念包括：一是主体性。参与协商的主体是自由、平等、理性、知情的公民个体或组织。协商主体的态度、行为一般不受先在权威的操纵、限制和影响，参与协商的主体主要是基于理性的审视做出公共判断。二是合法性。协商民主过程的政治合法性是由于参与者的意愿，经过讨论、审议形成政治决策，其合法性不是来源于个人意志，而是决策形成的程序，即理想的协商程序使各种分歧最终通过讨论而达成共识。协商民主是具有集体约束力的法律和政策正当性的工具。公共协商结果的政治合法性不仅建立在广泛考虑所有人需求和利益基础之上，而且还建立在利用公开审察过的理性指导协商这一事实基础之上。总之，协商过程的政治合法性，不只是因为它碰巧符合大多数公民未经审视的偏好，而且还是因为它是基于集体的理性反思的结果。这种反思是通过政治上平等参与和尊重所有公民道德与实践关怀的政策确定活动而完成的。三是集体理性。上述的政治合法性是建立在集体理性的基础之上的。因为协商过程的结果源自于自主的、在认识上不受限制的政体的集体理性反思的基础上。在协商过程中，发挥作用的是合理的观点，而不是情绪化的非理性的诉求。集体的批判反思过程预设着协商参与者应超越自身观点的局限而理解他人的观点、需求和利益，通过相互理解和妥协的过程达到一致，不是将自己的观点强加给别人，从而赋予立法和决策以政治的合法性。四是公开性。协商民主的公开性特征表现为协商过程是公开的，整个程序是公众知悉的，协商参与者在讨论和对话过程中支持某项政策的理由和偏好是公开的，立法或政策建议是公开的。协商民主强调知情参与，协商主体必须拥有充分、多元的资讯和信息，于公开场合检验不同的意见和理由，在知情的情况下通过公开透明的协商过程参与政治生活。五是协商结果的共识性。通过协商形成的决定或意见最终应为参与各方所认同，并自愿承担相应的义务和责任，还必须就所形成的政策和决定对社会有所交代，以争取人们对协商结果给予更广泛的认可与支持。

中西政党政治在"协商民主"的理解上也存在一些差异，西方协商民主理论的提出是为了平等地保障各个政治主体包括政党在内的政治权利以及更大程度地赋予公共决策以合法性。我国多党合作与政治协商制度的建立，虽然在保障少数群体的权利与扩大统治的合法性上也发挥了一定的作用，但西方政党政治中的"协商民主"，主张最大涵盖面的包容，即所有受到决策影响的公民都应当包括到协商的过程中去；我国政治协商更多的指共产党与民主党派和社会团体在政协会议内部取得一致，所以它仅仅是精英间的共识，协商参与者扮演的只是一种咨询性的角色。上文所谈到的协商民主的五个主要特征对党内民主政治的发展具有很强的适应性。发展党内民主的前提条件就是尊重全体党员的主体性，党员的主体性能否得到充分发挥，是整个党内民主发展的前提。合法性是构成党内民主的基础，如果一个政党缺乏合法性的支持，肯定无法有效发挥其政治权威性。公开性是积极拓展党内民主的路径，如果党内事物，尤其是党内权力运作不透明、不公开，将会导致党内集权和机制僵化。集体理性是发挥党内民主的主要条件，一个政党如果没有集体理性往往无法明确政党的伦理价值目标，可能使政党沦为某些利益集团的工具。共识性是一个政党在政策选择、制定和执行的过程获得人们的认同状况，如果人们对一个政党的纲领、政策和价值理念取得共识，这说明这个政党民主运作已获得人们充分的肯定和支持。

没有自由竞争式的民主选举制度和充分发育的公民意识，没有政治协商、政治宽容和政治妥协的"节制"政治品格，就没有真正的现代民主政治。虽然选举政治和协商民主对于我国来说并非内生的，但是我们可以充分发挥后发优势，积极吸纳和借鉴国外成熟的政治治理经验，同时深入挖掘本土传统政治资源的积极因素，借以探索和构建我国现代化建设中的协商民主。协商民主应当建立在发达的自由民主之上的，是对西方的代议民主、多数民主和远程民主的完善和超越。协商民主不是一种孤立的理论或实践，尤其需要政党大力发展党内民主来引导和示范。党内民主是前提和基础，没有完善和发达的党内民主，就不会有真正的协商民主。二者相互补充，相辅相成。我国社会利益主体日益多元、利益分化逐渐明显、利益冲突日益剧烈。化解分歧、消除差异，构建和谐，已经成为我国社会发展的关键。当前要加紧推进党内民主和协商民主的发展，实现两者之间的充分互补，积极面对并接受多元社会的现实，以及不同利益主体之间存在的差异和分歧，有效地消除分歧和差异，形成共识，构建社会主义和谐社会。

三、中国政党的公共性建构与提升

（一）当代生活世界中的公共性

一般地说，我们把共同体中公共意志、公共情感、公共理性、公共价值、公共需要、公共利益对于个人意志、个人情感、个人理性、个人价值、个人需要、个人利益的代表性或体现度，称为公共性。简言之，共同体的公共性质就是公共性。我们用英语词汇 Common nature 对应公共性。Common，源于古希腊词汇（Koinon），指"公共"、"共同"、"普遍"，意为人与人之间在工作、交往（尤其是政治共同体）中相互照顾和关心的一种状态。

公共性在学理层面一般具有以下几个特点：第一，公共性是公民的一种理性能力与道德能力。这主要包括正义感和善观念的能力。而必须从公共利益出发，提出自己认为是最合适的方案；第二，公共性的适用范围是涉及到整个社会共同体或整个政治共同体的存在与发展的、关乎所有公民的公共论题，它所寻求的是社会普遍的公共利益；第三，公共性能够积极促成公共的协商与对话，但并不总是能形成完全一致的意见。这是因为，公共性作为处理社会公共生活的一种精神和态度，所形成的并不是基于某种最高理想原则之上的绝对真理。政治学学者戴维·伊斯顿从政治系统理论的角度对公共性作过一定阐释，他把公共政策看作是政治系统的输出，它是根据政治系统的需求与支持（输入）作出价值财富再分配的方案。而需求与支持则是公民或团体满足自身的愿望和利益而表现为共同性的主张、行为和反映。根据政治学者伊斯顿的观点，公共政策是对社会公共利益的权威性分配，而分配是全社会的。政治学家罗伯特·达尔与米歇尔·哈蒙从结构功能主义方法论出发，认为公共性是在民主政治过程中个人和团体不断互动形成的利益格局。它强调公共政策过程的互动性是维持与获取公共利益的必要条件。在多元社会中，公共性或公共利益往往通过公民或社群的共享利益或社会的共同利益得以体现的。最能集中体现政策的公共性拓展了新的视角，但不论何种理论学派都必然涉及诸如谁的公共性，何种公共性的问题，都必然在公域与私域、公意与私意、公利与私利、多数与少数等相对范畴之间明确其边界并且作出选择，即"在公共领域中，整个社会透过公共媒体交换意见，从而对问题产生质疑或形成共识"①。公共政策一般是在具有非排他性（non－excludability）的共同空间公共领域，而非私人领域（privatesphere）当中达成共识。共识的达成是公意的结果，而不是个人意志的偏好，当然亦非众意。卢梭曾在《社会契约论》一书中对众意与公意作过区别，他说："因为众意与公意之间经常总有很大差别；公意只着眼于公共利益，而众意则着眼于私人的利益，众意只是个别意志的总和。"② 所谓公共性，作为公众，它有多数人与少数人之分，也有强势群体和弱势群体之别；作为公共政策的公共性，它应该既是多数人的公共性同时又是少数人的公共性，一方面它应该最大限度地满足多数，另一方面也应当尽可能地保护少数在对于强势群体特别是由少数人组成的强势群体加以限制的同时，也应该对于具有正当的利益要求的弱势群体加以保护。

随着现代文明的推进，人们对民主、平等、价值、自由和理性等需求的增长，当代生活世界的公共性越来越得到人们的重视：在当代生活世界，一种正在拓展的生活维度，即公共性的生活或生活的公共性正在深刻影响我们的各个生活领域。在政治生活领域中，公共权力的价值效率呈现日益增强的趋势，公共权力的异化比起以往的历史时期，似乎显著滞怠。权力体系的结构愈来愈复杂化，其功能也愈来愈多样化，公共生活领域逐渐扩大，几乎伸展到生活的各个部分。像今天这样期待开放公共领域和公共空间，人们对公开、公正和参与有强势需求。在经济生活领域中，以契约精神和契约化现象构成的公共性诉求推动了现代企业制度、现代市场体系和现代政府组织的快速发展，公平与效率被社会强烈关注，其公共性正与日俱增在社会生活中。在社会生活领域中，各种非政府公共机构快速发展，日益成为政府、企业以

---

　　① （美）查尔斯·泰勒：《公民与国家之间的距离》，李保泽译，汪晖、陈燕谷主编：《文化与公共性》，三联书店1998年版，第200页。

　　② （法）卢梭：《社会契约论》，何兆武译，商务印书馆2001年版，第39页。

外的第三大组织，并对公共性提供了强大的支持。公共性的张扬和诉求，日益成为现代性一个十分重要的特征。人们不仅诉求公共性，还通过"反思的公共性"和"批判的公共性"去累积本真的公共性，重建公共领域和交往理性，从而推进了当代文化批判理论的建设和公共文化精神的形成。在现代文明的交往中，各国的文明、各个民族的文明，虽然时有局部冲突的情形，但是文明的交融及其多元一体趋势日益凸显，世界文化与文明的公共性特征亦日趋显现。在其他社会生活中，公共目标的意义显著并作用扩大，公共目标和公共价值愈益影响着人类生活的每一个共同体的性质。当代生活世界日趋增长的这种公共性质，是人类历史的发展由阶级史、民族史进入世界史的标志，虽然阶级史、民族史依然存在。这意味着人类的个体与群体的矛盾正在从属于个体与类的矛盾，同时也导致了生活世界中公共性具有以下指涉：

其一，**公共性的复合型特征**。个人性让渡给社会群体、社会组织、社会共同体的部分呈复合状态，即公共性往往被多层次的人数、规模、资源与范围不等的社会共同体所汲纳，个人性逐层次让渡于规模与范围不等的共同体。这种情形下，公共性往往呈总体递增、趋强态势。公共性是一个质量统一的概念。其质的规定是指共同体中由个人让渡出去后又返还个人或物质性或精神性或制度性的社会资源。共同体符合大多数成员，乃至全体成员的个人性，符合无产阶级、全国公民，乃至全人类每个成员的个人性，是公共性质的正向规定。其量的规定是指个人让渡出去的部分在返还予个人时的多寡。它们往往已被折扣或叠加了，那些返还多的则公共性强，反之则弱。与现代性结伴而行的公共性比以往任何时代都更加清晰地将我们生活的世界分野成两大部分即公共生活世界和个人（或私人）生活世界，或者称之为公共世界和个人（私人）世界。这种新的划分并不以单个人的意志为走向，而是近现代历史的产物。

其二，**公共性的现代性资质**。公共性就是一种现代性，甚至就是现代性的基础的或强势的部分。在某种意义上，公共性是现代性最基本的特征。现代性中的契约精神、公共理性、民主诉求、主体性精神是公共性发展的必然产物。正是在个人和社会发展过程中公共性的强化态势中，社会资源配置的公平、公正、公开等公共性品格才日益凸显，现代契约精神才能引导个人性的让渡、交换和扩展，从而才使个人理性提升到更为科学与民主的公共理性，使主体性中的个人意志服从并融汇于公共意志。这样，现代人才有了大写的人的意识、价值和潜能。这是一种真正意义上的人文精神，同时也是一种引领历史前进的科学精神。作为现代性基石的理性和主体性，是以人的公共性为条件和前提的。不是人的理性和主体性决定了人的公共性，而是人的公共性决定了人的理性和主体性。仅仅用公共理性和公共主体还不能说明现代性的本质。确切地说，人们是在其实践的基础上，生成和发展了自己的公共性、理性和主体性。

其三，公共性的个体性与公共性的内在统一性。个体性和公共性在本质上不是对立的两个权利、两种利益。个体是一种真实的存在，一种社会存在。个人为了获得最大限度的个人性就必须放弃自己的部分权利，而把它让渡（委托）于共同体，通过共同体的真实的公共性积累，恢复和扩大个人权利，增大个人性。共同体不是属于共同体中的"委员会"的，而是属于构成共同体的个人的。一切共同体的制度，只有在根本上合乎个人利益的时候，才是真实的存在，社会的存在。当人们的个体性和公共性发生差异、矛盾，甚至对立时，就需要以一种深度的公共性去调适、解决。只有社会的公共价值自觉地成为人们的个体性的补充，甚至是合理性构成时，公共目标和个人目标才能趋于统一，公共性与个体性的矛盾才能趋于统一，社会才可能可持续发展。当代世界，人们的个体性和公共性都以无比丰富的内容和多样性在展示着，从而为我们探索社会历史领域的规律和当代世界的走向，不断开辟着道路。

现代化进程中，以科学、民主、自由为核心的价值观不断演变并冲击着人们的生活世界，我们不能以其抽象性和阶级性而一概拒斥。因为其间仍然包蕴着被历史反复证明是进步的内涵。公共性渗透并丰富了当代人的认识论和辩证法。公共性可以克服个体理性的不足与缺陷，扩大理性认识的深度、广度与质量。当代社会中公共性的拓展，意味着认识的过程更生动，信息更丰富，对象更明确，结果更真实；意味着人类大多数人的公共利益和公共价值内驱着人类的认识进入到一个更为高级的阶段，导致人类的个体与整体的联系更为密切，人类认识的个人性和公共性也更为密切。在这一过程中，每个人的自由和解放，是他人的自由和解放的前提，公共的需要、利益和价值的实现为个人的需要、利益和价值的实现提供了更多的机会和条件，人类的认识运动和实践运动趋于一致。因此，公共性作为一种巨大的内驱力，不仅推动着认识的发展，推动着个人利益的实现，还推动着实践的发展，推动着全人类利益的实现。

（二）中国政党的公共性追求

政党理性的公共化，即政党要具有公共性，是一个政党保持先进性和旺盛生命力的必然要求，也是世界经济全球化与政党自身现代化的必然结果。政党的公共性是横跨国家（政府）、政党、利益集团和个人之间，并以成熟自律的公民社会为基础的利益引导、整合与协调的机制和能力。政党的公共性存在同时是以具有批判精神和监督功能的公共领域为前提的。

政党的存在和发展目的，不是为了某个社会行为主体的单向理性，而是关注政治共同体的公共利益、公共价值、公共精神的理性。政党如果不是为公共的善，或社会的正义，为广大民众寻求和保障公共利益，而是为某一利益集团和组织的私利与偏好，无疑其合法性将会遭受严重削弱甚至遭受民众的唾弃。在现代社会，政党不再是一种辅助性的组织，相反，它是合法性和权威性的源泉。如果不存在传统的合法性源泉，人们便会从意识形态、个人魅力和人民主权中寻找合法性的源泉。而要使这些合法性原则长久不衰，就必须通过政党使它们具体化。不是政党体现政府，相反，政府却成了政党的造物和工具，只有政府的行为体现政党的意志时，它才具有合法性。政党是合法性的源泉，因为它成了国家主权、人民意志 或无产阶级专政在制度上的体现者。所以，执政党公共性的提升对现代社会，特别是对于现代化中的后发国家来说具有非常重要的意义。在不同历史时期，不同的国家不同程度上存在着国家理性、政党理性、精英理性或大众理性至上的现象，而忽略了其他社会行为主体的理性，导致理性的分离。使理性分裂为工具理性与价值理性。西方社会学者马克思·韦伯在其著作《经济与社会》中，把人类的理性形式区分为两种：工具理性（目的合理性）与价值理性。工具理性是指："通过对外界事物的情况和其他人的举止的期待，并利用这种期待作为'条件'

或者'手段'，以期实现自己合乎理性所争取和考虑的作为成果的目的。"① 换句通俗的话讲，工具理性就是"用理性的办法来看什么工具最有效，以便达到我们（无论是否合理）的目的"②。从这里看，工具理性是注重如何运用手段达到目的，至于目的本身的价值及所使用手段本身固有的价值倾向，则不予重视。换言之，工具理性主义者他们更关注目的实现的结果及过程的可操作性，而不是目的的终极价值及意义。与工具理性相对的是价值理性，它涉及到的是人们对某些事物或行为所赋予的价值含义，以及人们对某些价值观念的追求。马克斯·韦伯对工具理性发展趋势以及可能造成的后果非常担心，尤其是在政党政治领域中蔓延。他认为，代议制和政党政治的发展已逐渐破坏了关于议会的古典委托——代理关系的概念，那种概念认为议会按照公共利益或普遍利益来引导国家和制定政策。政党越来越变为从事和赢得选举的首要工具，竞争性政党的发展不可逆转地改变了议会政治的性质，使得代议制成为了"公民投票的领袖民主"，民主过程的重要性在于确立一种"选举的专制"，从家庭到工作和闲暇，日常生活的几乎任何一方面都不能避免国家行政官员和计划制订者试图实行的"有意识控制"，这种控制的本质就是广泛干涉了公民个人的自由和自主。运用行政的手段化解社会和政治冲突，政治决策不是通过不同政见之间达成一致和公开讨论来作出，而是通过国家和官僚主义机构的领导人之间非正式安排、秘密的谈判过程产生的。广大民众被排斥在公共决策之外，在关于他们切实利益的重要事务方面不能参与决策，无法行使自主权。更为严重的是，个人的选择自由也受到了严厉制约，所有涉及公共领域的事务均被以技术理性的名义被少数专家和精英所垄断，人们只剩下赞同和按部就班执行的"自由"。

现代国家、政党和政府的增长出于维护和发扬民主价值的目的，但现实的发展却走向了另一面，成为民主的公共生活的对立面。民主政治的发展有其自身的逻辑：其一，社会政治由社会成员的集体活动组成，政治权力来源于该社会的每一个成员，因而个体的存在和活动是构成政治活动的基本前提；

---

① （德）马克思·韦伯：《经济与社会》（上卷），商务印书馆 1998 年版，第 56 页。
② （美）林毓生：《中国传统的创造性转化》，三联书店，1996 年版，第 63 页。

其二，民主政治的基本目的是推进社会整体和每一个社会成员的价值，因此，民主首先在价值上的选择要符合人类的本质要求，应该是能够促进人的生命价值的最值得选择的一种政治方式，然后在体制上的选择应切实体现民主所追求的价值；其三，民主政治应当与人的存在和谐统一，使作为人们生活的外在形式的权力与人的内在选择有机地结合起来。但是，我们从西方社会的现实中看到的却是另外一种状况：越来越多的社会成员被政治生活排斥在现实政治过程之外，这一状况随着技术社会的日益发达而不断加剧；政治选举日益失去了对政治的有效影响，成为少数人手中争夺权力的工具，民主政治本身已经变成为民主而民主，民主并不是代表社会整体的一种价值和方式，而是少数人手中为了狭隘利益和特殊目的而争斗的工具；民主政治越来越脱离了人自身的控制，成为外在于人且反过来开始控制人的巨大机器。西方民主在发展过程中，将外在于它的价值如自由、平等和自主等纳入了它内部，但自己却没有发育出独特的自有价值，这使得民主在价值层面具有很大的不确定性，常常游移于各种价值之间，找不到自己真正的精神归宿。而对政党制度来说，其发展则日益偏离其初衷，在形式上逐渐发展为具有极复杂的技术合理性的机制，但在实质合理性和价值性方面却越走越远，造成了政党制度和民主价值之间巨大的张力结构，活动中的交换关系泛化，渗透到几乎所有人与人之间的关系中，个人往往把自己视为当然的中心，把自己的利益置于他人与社会利益之上，从而使得个人与他人、社会之间的关系时刻处于紧张与冲突之中。要避免这种情况，仍然需要依靠政党对个人与社会的关系进行有效地整合，引导个人要自觉地把自己融入社会与集体之中，并以他人与集体的利益为重，使个体的小我升华为社会性的大我，使个体生命升华为宇宙大生命。同时，政党要加大公共性建设，应视每个社会成员的利益为自己利益的有机成分，因为抽象的公共利益正如抽象的集体一样是不存在的，公共的利益最终要体现为其每个成员的具体利益，在加强公共利益的同时还应避免把社会成员整编为自身的一个部件，而要让社会成员保持其自身的完整与相对自由性，努力为每一个成员的完善与发展提供良好的条件。

西方政党政治的教训，值得我们重视。对于广大发展中国家而言，它们在以民族国家的形式推进现代化的过程中，往往会过于强化执政党理性，而忽略社会各阶级、阶层和利益集团的理性。更有甚者，某些特殊人物、政治组织或利益集团由于历史和现实的原因往往以它们的个体理性代替国家理性。在盛行政党政治的现代民主政治中，无论东方也好，西方也罢，由于国家（政府）理性在不同程度上表现为执政党的理性。所以，无论是执政党，还是在位的内阁（政府），这些政治组织虽然都由个体公民组成，如果执政党与政府不能帮助公民完成自身的"现代性"，即实现"人的现代化"和"充分的自由与民主"，那么这个社会、政党和政府由于自身缺乏公共文化、公共舆论和公共精神，就不可能具有现代公共性。所以，约翰·密尔认为，好政府的第一要素既然是组成社会的人们的美德和智慧，所以任何政府形式所能具有的最重要的优点就是促进人民本身的美德和智慧。对于任何政治制度来说，首要问题就是在任何程度上它们有助于培养社会成员的各种可向往的品质——道德的和智力的，或者可以说（按照边沁的更完善的分类），道德的、智力的和积极的品质。对于一个政党来说也是如此，这就说明一个政党是否能够成为善的评价标准的首要问题不在于它管多少具体的事情，而是应该把提倡公民的公共精神看成其最重要的任务，而且在公共精神的教育与提升方面，掌握执政权力的政党应起表率的作用。

就中国而言，政治现代化的核心是从传统人治政治向现代法治政治转变，从革命型政党政治向法理型政党政治的转型。而法理型政治和公民"依法治国"传统的形成，有赖于政党率先在现代公共领域的塑造和公共性的提升。政党尤其是执政党，作为公民权力的代理者，要按照公民的意愿和利益，面向公共或社会共同需要，提供公共物品，塑造公共秩序，规范公共交易，满足多数和保护少数，由此制定和实施公共政策。政党的公共性相对于公共政策主体政府而言具有独特的特征：

第一，促进政治现代化的各种载体是社会行为主体，而政党尤其是执政党，是其中最重要的行为主体。现代民主制度的发展更多的是靠政党政治来承担与推进，现代公共性的培育和发展必须以现代公共领域的形塑和提升为重要的前提，而现代公共领域的形塑和发展与公民关注政党的公共精神有着不可分割的密切联系。和任何政治共同体相比较，只有政党这个特殊的政治共同体才能够把国家与社会、公域和私域结合好，并以公共性的精神对各个方面进行正确的引领和规范。从中国特殊的历史、国情和现实特征来看，我国的政治现代化就是执政党执政理性的现代化，即执政党由个体理性走向公共理性的过程。卢梭认为，政府只不过是国家与人民之间建立的一个中间体，国家应该"永远准备着为人民而牺牲政府，却不是为政府而牺牲人民"。以全心全意为人民服务为宗旨的中国共产党，也是国家和人民之间的一个中间体，它是实现人民当家作主的桥梁和工具。

第二，执政党公共性的培育和提升要以现代法治国家的建设和完善为互动条件。 对于政党的公共性来说，是指政府组织应着眼于社会发展长期根本的利益和公民普遍共同的利益来开展其基本活动。公共性是政党制定和实施公共政策运行的出发点和归宿，是评判一切公共政策的基准性价值，成为公共政策分析的基本理念和核心精神。任何一个现代法治国家都必须以承认，"宪法是由人民的智慧制定的并且是以人民的意志为基础的，人民的意志是任何政府唯一合法的基础"。我国的一切权力属于人民，执政党和政府的合法性也来源于广大人民群众的认同。在社会现代性得以日益拓展的时代，人民的参与必然愈益受到重视，最终变成一种决定性的因素。现代国家的法律不是某个人或某些人的意志，不是"意志"而是"公共性"。也就是说，国家的宪法和法律应该是各种阶级、阶层和利益集团在对等条件下有序博弈的结果。或者说是在市场经济中，在遵循公平、公正的秩序和原则的情况下，各方相互"妥协"的结果，而不是某一或某些阶级、政党和利益集团强权意志的表现。在现代社会中，公共领域的成败始终都离不开普遍开放的原则。把某个特殊集团完全排除在外的公共领域不仅是不完整的，而且根本就不算是公共领域。在一个法治国家中，所有有道德人格的人，都应该属于该公共领域。固有批判精神的公共领域的成长与现代法治国家建设本身也是一个互动的过程。面对公共领域，一切政治行为都立足于法律；这些法律就其自身而言被公共舆论证明为具有普遍性和合理性，对于政党更是如此。政党法治应该是在公共理性支配下实现宪政的民主政治。只有一个政党本身具有公共性、正当性和合法性时，国家的宪法和宪政是公共理性产物的时候，才能保障该国家和社会的基本结构是正义的，才能保障社会民众生活在公平、正义之中。

第三，执政党公共性的培育和塑造必须以公共舆论的现代化为前提。 在自由民主社会里面，如果没有公民的普遍舆论，任何立法机关都无法活动。公民的普遍舆论是立法的媒介和喉舌。卢梭认为真正的宪法精神不是镌刻在大理石上，也不是浇铸在铜板上，而是铭刻在公民的内心深处，即扎根于公众舆论之中。在现代民主社会中，每一个人都认为他和一切公共事务有着利害关系，有权形成并表达自己的意见。公共舆论是公民表达利益与愿望，实现公正、民主最重要的路径之一。通过塑造现代公共领域来提高我国社会行为主体的公共理性，从而加快我国政治现代化的过程中，执政党应该大力提倡"话语民主"，坚决反对"话语霸权"。提倡"话语民主"，就是借助现代公共领域鼓励和提倡通过平等公民的公共辩论和批判来决定国家和社会的重大事务；反对"话语霸权"就是反对那些没有经过公共领域的监督和批判，而是通过意识形态或公共权力的强制力所作出的"非法"的措施和决定。

各种社会行为主体的理性，特别是执政党理性完成了由个体理性向公共性的转变。在现代社会里，如果执政党理性在很大程度上代表公共性，那么这种理性必须是代表民意的，是公共的、开放的和慎思的。即是国家（政府）与社会各阶级、阶层及其各种利益集团经过有关法治程序进入公共领域的批判与探讨，进而经过协商和"妥协"的约定意识，成为政党的公共性，并依此来制定和实施公共政策，这样公共性也就转化为政党有效治理的方式。政党治理是政党引导和综合公域、私域、个体和机构等管理共同事务的一系列方式的总和。政党治理是使多元或相互冲突的利益得以整合并以此达成行动一致的过程。政党制度作为现代代议制度的产物，人们加入或支持某地政党参与选举并获取国家权力，就是要实现其利益。政党作为连接国家与社会的桥梁，是各种利益的博弈场，是社会上意见表达和利益实现的工具，它与社会必然存在权力授受关系。在政党内部和政党与社会之间存在着利益不一致的可能性，政党也就适用于治理关系。政党治理就是"政党同市民社会就利益分配与发展等重大经济社会问题进行谈判与再谈判，在民意基础上完成社会整合、达成社会团结，并实现经济社会高效、有序的发展"[①] 的全过程。因

----

① 徐锋：《现代政党治理刍论》，选自《当代世界与社会主义》2004 年第 1 期，第 22页。

此，作为执政党要保持国家与社会的高效与稳定的发展，就必须理性地处理其价值理念，使其代表的利益具有最大的包容性，也就是说，执政党要从公共的善的观念提炼并不断修正其价值理念，以公共利益的创造和维护作为其活动的基本目标，从公共利益的角度来平衡党内外各种利益的冲突。

总而言之，政党治理就是政党与社会就公共利益的分配的谈判与磋商过程，这一过程受公共性的理想所规导。随着改革的深化和社会主义市场经济的不断发展，社会经济成分、组织形式、就业方式、利益关系和分配方式日益多样化，我国的经济、政治、文化生活中许多深层次矛盾日益凸显出来。国内出现的这些新情况、新变化，决定了社会成员经济收入来源的多样化、经济利益的差异，进而决定了他们思想观念的差异。这就要求党和政府通过制定正确的路线方针政策，努力形成全体人民各尽其能、各得其所而又和谐相处的局面。同时，也要求党和政府及时掌握群众的思想动向，努力满足群众的正当合理要求，不断探索思想政治工作的新形式，学会做好新形势下的群众工作。

近年来，新的社会组织、经济组织和社会活动领域不断出现，在这些新组织、新领域中，党的工作还十分薄弱，这都是党的领导面临的新课题。社会结构的多元化对党的利益代表功能的削弱，主要表现在以下两个方面：首先，市场化过程中发展起来的自主性市民社会与党保持着先天的距离感。在市场社会的发展过程中，党被迫做出了一定的让步：党是执掌政权的党，而不是执掌社会的全能型党。因此，党容忍了自身在政权体制之外的新社会领域和社会组织中"弱存在"的现实。其次，与多元化相联系的是社会流动性的增强，这使党的基层组织活动成本大大增加。例如，共产党作为无产阶级的政治共同体，如果只是代表了某一部分人的利益，就必然失去代表另一部分人利益的机会。怎样在实际工作中，代表全社会的（即人民的）根本利益，这是一种不容易改变的两难处境。

在转轨过程中，共产党有可能导致为狭隘性利益集团正是由于以下两种过程的交叉性结果：一方面，由于社会结构的多元化，党因无法代表多样化的利益要求而变得狭隘；另一方面，党为了继续保持全面的社会影响力而不断扩大规模，导致被其内部受到市场支持的特殊利益所分裂。执政党为了更好地维护政治秩序，整合国家和社会的资源，不断地巩固和提高政治合法性，必须在公共性的支配下对国家和社会进行"善治"。之所以称之为"公共性"，就在于这种公共性是代表民意的，是公共的，即是国家（政府）与社会各阶级、阶层及各种利益集团经过公共领域的批判而协商和"妥协"的约定意识。在法治经济下，市场的竞争必然带来阶级、阶层的分化与利益的多元化，不管你是否接受，达成妥协与谅解已经成为世界范围内解决矛盾与冲突的最根本的方法之一。执政党及其领导的公共权力机关只有在现代化过程中与个体公民进行有效的"互动"，把基于自由平等契约精神之上的约定意识上升为国家意志、政策和法律，这样整个国家和社会才有可能具有现代公共性。在个体理性走向公共性的过程中，许多要求能完美地实现都是在长时期中经过一系列的妥协而后取得的，并不是在每一步上都顽固地坚持按自己的方式才取得的。英国著名的历史学家阿克顿说过，"妥协是政治的灵魂"。所以，公共性应是社会各个行为主体本着基于契约的公共精神，在批判与和谐博弈的过程中形成的关注社会公共权力、公共利益、公共行为和公共之善的理性。现代执政党的任何重大的决策如果不经过公共领域的批判和监督，其所谓的公共决策和公共管理实际上是政党理性在政治上的强权表现，这是执政党治理的任意性，并没有多少公共性而言，因而也就缺乏事实上的政治合法性。对于那些国家（政府）理性主要通过执政党理性体现出来的发展中国家而言，更需要通过公共领域的批判，从而使执政党理性在更大程度上体现公共性，同时也进一步巩固和提高执政党和政府的政治合法性。执政党和在位政府的理性只有通过公共领域的监督和批判，在公共契约精神基础上实现与社会各种行为主体的有效"互动"，其公共管理才具有公共性，它的公共选择和公共政策的制定才具有民意性、合法性和正当性。政党要以公共善或社会正义为最基本的价值取向，以公共利益的追求为外在表现形式，并积极引导和规范以公民社会为底蕴和后盾的现代公民和公共性的培育与提升，这对我国政治现代性的发展无疑有着深远的影响。

四、科学执政、依法执政和民主执政

（一）科学执政、依法执政和民主执政的三重维度

从政党政治发展的现代性角度来看，当今世界政党，无论是执政或是处于在野都积累了比较丰富的治国理政的经验。例如，政党和国家与社会之间保持良性关系，并通过相应的沟通机制来实现；政党善于利用各种方法影响媒体，树立自身的良好形象，依法正确处理同政权的各种关系，并对权力进行规范和制约等。上述执政经验属于人类政治文明的共同成果。这些政治文明的成果有助于我们深刻认识政党执政的规律，加强党的执政能力建设。20 世纪 80 年代以来，世界上一些长期执政的大党、老党纷纷失去执政地位或走向衰落，有的甚至完全瓦解。如：前苏联、东欧一批国家的共产党；印度国大党、墨西哥革命制度党、印尼专业集团等民族主义党派；日本自民党等资产阶级政党；奥地利社会民主党等社会民主党派。这给我们以深刻的启示，而最根本的一条，是因为政党缺乏执政能力，不能胜任时代提出的现代性发展要求。中国共产党由于其独特的革命道路，经历了从局部掌权到全国范围内执政这样一个富有中国特色的历史进程，是一个具有长期执政历史和丰富执政经验的政党。如何在新时期，全面加强和改进党的自身建设，以切实解决党在执政能力方面存在的突出问题，这是个重大的现实问题。关于什么是党的执政能力，《中共中央关于加强党的执政能力建设的决定》指出："党的执政能力，就是党提出和运用正确的理论、路线、方针、政策和策略，领导制定和实施宪法和法律，采取科学的领导制度和领导方式，动员和组织人民依法管理国家和社会事务、经济和文化事业，有效治党治国治军，建设社会主义现代化国家的本领。"①就是执政党把握、控制、执掌政权的现代性本领。2004 年 9 月召开的党的十六届四中全会，认真总

---

① 《中共中央关于加强党的执政能力建设的决定》，人民出版社 2004 年版。

结历史经验，提出了"科学执政、民主执政、依法执政"的新理念。科学执政、民主执政、依法执政，既不是执政的三个部分，也不是三种不同的执政方式，而是围绕政党如何执政这一现代性问题，从三个不同的角度，阐释如何为人民掌好权、管好权、用好权的根本性原则、目标和要求。因此，三者之间关系是互相联系、相辅相成和有机统一的。

科学执政，是指执政要尊重和符合客观规律，以科学的思想、科学的制度、科学的方式来配置和运用国家权力，治国理政。结合中国实际不断探索和遵循共产党执政规律、社会主义建设规律、人类社会发展规律，把加强党的执政能力建设建立在更加自觉地运用客观规律的基础之上。如何正确看待执政规律，有的学者研究认为："执政基本规律可表述为：执政主体控制社会客体在发展与平等两条轨道范围内运行，所标明的是（执政）主体与客体（社会态势）之间的必然联系。"①按照这种观点的阐述，执政规律是执政者的主体选择与社会态势之间的本质联系。"社会态势"指主体客体相互作用产生的一种客观效果，这种效果决定于发展轨道与公平轨道两大参数的变化以及执政党的执政能力。如果把作为主体的人纳入执政规律的公式之中，将发展轨道和公平轨道作为社会运行的两条基本轨道是很有解释力的。如果执政党在发展与平等的博弈中找到两条轨道的最佳结合部，并做到了或接近了这一点，就是科学执政，也就是按规律执政，我们党执政的权威性和社会的认同感都可以大大加强，合法性基础当然就更加牢固。由此可见，科学执政的根本要求就是要实现"发展轨道"和"公平轨道"的最优结合，实现生产力标准与平等公正原则的最优结合。

民主执政，就是指执政党在执政过程中，要领导和支持人民当家作主，使人民的主人地位得以切实保障，使人民的民主权利得以充分实现，全面实现人民民主，严格依照民主制度和程序来运用权力、管理国家和社会。民主的逻辑前提是什么？回答是：人民主权。人民主权是社会主义民主政治、人民当家作主和共产党执政的逻辑起点。密尔认为：人民主权指"全体人民或

---

①　唐昌黎：《论执政基本规律》，选自《探索》2005（1）。

一大部分人民通过由他们定期选出的代表行使最后的控制权"①。人民主权论是近代卢梭等启蒙思想家适应经济市场化和政治民主化的时代呼唤，在"复兴""民主"而"扬弃""君权"的基础上所产生的共和政治学说。人民主权思想集中表达了国家权力来源于人民并服务于人民的民主政治理念，确立了人民在国家中的主体地位。人民主权说的伦理假设是，每个人都是独立、平等、有尊严的自治主体，由个人组成的社会以及社会衍生而来的国家具有的正当性在于保障和发展每个人的权益，故所有人都有参与国家生活的同等资格。西方思想家用"契约论"加以证明，人民主权思想确实为建立近现代民主政治供给了合法性的价值资源。没有执政的民主，党的执政就没有牢固的根基，党就无法赢得人民的长期支持和真心拥戴。我们还要看到，不管采用什么民主形式，都要体现民主的本质要求。

依法执政，就是指在执政的过程中，执政党依照宪法和法律的规定执掌国家政权。包括执政党及其成员按照宪法和法律设计的政治体制和程序行使权力，通过法定国家机构执掌国家权力。要自觉维护宪法和法律在国家政治生活、经济生活和社会生活中的权威，依法确保人民民主，崇尚法治精神、坚持法治原则、遵守法律规范，严格依照宪法和法律的规定来治理国家和管理社会。依法执政不是要否定党的领导，而是要改革和完善党的领导。我国党政关系从"寓党于政"到"以党代政"再到"党政分开"。对于执政的中国共产党来说，要有效地将本党的执政意图和主张加以贯彻，就应当通过国家各职能权力机构行使法定权力。执政党不应当直接通过自己的政党组织本身去贯彻已上升为法律的执政意图和主张，而撇开由本党推荐当选的领导干部所掌握的国家各职能权力机构或将这些机构的职能虚置。正确依法执政要求我们始终坚持依法治国的基本方略，使法律和制度不因领导人的改变而改变，不因领导人的看法和注意力的改变而改变，确保宪法和法律高于一切。民主的形式含义指人人平等，民主的实质含义可以概括为三点：少数服从多数；多数尊重少数；对权力的制约。② 但这三点均需要法律保障，没有法律的充分

① （英）J. S. 密尔：《代议制政府》，汪瑄译，商务印书馆1982年版，第68页。
② 张正德主编：《领导与法治》，成都科技大学出版社1994年版，第331页。

保障，根本不能发挥民主的最大效能。第一，少数服从多数需要宪法、选举法和组织法等加以确认。少数服从多数才能说明是人民当家作主，法律加以确认才能确保民主是权力的来源，才能体现权力的本源是人民的，"主权在民"是民主的根本含义。第二，多数尊重少数需要法律加以规定。为什么多数要尊重少数？因为真理有时掌握在少数人手里。法治的任务之一就是要保护少数人的合法权益和说话的机会。保护了少数人的利益才可能建立一种民主的、代价最小的纠错机制。第三，民主体现在对权力的制约，包括国家各种权力之间的制约，更包括多数人对少数掌权者的制约，即"权利"对"权力"的制约。其实质是要解决国家同社会的关系问题。通过民主制约国家成为凌驾于社会之上的力量，防止异化。

科学执政、民主执政、依法执政是密不可分、相互联系的整体，既完整地提出了我们党执政的目标和原则，又明确规定了我们党执政的方式和途径。民主的实质不是简单的少数服从多数，而是要通过张扬科学的理性，把少数人首先掌握的真理转变为多数人的共识，改造落后和无知，因此，民主执政离不开科学执政。民主执政与依法执政的相互关系表现为，民主形式上是尊重多数，保护少数，而保护少数人的权利，防止多数暴政正是现代法治的一个重要出发点。民主是法治的灵魂和精髓，法治是民主的实现形式和表现形式。民主执政要求执政的过程和执政的方式都必须坚持和遵循民主的制度、民主的途径、民主的方式和民主的程序，而这些制度和程序等就离不开法律，也就是必须要有合法性。现代法治决不允许以多数人的名义超越法律去剥夺任何一个人的权利。依法执政一方面要防止民主过程中多数人对少数人法定权利的侵犯，另一方面还要防止当政者随意改变、搁置民主产生的正确决定。依法执政是依法治国对执政党的要求，民主是法治的精髓，法治只不过是民主的实现形式和表现形式。依法执政与科学执政也存在相互密切关系，依法执政正如前文所说，一方面要防止民主过程中多数人对少数人法定权利的侵犯，另一方面还要防止当政者专权导致暴政或权力腐败，从长远的角度来看，大大节约社会发展的成本，提高了社会效率。对于科学执政，是政党在执政过程中更加自觉地运用客观规律，自觉地为执政党依照宪法和法律设计的政治体制和程序行使权力提供正确的理论指导。依法执政与科学执政、民主执政之间是辩证统一的：科学执政是基本前提，民主执政是本质所在，依法执政是基本途径。三者相互联系、相互依赖、有机结合，构成了我们党执政方式的基本理论框架。

（二）从"魅力型"向"法理型"切换的现代性诉求

中国政党提出和落实的科学执政、民主执政、依法执政三大执政理念，印证了当代中国正在经历政治权威从"魅力型"向"法理型"的转换。这种"转换"合乎逻辑地回应了中国政党新现代性的追问。

随着当代全球化的发展和社会的转型，中国政党也正在经历着由革命党向执政党的转变。对于中国共产党来说，虽然从 1949 年中华人民共和国成立的时候就由一个具有地方执政经验的政党上升为在全国范围执政的政党，但共产党的执政的思路、行为等依然沿着战争年代的作为革命党的经验来实践的。中国政党之所以长期带着革命浪漫主义情怀，一方面是受到列宁主义革命政党的理念与行为的影响，同时又受到传统左翼革命思潮的熏陶。马克斯·韦伯曾经提出魅力型权威。其实革命党也就是一种魅力型权威。因为对于一般革命党来说，革命是靠领袖的，革命党的成功高度依赖领袖。魅力的性质"（建立在）非凡的献身于一个人以及由他所默示和创立的制度的神圣性，或者英雄气慨，或者楷模样板之上（魅力型的统治）"[①]。运用马克斯·韦伯的分析框架认识和分析当时的中国，可以更为理性地了解中国政党的发展演变。中国共产党确实是建立在魅力型权威基础上的。因为我们的党是在半封建半殖民地环境中产生的，是经过长期的革命战争发展壮大并取得执政地位的。长期艰苦卓绝的战争年代造就了少数极具传奇色彩的超凡人物。由革命党向执政党的转变非常不容易，由人治向法治的转变就更难。越成功的革命，革命的惯性就越明显，革命的"合理性"就越高，于是就有了"不断革命"，每隔十来年革命一次。革命作为一种隐语用于政治领域，宣告一个旧秩序必然灭亡和一个新世界诞生。

在探讨革命党向执政党的转变之前，首先追溯革命的本源是什么，革命

---

① （德）马克斯·韦伯：《经济与社会》，商务印书馆 1997 年版，第 241 页。

(revolution) 一词的西文词根"revolve"指的是宇宙星体沿圆形的轨道运转，转了一圈还回到原点。伦阿特认为："'革命'一词本来是一个天文术语，由于哥白尼的《天体运行论》而在自然科学中日益受到重视。在这种科学用法中，这个词保留了它精确的拉丁文意思，是指有规律的天体旋转运动。"[①] 可见革命最初的含义就是运动和规律的意思。"其含义也从一种永恒的、不可抗拒的、周而复始的运动引申为随即运动，人类命运的沉浮，就像远古以来太阳、月亮和星辰的升起与降落一样。"[②] 后来革命在和一些特殊历史性的事件与时刻勾联中，开始与滥用权力、暴行和剥夺自由联系在一起，并展现出它的全貌。革命开始摄人心魄，革命开始轰轰烈烈。随着人类一些特殊的重大历史事件的演进，革命所获得的这些特征很显然与最初的意义已有较大的差别。正如阿伦特对革命所评述的那样："创新性、开端和暴力这一切因素，与我们的革命概念都息息相关，但是在'革命'一词的愿义中和它在政治语言中的第一个隐语用法显然不存在这些因素。"[③] 宏大的革命词语自始至终回荡在法国大革命的史册中，19 世纪不久就将它概念化为历史必然性观念。"突然之间，一个全新的意象开始笼罩了旧的隐喻，一个全新的词汇融入了政治语言之中。""用罗伯斯庇尔的话来说，革命的巨流一方面被'暴政的罪行'，另一方面被'自由的进步'推波助澜，狂飙突进，两方面又不免互相激荡，以致运动和反运动既无法达到平衡，也无法相互掣肘和牵制，而是以一种神秘的方式汇聚成一股'进步的暴力'，不断加速奔涌向同一个方向。"[④] 在人类历史的进程，人们好长一段时间就是生活在革命运动之中，为此，人们不但点燃了豪迈的激情，同时也燃尽了豪迈的激情。从"法国大革命以来，对每次暴动的结果，不管是革命的还是反革命的，言必称滥觞于 1789 年的运动，是它的延续，这已经习以为常了"[⑤]，包括十月革命以及后来一些民族国家的革命运动都是沿袭法国大革命的事件和规则来出演的。可以说"正是法国大革命

① （美）汉娜·阿伦特：《论革命》，陈周旺译，译林出版社，2007 年版，第 31 页。
② 同上，第 31 页。
③ 同上，第 35 页。
④ 同上，第 37 页。
⑤ 同上，第 39 页。

而不是美国革命，在整个世界点燃了燎原之火；因此，也正是从法国大革命的进程中，而不是从美国的事件进程或国父们的行动中，'革命'一词现在的用法，谱就了放之四海而皆准的涵义，美利坚合众国也不例外"①，"法国大革命以灾难告终，却成就了世界历史；而美国革命如此功成名就，却不外乎是一个地方性的重大事件"②。革命一词在某一时间段成为了全世界具有普世意义的东西。"在本世纪，无论何时，只要革命出现在政治舞台，人们就会根据来自于法国大革命进程的那个形象来看待它，根据旁观者杜撰的概念来解释它，根据历史必然性来理解它。缔造革命的人也好，旁观并跃跃欲试的人也罢，在这些人的心目中，显然缺乏对政府形式的深度关切。"③ 政党之所以在历史的某些时期成为革命党，就是以革命来打乱原来的社会秩序，申张民意并自称是代表民众参与和民众选择。从行动哲学来说，革命党奉行"斗争哲学"、凡有利于夺取政权和破坏旧的社会秩序的一切矛盾和斗争，总是全力扩大，去激化；从活动方式上说，革命党为达到目的，大多采取隐蔽斗争、武装对抗的方式，来进行社会动员；从社会基础上说，革命党多半扎根于特定的社会不满阶层，代表一个特定的阶级，体现他们的意志。总体性政党、党国体制性政党这些经典现代性政党往往都具备这种特质。和革命党相对应的执政党则主张和平稳定，凡不利于巩固政权和建设经济的一切矛盾和斗争，总是全力去缓和化解。从活动方式上说执政党使用的则是合法、和平的方式，需要通过协调、对话、妥协，来平衡社会不同群体的利益。

革命党向执政党的转变，并不仅仅是一种观念的转变，也不仅仅是工作方法的转变，更重要的是一种体制的转换。中国共产党从革命党向执政党的转变，首先要放弃以阶级斗争为中心的政治理念，提出经济和社会发展的新理念；在工作方法上防止以党代政、以党代替一切，并加强体制建设，实行党政分开，重构党政关系的制度框架，特别是明确了党要在宪法的范围内活动；废除党的领袖终身制，尝试新的、制度化的领导人更替方式；探索党内

---

① （美）汉娜·阿伦特：《论革命》，陈周旺译，译林出版社，2007年版，第43—44页。

② 同上，第44页。

③ 同上。

民主的新方式，以及民主决策的新方式；倡导以法治取代人治的政治理念等等。中国政党的新现代性生产与建构关键在于，实现"魅力型"政党向"法理型"政党切换的现代性诉求，实现"危机应对型转变"。

在"法理型"政党结构中，除了有政党组织之外，还需要有具备一定利益诉求能力的社会组织，它们与各政党一起构成了治理型政党的结构性要素。只有那些能对这些社会组织的利益诉求进行有效回应并与之互动的政党才能称之为法理型政党。因而从规范意义上讲，这些社会组织的存在是这种治理模式运作的前提条件。舒尔兹曾将合法性区分为革命合法性和公民合法性两种。① 当国家权力的性质从革命权力转变为执政权力的时候，当一个社会随之从被动员的社会转变为公民社会的时候，革命合法性也必须由公民合法性所代替。如果说革命合法性可以以暴力和强制力为标志的话，那么公民合法性则必须以理性、道义的主导力为其特征。虽然革命合法性能一时有效地支配社会，但唯有公民合法性才能对社会保持长久可靠的实际影响。革命或者革命运动都是以有效攻击某种失去合法性的政权而成功的。但是，许多革命却没有能很好地将暴力群众运动的合法性转化为公民社会长治久安的政府合法性，在共产主义革命的许多国家中是这样，在反帝民族解放革命的许多第三世界中也是这样。革命本应当是助产婆，帮助催生一个享有广大民意支持的合法政府。不幸的是，革命却往往以申张民意开始，以压制民众告终，到头来革命者自己变成了民众革命的对象。成功了的革命往往反过来扭曲"它自称代表的民众参与和民众选择"②。它所允许的民众参与是由政党的命令和动员的那种群众参与，它所规定的民众选择则是由政党所指定对象的那种集体

---

① Barry Schutz,"*The Heritage of Revolution and the Struggle for Governmental Legitimacy in Mozambique*." In I. Willam Zartman, ed. Collapsed States: The Disintegration and Restoration of Legitimate Authority. Boulder, CO: L. Rienner Publishers,1995,p. 110.

② Barry Schutz,"*The Heritage of Revolution and the Struggle for Governmental Legitimacy in Mozambique*." In I. Willam Zartman, ed. Collapsed States: The Disintegration and Restoration of Legitimate Authority. Boulder, CO: L. Rienner Publishers,1995,p. 111.

选择。革命合法性需要永远保持革命"英雄主义的光荣和浪漫"①。一旦这种英雄主义和浪漫情绪显露出衰退、腐败的迹象，它的合法性就会在顷刻间动摇瓦解。与革命合法性相比，公民社会合法性虽平淡得多，但却比较能长久维持。它凭借的不是什么崇高的主义，高远的理想，或者某某伟大领袖的光辉思想。公民社会合法性的基础是稳定的、无须动员便能够自行维持和延续的宪政法治。由于公民合法性除了合乎法规之外，再也没有，也不可能再有别的权威，它是一种真正的合"法"性。公民社会合法性所合乎的基本法规就是民主宪法。宪法规定公民的基本权利和责任，规定不同权力部门的制衡结构，规定获得权力和权力更替的程序，尤其是规定人民是权力的最终来源，即人民主权。

正因为如此，舒尔兹同意历史学家费里拉（Gugielmo Ferrera）的看法，认为革命合法性只是一种前合法性（prelegitimacy），而公民合法性才是真正的合法性。可见革命党是以革命合法性为基础的，而执政党则应当以公民合法性为基础的。对于执政党的治理模式，最理想的莫过于善治。善治作为政党架构国家与公民社会之间的一种新颖关系，是两者之间的一种最佳状态，它有合法性、透明性、责任性、法治、回应和有效等一些基本要素。这些基本要素是任何一个走向现代的负责任的法治政党应该具备的。执政党的领导地位并不妨碍我们建立具有善治理念的政党。上面说过，由于中国共产党是领导党，是执政党，因而在党际关系上，共产党具有明显的政治优势，在力量不平衡的政党之间不可能形成一种治理型的政党结构。这既是对治理型政党的误读，也是对领导党内涵的误解，还是对我国政党制度结构所具有的适应性特征视而不见。首先，治理型的政党是指在一定的生态环境中，政党与其他主体之间保持一种合作、协商、对话的关系，从而推进一定范围内公共事务的妥善解决。这些主体不仅仅包括政党组织，还包括其他的一些社会组

① Barry Schutz,*"The Heritage of Revolution and the Struggle for Governmental Legitimacy in Mozambique."* In I. Willam Zartman,ed. Collapsed States:The Disintegration and Restoration of Legitimate Authority. Boulder,CO:L. Rienner Publishers,1995,p. 110.

织和市场组织。在中国的政治语境中，在治理型的政党结构中，除了有中国共产党和民主党派外，还包括社区组织、企业、中介组织等等。在现实社会中，中国共产党具有充沛的政治资源、广泛的组织网络、有效的工作机制和先进的价值理念，但是这些并不妨碍善治运行机制的创立，因为中国共产党可以凭借这些优势来动员民众、凝聚阶层和进行利益综合，从而在更大范围、在更深层次上推进治理机制的建立。其次，中国共产党是领导党、执政党，党的领导地位和执政地位是保证这种治理型结构创立的重要政治条件。在社会转型和全球化的新形势下，党作为执政党，改变了以前作为革命党角色时候的一元化的执政方式，在发挥党的"总揽全局、协调各方"的作用时，党将其活动纳入法治化轨道，即党的活动要符合宪法和法律的规定，党的"依法治国、建设社会主义法治国家"方略的确立和"依法执政"的提出就是明证。创设了一个新的平台以调动社会各个阶层、组织与团体政治参与的积极性。另外，中国的政党制度结构具有明显的适应性特征，表现在：一方面是党能通过党内民主、以民主集中的方式能将党内的意见收集起来，从而党能对党内的问题作出有效的回应；另一方面是通过中国特色的政党制度及其运作机制，党能从民主党派及其所联系的社会群体中吸取合法性资源，同时回应民众的利益诉求。中国的政党制度之所以有这种适应性特征是因为中国共产党领导的多党合作和政治协商制度本身就是一种治理型的制度结构。具体来说，它不仅为民主党派的参政、议政设定了制度框架，也为民主党派所联系的利益群体的政治参与打下了制度基础。通过这种制度框架，不仅保证了民主党派的政治地位，而且民主党派能将各自所联系的群体的利益诉求集中起来，并在党的治理框架中将这些利益诉求输入到党的决策中去，承担利益表达的中介功能，从而为党决策的科学化和民主化奠定制度性基础。具体来说，在共产党的领导下，通过创立与执政党合作共事的"一元主导"与"多中心"结构，通过增加执政党对民众的回应性来提高认同度和合法性。因而，开展治理理论研究，尽快实现中国政党从"魅力型"向"法理型"切换，对中国政治语境下执政党建设发展具有强烈的现实意义。

结语　全球化视界中
中国政党现代性的自觉意识

　　全球化是现代性与现代化的产物。现代性与现代化带来了全球化，由此也导致了现代性和现代化与全球化之间形成了一种互动互联的关系。全球化的冲击导致现代性的发展走向越发复杂与多变，既带着经典现代性的一些断裂、反思现代性的某种重建，又获得某些后现代性的生成，是终结与承续、解构与建构的矛盾统一。而现代性的解构、颠覆、跃迁、重写又促使全球化的场域中充满了传统与现代、历史与未来、东方与西方、全球与本土之间的一轮又一轮的分化与融合、脱离与重组。全球化正改写着资产阶级启蒙运动以来的现代性，为现代性的多向度发展与创新，注入着新鲜的血液。现代性的培育和发展、现代化的实现从来是全球化中的现代化。不仅表现在物质层面的"文化"容易"趋同"，还表现在制度和行为层面上的"文化"较难"趋同"。全球化作为一个复合性的概念，不仅是现行经济运作的重要表征，而且它也对政治领域产生极大的影响。后者正是我们探讨政治文明时应该关注的重要内容。在全球化和中国化的双重际遇中的中国政党如何自觉地调整以适应全球政治社会结构发生的深刻变迁以及保持自身的先进性，这对中国政党提出了挑战与机遇。世界政党生态的深刻变化，促使政党的现代性在全球化的冲击下正改变和调整着自身的质态与结构，既保留传统政党的一些基质和功能又吸收后现代政党的新质，既孕育着与全球化相互涵容、相互顺适的因子又留存着与之相互反驳、相互矫正的成分，从而使政党现代性与全球化之间充满着张力。这种现实要求中国政党作出"适应性"的变革，尽快获得现代性自觉意识。当代中国的市场经济发展导致社会生活深刻变化，社会发展转型要求政府职能转变，政府职能的转变必然引起执政党自身变革。这场执政党适应性变革，涵盖执政党内部生活和外部活动的各个方面，贯穿执政党自身管理和领导、执政活动的整个过程，涉及国家政治和社会生活的各个领域，是一场深层次、全方位的政党文明提升和再造过程。

一、全球化对中国政党现代性发展的影响

全球化具有结构性的影响力，不但在物质层面、精神层面，还在制度层面，产生全方位的影响。英国著名学者赫尔德曾提出全球政治的概念，他说："全球政治作为一个术语，非常形象地描绘了政治关系在空间上和时间上的扩展与延伸，以及政治权力和政治活动跨越现代民族国家的界限、无处不在的这样一种现象。""与这种扩展相连的是全球政治活动产生的、通常是更向纵深发展的影响。作为一种结果，全球层次的各种发展几乎在同时就能对世界各地产生影响，反过来亦如此。"[①] 这种全球化的分析观认为，除了全球化的时空纬度外，即全球网络的广度、全球相互联系的强度、全球流动的速度、全球相互联系的影响外，还有全球化的组织纬度，即基础设施、制度化、分层化以及交往方式。其实，全球化在政治领域的拓展也日渐明显，各国之间、政党之间在政治价值和政治制度上的认同趋势也比较明显。这首先表现在对以民主、自由、平等和正义等为核心内容的民主价值的趋同和保障自由、平等、人权充分实现的民主制度普遍化；其次，全球化过程对建构于区域性的民主政体和政党体制构成了压力，它表明政治、经济和社会活动的诸多链条

---

① （英）戴维·赫尔德：《全球大变革，全球化时代的政治、经济与文化》，社会科学文献出版社 2001 年版，第 69 页。

正在成为全球范围的，而且发展向度是多维的，其对民主的影响即表现为复杂性也表现为深刻性，它既可能促进现代民主的发展，又可能使现代民主模式陷于一定的困境。正如戴维·赫尔德指出的那样："不论是捍卫还是批评现代民主体系的人，都面临着同样的难题，民主理论和实践中一些关键问题传统上只在国家范畴内加以解决，而区域性全球性的相互关联对此提出了挑战。"① 具体来说，体现在以下几个方面：

其一，全球化背景下，民主的基本元素和基本价值理念得以广泛认同和传播。 随着全球化的渐进推进，人们交往的范围扩大，民主的基本价值理念将在全球的纬度上得以传播，被世界上越来越多的人所认同和接受。对于一般的民众来说，通过一定的民主制度安排，尤其是政党制度，为人们政治参与提供了合法的制度性通道，这对于维护和增进他们的自身权益具有基础性意义；对于民族国家的管理者来说，选择政党制度，通过合法的程序，意味着其权力得到了人们的认同，权力民意含量的增加意味着其统治体系的合法性的增强。所以，无论是对一般的民众还是对一般的统治者来说，他们都能从政党政治那里找寻到合理性的因子。全球化拓展了民主的内涵，使传统民主制度的运作面临着一定的困难。在现代社会，全球化是双重民主化的过程，即不仅是指国家共同体中的民主深化，国家和公民社会的民主化不断发展，而且还指民主形态和过程要扩大到领土边界之外。全球化对传统的民主理念构成了一定的挑战：如果说传统的以自由主义民主为理念的政治权力的合法性是建立在被统治者同意的基础之上，那么，在现代全球化的年代，民主陷入了由地方的、国家的、区域的和全球的关系交织而成的、变化着的环境中，在这一背景下民主的意义是什么而且应当是什么？它至少说明了在全球化日益拓展的年代，民主的理念或模式不是变得更加明确或趋同，相反，它变得更加复杂或民主的模式变得更加多样化和差异化。那么对于生存在这种变化与调整的环境中的政党必将在制度安排、治理方法和价值理念等加以现代性调整。

---

① （英）戴维·赫尔德：《民主与全球秩序》，胡伟等译，上海人民出版社 2003 年版，第 17 页。

　　其二，全球化背景下，政党政治变化频率加快，现代性意识日趋增强。
随着经济全球化各种影响的深刻显现，国际一些政党政治变化的复杂性、不
可预测性增多增强。当前，全球范围内政党力量的对比，仍呈"右强左弱"
态势，一些左翼政党面临诸多的嬗变与挑战，政党的左、右力量轮替加速，
"政治钟摆"周期明显变短和加强。一些区域性主要政党的轮替对域内其他政
党政治的影响和连带效应或增或降，政党力量消长的国别差异更加明显。一
些发展中国家的政党制度尚未完全进入成熟期又要遭遇转型；部分转轨国家
政党在政治定位、自身建设和党派关系等方面，也存在一定的不稳定性和滞
后性。与此同时又受到在不同情境中所发生和进行的事件的交互渗透和影响。
新型通讯系统在创造接近其他民族和国家的途径、开辟政治合作与发展的新
道路空间的同时，也引起了人们对时空转换给政治参与带来的影响的思考。
"当代国际秩序的发展用极为复杂的方式把不同民众、不同共同体和不同社会
联系在一起，加上现代通讯的技术，简直就可以让作为社会——经济活动障
碍的空间距离和领土界限当然无存。"[1] 互联网和传媒迅猛发展，带来的时空
转换、时空错位、时空重叠，可能造成政党的传统政治空间的收缩，同时又
可能诞生了一些新的政治领域。公民对政党政治的接触更加接近，一边是参
与政治生活的渠道和愿望增多增强，一边是反政党政治的情绪和主张另类政
治的呼声加大；同时，对其掌握的公共权力的监督力度加大，使政党在履行
其传统职能时面临更多的挑战。在全球化冲击下，一方面，政党调控经济社
会发展的能力受到制约和挑战，一些政党对日益加剧的贫富分化和社会动荡
缺少良策。同时，"国际机制和国际组织的发展，导致了世界政治的决策机构
的重要变化。新的多边和多国的政治形式已经创建，随之还出现了涉及各国
政府、政府间组织、各种形式的跨国压力集团，以及国际性非政府组织等独
特的集体决策形式"[2]。加之，各种新的社会治理问题大量、快速涌现，也对
政党执政构成竞争，这种局面进一步削弱了政党的传统政治功能。另一方面，

---

　　① （英）戴维·赫尔德：《民主与全球秩序》，胡伟等译，上海人民出版社 2003 年版，
第 21 页。

　　② 同上，第 112—113 页。

随着各国各类政党面临的共性问题增多，政党双边交流、跨国交往与区域合作的势头更加强劲，不仅纲领主张相近的政党，甚至双方存在较大分歧的政党也求同存异加强了联合与合作的态势。政党交流、合作机制不断丰富，交往形式更富于多样性。政党政治中的意识形态之争，经济全球化以迅猛发展之势，继续推动各国社会和阶级结构变迁，而中间阶层的队伍不断发展、壮大，是当前社会变化的一个明显趋势。到 20 世纪 60—70 年代，西方大多数国家中间阶层的人数已经超过了传统的工人阶级，整个社会的结构明显呈中间趋大、两头趋小的走势。此外，国家和政府管理职能的增强，也促进了中间阶层力量的增长。西方国家的传统工人只占人口的不到 5％，取而代之的是数量越来越多、规模越来越小、形式越来越分散化的社会群体。社会结构的变化还使得人们的身份日益复杂，越来越多的人处于几种身份兼而有之的状态。打破了政党传统势力范围和社会基础，增加了社会阶层和社会意识的不确定性。传统左、右翼政党刻意模糊意识形态界限的趋势进一步发展，分歧和差异将始终存在。全球化引发的各种复杂矛盾和问题，将进一步加剧政党执政的难度，并成为引发世界政党政治变动的主要诱因。主流政党在创新、调整传统政治理念的同时，仍力图保持其生机与活力，预示着主流政治力量将有一番新的较量。全球化的发展决定了各国政党格局和体制将继续处于变动、调整之中，并将因经济社会差异、政党的革新自觉程度而更具多样性和差异性。

其三，全球化背景下，因社会差异与多元的发展，政党更加关注合法性的政治认同，并增强治理的力度。进入后工业社会以来，庞大的科层制度已经不能够适应社会飞速发展的需要。正如，后现代主义所认为的那样，资本主义越来越趋向于"全面的行政管理"①，无法应付差异社会和多元社会的发展诉求。民众的政治参与，更直接的目的是为了更好的生活。"民主已经被看作是一种容纳国家权力和对竞争性的政治目标进行协调的方法；因为为合法性的确立提供了可能性，这种合法性的基础在于两个方面：一是每个人及所有人的政治参与，二是决策过程，这一过程不仅能够协调差异，而且还能够

---

① （美）马尔库塞：《单向度的人》，刘继译重庆出版社，1988 年版，第 31 页。

提炼出可接受的结果。"①　与此同时，"由于民族国家被削弱了，所以必须将不断增长的对地方自治和区域自治的压力纳入了考量范围；这样，在整个世界范围，传统的政治文化认同可能在很大程度上遭遇自下而上的双重挑战"②。例如，新社会运动、新群体新组织的涌现，以及由货币危机、环境污染、恐怖主义、毒品贸易、艾滋病等充斥于全球政党的治理议程，将导致，公共权力的中心化与非中心化的动力促成了权力场所的转换，法律和条约因而在一定意义上受到了损害。同时，"国家体系的等级结构本身，已经遭到了全球化经济的崛起、跨国关系与通讯的迅速发展、国际组织与机制的猛增以及跨国行动及其行为者的发展这些因素的侵扰——所有这一切都向国家体系的效能提出了挑战"③。政党如果以传统的统治方式来管理社会必然会面临很大的问题，因为，政党不得不变得越来越依靠其他的社会行动主体。这一方面是因为它的合法性政治认同多元化，另一方面是它面对着是一个日益难以控制的具有风险性的环境。现实的状况，从某种意义上说，是传统政党以民族国家作为唯一的权力中心的统治模式的式微，许多非政府组织的参与弥补了行政权力所无法覆盖到的空间。一些后现代政党提倡自我治理的思想，他们能够自我决定，自己管理自己的事务。以一种当家做主的主人翁的精神来工作，不同的基层组织应该具有"独立的自治的权力"④。后现代强调地方和不同的基层组织通过行使抵制权来反对国家的集权；反对传统民主选举，认为传统民主选举不过是三五年换上一次政治领袖。要改变这种国家的民主或议会党团式的民主，就应像民权运动、生态运动那样到基层去寻找。对他们说来，所谓到"基层去寻找"是指任何一项决定，特别是涉及长远利益的决定"不应是作出的而应是形成的"。在这里，"作出的"就是由别人给予的。而"形成的"则是由每个人加入其中，共同参与建立起来的。这种"微观公共空间"

---

① （英）戴维·赫尔德：《民主与全球秩序》，胡伟等译，上海人民出版社，2003 年版，第 72—73 页。

② 同上，第 133 页。

③ 同上，第 283 页。

④ （澳）罗伯特·E. 古丁：《绿色政治学》，剑桥大学出版社，1992（英文）版，第 68—69 页。

就是存在于社会中的自治的、自由的公众参与领域。在这个领域中，人与人之间能够广泛接触、进行公开的讨论、每个人都充分发表意见，掌握必要的信息，以便能对有关问题发表意见，每个公民都能对政府决策产生影响。社会经济组织中的劳动组织不再是等级组织的活动，而是"通过非等级的比如以群体为基础的联合体结构来组织劳动"①。这种群体不存在严格的等级关系，也不存在从上到下的集中控制，他们因多元而协商因差异而共享。

其四，全球化背景下，反传统政治的发展，对政党政治的传统功能提出严峻的挑战。反传统政治主张的反抗，并不像以往政治思想家，特别是社会主义思想家那样主张一种全国性政治反抗，只是要求"人们把更多的注意力转移到了主体性、差异、文化中的边缘要素以及日常生活之上"②。在他们看来，由于权力遍布于日常生活中，分布在不同的点上，由此决定，不存在一种单一的反抗基地、反抗中心、反叛的根据或革命的纯粹的法则，所以存在着只是多元的反抗。人们何以寻求如此的反抗？当统治和惩罚的形式进入规训时代之后，或者说自从人类"砍下国王的脑袋"，进入资产阶级的民主政治时代之后，权力的性质就开始逐渐转化为一组确立人们的地位和行为方式、影响着人们日常生活的力量，在权力的威慑和干预下所导致的民众自我惩罚和自我约束的时代已到来。正因为如此，人类也就开始逐渐远离"杀君时代"，进入"杀民时代"。为此，福柯认定人类从酷刑时代向柔性惩罚的规训时代的转变，这种规训的主要目的就是要培养出温顺、健康的人。福柯曾指出，真正的政治任务应该去批判那些表面上似乎既中立又独立的制度的运作；应该用批判的方法揭去借助这些制度隐蔽地发挥其作用的政治暴力的假面具。"人体正在进入一种探究它、打碎它和重新编排它的权力机制。一种'政治解剖学'，也是一种'权力力学'正在诞生。"③这种新的政治解剖学的"发明"不应被视为一种蓦然的发现。相反，它是由许多往往不那么明显重要的进程

① （英）J. 西蒙：《福柯与政治》，罗利基 1996 年英文版，第 103 页。

② （美）道格拉斯·凯尔纳、斯蒂文·贝斯特：《后现代理论》，张志斌译，中央编译出版社 1999 年版，第 27 页。

③ （法）米歇尔·福柯：《规训与惩罚》，刘北成、杨远婴译，三联书店 1999 年版，第 156 页。

汇合而成的。这些过程起源各异，领域分散，相互重叠、重复或模拟，相互支持。主体不但要突破技术化、符码化、计量化、标准化等理性设计，而且要消除作为组织人、角色人、单面人的状态，从而恢复个性化、创造性和批判性，根除社会世界的殖民化，回归生活的多样性和主体的差异性。后现代主义学者得勒兹与瓜塔里提出了游牧式政治观，反对传统政治，他们认为"这种游牧式思维破除了一切形式的普遍化秩序、总体性、等级制和基础原则，并且攻击具有'国家式思维方式'的哲学帝国主义"①。游牧思想拒绝一种普遍思维的主体。并不认为"它并置身于一个包容一切的总体，相反，置身于一个没有地平线的环境之中，如平滑空间，草原，荒漠，或大海"②。与游牧政治异曲同工的另一位后现代主义学者鲍德里亚提倡一种差异和边缘政治，通过从与主流政治相对应的差异和边缘寻求民主和政治的真谛，并"认为凡是能够肯定其自身的价值和需求高于且对立于社会主流价值与需求的团体，都应被看作是比那些仍在当代社会之逻辑与符码内运作的群体更为激进"③。这种差异和边缘政治同福柯、利奥塔、得勒兹与瓜塔里等都是涉及微观政治领域，关注日常生活实践，主张在生活风格、话语、躯体、性、交往等方面进行革命——将个人从社会压迫和统治下解放出来。尤其是西方社会在进行现代性调整与转换过程中，发生三次大规模的社会动乱和危机，即以巴黎"五月风暴"为代表的西方"1968 年革命"、以生态运动为代表的 70 年代中期至 80 年代的"新社会运动"抗议浪潮和 1998 年以来的反全球化运动。这三次运动"确实改变了我们的生活、我们的心态、我们的态度，这些发明和实验一直发生在由政党推进的社会和政治进程之外"④。伴随着这些运动出现女性主义团体、生态学团体以及同性恋组织等进行的"新社会运动对把劳

---

①　（美）道格拉斯·凯尔纳、斯蒂文·贝斯特：《后现代理论》，张志斌译，中央编译出版社，1999 年版，第 95 页。

②　陈永国编：《译游牧思想——吉尔·得勒兹，费利克斯·瓜塔里读本》，吉林人民出版社，第 312 页。

③　（美）道格拉斯·凯尔纳、斯蒂文·贝斯特：《后现代理论》，张志斌译，中央编译出版社 1999 年版，第 133 页。

④　《福柯集》，杜小真选编，上海远东出版社，1998 年版，第 205 页。

工运动摆在首位的传统马克思主义政治概念提出了强烈的挑战，呼吁人们以更加民主的政治斗争与政治参与形式，来对付那些无法化简为劳工剥削的权力与压迫的多重根源。"① "新社会运动已预先提出了非中心化、差异等后现代原则，并且提出了实现社会和文化关系政治化的新的重要途径，事实上，它们以激进民主重新界定了社会主义规划。"② 与此同时，单一问题党和抗议党的不断涌现，也在动摇政党组织和议会代表制的基础。人们对传统政党和代议政治评价很低，也许有朝一日危及现行民主政治。有时执政党被"选"下台，并没有明显的理由，以至于选民也更加反复无常，就是选民中存在强烈的"将混蛋撵走"的情绪。

全球化的发展给我们了一个极为深刻的思想：当代人们越来越厌倦传统的政治与政党，人们反感于把政党政治定位为谋求权力与统治政治，而是更倾向认为政党政治是求得有意义的生活的一种途径，是保护人和服务人的一种途径。又因为社会政治认同和社会领域从来都不是封闭的、终极性的结构，而是开放的、非稳定的、非统一的、偶然的，总是处于这样或那样一种被阐发的过程中。政党执政的危机与风险因而显现存在。

二、中国政党现代性的理论调整与转换

中国政党现代性的全面建构，不仅仅从政治与社会实践方面的探索，更重要的是从理论上进行创新与探索。主张以政治解放为主旨的马克思主义话语系统到以人与社会全面发展为主旨的马克思主义话语系统的转变，实现以实践为轴心的宏大叙事向以人与人的和谐生活与发展为中心的微型和多元叙事的转换，这种内在的理论转换，就是为实现现代性多元共进，优态共存的

---

① （美）道格拉斯·凯尔纳、斯蒂文·贝斯特：《后现代理论》，张志斌译，中央编译出版社 1999 年版，第 27 页。

② 同上，第 27—28。

和谐社会。

（一）主义话语叙事方式的改变

恩格斯在为《资本论》英文版所作的序言中曾指出："一门科学提出的每一种新见解，都包含着这门科学的术语的革命。"① 基于这一思维基点，任何宏大政治叙事中，都会突出元话语的合法性，力求在变化的世界中寻求一种同一性，以此作为解释世界和安排世界的合法依据，而这种依据往往通过由权威支持和认可的"话语"表现出来。这种"话语"在后现代看来，就是"元话语"。所谓"元话语"之"元"，实质就是要成为凌驾万物之上的东西，而在科学领域的争夺中，人们总要试图成为'元'的。也就是说，要凌驾于他人之上。在政治领域中，成为"元"的东西就是国家垄断合法性的符号。这种符号即为一种统治的权力，它在一定的民族范围内，确立和强加一套无人能够幸免的强制性规范，并将其视之为普遍一致的和普遍适用的。由于政治领域把同一性追求和元话语的建立作为基本的政治前提，从而与自由观念发生冲突。因为自由本身意味着解放，其自身就具有批判和超越的性质。然而将同一性作为社会追求目标的条件下，人们的一切自由意识最终都必须和某种预先设立的"话语"相一致。什么是该说的，什么是不该说的完全要受同一性规则的筛选。由此同一性规则作用下的政治社会运行机制也就破坏了差异的多向性，可以说是"单向度"的政治思维取代了批判意识，人们的思维模式最终都纳入到一种给定的"话语"中。更为甚者，理性以追求同一性为目标，本身也可以转化为一种政治上的统治和压迫。经典现代性思想家表现出的这种对同一性的追求从本质上带有强烈的极权专制倾向。维尔修泽指出，向往同一性，在原则上就具有极权主义的性质。法国后现代主义学者德吕兹、加塔利认为，否定差异、只有同一的政治思维是国家秩序的理性基础，是维护国家秩序的工具，是为国家服务的、被国家雇佣的"官方哲学"，这种哲学从本质上是一种法西斯主义的政治艺术。政治秩序的本性与政治生活的德性在科学主义所包围的现代，都被纳入到观念的层面来理解，主义话语成

---

① 马克思：《资本论》第 1 卷，人民出版社 1975 年版，第 34—35 页。

为贯穿整个现代政治中最为传统中的东西。它一方面发动群众运动，另一方面通过服从与信仰的宗教德性，把政治生活引向抽象名词建立起来的语言图像中。这一方面导致了主义话语中启蒙态度与信仰德性的紧张，另一方面又以政治的理念遮蔽了政治存在。于是，政治生活的道路在现代不是求助于主义乌托邦，就是转向政治试验的态度，而这两者都内含着无视个人的当下存在及其日常生活的巨大风险，以至于使得政治生活成为脱离了具体的个人而展开的话语政治工程。但是，随着现代性社会的演进，多元和差异的发展，元话语体系越来越遭受人们的置疑和批判。正如利奥塔所认为，在后工业社会中，把社会维系到一起的既不是共同的意识，也不是制度化的基础结构。社会纽带是一张由零散经验的丝线编织而成的语言网络，但又没有任何一根线可能把所有的线串联起来。个人就是这些经验相交的接点或"起始点"，同时可以参与多种多样的语言游戏。在他们看来，社会本质上是由不同规则、不同语言连接成的，而其活动的基点是个人。

20世纪之初，马克思主义主要通过列宁主义话语的合法性叙述逐渐传入中国。从此以后，马克思主义逐渐取代其他思潮成为当时中国流行的主流思潮。作为西方现代思想重要一维的马克思主义，如何在中国接受理解和解释并运用于实践最终形成本土化或中国化，可以说是一个艰难、曲折的过程。马克思主义关于科学社会主义的传统叙事，在俄国得到了列宁的继承和发扬。从某中程度上说，这种传统叙事可概括为"列宁主义"，它基于当时的革命实践状况，因而更强调革命意识与意识的高度能动性和一致性，强调发挥先锋队的作用。在革命期间，这种政治话语叙事是要建立现代民族国家，追求政治统一和国家独立。马克思主义话语具有现代性启蒙作用。对于中国，在革命取得成功之后，中国政党和政府，为了推进社会的现代性发展，实行强有力的国家控制，集中人力与自然资源，并通过有效的计划，推进工业化，自然而然地谋求现代性单一维度发展。由此，马克思主义话语变由启蒙转化为有效的社会动员与控制。我们可以从当年耳熟能详的革命、阶级斗争、对立统一、"左派"、"右派"、"三反"、"五反"、"四青"和"四个现代化"等意识形态话语中深刻感受到。而与这些术语相关连发生的许多社会历史性重大事件和运动，很少是遵循历史发展的社会规律引导的，更多的是人为的靠政治

278

话语发动的，其导致的结果可想而知。应当说，建国后的头三十年，特别是文革十年，中国政党一直受制于以革命为核心观念的马克思主义话语系统的束缚与困惑，以对社会全面控制代替对社会全面治理，以政治任务和运动代替了经济、文化和社会发展，以阶级启蒙代替了对人的全面启蒙，致使国家的现代性发展遭遇严重的阻隔。

20世纪70年代末，作为中国改革开放的"总设计师"邓小平，再一次走入权力中心，果断放弃以"阶级斗争为纲"的方针，坚持以"经济建设为中心"，建设中国特色社会主义。此时，中国政党不仅清醒地意识到社会主义的差异性存在，而且深刻认识到在差异性的基础上全体社会成员都存在根本利益一致的基础——人民群众的根本利益。中国政党在建设中国特色社会主义的过程中，加快现代性地调整，理性地将民族资产阶级和城乡小资产阶级从革命的对象转为社会主义社会的大家庭成员，把在人民内部进行的阶级斗争，转变为人民内部的各个阶层的合作，将无产阶级专政的国家机器转为人民民主专政的国家机器，将执政党的合法性从仅仅代表工人阶级的阶级利益转为同时代表全国人民的共同的根本利益；将各民主党派和知识分子的政治性质从执政党的政治异己转为政治合作伙伴。在谋求革命和暴力与推进改革和发展是截然不同的两个过程，毛泽东依然以革命者的角色，用革命的逻辑来推动社会主义建设。而邓小平则以改革者的角色，用建设和规范的逻辑来推动社会主义建设，使国家政治生活话语中心发生了历史性转换。实现这种历史性转换关键就在于毅然摆脱了以革命为核心的马克思主义话语系统的束缚，从实践上抓住了现代化建设这一中心任务，初步确立并坚持了以建设为核心观念的马克思主义理论话语系统，建构起自主的、开放性的、具有中国特色与气派的现代性，具体表现为中国特色社会主义理论的确立与逐步完善。邓小平关于"发展是硬道理"以及"科学技术是第一生产力"的有关论述、新一代中央集体提出并推行的以人为本的科学发展观，新时期中国人民为改革开放及现代化事业所展开的伟大实践活动，都是马克思主义中国化的理论与实践成果，也都凝聚着中国现代性建构的不懈探索与追求。

如何从中国现代性全面建构以及人与社会全面发展的历史使命出发，展开历史唯物主义理论体系的创新，推进现代性社会观念与意识形态的成熟与完善，是当前中国马克思主义理论界面临的重要课题。我们还特别欣喜地看到，现代市场经济的建构正在从根本上触动和改变中国传统的文化结构和文化模式。今天社会意识形态的聚焦点不再是政治斗争和思想斗争，而是科学技术、经济、文化与社会的全面发展，它给思想理论研究和大众生活以前所未有的自由度和宽容度，多元的经济利益、多元的需求、多元的生存样式、多元的价值观念不再被限制与禁止，而是被默许、宽容，甚至被鼓励。随着这种多元与差异的现代性社会的到来，急需回答和解决的问题是，在话语转换与创新中能否继续坚持马克思主义世界观、方法论的指导？中国政党从来都没有放弃马克思主义的指导，从毛泽东思想到当今的科学发展观，就是坚定不移地坚持马克思主义的结果。中国政党始终视马克思主义为既一脉相承又与时俱进的辨证统一的科学体系。

（二）话语转换与创新——由政治解放到人与社会的全面发展

随着全球化的发展和现代性的调整，中国政党的政治话语也应当体现与时俱进的特点，在政治话语体系转换过程中坚持马克思主义世界观、方法论指导的同时，要把握两个原则：一是"同中述异"，坚持马克思主义理论指导具体的工作实践的同时，注意地方性、差异性和特殊性；二是"异中求同"，在突出地方性、差异性和特殊性的过程中，把握其中的规律性和普遍性，即坚持普遍性与本土化结合。从以政治解放为主旨的马克思主义话语系统到提倡人与社会全面发展为主旨的马克思主义话语系统的转变，这是一种内在的理论逻辑转换过程。前者是手段，后者是目的，马克思所谋划的正是通过政治解放、并将政治解放扬弃于人类解放和人类自由的现代化之路。科学发展的话语体系所体现出来的巨大价值在于其作为一种思维视野、执政理念、制度设置和实践方法等诸方面，所带来的是一种全新的诠释和一种理性认识的质的飞跃。推动科学发展，就是要深入贯彻落实科学发展观，努力实现以人为本、全面协调可持续发展，实现各方面事业有机统一、社会成员团结和睦的和谐发展，实现既通过维护世界和平发展自己、又通过自身发展维护世界的和平。科学发展这一内涵的科学界定和完整表述，实际上就是对传统发展观的一种扬弃、发展和完善，也是传统发展话语体系和科学发展话语体系之间的合理转换的一个根本标志。这一话语体系的合理转换的前提只有以人为本、全面协调可持续、统筹兼顾的发展，才能有第一要义。正是因为有这些科学发展的规定性，发展的科学性才得以体现，科学发展观才得以确立。若离开这些发展的规定性或科学性，强调发展是第一要义，这种发展势必会落入传统发展的窠臼，传统发展的话语体系与科学发展的话语体系之间就没法真正实现合理的转换。科学发展的话语体系是完成了对经典现代性话语体系和后现代性话语体系以及第二次现代性话语体系所超越的新现代性发展话语体系，其所体现出来的巨大价值在于其作为一种思维视野、执政理念、制度设置和实践方法等诸方面所带来的一种全新的诠释和一种理性认识的质的飞跃。

　　全球化背景下，新发展观的提出，要求中国政党在主导话语权的过程中，既要秉持合法性与世俗化价值原则，适时调整、修缮和整合中国传统意识形态资源，推动国家意识形态与社会主流文化相融合，又要创建新的适合当代中国实际的国家意识形态结构体系，使中国政党在和国际上一些政党对话与交流中显示出独特的中国气度与作风。这不仅是实现意识形态现代性转化的关键，同时，这也是构建马克思主义意识形态在当代中国话语权的关键。不言而喻，"他们还作为思维着的人，作为思想的生产者进行统治，他们调节着自己时代的思想的生产和分配；而这就意味着他们的思想是一个时代的占统治地位的思想"①。既然任何统治阶级必须作为"思想的生产者"进行统治和规划，那么中国政党在顺应全球化中突出自身的特色和追求，保持思想上的独立性和实践上的自主性，努力在全球性对话中取得话语权应是题中之义。中国政党并没有拒斥"人权"、"民主"、"自由"、"合法性"、"现代性"等具有人类文明普遍性特质的西方话语。只是在承认其中某些共性因而可以展开对话的同时，根据中国人民的最高利益进行具体阐释，不承认西方的话语霸权和文化的优越性、标准性、至上性和统一性，而是把共性、普遍性与特殊性和差异性结合起来，而在这一过程中马克思主义充分显示了作为真理性认识的当代价值和生命力。

---

① 《马克思恩格斯全集》第一卷，人民出版社1956年版，第99页。

　　全球化过程中，许多主题发生了多次重大转换，其中比较鲜明和典型的是以人为中心叙事的转变，从以实践为轴心的主张宏大叙事转向以发展为中心的主张人与人之间和谐、多元叙事的转换，总体上呈现出逐层深入、稳步推进的发展态势。这是多元视界和谐共进的态势中，是由单一理性、意志、真理、思想，转向了解构、话语、文化，甚至是国家社会、文化身份、民族差异等多维度和多元价值取向与融合。言说者和倾听者之间的区别和地位不再永恒不变，言说者和倾听者的角色可以在某些条件和环境中发生互换。言说者可以成为倾听者，倾听者也可以成为言说者。言说者和倾听者之间要建立一个具有真理价值的命题陈述，必须通过共识规则才能达到交流和传播。也就是说，在说者与听者之间必须有共谋和公约而获得一致认可的心灵通识，作为联系和沟通的桥梁，从而通过元话语使自己合法化。要达到这一目的关键在于实现由解放政治话语体系向生活政治话语体系转变，最终实现人的自由全面发展。什么是解放政治？英国学者吉登斯作了这样概括："我把解放政治定义为一种力图将个体和群体从其生活机遇有不良影响的束缚中解放出来的一种观点。解放政治包含了两个主要的因素，一个是力图打破过去的枷锁，因而也是一种面向未来的改造态度，另一个是力图克服某些个人或群体支配另一些个人或群体的非合法性统治。"① 顾名思义，解放即自由，或者说是各种各样的摆脱：摆脱传统、摆脱过去的束缚、摆脱物质贫困或剥夺。近代以来，解放政治一直是西方政治思潮和运动的主流。文艺复兴和启蒙运动都是这方面努力的代表。解放意味着从限制人的自由和平等的社会制度和社会关系中解放出来，人应当是自己的主人，不应该被任何人奴役。资产阶级思想家和政治家们，对封建专制制度进行了猛烈的抨击与反抗和"自由政治与激进政治一样，都追求使个体以及社会生活的状况更为普遍地从先前的实践和偏见的束缚中解脱出来。自由是要通过个体不断的解放并要与自由国家相连才会获得，而不是通过谋划一种革命性巨变的过程来实现的"② 。解放政治是

---

　　① （英）安东尼·吉登斯：《现代性与自我认同》，赵旭东译，三联书店 1998 年版，第 248 页。

　　② 同上，第 247 页。

凭借一种权力的等级概念来运作的。在此，这种权力被理解成一个个体或群体将其意志加诸于他人之上的能力。解放政治所关注的是减少或消灭剥削、不平等和压迫，使个体从剥削、不平等或压迫的状况所产生的行为枷锁中解放出来，这和人们提倡的生活政治仍然存在一定的差别。什么是生活政治呢？在《现代性与自我认同》一书中，吉登斯为生活政治下了一个"正式的定义"，他说："生活政治关涉的是来自于后传统背景下，在自我实现的过程中所引发的政治问题，在那里全球化的影响深深地侵入到自我的反思性投射中，反过来自我实现的过程又会影响到全球化的策略。"① 生活政治就是后现代社会中表达当代政治的变革。吉登斯说："我想用它表达的意思是，相对于解放政治关注的是生活机会（life chances）而言，'生活政治'关注的是生活决定（life decisions）。这是一种如何选择身份及相互关系的政治。"② 从本质上看，生活政治是一种选择的政治，它意味着在不同的生活方式的主张之间作出决定，旨在说明解传统社会和全球化时代的社会生活发生了很大的变化。"今天，政治取向调整的总方向是，应对我们所讨论的社会生活环境的变动。这就是从解放政治向生活政治的转变。"③ 为什么生活政治会在今天会凸显出来，成为人们政治生活中关注的主要内容呢？首先与我们在上面已经提到的全球化和解传统社会的到来有关。吉登斯说："生活政治的逐渐突出是全球化和解传统化共同作用的结果。"④ 传统中，解放政治的缺点已经充分暴露出来，一方面它实际上是狭义的政治，只关注正式的政治制度、体制和建制，没有把其与人们生活中有关的各种决策包括进去，而且也无法解决一些生活领域中出现的新问题，同时，它只是解决了人在政治上表现的形式的平等与自由，而没有在解决好人在现实生活中的平等与自由。也就是说只解决了政治上的

---

① （英）安东尼·吉登斯：《现代性与自我认同》，赵旭东译，三联书店1998年版，第252页。

② （英）安东尼·吉登斯：《第三条道路——社会民主主义的复兴》，郑戈译，北京大学出版社，三联书店，2000年版，第47页。

③ （英）安东尼·吉登斯：《失控的世界——全球化如何重塑我们的生活》，周红云译，江西人民出版社2001年版，第115页。

④ （英）安东尼·吉登斯：《超越左与右——激进政治的未来》，李惠斌等译，第257页。

形式的平等而没有解决社会上的实质的平等。"生活政治不是一种生活机会的政治，而是一种生活决定的政治。随着传统和自然的终结，它也逐渐浮现出来。在许多解传统的社会生活领域中，必须作出新的决定。这些决定几乎总是政治性的，并具有伦理或价值尺度。然而关键的是，生活政治问题不能按照解放政治的标准解决。"① 人的主体性在解放政治中没有很好地体现出来，为此，马克思反复强调，人的发展是社会发展的核心。因为只有人才能构成现实的社会，没有了人，便没有了社会。历史不过是追求着自己目的的人的活动而已。因为任何社会发展最终要通过人的发展体现出来。社会之所以能永远向前发展，原因之一就是社会发展符合人民群众的根本利益，人民群众的创造力推动了社会的发展。自然，社会发展反过来必然造福于人民群众。归根结底，人才是社会发展的目的，人发展到什么程度，社会就发展到什么程度。社会发展是通过人的发展来实现的，同时社会发展必然带来人的全面自由的发展。马克斯·舍勒在其《人在宇宙中的地位》中曾讲到，"人就其本性而言，完全能够无限地拓展他自己所能及的地方——拓展到现实世界所能延伸之境。因此，人本质上是一个能够向世界无限敞开的可能性"②。可见只有人的全面自由的发展才能为社会发展带来无限可能性。马克思的社会发展理论非常关注人的前途和命运，认为未来的社会不仅生产力高度发达，社会物质财富极大丰富，而且还应该是消灭阶级剥削和压迫，人人自由平等，人人全面发展，从而实现了人类的彻底解放的理想社会。今天，在全球范围内，在本土文化和外来文化之间，在主流文化与民间文化之间，在意识话语与边缘话语之间，群体与个体之间，形成了多维、多角和多层的文化交往模式。面对今天这样一个多种"话语"彼此沟通对话与交流的多元化时代，中国政党的发展理应与全球的知识、学术、文化、理论界保持同步的势态，以利于我们在政党制度学科领域内开阔视野、拓展思路、探索和研究与当代"国际语境"对位的社会性时代课题。

---

① （英）安东尼·吉登斯：《失控的世界——全球化如何重塑我们的生活》，周红云译，江西人民出版社 2001 年版，第 10 页。

② （德）马克斯·舍勒著：《人在宇宙中的地位》，转引自董学文：《走向当代形态的文艺学》，高等教育出版社 1989 年版，第 73 页。

三、中国政党的现代性与民族性的双重际遇

全球化的发展再一次导致全球性与本土化、普遍性与特殊性、一元与多元激烈的对峙与冲突，在这个宏大的时代变迁过程中，中国政党如何从容应对全球化下遭遇的各种危机与挑战，同时保持现代性与民族性的统一和协调，这是个无法回避的重大理论与现实问题。中国政党制度要具有容纳社会变迁过程中产生的新兴力量的新制度机制，用以协调、整合社会冲突。而这种新制度结构和新价值信仰系统的创立，一方面有赖于有机地融合现代性和民族性，同时，根据现代性和民族性有机融合，去创新制度和伦理价值信仰系统来具体推动现代性与民族性的统一与协调，并保持两者的活力与张力。政党制度中民族性与现代性的关系由无涉、疏离到协调与统一，这是政党政治发展的价值取向和内在逻辑演变。现代化进程中的中国政党制度的发展忠实地体现了这一历史逻辑，未来中国政党制度的发展更要自觉地坚持这一价值取向。

（一）政党的现代性和民族性的两种向度

公民对民主、平等、自由、正义等各种权利的价值追求，以及对政治制度、政治权力的热情参与从根本上激活了当代中国的民主化进程，它不仅重塑了中国特色政党制度中各政党的体质，融合了各政党间的关系，还促进了各政党从国家化向社会化的回归。中国政党制度对此作出了现代性的积极回应。坚持现代性的解放思想，提倡积极探索和理论创新，同时还加强对中国政党制度中一些前瞻性、前沿性和热点、难点问题的研究，加强对实践过程中出现的新问题的研究，开拓了现代性理论研究的新领域和新范式。政党的政治功能，不再仅仅体现为政党单方面整合、控制社会的工具理性，而是转向与公民和公民社会妥协合作、双向互动，体现全社会的公平与正义的价值理性。政治发展的现状和未来发展的趋势都表明，中国特色社会主义民主制

度和政党制度正在不断地从理念建构、工具建构转变为政治现实和价值实现，正在获得越来越多的经验支撑和伦理价值支撑，处于一个迅速走向成熟的过渡阶段。按照现代性的价值取向，中国特色政党制度在完善和发展过程中，特别注意不仅积极吸收现代性资源，同时还要自觉克服民族性中的消极和落后因素，进而实现政党制度现代化。在全球化和社会转形的双重际遇中，中国政党应积极应对执政党的政治权威合法性基础的转变问题，特别注意政党的合法性应当更多地立足于法律和民主党派以及社会各个阶层、群体对于中国共产党政治权威的认同。目前，在多党合作制度中各政党组织行为及其相互关系的现代性问题，各政党内部民主状况以及党际民主合作都还不够发达，都需要借助现代性给予推动和提升，尤其要深化和拓展民主党派和无党派代表人士的政治参与问题。要高度关注中国特色政党制度的制度化问题，制度建设的发展和完善则需要一系列相应的具体的制度体系来保障。同时，这些具体制度又需要随着我国经济和社会的发展而不断创新，时刻保持现代性。

中国政党在拥有现代性的同时又要坚持民族性。政党的现代性就是政党基于民众的合法性认同，为充分保障民众的民主与自由等各项权利，实现社会公共性要求，严格依照有关法治程序获取公共权力，引领政治参与的本质属性和状态。政党的现代性主要包含着民主、人权、自由、正义和参与等普世性价值，是人类社会共享的现代文明。政党的现代性已成为现代政党制度体系必不可少的重要组成部分。正如美国学者亨廷顿所言，现代性已成为政党和政党制度建构的首要目标。所谓的民族性，是指当今世界各民族国家都有着自身独特的历史文化传统，都面临着不同的经济社会发展现状，不同的世界观、历史观和社会生活方式使其对政治、经济、社会、文化等诸多领域的问题都有着各自相对独特的理解，这些差异决定了它们对发展问题，特别是现代化问题有着各自不同的解读，正是由于民族性的存在，这个世界范围内现代化的进程才能够取长补短。现代性虽有其共性的一面，但并不意味着就要千篇一律，相反，它应当包容并鼓励多样性的选择、多元化的路径和发展，来自文化传统的双重作用和影响必然地渗透于中国的现代化和民主化进程当中，使我们的政治发展带上浓郁的民族特色。例如我国民众对于民主的理解更倾向于实质民主而有别于西方发达国家民众对于程序民主的偏好。就中国政党的现代性而言，就在于兼顾实质民主与程序民主，在兼取西方民主注重程序规范的精华和社会主义重视自由平等的精髓的同时，更是兼具了本民族的以民为本、厚重人文的资质。民族性是决定人的生活方式差异和多元化。作为受到地方性、民族文化、民族传统浸润的政党制度，当然会体现出特殊性的一面。所谓政党制度的民族性，本质上作为民主工具的政党制度，在不同民族、地域的社会生活中，影响民主化进程的一种特性。政党的民族性是政党的民主性品质，如果民族性展示出的传统性、属性和差异性能够兼容或支持现代性，对于丰富民主和政党政治的内容和形式有着重大贡献；如果民族性展示出的传统性、属性和差异性极端保守、僵化并排斥现代性，往往会造成政党制度的扭曲和蜕化。

中国政党的民族性是指，中国共产党领导的多党合作制度，并在中国法律体系和政治体系框架内进一步完善我国多党合作，推进中国特色社会主义民主的发展。不同政治体系中的政党制度，具有不同的结构模式和组织系统，并形成特定的政治功能，这种特定的政治功能是深深浸染了地域性的民族文化资质。世界政党制度模式，从结构上分析，代表性的有两种类型：一是一元化的即一党独揽的政党制度结构模式；二是多元化的政党制度结构模式。中国政党最鲜明的民族性就是把领导核心的一元性与结构的多元性有机地结合和统一起来，是一元为主导、多元为组织且一元与多元的主体平等的基本架构。这种政党制度是把马克思主义政党学说与中国革命的具体实践进行创造性地结合而形成，和前苏联等国家的政党制度完全不一样，具有鲜明的民族性。中国政党民族性主要体现在：一是制度的独特性。是以领导、执政为核心的一元性与共同参与的多元性有机融合的特色制度；二是结构的稳定性。中国特色政党制度的结构是由中国共产党、八个民主党派及无党派人士等元素构成的多维度、多层次结构，共产党是制度结构中核心要素，八个民主党派及无党派人士是基本要素；三是政治功能的特殊性。政党的政治功能主要体现为不仅协调整合各种利益关系，同时体现在对各种政治力量、政治诉求和政治要素等政治资源的整合、协调与配置；并保证政治参与的广度、深度、热度、透明度和效度等的政治参与功能；以及通过提意见、建议和批评的方式实施监督的民主监督功能等；四是制度的包容性。中国政党不仅是一个适应民主政治发展要求的政党制度，更重要的是一个尽可能为社会各个民族、各个团体、各个阶级阶层提供有序政治参与的包容性很强的政党制度，同时还是一个能随着各个民族、各个团体、各个阶级阶层的发展不断进行现代性调整的政党制度。这种调整通常是经济结构和社会结构的变化在政治上的体现，是社会层面上各种力量兴衰、博弈的结果。一般来讲，在西方政党制度中，这种调整通常是通过政党数量的增减、执政党的更替、各政党的兴衰、联合、分化、重组等竞争方式实现的。对于中国政党制度来说，是采取了一种不同于上述西方国家或其他一些国家所采取的那种"竞争"调整的方式，而是在政党格局不变的前提下，采取了一种民主党派的数量、名称不变，但各政党包括共产党及无党派人士的社会基础、成员结构、政治与利益需求随着时代和社会变迁而进行适应性调整的方式。即通过形式不变，内涵与方式的变化与调整，以增强我国政党制度的包容性和适应性。中国政党民族性还体现在政党参与对国家、社会治理的民主形态上的表现。中国政党制度主要采取政治协商作为一种民主形态。中国政党的政治协商的形成和发展，与中国的政治文化传统息息相关。以和谐为主导价值的中华文化，是中华民族世代相传的价值观念和民族心态，是政治协商形成的文化背景和精神资源。同时，中国政党的政治协商，坚持工具理性与价值理性的统一，坚持民主的普适性价值与民族的独创性价值的统一。贯穿中国政党制度的最基本的现代性价值就是政治民主化与法治化，所以，政治民主化与法治化是我国多党合作制度诸功能中的最本质、最稳定的功能。与此同时，中国政党制度的民族性主要通过结构的稳定性、功能的包容性和内在的和谐性体现出来。中国政党之所以能够与时俱进，时刻保持先进性、科学性和民主性，关键在于实现了现代性与民族性的统一与融合。

（二）民族性与现代性统一的价值取向

政党制度是民主政治发展的产物，是全球化、现代化的结果，又体现为政党服从、服务于社会发展要求的过程。任何政党制度都有民族性、现代性两个方面，都是普适性与特殊性的结合。其价值取向必然是自己特定的政治发展道路，必然是民族性和现代性的统一。现代性虽有其共性的一面，但并不意味着就要整齐划一，相反，它应当包容并鼓励多样性的选择、多元化的路径和发展模式。西方政党制度的民族性是西方社会现代化分别与西方文化传统、政治发展中积极与消极方面互动糅合的结果，发展中国家和地区的政党制度则是这些地方的现代化进程与这些地区各民族文化传统、政治发展相结合的产物。

政党制度，作为一种代议民主制度的重要组成部分，由民主政治中的三大要素构成，即价值、制度与程序。价值决定政党的目标取向与合法性基础；制度决定政党的结构与功能；程序决定政党的运行方式与手段。对于政党政治来说，这三大要素辩证统一，相互决定，缺一不可。我国的多党合作制度与一党独裁模式、一党专制模式、一党集权模式和多党竞争模式有本质的区别，是一种崭新的民主执政类型，由封建专制到人民民主的历史跨越中形成的，并赋予了民主政治和党际民主以新的内涵，即人民性，人民充分享有最根本的民主。这是我国社会主义民主政治的重要实现形式，发展人民民主是我国政党制度的根本价值取向。中国政党制度既具有一般民主价值的普遍性和规定性，还具有在民主政治和党际关系上的创新价值。不能简单地以西方资本主义国家的多党竞争、轮流执政为标准，评价和衡量我国多党合作制度的价值优劣。充分肯定我国政党制度的民主价值，并不是说这一制度已经充分体现和实现了现代性的民主价值，也不是以此拒绝学习和借鉴其他政党推进民主发展的有益成果，而是要在实践中坚持民主价值取向，充实民主制度内容，完善民主的实现形式，使我国政党制度更加充满生机与活力。中国政党制度的特色，不仅体现在以人民民主为基本价值追求上，而且还体现在这一制度中各党派的活动不是像西方政党主要在竞选和在议会相互牵制与反对，而是在广泛、充分的平等与自由的民主协商。中国政党制度追求的民主价值是协商民主而不是竞争民主。协商民主成为中国政党制度基本价值追求，是由中国向现代社会演进的特殊的历史形成的，体现了中国的历史文化传统和民族特点，在本质上与和谐的社会主义制度保持一致性。政治协商是社会主义理念和民主价值统一基础上的制度创新，体现了人类民主政治的现代性的普适性价值与民族性的独创性价值的有机统一。政治协商体现了社会主义民主的核心价值理念。拓展了社会主义民主的广度和深度，培育了政党与国家和社会之间合作型政治关系，促进了平等、合作、和谐、包容的社会主义政治文化的生成和发展。

政党制度是一个民主政治的实现形式问题，各国的民主都有主题，而主题也是经常转换的。社会主义政党制度，在理论上也应该有多种表现形式，但前提是要适合社会的发展要求和符合基本的国情。当前中国的主题是在社会主义初级阶段这个基础上，积极落实科学发展观，构建社会主义和谐社会。因此，我国政党制度是符合基本国情的民主实现形式。在民主的形式选择上，我们不应该现在就设定在一个固定的理论模版，既不能落后，也不应超前，合适就好。同时，需要把握的问题是：政党的现代性与民族性各自生成问题以及两者之间的张力问题。从西方启蒙运动以来，现代性就不是作为一种至善至纯、可以解决人类所面临的一切问题的全能的力量登上历史舞台。相反，正如哈贝马斯和吉登斯分析的那样，当人类历史达到一定的自觉程度，当社会从原初的自然关联中"脱域"出来时，原来"预设的模式或者标准都已经分崩离析"，人类必须用一种新的"人为的"运行机制、规则或模式去取代原有的自然的和经验的社会机制，必须用理性化的抽象体系来进行再嵌入，形成理性化的生存环境和社会运行机制。例如，各种社会领域中的理性运行机制的规范化力量与个体的主体意识和个性化之间、科层化的高度理性化效率与个性创新之间、公共权力的民主化和不可调和的个体利益的多元化之间的张力。在人类社会进程中，现代性的某一维度的过分发达和自律都可能导致社会发展的断裂与失衡。例如，韦伯分析的工具理性的过度膨胀导致人对自然的过分征服、哈贝马斯分析的劳动的"合理化"导致的交往行动的"不合理化"及其生活世界的"殖民化"问题，以及吉登斯、贝克等提出和思考的风险社会的到来等等。一方面要防止现代性的某一维度过分膨胀，可能对现代性的其他维度以及人与人、人与类、人与自然的关系造成损伤和破坏；另一方面要阻止现代性的内在理性机制及其权力结构过分集中化、同一化和总体化，以免现代性整合成一种集权的而又无所不在的科层制，使人沦为单向度的人，导致对于人类生存的价值和意义基础的颠覆，以及对于现代性所内在追求的关于个体的和类的积极的价值目标的破坏。对于政党的民族性来说，要尽量发挥它的优越性，克服它的局限性。政党中民族话语权、民族价值观、民族的地方性和传统文化与民族文化等传统要长期保持下去，但一定要适应现代性的发展，经过选择和转换的传统因素，可为现代性因素提供赖以发育、成长的土壤。而狭隘、落后的民族主义观不仅与现代性的发展相背离，同时也是制约政党制度健康发展的一个重要因素。中国政党在进行现代性与民族性双向整合的过程中，正在获得越来越多的经验性支撑，处于一个迅速发展并逐渐走向成熟的阶段。

（三）中国政党制度的现代性与民族性双重意蕴

现代性体现了政党制度的适应现代民主政治发展的能力与属性。现代性不仅促进了民众对于政党的制度化要求进一步提高，促进了政党制度严格按照有关法治程序进行规范性和有序性的政治活动，从而避免社会秩序的动荡；同时也促进了民主政治的参与扩大，巩固和提高了政党的合法性支持与政治认同，从而避免政党沦为少数利益集团谋取私利的工具。民族性则体现的是一种政党制度的鲜明的民族特色和文化传统与习俗。民族性能够为政党制度提供一定的持久的精神动力和文化认同与支持。政党的民族性和现代性的内容和发展要求不是固定模式或按照单一维度，应该随着时代的变迁而与时俱进，既要注意弘扬优秀传统文化，又要赋予其新的时代内涵。对于中国政党来说，要积极发掘中国民族传统文化中的合理成分，使之与中国的现代政治发展相适应，特别是要赋予中国传统文化中的大一统、和而不同的思想价值理念并赋予其新的时代内涵与意义。把它作为中国特色政党制度的民族和文化支撑，增强全民族对中国传统文化特别是社会主义核心价值体系的认同。现代性的价值取向，要求中国特色政党制度在完善和发展过程中，在积极吸收现代民主普遍性资质的同时要特别注意克服民族性中的消极不利因素，进而实现政党制度现代化，自觉地坚持走现代性与民族性相结合的路径。首先，在文化价值层面上，坚持各个政治主体的自由、平等与和谐，不断增强社会主义意识形态的包容性和灵活性，重点以社会主义核心价值体系作为全社会价值共识的思想基础。其次，在制度层面上，要善于拓展政治协商的制度空间，为民间组织和团体的政治参与提供制度化渠道。最后，在组织层面上，要以非政府组织和团体的工作为重点延伸政党制度的组织网络，不断扩大党的合法性基础，不断提升党的社会整合能力，并逐渐实现由传统的直接控制整合到间接治理权威型的转化，实质上就是通过塑造合法性来实现社会有效整合。

在后发展国家向现代社会的转型中，如何调运民族性与现代性，这是一个既牵涉现代社会发展，又涉及到民族感情和社会利益再分配的复杂问题，处理方法上的得失往往决定了整个社会发展的秩序与活力。毋容置疑，虽然最早从欧美国家展开的现代性为西方政党实行现代化提供了某种示范，然而非西方国家的政党完全可以从自己的文化背景和民族特性出发，发展具有自己特征的现代化的形式。民族主义和民族传统是所有后发展国家向现代社会转型的基础，离开自己的文化背景和文化特征，照搬西方国家的现代化模式，并不能真正使本民族复兴。前苏联共产党丧失执政地位就是很好的说明。1985 年 3 月，戈尔巴乔夫开始担任苏共中央总书记时，面对苏联政治生活僵化、经济发展滞缓等局面，实施了改革措施。在利用西方现代性资源推动经济领域发展并没有取得明显成效的时候，戈尔巴乔夫又转而实施政治领域的改革，并提出了"民主化"、"公开性"的方针。特别是戈尔巴乔夫在 1989 年发表的《社会主义思想与革命性改革》一文，可以说是苏联共产党的立场和方向发生转变的标志。戈尔巴乔夫提出要"根本改变我们的整个社会大厦：从经济基础到上层建筑"，并提出了三个论点：一是倡导指导思想多元化。实际上就是主张放弃马列主义的指导思想和坚持意识形态的多元化；二是提出了"民主的、人道的社会主义"的纲领。实质上就是用"自由的思想"、"全人类价值观"的概念解释马克思的科学社会主义理论；三是实行多党制，取消苏联宪法第 6 条。这种完全放弃本国民族性和本土性特征，一味简单模仿西方现代性的做法，不仅仅导致苏联共产党丧失执政地位，更重要的是给苏联社会发展和人民生活造成巨大的灾难。但是，任何民族特征的社会发展模式又必须具有能够容纳与现代文明相通的现代化因素，只有把现代性因素融入本民族文化传统，对传统进行革命性的转换与提升，刺激传统中现代性因素的增长，才可能为社会变革提供联系历史与现实以及未来的源头活水。

然而如何在操作层面对现代性与民族性进行调适与融合并不单纯是一个学理问题。这固然与政党所代表的统治阶级是否具有推动社会变迁的明确的现代性意识有关。另外，社会的解构与重构的过程，直接牵涉到社会利益的再分配，因此占据政党制度体系中心的统治阶级与传统社会势力的关系及其政策取向，对社会转型中的现代性与民族性的结合，必然产生决定性影响。问题的关键在于政党能否为社会提供融合现代性与民族性新的价值信仰系统。在20世纪三四十年代，当时中国政坛的大党——中国国民党，为推进现代性的发展，利用政权力量发动了新生活运动和新道统运动，试图以儒家思想为主干，将社会上各种正在滋长的分散的价值纳入官方意识形态的框架，重建民族的新价值信仰系统，最终要求社会成员认同国民党的政治象征，服从或效忠国民党政权。国民党不是把社会变迁看成是自觉的目标，积极予以促成，而是出于维持现状的需要，只是接受现代文明中的物质部分，而不愿意自觉地吸纳现代文明中的精神部分，其着眼点完全基于强化传统的政治和社会结构。这种做法并不能使民族性与现代性得以真正融合。作为后发展国家的政党，把若干传统的因素纳入现代制度框架之中，本是题中应有之义。这种历史继承性既可以减轻社会变革、社会转型必然带来的文化脱序和社会震荡，又可以为政党在制度的震荡中提供稳定性支持。但对传统的作用发挥，必须有一个质的规定的限度，一旦越过某种界限，大量传统中的消极因素就可能对现代性因素构成阻滞，最终吞噬现代性因素，造成政党的消极与保守。一定要理性地利用为政党注入了变革因素的民族性，为中国现代化提供了强大动力，为中国变革提供了最重要的条件。但狭隘的民族主义与传统的保守主义是和现代化要求背道而驰的，如果处理不好这方面问题，有可能对政党、国家甚至全社会造成灾难。

中国政党在全球化视界中进行嬗变与革新的同时，高度警惕政党内部中可能存在的一部分既得利益群体。这个群体不但可能影响政党对外部世界适应与鉴别，同时为了维护既得利益，只愿对变革作出有限性的回应。因此在更多的情况下，既得利益群体为了保存既得利益，惯于利用民族主义旗号抗拒变革。这样可能导致中国政党，首先在制度维度上，远离现代性，其结果是权力集中，缺乏制约与监督，民主与自由沦丧，其他政治主体也会遭受压抑；其次，在精神层面上，主体精神、个性意识、科学精神、自由观念、民主意识等理性化的文化精神远没有在各个群体与个体、公共生活、社会运行和制度安排中生成和发展，有可能造成整个社会处于一种"无根的"浮萍状态。当代中国政党发展民主政治的基本任务就是在确保政治稳定的情况下，使执政的权力受到制约，并在有关法律的框架下规范地运作。公民参与受到尊重，最大多数人的权利得以保全和发展。为了实现这一基本任务，要将经验支撑与理念建构有机地结合起来，不断地推动体制的革新，同时将政党理念、行为和制度的现代化与政治发展的基本要求结合起来，这应当成为中国政党现代性演进中最基本的存续、进步之道。

参考文献

中文参考文献：

1.《马克思恩格斯选集》第1—4卷，人民出版社，1995。

2.《马克思恩格斯全集》第43、45、46卷，人民出版社，1979。

3.《列宁选集选集》第1—4卷，人民出版社，1995。

4.《列宁全集》第、4、5卷，人民出版社，1958。

5.《毛泽东选集》第2、3、4卷，人民出版社，1958。

6.《邓小平文选》第1卷，人民出版社，1994。

7.《布来克维尔政治学百科全书》，中国政法大学出版社，1993。

8. 班尼迪克·安德森:《想象的共同体》，吴睿人译，时报出版公司，1999。

9. 别尔嘉耶夫：《自由的哲学》，董友译，学林出版社，1999。

10. 波普尔：《开放的思想和社会》，张之沧译，江苏人民出版社，2000。

11. 曹沛霖、陈明明、唐亚林主编：《比较政治制度》，高等教育出版社，2005。

12. 陈振明主编：《政治学》，中国社会科学出版社，2004。

13. 常士誾：《政治现代性的解构——后现代多元主义政治思想分析》，天津人民出版社，2001。

14. 陈喜贵：《维护政治理性》，中央编译出版社，2004。

15. 曹卫东：《曹卫东讲哈贝马斯》，北京大学出版社，2005。

16. 陈嘉明：《现代性与后现代性十五讲》，北京大学出版社，2006。

17. 蔡定剑：《历史与变革——新中国法制建设的历程》，中国政法大学出版社，1999。

18. 迟福林、田夫：《中华人民共和国政治体制史》，中共中央党校出版社，1998。

19. （德）尤尔根·哈贝马斯：《交往行为理论》第1卷，曹卫东译，上海人民出版社，2004。

20. （德）哈贝马斯：《在事实与规范之间——关于法律和民主法治国的商谈理论》，童世骏译，三联书店，2003。

21. （德）哈贝马斯：《公共领域的结构转型》，曹卫东等译，学林出版社，1999。

22. （德）贡塔·托依布纳：《法律：一个自创生系统》，张骐译，北京大学出版社，1998。

23. （德）克劳斯·冯·贝米：《西方民主制度中的政党》，高韦尔出版公司，1985。

24. （德）托马斯·迈尔：《社会民主主义的转型—走向21世纪的社会民主党》，殷叙彝译，北京大学出版社，2001。

25. （德）乌尔里希·贝克：《世界风险社会》，吴英姿等译，南京大学出版社，2004。

26. （德）康德：《历史理性批判文集》，商务印书馆，1991。

27. （德）黑格尔：《法哲学原理》，范扬、张企泰译，商务印书馆，1992。

28. （德）马克斯·韦伯：《经济与社会》上卷，商务引书馆，1997。

29. （德）马克斯·韦伯：《经济与社会》下卷，商务印书馆，1997。

30. （德）弗兰茨·奥本海：《论国家》，沈蕴芳等译，商务印书馆，1999。

31. （德）马克斯·韦伯：《新教伦理与资本主义精神》，于晓、陈维纲等译，三联书店，1987。

32. （俄）米·谢·戈尔巴乔夫：《"真理"与自由——戈尔巴乔夫回忆录》，社会科学文献出版社，2002。

33. （俄）尼·雷日科夫著：《大动荡的十年》，中央编译出版社，1998。

34. （法）卢梭：《社会契约论》，商务印书馆，1980。

35. （法）孟德斯鸠：《论法的精神》（上），张雁深译，商务印书馆，1995。

36.（法）雷蒙·阿隆：《民主与极权主义》，加利马尔出版社，1976。

37.（法）让·马克·夸克：《合法性与政治》，佟心平、王远飞译，中央编译出版社，2002。

38.（法）米歇尔·福柯：《规训与惩罚》，刘北成、杨远婴译，三联书店，1999。

39.（法）利奥塔：《后现代状况》，岛子译，湖南美术出版社，1996。

40.（法）基佐：《欧洲文明史》，程洪逵等译，商务印书馆，1998。

41.（法）孟德斯鸠：《论法的精神》（下），张雁深译，商务印书馆，1995。

42.（法）阿隆：《雷蒙·阿隆回忆录》，刘燕清等译，三联书店1992。

43.（法）罗杰·苏：《面对权力的平民社会》，政治科学学校报刊出版社（巴黎），2003。

44.（法）利奥塔等：《后现代主义》，社会科学文献出版社，1999。

45.（法）福柯：《何为启蒙》，引自：《文化与公共性》，汪晖等主编，三联书店，1998。

46.（法）霍布思：《利维坦》，黎思复译，商务印书馆，1985年。

47.（美）戈德伯格：《后现代时期的建筑设计》，天津科学技术出版社，1987。

48.郭晓东：《重塑价值之维——西方政治合法性理论研究》，华东师范大学出版社，2007。

49.郭沫若：《四年来之文化抗战与抗战文化》，见王锦厚等编：《郭沫若佚文集（1906－1949）》（上），四川大学出版社，1988。

50.高放：《政治学与政治体制改革》，中国书籍出版社，2002。

51.何增科：《公民社会与第三部门》，社会科学文献出版社，2000。

52.何怀宏编：《西方公民不服从的传统》，吉林人民出版社，2001。

53.胡塞尔《胡塞尔选集》，倪梁康编，上海三联书店，1997。

54.（美）杰克·普拉诺等著：《政治学分析词典》"合法性词条"，中国社会科学出版社，1986。

55.金观涛、唐若昕：《西方社会结构的演变》，四川人民出版社，1985。

56.江天主编：《法兰克福学派——批判的社会理论》，上海人民出版社，1981。

57.（法）杰尔利·克鲁泽：《第五力量，因特网是怎样颠覆政治的》，郑向菲译，译林出版社，2007。

58. 柯尔施：《马克思主义和哲学》，重庆出版社，1989。

59. 李步云主编：《宪法比较研究》，法律出版社，1998。

60. 刘军、李林编：《新权威主义——对改革理论纲领的论争》，北京经济学院出版社，1989。

61. 里克曼：《理性的探险》，姚休等译，商务印书馆，1996。

62. 罗宾·科恩，保罗·肯尼迪：《全球社会学》，社会科学文献出版社，2001。

63. 刘小枫：《拯救与逍遥》，上海人民出版社，1988。

64. 梁启超：《〈说群〉序》，《梁启超全集》第一册，北京出版社，1999。

65. （美）大卫·格里芬：《后现代科学》，中央编译出版社，1995。

66. （美）大卫·格里芬：《导言：后现代精神和社会》载《后现代精神》，中央编译出版社，1998。

67. （美）波尔斯比等：《政治学手册精选》下册，商务印书馆，1995。

68. （美）塞谬尔·亨廷顿、J. 纳尔逊：《难以抉择》，华夏出版社，1989。

69. （美）阿尔蒙德：《比较政治学》，上海译文出版社，1987。

70. （美）约翰·罗尔斯：《正义论》，何怀宏等译，中国社会科学出版社，1988。

71. （美）波尔斯比等：《政治学手册精选》下册，商务印书馆，1995。

72. （美）安东尼·奥罗姆：《政治社会学》，上海人民出版社，1989。

73. （美）塞缪尔·亨廷顿：《变化社会中的政治秩序》，三联书店，1989。

74. （美）亨廷顿：《第三波——20世纪后期的民主化浪潮》，刘军宁译，上海三联书店，1998。

75. （美）丹尼尔·贝尔《资本主义文化矛盾》，赵一凡等译，三联书店，1989

76. （美）彼得·斯坦、约翰·香德：《西方社会的法律价值》，王献平译，中国人民公安大学出版社，1990。

77. （美）贾恩弗兰科·波齐：《近代国家的发展》沈汉译，商务印书馆，1997。

78. （美）丹尼期·郎：《权力论》，中国社会科学出版社，2001。

79. （美）罗伯特·达尔：《论民主》，商务印书馆，1999。

80. （美）罗伯特·达尔：《多元主义民主的困境》，尤正明译，求实出版社，1989。

81. （美）马丁·杰伊：《法兰克福学派史》，单世联译，广东人民出版社，1996。

82.（美）乔·萨托利：《民主新论》，东方出版社，1993年。

83.（美）戴维·杜鲁门：《政治过程》，天津人民出版社，2005。

84.（美）希尔斯曼：《美国是如何治理的》，商务印书馆，1986。

85.（美）迈克尔·罗斯金：《政治科学》，华夏出版社，2006。

86.（美）希尔斯曼：《美国是如何治理的》，商务印书馆，1986。

87.（美）诺曼·维拉著：《宪法公民权》，法律出版社，1999。

88.（美）戴维·米勒、韦农·波格丹诺：《布莱克维尔政治学百科全书》，中国政法大学出版社，1992。

89.（美）托马斯·R. 戴伊等：《美国民主的嘲讽》，河北人民出版社，1997。

90.（美）熊彼特：《资本主义、社会主义与民主》，商务印书馆，2002。

91.（美）弗·多尔迈：《主体性的黄昏》，上海人民出版社，1992。

92.（美）汉娜·阿伦特：《人的条件》，竺乾威等译，上海人民出版社，1999。

93.（美）塞缪尔·亨廷顿：《难以抉择》，华夏出版社，1989。

94.（美）杰姆逊：《后现代主义文化理论》，陕西师范大学出版社，1986。

95.（美）安东尼·奥罗姆：《政治社会学》，上海人民出版社，1989。

96. 欧阳英：《走进西方政治哲学》，中央编译出版社，2006。

97. 钱乘旦、刘金源：《寰球透视：现代化的迷途》，浙江人民出版社，1999。

98. 任平：《交往实践与主体际》，苏州大学出版社，1999。

99. 任平：《当代视野中的马克思》，江苏人民出版社，2003。

100. 燕继荣：《现代政治分析原理》，高等教育出版社，2005。

101.（日）川岛武宜：《现代化与法》，王志安等译，中国政法大学出版社，1994。

102.（日）加藤节：《政治与人》，唐士其译，北京大学出版社，2003。

103.（日）蒲岛郁夫：《政治参与》，经济日报出版社，1991。

104.《孙中山选集》，人民出版社，1981。

105. 史志钦等主编：《全球化与世界政党变革》，中央党校出版社，2007。

106. 孙代尧：《台湾威权体制及其转型研究》，中国社会科学出版社，2003。

107. 孙关宏等：《政治学概论》，复旦大学出版社，2003。

108. 宋全成、张志平、傅永军：《现代性的踪迹：启蒙时期的社会政治哲学》，泰山出版社，1998。

109. 石仑山、马晓燕.：《政党与现代化发展》，中国社会科学出版社，2004。

110. 谭君久：《当代各国政治体制———美国》，兰州大学出版社，1998。

111. 童星：《现代性的图景》，北京师范大学出版社，2007。

112. 王长江：《政党现代化论》，江苏人民出版社，2004。

113. 王长江：《现代政党执政规律研究》，上海人民出版社，2002。

114. 王浦劬：《政治学基础》，北京大学出版，2003。

115. 王邦佐等编著：《中国政党制度的社会生态分析》，上海人民出版社，2000。

116. 王振华、陈志瑞：《挑战与选择—中外学者论"第三条道路"》，中国社会科学出版社，2001。

117. 王松、王帮佐：《政治学》，高等教育出版社，1991。

118. 徐育苗：《中外政治制度比较》，中国社会科学出版社，2004。

119. （英）安东尼·阿巴拉斯特：《西方自由主义的兴衰》，曹海军等译，吉林人民出版社，2004。

120. （英）迈克尔·欧克肖特：《政治中的理性主义》，张汝伦译，上海译文出版社，2003。

121. （英）芭芭拉·亚当、贝克等编著：《风险社会及其超越———社会理论的关键议题》，赵延东等译，北京出版社，2005。

122. （英）霍布斯：《利维坦》，黎思复、黎廷弼译，商务印书馆，1986。

123. （英）约翰·洛克：《政府论》，赵伯英译，陕西人民出版社，2004。

124. （英）安德鲁·甘布尔：《政治和命运》，江苏人民出版社，2003。

125. （英）米而恩：《人的权利与人的多样性》，中国大百科全书出版社，1993。

126. （英）阿伦·布洛克：《西方人文主义传统》，董乐山译，三联书店，1997。

127. （英）安东尼·吉登斯：《第三条道路及其批评》，孙相东译，中共中央党校出版社，2002。

128. （英）安东尼·吉登斯：《现代性与自我认同》，赵旭日等译，三联书店，1998。

129. （英）安东尼·吉登斯：《社会的构成》，李康、李猛译，三联书店，1998。

130. （英）柏林:《反潮流：观念史论文集》，冯克利译，译林出版社，2002。

131. （英）齐格蒙特·鲍曼：《流动的现代性》，欧阳景根译，上海三联书店，

2002。

132.（英）安德鲁·甘布尔:《政治和命运》,江苏人民出版社,2003。

133.（英）安东尼·阿巴拉斯特:《西方自由主义的兴衰》,曹海军等译,吉林人民出版社,2004。

134.（英）威廉姆·奥斯维特:《哈贝马斯》,沈亚生译,黑龙江人民出版社,1999。

135.（英）托马斯·霍布斯:《利维坦》,黎思复、黎廷弼译,商务印书馆1986。

136.杨光斌:《政治学导论》,中国人民大学出版社,2004。

137.燕继荣:《现代政治分析原理》,高等教育出版社,2005。

138.张朝阳等著:《政治哲学关键词》,江苏人民出版社,2006。

139.周淑真:《政党和政党制度比较研究》,人民出版社,2004。

140.《中国共产党章程》,人民出版社,2002。

141.俞可平主编:《治理与善治》,社会科学文献出版社,2001。

外文参考文献:

1. Len Kassof,"*The Administered Society：Totalitarianism without Terror*",World Politics16,no. 4,1964.

2. "*Three Forms of Historical Intelligibility*", in Truth, Liberty, ed. By Franciszek Draus,the University of Chicago Press,1985.

3. Brecht Wellmer,"*Demokratie und Menschenreche.*" In Stefan Gospath and Georg Lohmann,eds. Philosophie der Menschenrechte. Frankfurt am Main: Suhrkamp,1998.

4. Anthony Giddens, *The Nation—State and Violence*. Berkeley, CA: University of California Press,1987.

5. Anthony H. Birch,*The Concepts and Theories of Modern Democracy*. London: Routledge,1993.

6. AlanWare:*Political Parties and Party system*, Oxford,Oxford University

Press, 1996.

7. Benjamin Ginsberg et al,*We the People*:*an introduction to American politics*, New York:W. W. Norton & Company,1996.

8. Bernard CricK: *In Defence of Politics* (Weidenfield and Nicolson,1962) Penguin edn,1982.

9. Barrie Axford et al, *Politics*:*an introduction*, 2nd ed, London:Routledge, 2002.

10. Brian Hocking and MichaelSmith, World Politics:*An Introduction to International Relations*. 2nd ed. London: Prentice Hall/Harvester Wheatsheaf, 1995.

11. DouglasNOrth,Institutions,*Institutional Change and Economic Performance*,Cambridge University press,1990.

12. De Ruggiero,*The History of European Liberalism*,Oxford university Press, 19 27.

13. David Hoy and Thomas Mc. Carthy,Critical Theory,Blackwell Publishers,1994.

14. David O. Friedrichs,"*The Concept of Legitimation of the Legal Order*: *A Response to Hyde's Critique*."Justice Quarterly3,1986.

15. David Lyons, "*The Correlativity of Rights and Duties*."Nous 4,1970. Douglas North,Institutions,Institutional Change and Economic Performance,Cambridge University press, 1990.

16. Frederick Engles, "*Origins of the Family*, *Private Property*, *and the State*." K. Marx and F. Engles, eds, Selected Works. Lawrence and Wishart. 1st ed,1884.

17. H. J. McCloskey,"*Rights*: *Some Conceptual Issues*."Australesian Journal of Philosophy 54,1976.

18. Juan Linz,"*Totalitarian and Authoritarian Regimes*",in Handbook of Political Science,vol. 3,ed. Fred I. Greenstein and Nelson W. Polsby,1975 .

19. Joseph Raz,*The Authority of Law*. Oxford: Clarendon, 1979.

20. James MacGregor Burns et al, *Government by the People*, 7th ed, New Jersey: Prentice Hall, 1998.

21. Jurgen Havermas, "*The European Nation State, Its Achievements and Its Limitations*: On the Past and Future on Sovereignty and Citizenship." Ratio Juris 9, 1996.

22. Joseph V. Femia, *Gramsci's Political Thought*. Oxford: Clarendon, 1981.

23. James W. Nickel, *Making Sense of Human Rights: Philosophical Reflections on the Universal Declaration of Human Rights*. Berkeley, CA: University of California Press, 1987.

24. Jurgen Habermas, "*On Legitimation through Human Rights*." In Pablo De Greiff and Giaran Cronin, eds, Global Justice and Transnational Politics: *Essays on the Moral and Political Challenges of Globalization*. Cambridge, MA: The MIT Press, 2002.

25. Kenneth Janda, Jeffrey M. Berry and Jerry Goldman, *The Challenge of Democracy*, 7th ed, Boston and New York: Houghton Mifflin Company, 2002.

26. Leon D. Epstein, *Political Parties in Western Democracies*, ew York, raeger, 1967.

27. MichaelOakeshott. *Hobbeson CivilAssociation. Oxford*: BasilBlackwell, 1975.

28. Max Rheinstein, d, Max *Weber on Law in Economy and Society*. Cambridge, MA: Harvard University Press, 954.

29. Henry Shue, *asic Rights*. Princeton, NJ: Princeton University Press, 1980.

30. Leon D. Ep stein, *Political Parties in Western Democracies*, New York, Praeger, 1967.

31. Giovanni Sartori: *Parties and party Systems*, NewYork, Vail — Ballou Press, Inc. 1976.

32. Max Weber: *Essays in Socioloty*. New York: Oxford University Press,

1946.

33. M. Weber, Economy and Society: *An Outline Interpretive Sociology*, transl. by E. Fischoff et al, Berkeley: University of California Press, 1978.

34. Niklas Luhmann, *Law As A Social System*, transl. By A. Ziegert, edited by F. Kastner et al, Oxford University Press, 2004.

35. Joel Feinberg, "*The Nature and Value of Rights*", In Joel Feinberg, ed. , Rights, Justice and the Bounds of Liberty: Essays in Social Philosophy, Princeton, NJ: Priceton University Press, 1980.

36. Peverill Squire et al, *Dynamics of Democracy*, 2nd ed, Chicago: Brown & Benchmark Publishers, 1997.

37. Rainer Forst, *Kontexte der Gerechtigkeit*. Frankfurt am Main: Suhrkamp, 1994.

38. Stefan Gosepath, "*global Scope of Justice*." In Thomas W. Pogge, ed. , Global Justice. Malden, MA: Blackwell, 2001.

39. Tony Ward and Penny Green, "*Legitimacy, Civil Society, and State Crime*." Social Justice 27, 200.

40. Václav Havel, "*The Power of the Powerless*", in Václav Havel or Living in Truth, ed. Jan Vladislav , London: Faber and Faber, 1986.

41. Wittgenstein, *Philosophical Investigations*, ed. G. E. M. AnscombandR. Rhees, BasilBlackweel, oxford, 1953.

后 记

　　弟子本是愚钝之人更是无知之人，曾一直怀着以锥指地，以管窥天，安然享受井底之蛙的心态，根本不知大千世界的浩瀚。就在这浑浑噩噩之中，不经意间，我的人生境遇遭遇到一次重大的转折与契机。那就是投奔当代著名哲学家任平先生的门下。承蒙先生不弃，收弟子于门下，去蔽打磨，为弟子的成长，付出莫大的劳神。先生存有教无类之心，求琢土成玉之果，多年来一直坚持授业，更兼传道，循循善诱，不厌其烦，谆谆教诲，无怨无悔。在漫长艰辛的学术生涯中，先生以经世致用为职志，视虚声浮名若敝屣；先生就是捻花的佛祖，如我这般的顽石般的弟子，也在不经意的微笑间得以开启。

　　学术浩森，而哲学更是其灵魂。马克思曾经说过："人民最精致的、最珍贵和看不见的精髓集中在哲学思想里。"弟子对哲学这种穿透时空的魅力感受就是从先生那里获得的。弟子聆听先生的教诲，追随先生的思想，那种别样的时光，真是令人思接千载，万事悠悠，即便飞鸿踏雪，鸿已远，雪渐融，但鸿音犹在耳；即便敲响逝去的流水般时光的钟，但也能响彻今朝与未来。先生的思想具有一种穿透力，让我们共享着不同时空的生活及生命愉悦的体验。弟子虽不敏，但坚信先生的影响，将必定在弟子未来留下深深的烙印。

　　作为学术界的一面旗帜，先生治学领域之广、之深，学界对此有目共睹。先生的学术品格可谓是"观山则情满于山，观海则情溢于海"（《文心雕龙·神思》篇）。能够得到先生的长期的点化，弟子真是万幸。弟子不由得想到福柯在求学期间从尼采那里感受到的震撼，他说："当时，尼采是一个启示，我是满怀激情地读他的书的，并改变了我的生活。我有一种不能自拔的感觉。出于读了尼采的著作，我完全变了一个人。阅读尼采的作品是我的转折点。"福柯的话语深深触动了我，因为我在先生的门下，得到的不只是一种知识的长期积累的结果，不只是某种延续性，而是否定、散发和一种自由奔放的个性思维、一种自由创造力的迸发。先生常拿后现代大师怀特海的话教诲弟子："你可以把生命保守在形式的流动中……但你不能将同一个生命永远闭锁在同一个模式中。"要求我们在学术耕耘中，不断前进和创造，如同现实生活一样，要活出生命、活出优雅、活出美丽来。对于先生的点拨，弟子每每都是雾里看花、身在庐山，很难豁然开朗；但闲云漫卷、清风徐来，弟子总是在遥望南山的遐想中反复地品尝与感悟中渐次达到澄明。一如荷兰学者 F. R. 安克斯密特所说的那样："犹如鱼儿不知道它游于水中一样，一个阶段最大的特征，在一个阶段最为无所不在的东西，在那个阶段本身是不知晓的，只有到一个阶段结束时，它才显露出来。一个阶段的芳香，只能在随后的阶段才能被闻到。"

先生也常拿梁启超的一句名言"学术乃天下之公器"来告诫弟子，既然是公器，则天下之人皆可运用。但公器不仅要善于运用、善于拥护，更要善于创造和发展。对于弟子来说，不仅在于当下更在于未来，要铭记先生的话，更要实践之。在平时的学术训练中，先生不但给予了弟子狂野的自由、纵横的思想，更给予了弟子规范的磨练和虔诚的严谨，引导弟子把对自身和世界的认知融合于学术论文之中。在论文的写作过程中，弟子浸沉在快乐和痛苦的漩涡之中，此中感受，难以与外人道，犹如暮鼓晨钟中的踽踽独行，不知路在何方，苦乐掺半，冷暖自知。为此，弟子逐渐抛却了一些轻狂和孟浪，增加了一些历练与老成，也使自己对世事多一份淡定，对人生多一些感悟。能够通过学术论文的写作过程，对自己做出一个比较客观的评判，这应该是对于人生境界的某种提升吧。在今后的人生征途中，希望做一个"能思想的苇草——我应该追求自己的尊严，绝不是求之于空间，而是求之于自己思想的规定。我占有多少土地都不会有用；由于空间，宇宙便囊括了我并吞没了我，有如一个质点；由于思想，我却囊括了宇宙"（帕斯卡尔《思想录》）。恩师是把为人类操心当作一生追求的命题，我真诚希望自己也如恩师那样，独立而不盲从、伟岸而不失平凡、高洁而不失谦虚，为社会为民族，承担一个公民的职责。

提笔写记，心绪如潮，正如米兰·昆德拉在《不能承受的生命之轻》中说的"我不能对过去所发生的一切视而不见，从而忽视我生命中的美丽"一样，作为一个生活的人，弟子关于生活中的经验、意义和价值则主要是从先生那里获得的，这令我无法忘记，但是简单的感谢无法诠释太多的内涵，弟子把它推之于天地，如庾信所言："垂露悬针，书恩不尽。蓬莱谢恩之雀，白玉四环；汉水报德之蛇，明珠一寸。"（庾信《谢明皇帝丝布等启》）

还记得多少次或清风明月，或月黑风高，"白菜腌菹，红盐煮豆"（郑板桥《满庭芳·赠郭方仪》），把酒临风，闲趣怡然，云山雾罩，神侃海聊。那些与师兄弟厮混的日子，给我紧张的生活添了不少乐趣。文东、希坤和俊波等学友，给予我充分留恋独墅湖校区的理由。"六朝文物草连空，天淡云闲今古同。鸟来鸟去山色里，人歌人哭水声中。"（杜牧《题宣州开元寺水阁》）该走的走了，正如该来的要来。往事如风，历历在目。人生但愿再次游学聚会，把酒畅谈，嬉笑高歌。同窗之谊，山高水长！

叙至此，怎能忘记严父慈母，四海无涯，堪比亲恩之厚；寸草有心，难报三春之晖。感念天地，愿双亲寿长。今朝揖辞，遐想萦怀！